最悪の事故が起こるまで人は何をしていたのか

ジェームズ・R・チャイルズ

高橋健次＝訳

INVITING DISASTER:
Lessons from the Edge of Technology
by
James R. Chiles

Published by arrangement with HarperBusiness,
an imprint of HarperCollins Publishers
through Japan UNI Agency, Inc., Tokyo

最悪の事故が起こるまで人は何をしていたのか◉目次

第3章　「早くしろ」という圧力に屈する

第8章 事故の徴候を感じとる能力

第9章　危険にたいする健全な恐怖

第10章　あまりにも人間的な事故

「あの瞬間《しゅんかん》のおそろしさは、」と王さまは言いやめません。

「わしは一生、一生忘《わす》れやせんよ！」

「でもねえ、あなた、」と女王は言います、

「メモにしてお置《お》きにならなきゃ、きっとお忘《わす》れになりますよ。」


――ルイス・キャロル『鏡の国のアリス』（生野幸吉訳）より

序章　より巨大に、より高エネルギーに

われわれは巨大な機械《マシン》のなかで生きている

われわれはこれまでになかったような不思議な世界を築きつつあるが、それがどんなものかを知るために、ハンガリーのレプツェラクにあるハンガリー炭酸製造会社で一九六九年一月に起こった事故について考えてみよう。この会社は、天然ガスから二酸化炭素を取り出し、販売する事業をおこなっていた。液体二酸化炭素は、アンモニアによって冷却されている巨大なタンク四基のほか、小型ボンベにも貯蔵されていた。天然ガスは、プラント到着時にはわずかに水分を含んでいるのだが、これは除去する必要がある。たまたま残留した水が、計器や機器、残量計、さらには安全弁まで凍らせて動かなくしてしまうこともあった。だが、このプラントは操業をつづけていた。

一九六八年一二月三一日、プラントを閉めたとき、残量計によれば各タンクには少なくとも二〇トンの液体二酸化炭素が入っていた。つぎに操業を開始したのは、翌一月一日の深夜である。液体二酸化炭素をたくわえるボンベが不足したので、オペレー

ターはCタンクへ液体二酸化炭素を送った。Cタンクの容量は十分なはずだった。およそ半時間後、Cタンクは爆発、その破片によってDタンクも破裂した。

タンク二基の爆発によって、周囲にいた四人が死亡し、Aタンクは基部固定ボルトからはずれ、直径約三〇センチメートルの穴があいた。この穴から高圧の液体二酸化炭素が激しく漏れ出し、ロケット推進薬のようなはたらきをした。Aタンクはその推力によって離陸し、研究所の壁を突き破り、何トンもの液体二酸化炭素を床一面にまきちらして、なかにいた五人をその場で瞬間冷凍してしまった。液体二酸化炭素の大洪水によって、室内は摂氏マイナス七八度となり、呼吸できる空気もなく、分厚いドライアイスの層におおわれた。

われわれはすでに二世紀以上にもわたって、無機物の鉄をもとにしてひとつの世界を築きあげようと懸命の努力を重ねてきたのだが、それはむかしの人びとがもっていた本能や伝統からはかけ離れた世界であり、いまやその距離はますます大きくなりつつある。狂いだすことのあるマシンは、この文明化された惑星に残された、いまなお深い恐怖心を呼び覚ますことのできる数少ないもののひとつだ。わたしがいう恐怖心とは、たとえば一八七九年一二月二八日の嵐の夜、鉄道現場監督のジェームズ・ロバーツが、東スコットランド東部の湾にかかる全長三・二キロメートルのテイ橋を渡るという危険を冒したときに感じたようなものである。

ロバーツは消えた列車を探そうとしていた。列車は暗闇のなかを橋に向かって走っていったが、対岸に着いたという連絡が入らなかったのだ。風があまりに強いので、ロバーツは橋の上の五〇〇メートルほどを四つんばいになって進まなければならなかった。真新しい裂け目のところまできて、彼は止まった。二五メートル下に黒い海面が見えた。橋の三分の一が崩壊し、テイ川河口に落下、列車もろとも乗客七五名が巻き添えになった。

テイ橋が崩壊したのは、設計ミスと品質管理の問題が組みあわさったことによる。そうした欠陥が強風と列車通過とによって現実の事故をもたらしたのだった。この種の問題はいまだになくならないし、より重大な結果を引き起こすものになってきている。安全係数は年ごとに小さくなり、いっぽう、われわれの利用するエネルギーの出力は増大している。

われわれの使うマシンの仕様は驚くべきものだ。石油化学プラントは一四〇〇気圧にも達するタンクを備えているし、最新の石炭火力発電所がもつ燃焼室のなかには、八階建てオフィスビルが火炉にすっぽりおさまるような巨大なものもある。この燃焼室に飛びこんだ微粉炭は、荒れ狂ったような火の玉となって絶え間なく燃えさかる。

コスト削減を目的に、できるだけ多くの卵をできるだけ少ない籠に詰めこもうとするあまり、われわれのマシンは巨大化の一途をたどっている。二階建ての新型ジェット機「エアバスA380」は、当初は座席数五五五でスタートしたが、いまでは最大八〇〇人の乗客を収容できる能力をもつ。ということは、一度に客船なみの死者が出る可能性があることになる。また、損害保険会社は、新世代の巨大コンテナ輸送船に当惑している。現行最大のコンテナ船は、長さ一二メートルのコンテナを三五〇〇個積めるにすぎないが、新世代の船は一万個も積めるようになる。こうしたコンテナ船が一隻沈没し、コンテナがすべて失われたとすれば、保険会社にとっては二〇億ドル以上の損害になる。

今日活動しているもっとも危険なマシンは、立ち入り禁止区域に隠されているか遠隔地で使用されているため、そうかんたんに目にすることはできない。テレビ放映された駆逐艦「コール」の姿を見た視聴者はびっくりしたことだろう。全長一五四メートル、排水量八三〇〇トンもある駆逐艦が、重量物運搬船「ブルーマーリン」に積まれて運ばれていたのだから。それまでのブルーマーリンの任務は、海底油田のための掘削装置や機器を輸送することであり、メディアのスポットライトを浴びる機会はなかった。

われわれのマシンは、われわれを危険な領域に連れていく。それは大気圏外だったり、高さ六〇〇メートルのタワーだったり、人工島だったりする。われわれの生命はマシンが正常に機能することに依存するしかない。荒れた北海のまっただなかの、陸も見えない位置には、石油掘削プラットフォームと精製プラントを複合した全長一・六キロメートルの構造物、エコフィスクが存在している。湖底の地下深くで岩塩を掘る作業員たちもいる。一九八〇年、ある掘削リグがそうした岩塩坑の天井に穴をあけてしまったために、ルイジアナ州にある面積四平方キロメートルの湖が干上がってしまった。

原子力発電所や化学プラントを経営する企業は、一九八〇年代に起きたいくつもの忌まわしい事故以降、いっそう注意して操業するようになったが、かれらに代わって新聞の見出しに登場する例もあとを絶たない。一九九九年、マーズ・クライメート・オービターとマーズ・ポーラー・ランダーという二つの火星探査機の試みが失敗に終わっているし、JCO東海村事業所の核燃料加工施設では予期しなかった臨界事故が発生した。また、アメリカ各地で化石燃料発電所の火災や爆発が頻発した。一九九五年六月には、クルーズ船「ロイヤルマジェスティ」がナンタケット島近くの浅瀬に座礁した。全地球測位システム（GPS）のアンテナにつながるケーブルが破損したのが原因だった。予定の航路から何キロメートルもずれていることに、ブリッジにいた全員が気づかなかった。通常は船体から海底までが三メートルを切ると深度警報装置が作動するはずだったが、だれかがその設定をゼロにして、警報が鳴らないようにしていた。こうしたミスと災難の連鎖は、われわれの現代社会ではいたるところで起こっている。

マシンのサイズとパワーは桁はずれに大きくなったが、災害の引き金を引くにはそれほど大きな力は必要としない。二〇〇〇年七月に発生したエールフランスのコンコルド機墜落事故のきっかけとなったのは、数分前、DC－10型機のエンジンから滑走路上に落下した一枚のチタニウム片だった。長さわずか四〇センチメートルほどのチタニウム片が、離陸時に超音速機の主輪にぶつかり、タイヤが破裂した（図1参照）。フランス側の事故調査によれば、破裂したタイヤから重さ四・五キログラムほどのゴム板がはねあがり、それが「一号燃料コレクタータンク」と呼ばれる主翼内部のタンクに激突した。

その激突で生じた衝撃波がタンク全体にひろがる。衝撃波が集中した部分でタンクが「内側」から大きく裂けた。タンク底部から、燃料のケロシンが毎秒約一〇〇リットルの割合で噴出して左翼エンジンの空気取入口に入り、燃焼に必要な空気とともに吸引される。漏れた燃料が引火する。こうして本来の場所でないところで燃焼が発生したため、左翼エンジン二基の出力は低下した。パイロットのクリスティアン・マルティとジャン・マルコは二番エンジンの火災警報を見て、エンジンを停止。しかし警報は実際には誤作動で、どのエンジンの燃料システムでも火災は発生していなかった。とはいえ、左翼エンジンは二基とも、とても正常な状態にあるようには見えなかった。

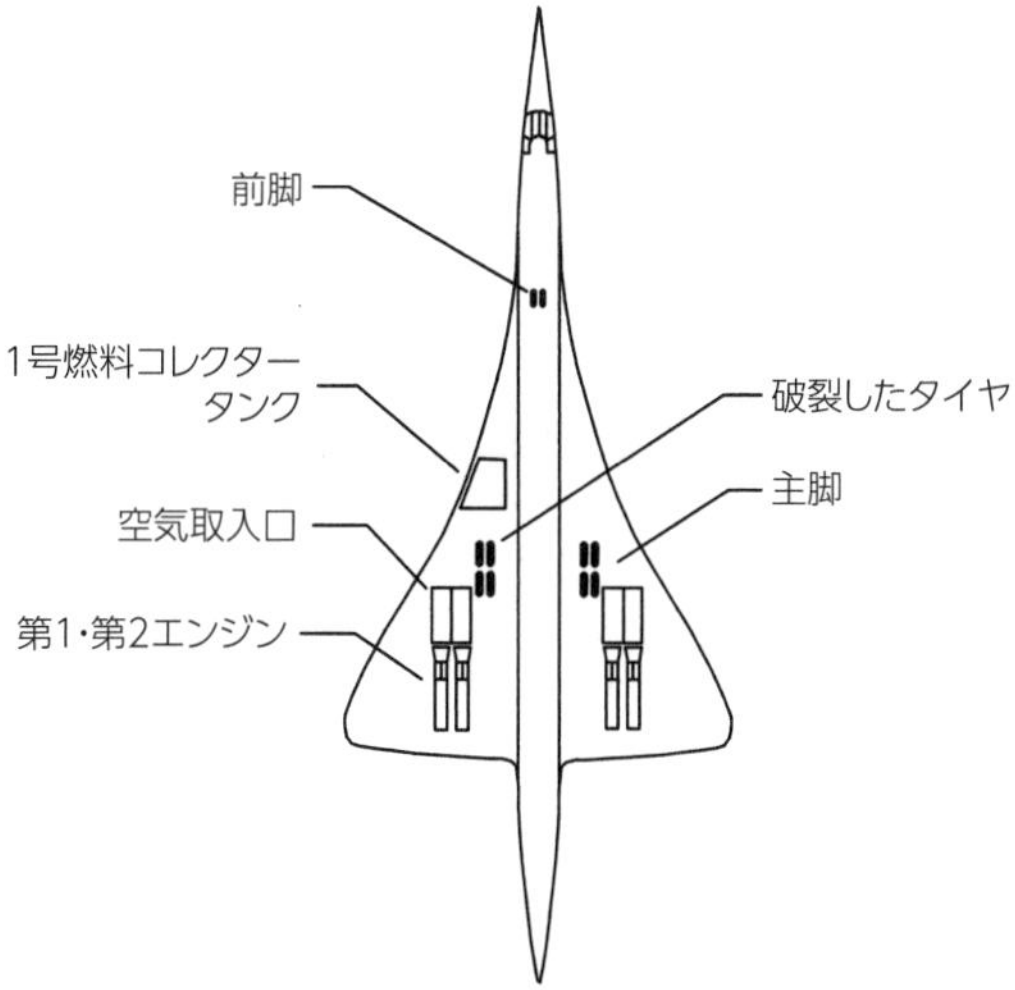

図1　エールフランス・コンコルド（上から見たところ）

推定される経過

1　左主脚のタイヤが滑走路にあった金属片にぶつかる。
2　タイヤが破裂して飛散。
3　タイヤの破片が1号燃料コレクタータンクに激突。
4　激突の衝撃波がタンク壁を破裂させる。
5　漏れ出した燃料が左翼エンジンの空気取入口に流れこむ。
6　左翼エンジンの上昇時の出力低下。
7　機体は左へロールし、衝突。

コンコルドがシャルル・ドゴール空港を離陸したとき、長さ六〇メートル以上もの炎を機体後部に引きずっていたからだ。パイロットは急角度で機首を上げ、ルブールジュ空港までなんとか飛行して緊急着陸しよう、と懸命に試みた。だが、離陸して二分もたたないうちにコンコルドは左へロールし、右翼エンジンは必要な気流を失う。エールフランス四五九〇便はホテルへつっこみ、乗員乗客一〇九名と、地上にいた四名の命を奪った。

人類は、遺伝的には何千年前と変わっていないのに、われわれの科学技術の世界は毎日疾走をつづけている。しかも、そのスピードはますます加速しつつある。イーゴール・アンソフの『戦略管理』によれば、新しい技術が開発されてから実用化されるまでの期間はどんどん短くなっているという。

軍事部門を考えてみよう。F-22戦闘機の開発過程で、米空軍は驚くべきことに気づいた。主要な納入業者たちが重要部品の製造を終了してしまったので、F-22は実用に供されるまえにすでに時代遅れになりつつあることがわかったのである。この四〇年間、われわれの核戦略は、一つないし二つの敵国からの大陸間弾道ミサイル（ICBM）による攻撃を抑止することを中心にして構築されてきたが、こうした単純な計画はもはや役に立たなくなりつつある。まもなくわれわれは、ICBMをもった半ダース以上の敵に直面するようになり、誤った警報が出る可能性も増えるだろう。米空軍は極超音速ミサイルを開発中だが、現在のような軍備拡張競争がつづくかぎり、われわれが極超音速ミサイルで攻撃される可能性が生じるのもそう遠いことではない。こうした状況下では、攻撃を受けたときにどう対応するか考慮するための時間もぐんと少なくなる。一九七九年と八〇年の二度にわたって、米国の保有する、コンピューターによるミサイル攻撃警戒システムに異常が起きたため、ソ連からの大量ミサイル攻撃があるという誤報が出たことがあったが、そのときはまだ時間の余裕があったので助かった。

総体的に見れば、マシンはわれわれ人間がつくった世界のなかで、信頼できる方法で電力を生産、輸送しているし、夜を徹して敵のミサイルを見張っているし、携帯電話の通話を、絶え間なく変動する通信網である電線やアンテナにうまく振り分けているし、時速八〇〇キロメートルという安全速度で雲をつきぬけて人びとを運んでいる。科学技術の進歩はあまりにも快適で気持ちよさそうに見えるので、われわれはつい、ジャン・フランソワ・ピラートル・ド・ロジエが直面したようなことを、忘れてしまっている。彼は化学の教授で、通説では、熱気球にはじめて乗った人物とされている。一七九三年、パリのモンゴルフィエ兄弟が、絹と紙を材料にして二人乗りの熱気球をつくったものの、肝心のパイロットが見当たらないというとき、ド・ロジエにチャンスが訪れた。彼があらわれるまえに搭乗を志願していたのは、二人の死刑囚だった。「わたしのいのちを差し出そう」とド・ロジエは威厳をもって語ったのち、気球によるパリ上空の飛行に成功した。

今日では、われわれの多くが自分の命をマシンとそのオペレーターに差し出しているのだが、そのことに関しては、事態が衝撃的なほど悪化することがたまにあるということ以外には、ほとんどなにも知らない。また、非自然災害の大惨事の現場に居合わせた人間にとっては、事態はいっそう理解しがたいものである。奇怪な脅威はどこからともなくあらわれ、一撃をくらわすと、姿を消すかのように思われるのだ。だが、最近の研究によれば、マシン事故による惨事は、ほとんどの場合、複数の失敗とミスが重なってようやく発生するということが明らかになった。たったひとつの災難、たったひとつの原因だけでは、なかなか大惨事にはいたらない。大惨事は、貧弱なメンテナンス、意思疎通の悪さ、手抜きといった要因が組みあわされることによって発生する。そうしたゆがみは徐々に形成されていく。

チェルノブイリ原発事故の解明にあたった専門家たちは、たがいに関連性をもたないミスが少なくとも六つあったとしている。ということは、そうしたミスの連鎖を、システム障害がピークに達するまえに断ち切る機会が、将来的には望めそうだということになる。だが、危機に反応するための機会を見分けるのは困難だし、すぐに過ぎ去ってしまうから、行動を起こすことはいっそう困難だ。システムの管理者や監督者が行動をさまたげることだってあるかもしれない。現場の人間も、なにをすればいいかよく知らなかったり、最初から気にしていなかったりするかもしれない。

こうした出来事のことを、わたしは「システム亀裂《クラック》」と呼んでいる。システムは少しずつ段階的に壊れていくが、その様子が圧力のかかった金属に走る亀裂の場合とよく似ているからだ。たとえばアルミのような、柔軟性をもった大きな金属板を考えてみよう。工場から出荷された金属板は、顕微鏡レベルではすでにみな小さな亀裂が入っているが、そのままの状態で金属板を破断してしまうほど亀裂が長くなるものはあまりない。だが、亀裂が成長することはないという前提で、その板をたとえば航空機の外殻として使用することは危険だ。なぜなら、腐食と、徐々に蓄積される金属疲労は、亀裂を毎日少しずつ大きくしていくかもしれないからだ。もし超音速飛行のときに亀裂が臨界点に達すると、亀裂は四方八方に「ぼろぼろ」と広がっていく。機体は、銃撃音のような音をたてて二つに割れる。このように徐々に進行した亀裂が破滅的な障害につながった例としては、コメット1型の二機の事故と、アロハ航空の737型機の事故がある。737型機の場合は、機体上部の操縦席よりうしろの部分が吹き飛んだ。

システムというのはそういうものなのだ。つまり、ともかくも存在価値のあるシステムならすべて、毎日のように人間のミスと機械の不調を体験しているわけだ。このこと自体は、ただちに障害にはならない。というのも、成熟したシステムであれば、大きなリダンダンシー（冗長性）が組みこまれているからだ。障害が起きるのは、ひとつの欠点が他の欠点につながりはじめたときである。しかし、この段階でも、たとえば警戒怠りない従業員が連鎖反応を断ち切るというような、なんらかの外力が加わったり、あるいは障害につながる可能性のある欠点ではあっても、それが現実化するのを助長するような別の欠点が加わらなければ、それ以上の段階に進むことはない。

本書で訴えたいことのひとつはこうだ。われわれは凶暴化することもあるマシンにかこまれて暮らしているのだが、そうしたわれわれの新世界においては、いまや平凡なミスが莫大な被害を招きかねないことを認める必要があるし、その結果として、より高度の警戒が求められるばかりでなく、家庭や小企業のレベルまでもが高度の警戒をしなければいけないようになりつつあることを知る必要がある、ということである。たとえば、惨事につながる連鎖は、飛行機の機体の洗浄を担当する会社からも生じうるし、マンションのガス管のそばで作業する人からも生じうる。

巨大システムを手なずける人びと

音のよく反響する大きな洞窟を見学したことがあるだろう。静寂を破って「おーい」と叫んでみると、その声は反響し、やがて小さくなり、さらに数秒たつうちに完全に消えるだろう。これはネガティブ・フィードバック（負帰還）と呼ばれるもので、擾乱の波動がたがいに作用して消滅する現象である。では、きわめて特殊な洞窟——ポジティブ・フィードバック（正帰還）という問題をもつ一種の巨大システムの洞窟——に入ったと仮定してみよう。こんな洞窟のなかで叫び声をあげれば、反響は回を重ねるごとに強くなっていくだろう。やがて、連続した轟音しか聞こえなくなり、ついには天井が崩落するだろう。これは、巨大システムが最悪の状況に直面したときに示すであろうふるまいと似ている。ひとつの問題が生じると、それが他の欠点にぶつかって跳ね返り、どんどん拡大していく。

三〇〇〇キロメートルもの距離にわたって制御不能になる可能性のあるシステムといえば、SF小説のように聞こえるかもしれない。ところが、こうしたことは送電網においては起こりうるのだ。送電網は地球上でもっとも複雑なシステムであり、非常に広範にわたっているので、太陽フレアの影響を受けるし、あまりにも入り組んでいるので、一台の発電機を起動すると、送電網の反対側にある別の発電機のローターのスピードを変化させてしまう。いまこの瞬間にこの巨大な送電網がどういう状態にあるか、全貌を知っている人はだれもいないし、コンピューターですら捕捉できないときもある。

とはいえ、われわれ非専門家でも、人類が創造してきたものの大きな流れを見ることはできる。わたしはこれまで二〇年間にわたって科学技術と歴史について書いてきたが、なかでもことに力を注いだのは、なぜものごとはうまくいかないことがあるのか、という点だった。どうしてこんなことに夢中になるのかは、自分でもよくわからない。わたしの父は、かつてブルドーザーのディーラーをやっていて、われわれ子どもたちに、建設業界の多くの成功物語や失敗談を生き生きと語ってくれた。現在でも、ターボディーゼルの音とにおいは、わたしの郷愁をかきたてる。

多くのアメリカ人と同様、わたしの人生もマシンの破壊力に影響を受けてきた。それは主として自動車によるものだ。父方の祖父母は、わたしの生まれるまえに自動車の衝突事故で亡くなった。高校時代の友人のひとりはトラックの衝突事故で死亡した。あるボーイスカウト仲間の母親は、高速道路でガス欠を起こし、立ち往生しているときに轢かれた。わたしと同じ教会に通っている友人の亭主は、一九八五年、ネバダ州リノで起こったギャラクシー航空ロッキードエレクトラ機墜落事故で死んだ。この事故は、翼上の点検口のひとつが開いたために激しいバフェッティング［機体の振動］が起こり、びっくりしたパイロットが緊急着陸のため空港へ戻ろうとして、飛行機を墜落させてしまったものである。

わたしはこれまでずっと、人びとが苦しい経験を通じて学んできた生き残るための技術と、その技術が新しい教訓とともにいかに変化をとげていくか、について興味をいだいてきた。油井火災を消火するとき、かつては噴出孔周辺から酸素を奪い去るためにダイナマイトが多用された。だがその後、消防担当者たちは、窒素や迂回パイプ（業界用語では「スモークスタック（煙突）」と呼ばれる）といった地味な手法のほうが、炎を酸素不足にさせるには有効だということを学んだ。

そうした作業現場を見ることができるのは特権だ。わたしは、爆発物製造業がいかにして最初に危険と本気で取り組んだ産業のひとつとなったかという話を聞いたあと、ダイナマイト製造工場を訪れ、作業員たちがニトログリセリンのもつ危険性にどのように対処しているかを、この目でたしかめた。また、ホバリングしているヘリコプターから高圧送電線を処理する技術の開発に成功したと聞いたあと、わたしは送電線作業班といっしょにヘリに乗り、かれらの安全基準が実作業に適用されている場面を見た。わたしはケーブルに吊られて高さ一五〇メートルの放送タワーの頂上までいき、「タワー作業員」の視点を確認しようとした。地上では度胸いっぱいだったわたしも、金属の骨組みの上に立ち、頭上には空、眼下には牛しか見えない状況になってみると、すっかり青ざめてしまった。付き添ってくれた鉄骨作業員の説得で、わたしは骨組みから手を放し、安全ハーネスに背中をもたれかからせた。これがそうした高所でなにか作業をするときの唯一の方法だった。また、コロラドの消防士たちに防火服を着せてもらい、炎上するプロパンガスタンクの消火方法を学ぶために消防隊といっしょに実地訓練をしたとき、わたしは地獄を垣間見た思いがしたものだ。

そうした現場を見たことで、わたしは最前線ではたらく人びとに深い敬意をいだくようになった。見学者はただちょっとやってきて、またすぐに立ち去るだけだが、現場の人たちはそうした仕事を、最初の恐怖感が薄れてからずっと何年ものあいだつづけている。われわれ門外漢にとっては危険きわまりないように思える作業も、危険性を厳粛に受けとめ、適切な装備を用意している人間であれば、かなり安全に遂行できる、ということをかれらは教えてくれた。だが、じつはわれわれ全員が、同時代の構造物やマシンが原因となるなにがしかの危険に直面しているのだ。

こうした危険が、われわれの生活の場を直撃することもある。一九九八年七月、ニューヨーク市のフォア・タイムズ・スクエアビル建設現場で、高さ二一〇メートルの足場とエレベーターシャフトの上半分が崩落し、その破片が通りを隔てた永住型ホテルの屋根を突き破り、最上階の部屋に住んでいた八五歳の女性を死亡させた。また、小さなシステムの欠陥でも、最悪の瞬間に巻き込まれた人にとっては深刻なものとなる可能性がある。それは火災であったり、爆発や自動車事故であったりするだろう。

家庭やオフィスにも、小さいながらもやっかいなシステムがある。周辺機器のつながったパソコンのオペレーティングシステムをアップグレードしようとしたことのある人なら、たとえ小さなシステムでも、一筋縄ではいかず、ときにはさんざんな目にあうことも知っている。

ごく平均的な人びとが、システム事故は、通常、長期にわたってミスと不幸な出来事が積み重なった結果として生じるものだ（青天の霹靂のようなものではない）ということを理解し、さらには、人間のミスはいくつかの大きなカテゴリに分類できること、初期段階で行動を起こせば事故原因の連鎖は断ち切れることを理解すれば、トラブルが発生しそうな状況をいっそうよく見抜けるようになるはずだ。

「マーフィーの法則」はほんとうか

大規模な工業技術事故という世界は、深刻なものであり、戦場に匹敵するような混沌と破壊をもたらす可能性がある。生き残った人びとが、周囲に生まれた新しい世界のことを理解しようとあがいているあいだにも、貴重な時間が刻々とすぎていく。それはクラッシュしたコンピューターを再起動するときにかかる時間と似ている。そうした出来事は、あまりにも珍奇だったり、あまりにも大きな精神的外傷を与えるものだったりするので、われわれの原始的本能である「闘争か逃走か」という行動をとらせるような衝撃をもたらさないことがある。人びとはパニックになってはいけないときにパニックになる。逃げ出さなければ助からないときに、じっとすわっている。不時着した英国航空機の乗客のひとりがあとから語ったところによると、同乗者たちは、衝撃の激しさにびっくりしたのと、自分たちがまだ生きているのに驚いたあまり、全員が静かに着席したまま、通路を流れてくる燃料の火炎をながめていたという。

だが、強い力をもつマシンは不思議と恐怖の領域にあるとしても、それはまた、奇跡と驚異の場でもある。そうした世界は、信じがたいような出来事の連鎖を、不可能に思えた突然の救出劇を、われわれにもたらす。

古典文学の作者たちは、主人公となる英雄と悪役とを必要とした。われわれも躍起になって探せば、状況の連鎖をつくる少なくともひとつの環をにぎっている人物を探し出すことはつねに可能である。いまわれわれは、少数の人間が、犯罪の意図はないままに、何千何万という人びとを殺傷するかもしれないという特殊な時代に生きている。ここでは、実際の悪役とは状況の連鎖であり、名前も顔ももっていない。「まったく善良な人びと――最高にいい人たち――が、恐ろしい事故を引き起こす」。ミネアポリスで起こった一九九八年のパレードの際のオートマチック車暴走事故の犠牲者側弁護士、ジム・シュウェーベルはそう述べている。

システム亀裂は、犠牲者の行く末が最初から運命づけられているシェークスピアの悲劇やギリシア悲劇とはちがう。システム亀裂は運命とは関係ないし、災害も不可避ではない。一般に「マーフィーの法則」と呼ばれる格言を聞いたことがあるだろう。いわく、「失敗する可能性のあるものは、かならず失敗する。ありうべき最悪のときに」。

本書を最後まで読んでもらえれば、何年ものあいだにニアミスはかぎりなく発生しているにもかかわらず事故にはいたっていないのだから、この法則は正しくない、ということにおそらく賛成していただけるだろう。

エドワード・マーフィー大尉が一九四九年にエドワード空軍基地で実際に述べたのは、これとは少しちがっていて、真実をあらわしたものだった。ロケット・スレッド（実験用ロケットそり）によるシミュレーションテスト前に技術者が取り付け方をまちがえた計器について、マーフィーは苦情をいったが、そのとき、もしこの男がまちがえるような作業方法があったとすれば彼はその方法をとるだろう、というせりふを口にしたのだった。

たしかに最悪のときにものごとが悪くなることもある。たとえば、一九八一年にカンザスシティ・ハイアットリージェンシー・ホテルのロビーの空中通路が二本、落下したときのように。このタイミングは偶然の結果ではなかった。その夜のロビーには、少なくとも一五〇〇人がひしめきあっていた。事件をこれほどまでに恐ろしいものにした要因そのもの――社交行事がおこなわれているあいだ、何十人という客が空中通路に立っていた――が、通路を保持していた連結部の鋼材部分にひずみを与えて破断させた結果、何トンもの鉄骨とコンクリートが落下し、下にいた多数の人間の頭上にふりかかったのだった。

未然に防がれた惨事は、めったに報道されないので、新聞やテレビを見ている人は、ともかく災害は不可避なのだと考えているかもしれない。だが、危険性を見ぬき、システム亀裂を初期の段階でとめた人が存在する事例も数多くある。たとえば、一九八九年一〇月にデラウェアリバー水路の浚渫《しゅんせつ》にあたっていたエセックス号が、間一髪のところで助かった例を見てみよう。この浚渫船はタグボート二隻によって移動するが、さらった汚泥を岸まで運ぶための鋼管につながれ、太いワイヤーロープで固定されていた。一〇月一六日、たまたま通行中のタンカー「コメティック」が、一隻のタグボートのエンジントラブルが原因で操船不能になり、エセックスの方角に進みはじめた。このままではエセックスは転覆し、乗組員は水死してしまう。船体がワイヤーロープで鋼管に固定されているので、エセックスは逃げ出すわけにいかない。

だが、そんな状況でもかれらはあわてなかった。作業班編成時の安全チェックの段階でノーフォーク浚渫会社の社員、ビル・マーフィーは、鋼管につながるケーブルを緊急切断しなければならない事態に遭遇するかもしれないと考え、そのための油圧式ケーブル切断機を要求した。浚渫責任者はこのカッターの即時購入を命じたので、乗組員はそれを手元に用意しておけるようになり、コメティックが近づいてきたときも鋼管とつながるケーブルを切断して動けるようになった。こうした救出劇はまだ他にいくらでもあるが、ほとんどは関係者以外には知られていない。

本書では惨事にはいたらなかったニアミスも取り上げる。また、たとえばハッブル宇宙望遠鏡の主鏡の変形というような、死傷者のない災難も同様に取り上げる。そこにも教訓がひそんでいるからだ。こうした失敗では死者は出なかったものの、何年もかかって機器の開発にたずさわってきて、完成後もずっとこのプロジェクトに参加していくつもりだった科学者たちにとってはたいへんな痛みとなった。仕事上でこれほど深い挫折感をあじわうことは、よそではまずないだろう。

事例によっては、その原因をめぐって理論が対立することがある。わたしは公式調査結果をまず取り上げるが、そのあと他の見解——多くは公式記録で責任を追及されている企業側のもの——を要約しておく。また、最初の政府調査がまちがっていた、というようなこともときどき起こる。戦艦メインの爆発もそのひとつで、原因はハバナ港内に敷設されていた水雷のためとされたが、もうひとつの原因として、石炭が自然発火し、隔壁をへだてて隣に積まれていた火薬に引火したということも十分考えられた。最近の研究によれば、タイタニックは、船殻《せんこく》に打ってあるリベットの金属が高品質であれば、氷山と接触したぐらいでは沈没しなかっただろうといわれている。

本書で扱った惨事のなかには、そのドラマが明らかになるとともに、ニュースでも大きく取り扱われたものもある。だが、本書で紹介する災難のなかには、これまで活字になったことがなかったり、ほとんど注目されたことのないものもいくつかある。

じつは、そのように世間から無視された事例のなかに、史上最悪となる科学技術の破綻がある。一九七五年八月七日の夜、中国中央部の河南省を巨大台風が襲った。一日の降水量が三〇〇ミリメートルを超える日が三日つづき、洪水のせいでまず最初に高地のダムがいくつか決壊した。そのなかのひとつが、板橋《バンキャオ》貯水池にあった「難攻不落」といわれた高さ一一六メートルのダムで、一〇〇〇年分の暴風雨をしのげるはずだった。このダムから流れ出た水を下流では処理しきれなかった。その夜、さらに六〇のダムが連鎖的に決壊した。その結果発生した大洪水で、少なくとも二万六〇〇〇人が死亡した。

よく知られた事例でも、通常、一般市民はその全貌を知ることなく終わる。というのも、調査報告や裁判が終結するまでに何カ月も何年もかかって、公式に判明した事実が重大ニュースとはならない場合も多いからである。スリーマイルアイランド原子力発電所二号炉において、バルブが開きっぱなしになったために冷却材が二時間以上にわたって原子炉から漏れ出したのだが、そもそも具体的になにがまずかったのかという詳細な原因は、事故から二〇年以上たった現在も、もやにつつまれたままだ。なぜなら、責任問題で裁判が膠着状態におちいってしまったからである。

本書では、工業化社会のテクノカタストロフ［科学技術上の欠陥による大規模災害］を網羅して、個々の事例について記すことはしていない。それにはあまりにも数が多すぎる。わたしは、人間のミスとマシンの不調が結びついた災難を中心に検討することにした。ニアミスですんだり、多少の損害はあったが大惨事にいたる寸前ですんだものもある。

ほとんどのシステム亀裂は、大衆の目や報道カメラのとどかないところで起こるか、たとえとらえられたとしてもきわめて遠方からの撮影なので、大規模な事故によって放出されるエネルギー量を正しく認識することは困難だ。オレンジ色の火の玉となったチャレンジャー号と、その後部にたなびくらせん状の白煙をとらえた有名な写真ですら、ブースター二基のもつエネルギーや、なぜブースターがそれほど慎重な取り扱いを必要とするのかに関しては、なにも伝えることができない。チェルノブイリ原発では、溶融したウランが炎を上げながら空中高く飛び散ったが、その原因は、燃料棒チャンネル管が迫撃砲の砲身のような役割をはたしたからだった。一九四七年四月、テキサスシティの港で、フランスの貨物船グランカン号が炎上したとき、二機の軽飛行機が上空を飛行中で、機内の乗客たちは消防士の活動を目撃していた。その後、貨物船の積荷の硝安が爆発し、高度八〇〇メートルのところを飛んでいた二機はともに巻きこまれ、墜落した。あるいは一九九一年、タイ上空で、電子回路の誤作動によってボーイング767のエンジン一基の逆推力装置が開き、機体は一気に下降して音速を超え、空中分解して地上にたたきつけられた。

マシンフロンティアの物語を聞け

コントロール不能になった巨大マシンというと、なにか人智を超えた存在のように聞こえるかもしれないが、事態を把握するためのひとつの方法は、フロンティア「最前線」について考えてみることだ。米国人は、フロンティアについては知りつくしている。われわれはすでに一〇〇年以上もまえに西部開拓時代のフロンティアを失くしているのだから。それ以後、米国人にとって地理的に新しいフロンティアは生まれていないが、別の種類のフロンティアは進展しており、西部のフロンティアが失われつつあったあいだにも、もうひとつのフロンティアは開拓されつつあった。それは「マシンフロンティア」であり、まだ征服されてはいない。マシンフロンティアは、実際上は地理的フロンティアと同じ特色をもっている。その特色とは、最前線において未知の領域と境界を接していることで生じる危険と報酬である。というわけで、もしわれわれが西部劇映画を企画するならば、プロトタイプを試してみるのが探検家、施設の運営者がカウボーイ、新市場に君臨したがる起業家が大牧場主ということになるだろう。技術上の危険には予測のつくものもあるが、新技術のもたらす危険を確実に把握することはできないし、場合によってはずっとあとになるまで想像もつかないものもある。

かつての地理的フロンティアと同様、マシンフロンティアもある種の人びとを魅了する。マシンフロンティアに立つ究極の開拓者は、報酬や興奮と引き換えに危険を受け容れる。そうした人間は、いかに行動すべきかについて他人から指示されるのを好まないし、詳細な安全マニュアルを熟読する気もない。かれらは前進と探検と興奮とを高く評価する。いつでも覚悟をきめる気はあるが、高エネルギーの、賭け金の高いシステムに問題が生じても、即座に細部まで対応できる自信をもっている。もし、派手な衝突事故や大火災によって命を落としても、養護施設に送られてうとうと居眠りしながら暮らすよりはましだ、とかれらは考えている。ハッカーはマシンフロンティアの開拓者であり、石油掘削プラットフォームの海面下で溶接作業をする人もまた開拓者である。

そうしたフロンティアからの物語に耳をかたむけてほしい。その物語が読者にとって有益なものとなることをわたしは望んでいる。なぜなら、それは人びとの生命で支払った代価であり、高くついたものだからだ。金持ちが、エベレスト登山の興奮を体験できるなら一〇万ドルでも出そうという時代だとしても、猛り狂っている最中の巨大システムの制御室に入ることは、どれだけ金を積んだところで不可能だ。そのほうがいい――あまりにも多くの人が、マシンの胃袋に閉じこめられたあげくに、出口のないことに気づくからだ。

組織によっては、日常的障害という絶え間ない雑音のなかに真の問題の発生を知らせるかすかな音がまじっているのを聞き分ける熟練者を養成しているところもある。そのような組織において、熟練者から報告を受けた上司がかれらに迅速な行動をとらせている場合には、その組織はチェスの選手と同じことをしていることになる。チェスの選手は、盤面を検討するとき、自分の観点から考える時間よりも敵の観点に立って考える時間のほうが長い。次章で語る石油掘削基地オーシャンレンジャー号の物語は、あまりにもルーチンワークに寄りかかりすぎた人びとがどんな目にあうかを示しているが、かれらは、不愉快な「もしも」のシナリオが、たった一日のうちにいくつも積み重なって惨事にいたることなど絶対にない、と思いこんでいたのだ。ところが、第一次世界大戦中、英海軍の機動艦隊がドイツ戦艦ゲーベンを取り逃がす原因となった災難の連鎖についてウィンストン・チャーチルが述べているように、恐ろしい「もしも」は、累積していく習性をもっている。

第1章　信じがたいほどの不具合の連鎖

嵐のなかで沈没した洋上石油掘削基地

一九八二年二月一四日の朝、半潜水式石油掘削装置（リグ）、「オーシャンレンジャー」の乗組員は、その日襲来するはずの嵐にたいする準備にとりかかっていた。かれらに不安はなかった。海上で操業を開始して以来六年間で、オーシャンレンジャーはすでに五〇回以上の暴風雨を経験している。六年前の建造当時、この装置は洋上石油掘削装置としては世界最大で、暴風時の高さ三三メートルの波にも耐えられるよう設計されていた。天気予報によれば、グランドバンクス海域に吹きつける北大西洋の強風は、設計上限の風速五〇メートルよりはずっと弱かったので、特別な準備は必要としなかった。

長方形のテーブルがあったとする。その天板におもちゃの油井を糊でくっつけ、二つの長辺にそれぞれ二本の脚を追加して八本脚とする。この脚を小さなポンツーン（浮き箱）の上に固定して、テーブル全体を池に浮かべ、ポンツーンの部分だけが水面下に沈むようにする（図2参照）。これが、ガンメタルグレーの色をしたオーシャンレンジャーの見取り図だ。平らなテーブル板にあたる部分が、二層になった掘削プラットフォームで、乗組員八四名の居住区兼作業場である。乗組員は、一二時間制のシフトではたらき、正午と深夜に交代する。土日も休まず二、三週つづけてはたらいたあと、ヘリコプターで陸地に戻り、有給休暇をとる。

重量一万四〇〇〇トンのオーシャンレンジャーは、四隅をそれぞれ三本の強靱なアンカーケーブルで固定されているので、波の影響をほとんど受けず、穏やかな日に訪問した部外者なら、四隅の支柱はポンツーンの上に乗っているのではなく、水深八〇メートルの海底に足をおろしているのではないかと錯覚するほどだ。プラットフォームはほぼ四六時中、ゆっくりと小さくゆれているが、それでも娯楽室でのビリヤードゲームがわずかにじゃまされる程度のことだった。こいつは不沈だ、と監督者は話していた。

スチールの欄干から身を乗り出して下を見ただけでは、海面よりずっと高いところに暮らしている人間にとっては、海はあまり脅威とは思えなかった。だが、見かけにだまされてはいけない。オーシャンレンジャーの乗組員たちはそのことをつい最近も思い知らされていた。海底油田の開発がはじまってからこの時点までの二七年間の歴史を見ると、石油掘削リグの大規模災害の発生はこのころ史上最高の頻度に達してい

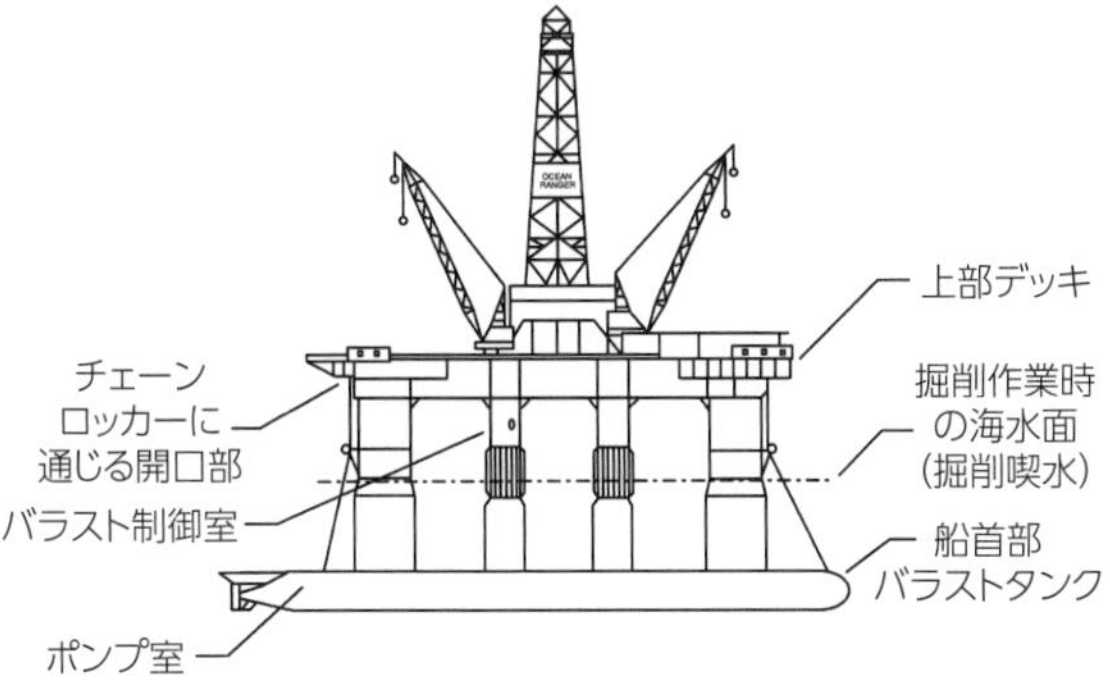

図2　オーシャンレンジャー号（側面から見たところ）

推定される経過

1　波が舷窓を破り、海水がバラスト制御室に流れこんで電子機器を水浸しにする。
2　電磁スイッチがショートし、バラストタンク内のバルブが開閉する。
3　乗組員が電源を切るが、のちに再投入する。
4　バルブが開いたため、バラストは船首寄りに移動。
5　乗組員がサクションポンプで船首部タンクを軽くしようとしたが、リグはますますバランスを失う。
6　リグがかしいだため、大波は支脚上部の開口部に達し、船首側のチェーンロッカーに流れこむ。

た。一九八〇年の一年間だけで、二二基のリグが火災や爆発、転覆、沈没事故を起こした。業界関係者たちによれば、その理由は世界規模で掘削事業が加速しているためだという。造船所は掘削リグを短期間に建造できるが、それに乗り組む熟練作業員を見つけるのは難題なのだ。

災難つづきの一九八〇年、北海油田ではたらく労働者の浮き宿舎「アレクサンダー・キーランド」が冬の嵐で転覆し、一二三名の犠牲者が出た。鉄骨構造のすじかいに入っていた亀裂が、絶えず波の衝撃を受けているうちに大きく裂けて事故となった。造船所で建造中の段階で、塗装工が亀裂の上に塗料を塗ったのだが（亀裂の一部に塗料が含まれていたことから判明した）、どうやらそのことを報告していなかったらしい。すじかいが損傷したため、アレクサンダー・キーランドの五本脚のうちの一本が荒波によって折れ、バランスが崩れた。アレクサンダー・キーランドは二〇分ほどで転覆し、作業員たちは極寒の海に放り出されたり、閉じ込められて沈んだ。

オーシャンレンジャーには五四人のニューファンドランド州出身者が乗っていた。現地雇用を奨励するカナダの条例を受け入れたものである。そのなかにロバート・ウィンザーとスティーブン・ウィンザーという一八歳と二三歳の兄弟がいた。前年の夏にオーシャンレンジャーで事故があり、スティーブンは片手を骨折したが、回復するとすぐにまたもとの職場にもどった。兄弟は油田作業の経験がないまま未熟練労働者として乗船していたが、リグ経営者はかれらが陸上で就くことのできるあらゆる仕事よりずっと高い給料を支払った。二人より年長の兄ゴードンは、その東方一五キロメートルに浮かんでいる、オーシャンレンジャーより小型のリグ「セドコ706」ではたらいていた。オーシャンレンジャー、セドコ706、それに、もうひとつのリグ「サパータ・ウグラント」は、たがいに視界に入る距離に位置していた。

二月一四日の予定表によれば、ゴードンはその日の夕刻、非番だったが、迫りくる嵐でセドコ706が大きくゆれていたので、ベッドに横になったまま目をさましていた。すでに六年近く海洋リグではたらいてきたが、北大西洋でこれほどひどい嵐を経験するのははじめてだった。午後七時、ゴードンはぶらぶら歩いてみようと起き出した。ちょうどそのとき、セドコ706は特大の高波を脚部鉄骨に受けて激しくゆれた。その直後にまた二度ほど、大波に見舞われた。

外は、海水が上部デッキの上をおおって「シッピング・グリーン［緑の波をかぶっている］」になっていた。これは、海水に厚みがあって泡ができない状態をさす。おまけに海水は通気管を通って機関室にも流れこんだ。ということは、波の高さは二四メートルに達していたことになる。ポンプの運転が開始され、ポンツーンからバラスト［安定させるためのおもり］の海水が排出されるにつれ、セドコ706の掘削プラットフォームはゆっくりと上昇し、海上で四・五メートル分、高くなった。これだけ高さが加われば、波によるダメージも受けにくくなる。このとき分厚いI形鋼の鉄骨は、すでに波の力で曲がっていた。

午前〇時、ゴードンはシフトにつき、デリック［やぐら］で作業した。まもなく同僚たちから、弟二人のはたらくオーシャンレンジャーが遭難信号をテレックス発信した、と聞かされた。ゴードンはレーダー室に駆けつけた。午前三時ごろ、ゴードンの目のまえで、セドコ706のレーダースクリーンからオーシャンレンジャーを示す光点が消えた。それを見たゴードンは、鎮静薬がほしいといった。

最新鋭の設備をもつオーシャンレンジャーが比較的水深の浅い海域で転覆した、という第一報が入ると、海事専門家たちは首をかしげた。「ガス・ローデッド・オーシャン」と呼ばれる奇妙な海底噴出にやられたのではないかという説も出た。海底からガスが間欠的に噴出し、リグの下の海水を激しく泡立てたために、プラットフォーム全体が浮力を失って沈んだというわけだ。またべつの説によれば、「はぐれ波《ローグウェーブ》」によって沈没したのではないかという。はぐれ波は殺人的な大波で、どこからともなく発生して高さ二七メートル以上にもなる。一九四二年、スコットランド沖一一〇〇キロメートルの地点でクイーンメリー号のブリッジを破壊した波もそうだった。はぐれ波は南アフリカ東岸沖ではよく知られた危険な波である。

じっさいには、七時間前にゴードン・ウィンザーをゆさぶった波のひとつが、はぐれ波ではないくせにオーシャンレンジャーの息の根をとめたのだった。潜水調査の結果によれば、その波が、たった一枚のガラスを突き破って何百キログラムという海水をバラスト制御室にぶちこんだために、つぎつぎと連鎖的に多数の不具合と誤作動を引き起こして、乗組員全員を死亡させたのである。

オーシャンレンジャーの惨事は、人間とマシンの衝突という問題にたいして、ひとつの貴重な出発点を与えてくれる。なぜなら、失敗というものが、ひとつのシステムのなかで、スローモーションの衝撃波のようにじわじわと広がっていくさまを示しているからだ。どんな人でも、口論したあとや自動車事故を起こしたあとは、丸一日あるいは何日も、心の平静を失ってしまう。同じようにオーシャンレンジャーの乗組員たちも、あの晩、冷静さを失ったまま、平静さを取り戻すことができなかったのである。

われわれは、オーシャンレンジャーの嵐のなかの冒険談や、それ以外の、人間とマシンの衝突物語をたどりながらも、公式な事故調査委員会が指摘した明白な誤りを超えたところに教訓を見出すことにしよう。そして、十分に予見できたはずの危機を乗り切るために真剣に対策を考えることもせず、人びとが事件発生の瞬間まで日常のルーチンに固執するさまを、見ていくことにしよう。

最新技術に不つりあいな乗組員たち

オーシャンレンジャーは、一九七六年に三菱重工業広島造船所江波工場で建造された。設計したのは、ニューオリンズを本拠地とするオーシャン・ドリリング・アンド・エクスプロレーション社（ODECO）で、同社は経験豊富な海洋探査会社だった。親会社のマーフィー・オイルは、一九五三年という早い時期に、もっとも初期の半潜水型移動式洋上石油掘削装置のひとつ、ミスター・チャーリー号を建造している。

一九七六年以降、オーシャンレンジャーはアラスカ沖、ニュージャージー沖、スペイン沖で石油掘削をおこなったのち、カナダ沖のハイバーニア油田に駐機。モービル・オイル・オブ・カナダにリースされて、試掘にあたっていた。事故当時、同油田では三基の浮きリグが稼動していた。この採掘はいずれもまだ調査活動の段階で費用もかさんだが、一九八二年の時点で、各石油会社もニューファンドランド州政府も、五年以内にこの海域から多量の石油を産出できるだろうと見込んでいた。

米沿岸警備隊の登録では、オーシャンレンジャーは「可動海洋石油掘削装置（MODU）」と標記されている。オーシャンレンジャーのようなMODUは、矛盾した言いかたになるが、一般的な船舶にくらべると、ある意味では安定度が高く、ある意味では安定度が低い。ふつうの船は、悪天候のなかでは前後、左右、上下に大揺れするものだが、オーシャンレンジャーは喫水が深く、長い脚部をもち、複数の錨《いかり》を備えているため、大波に出あったときも、どんな船よりもゆれが少なく安定している。ところがオーシャンレンジャーは、ひとたびバランスを崩してしまうと、ふつうの船より不安定だった。重心が高いからだ。オーシャンレンジャーはデッキからキール［船底の梁］までが、デリックの高さを除いて四六メートルあった。デリックを含めれば、リグは海面下の部分よりも海上に出ている部分のほうが多い。おまけに、プラットフォーム上で重量物を移動すると、リグ全体がバランスを崩して危険におちいる可能性もある。

下部から順に見ていこう。オーシャンレンジャーは、巨大潜水艦ほどもあるポンツーン二基の上にのっている。ポンツーンは、全長一二二メートルで、二基は七三メートル離れて双胴船のように並んでいる。ポンツーン内部の空間は鋼板の壁によっていくつかのタンクに区分され、バラスト用海水、燃料、真水の貯蔵に利用される。リグが長距離航行するときは、ポンツーンは水面まで浮上し、ディーゼル発電機と船尾の推進機によって走る。オーシャンレンジャーは自力航走が可能だったし、実際そうしていた。目的地に到着すると、乗組員が海水吸入バルブを開き、ポンツーン内のバラストタンクに海水を入れる。ポンツーンは海面下二五メートル近くまで沈み、リグ全体の重心が下がる。この状態で掘削作業をおこなえば、波の影響はほとんど受けない。この深さをドリリング・ドラフト（掘削喫水）と呼ぶ。このときデッキは海面から一五メートルの高さにあり、高波もその下を潜り抜けていく。大嵐が近づいて、より高い波が予想されるときは、ポンツーン内のバラスト用海水をポンプで排出して船体を軽くし、さらに三メートル高くする。この状態はサバイバル・ドラフト（緊急喫水）と呼ばれ、リグと海面とのあいだの距離が増すことによって、巨大な波による被害を避けることができる。

　ポンツーンの上面には鋼鉄製の巨大な脚が八本溶接されていて、橋の橋脚と同じように垂直に立ちあがってプラットフォームを支えている。プラットフォームは二層のデッキからなる。ここは乗組員の居住区であると同時に、すべての作業の基地でもある。緊急避難に備え、プラットフォームには救命ボート三隻と救命いかだ一〇隻、それにヘリポートが備えられている。

　支脚の内部には広い空間が取れるので、設計者はそこを貯蔵用や作業用の区画に割りあてていた。こうしたスペースの有効活用が、いくつかの点でオーシャンレンジャーの沈没につながったと考えられる。ひとつは、重要な電子制御室が波のかかる位置に配置されたこと。また、脚部にいくつかの穴があけられていたため、荒天時に海水が流れこむ危険性があったことだ。

　プラットフォームの四隅の脚は頑丈で、直径は約一二メートルあり、内部は錨鎖庫《びょうさこ》（チェーンロッカー）と呼ばれる、天井の高い部屋になっている。リグがアンカーを上げて移動するときは、不要となったワイヤーロープやアンカーチェーンを何百メートル分も収納することができた。これら四隅の支脚の上部、海面上二一メートルのところにはそれぞれ三つの大きな穴があいていて、ワイヤーロープやチェーンを回収するときに使用される。これが大きな問題だったのだが、そのことにはだれも気づいていなかった。ワイヤー出し入れ用の穴は、それぞれ直径一・五メートルもあった。オーシャンレンジャーの設計者たちはだれひとりとして、リグがアンカーを下ろして停泊中はこの穴を閉じておくべきだとは考えなかったので、その対策は講じられなかったし、この穴から海水が入って錨鎖庫が浸水しはじめたら乗組員に警報を出す、といった装置も装備されていなかった。穴から海水が入って錨鎖庫が浸水するなどという事態は、荒天時にリグが猛烈な角度でかたむかないかぎり起こるはずがなかったし、どうやら関係者全員が、そういうことはありえないと考えていたのだった。

ポンツーン内にある機械室へは、はしごで降りられたが、そうした薄暗いところを持ち場とする人間は通常はいなかった。四隅の支脚より細い中間の支脚のうち、右舷の一本にはバラスト制御室があった。バラストオペレーターは、海面上八メートルにある、壁面がメタル張りの円形制御室でゆったりと腰をおろしたまま、リモートコントロールによってすべてのバラストタンクの注排水をおこなうことができた。ディスプレイの計器とランプを見れば、下のポンツーンでなにが起こっているかわかるのだ。

このリグでは、バラストオペレーターが、脚部についている喫水マークや外部の補給船の様子を確認する必要があったので、制御室には「ポートライト」と呼ばれる丸いガラス窓が四つ、ついていた。ポートライトは、脚部の鋼板にあけられた直径四六センチメートルの穴にガラスをはめただけのもので、開くことはできず、圧力がかかれば割れてしまう。バラストオペレーターの仕事には、電磁スイッチを操作するための赤や緑のボタンを押すことも含まれていた。電磁スイッチは、支脚内の銅管を通ってポンツーンの海水バルブに達する圧搾空気を制御する。空気圧で開閉する巨大な海水バルブの実際の役割は、バラストタンクとポンツーン後部のポンプとをパイプ経由で接続することである。各ポンツーンには一六個のタンクがあるが、ポンプは三台しかない。そのためオペレーターは、バラストシステムを適切に稼働させるには、各バルブを操作して、必要なタンクとそのためのポンプとをつながなければならない。バルブ操作によって接続されたポンプを運転すると、そのタンク内の海水が吸いこまれて海へ排出され、タンクは空になる。あるタンクから別のタンクへ海水を移動させることもできる。ある調査委員会によれば、これらのポンプは「力が強く、十分に機能していた」。ところが、オペレーターたちは知らなかったのだが、これらのポンプには奇妙な癖があり、ものごとがうまくいかないときにその癖がミステリアスなかたちであらわれるのだった。

ポンツーンが潜水状態にあり、一二本のアンカーケーブルが海底に固定されていてリグは安定しているように見えるときも、活発な掘削作業や補給活動のせいで重量とバランスが絶えず変化するので、プラットフォームを水平にたもつにはバランスを調節する必要がある。オーシャンレンジャーは四〇〇〇トン近くの物資と掘削機材を積載できたが、それほどの量があっても、何週間も絶え間なくつづく作業には十分とはいえなかった。そのため、作業船で数日おきに補給していた。掘削に必要な掘削泥水、ディーゼル燃料、用具、真水、乗組員用の物資などを定期的に補給する必要があったのだ。補給の合間であっても、乗組員がタンクを空にしたり、肉厚の鋼管を貯蔵棚からドリルストリングへ移動させたりすれば、リグのバランスが崩れて、かたむく可能性があった。新しい物資が積み込まれたり、未熟練労働者たちが作業をするとき、バラストオペレーターがバラストタンクに適宜修正を加えないと、リグはかたむいてしまう。もしそうなると掘削作業を中止しなければならなくなったり、もっと悪いことが起こるかもしれない。わずか五度かたむくだけでも重大問題なのだ。

オーシャンレンジャーがバラスト調整ミスにきわめて敏感で、危険を招きやすいことは、大惨事のちょうど一週間前にも実証されていた。二月六日、補給船がホースでリグに真水を送水しはじめたとき、当直バラストオペレーターのブルース・ポーターは制御室にいなかった。彼はポンツーンの一基に出向き、機械トラブルを修理していた。ポーターの不在を埋めようとリグ船長のクラレンス・ハウスはコントロールパネルのまえにすわり、給水作業によって生じたわずかなかたむきを修正しようと試みた。だが、彼はよく知らずに、海水を取りこむ注水バルブのひとつを開けたままにした。必要としない大量の海水が左舷のタンク二個に流れ込んだ。リグは六度近くかたむいてしまった。たいしたことではないように聞こえるかもしれないが、リグでは大騒ぎになった。乗組員たちが救命ボートへと急ぐいっぽう、上級バラストオペレーターのドナルド・ラスバンはベッドを出ると、なにが起こったか調べるためにバラスト制御室へ向かった。彼は海水流入を止め、タンク二個の排水をおこなった。事件後、掘削作業監督のケント・トンプソンはハウスとラスバンを部屋に呼びつけ、説明を求めた。そしてトンプソンはハウスに申し渡した。オペレーターが在室していないときは絶対にパネルに触れてはいけないし、制御室に足を踏み入れてもいけない、と。

このことは、外航船の船長資格をもつ人間にとっては――ハウスはベスレヘム・スチール社において、一五年間、貨物船の航海士や船長をつとめた――屈辱だったにちがいないのだが、いっぽうで、オーシャンレンジャーの指揮権が一本化されていなかったことを示している。新しい掘削現場に向けて航行するという数少ない機会には、たしかに船長がオーシャンレンジャーの指揮者であり、少なくとも二人の船員が部下としてつくことになっていた。ＯＤＥＣＯは、リグを長距離移動させる必要があるときは、「トランジットマスター（一時移動船長）」を派遣していた。

オーシャンレンジャーが掘削現場でアンカーを下ろしているときは、掘削作業監督がリグの指揮者となり、船長のほうは勝手にひまをつぶしていた。掘削作業時には、ハウスは法規上必要とされる船長として存在するにすぎず、実際に指揮をとることはなかった。問題が発生したときはバラストオペレーターを補佐することになっていたが、彼はオーシャンレンジャーのコントロールパネルについてはなにも知らなかった――それ以前にもODECOの二基のリグで船長をつとめたことがあったにもかかわらず。一九七〇年代後半の石油ブーム到来でクラレンス・ハウスはふたたび海にもどったが、それまでは陸上でさまざまな仕事をしていた。かれはODECOではたらくようになるまえの一〇年間に、医療技術者、港湾荷役監督者、セールスマンを経験している。

というわけで、オーシャンレンジャーにとっては、帆船や蒸気船が走っていたよき時代はすっかり遠くなっていたらしい。あのころは、船長が名実ともに船の支配者だった。たとえば不定期貨物船ロダム号の船長だったE・W・フリーマンもそのひとりだろう。ロダム号は、一九〇二年、マルチニーク島のサンピエール港に停泊中、プレー山の噴火に出あい、被害を受けた。爆風によって乗組員の半数が死亡し、ロダム号はアンカーを下ろしたまま火災を起こして動けなくなった。だが、フリーマンはロダムのことを熟知していたため、エンジンを全速後進させればアンカーチェーンを切断して逃げ出せる、と判断を下した。その結果、ロダムは港の作業員の助けを借りずに湾外へ逃げることができた。

さて、二月一四日が近づきつつあるころ、オーシャンレンジャーに乗っていたもっとも聡明なバラストオペレーターは、三一歳になるドナルド・ラスバンで、このリグでは二年ほどの経験があった。彼はロードアイランドの出身で、ニューイングランドでもとくに古い家柄であるラスバン家の一員だった。背が高く、細身の彼の趣味は、絵を描くこと、写真、そして海の上で過ごすことだった。ラスバンはカレッジを中退し、ロードアイランドとカリフォルニアに住み、離婚して再婚した。その間、カーペットクリーニング業の経営者となったり、ロブスター漁やワイヤー工場ではたらいたりした。そのどれとくらべても、一九八〇年にODECOから提示された給料は高かった。一年めの年俸は三万ドルで、経験は不問だった。ロードアイランドの人びとは、一九七九年八月、ナラガンセット湾にオーシャンレンジャーが停泊したとき、偶然にもその姿を見ることができた。オーシャンレンジャーはアメリカ東海岸沖にあるボルチモアキャニオン油田の掘削に向かう途中だった。

オーシャンレンジャーのたいていの乗組員の場合も同じだが、リグでの仕事は、ラスバンが陸上での三週間の休暇をロードアイランドで過ごしたときにしゃべる話とはちがいがあった。リグはリグ、陸は陸だ。ラスバンは、妻のナンシーと家にいるときは、留守の空白を埋めることに時間を費やした。オーシャンレンジャーではたらいていた乗組員たちの話や、死亡した乗組員たちの遺族の記憶から判断すると、このリグも他のリグとそれほど大きなちがいはなかった。もとからいるアメリカ人乗組員たちと、カナダ政府の雇用政策にしたがって乗船したニューファンドランド島民とのあいだに、多少の緊張関係があった。

オーシャンレンジャーのことを「オーシャンデンジャー」と呼ぶ者もいた。ゴードン・ウィンザーの回想によれば、乗組員をつなぎとめておくことは容易ではなかったという。とはいえ、海洋掘削装置には危険はつきもので、ことに潜水夫や、巨大な掘削機器を扱う作業員は危険にさらされる機会が多い。統計で見ると、惨事が起きるまでの一年間におけるオーシャンレンジャーでの負傷事故の数は、他のリグとほぼ同じである。オーシャンレンジャーは、どんな嵐のときでも掘削作業をつづける、という評判さえ得ていた。海底につながる掘削パイプを切り離す必要がなかったからだ。荒れた北の海で稼働していた年月のあいだに、オーシャンレンジャーはたった一度しか持ち場を離れなかった。乗組員が一様にいうのは、この仕事でいちばん恐ろしいのは、洋上をヘリコプターで飛ぶことと、石油の暴噴と出火だった。食事はよかったが、週七日、一二時間交代の作業スケジュールでは、気晴らしをする時間も元気もほとんど残っていなかった。

　オーシャンレンジャーには、いたずら好きの人間が何人かいた。たとえば、新入りにたいするいたずらは、相手の寝ているすきに部屋のドアに細工をして開けられないようにし、ドアの下に水をまく。そのあと、いたずらの仕掛け人たちは廊下に集まり、ドアをたたいて、沈没するぞと大声をあげる。

　オーシャンレンジャーが最後の危機を迎える一年前、ラスバンは、弱りつつある母親のためにバレンタインパーティーを企画した。彼は船舶無線を通じてしばしば両親と連絡をとり、母親の健康状態を確認していた。そのころには、彼は甲板作業員からバラストコントロールオペレーターへと昇格していて、甲板作業員のときとくらべると、ほとんどが屋内作業ですんだ。オペレーターになるのに試験もなければ、政府発行の免許も不要で、教習マニュアルすらなかった。

　オーシャンレンジャーでは、だれでも毎日のわずかな自由時間のなかの数時間を制御室で過ごすので、オペレーターの肩越しに見学していれば、バラストコントロールの資格を得ることができた。かつてODECOでは、新任オペレーターに数日の訓練をおこなっていたが、ラスバンやドメニク・ダイク（ラスバンの助手）、ハウスが加わるころにはその制度もなくなっていた。というわけで、数週間あるいは数カ月たって、オペレーターと掘削監督が新人の判断にまかせてだいじょうぶだと考えるようになると、その見習いは元の職場を離れ、バラスト制御室の任務につく。ODECOの書類上の研修制度では、八〇週の海上経験があってはじめて実地訓練を開始できることになっていたが、事故当時、オーシャンレンジャーではそんな決まりは反古になっていた。ダイクは乗船後四〇週で実地訓練をはじめたし、ラスバンはわずかに一二週後だった。のちに事故調査委員会が知ったところによれば、八四人の乗組員の人命と一億ドルのリグを救うように求められることになった男たちは、恐ろしく貧弱な事前教育しか受けていなかった。「訓練プログラムには、バラスト制御システムの電気的、機械的作用に関しても、バラストの浮力調整効果に関しても、知識を与えるための課程は含んでいなかった。どういう障害が発生するか、どのようにして事態を発見し復旧するか、についての徹底した知識と理解もまた欠如していた。訓練の重点は、バラストシステムはフェイルセーフ［安全装置つき］だという誤った前提にもとづいて設定されていた」。

オーシャンレンジャーにも操作マニュアルはあったが、バラスト制御室にしまいこまれたままだった。マニュアルには、バラストシステムの日常的操作法が記され、リグのバランス調整でタンクを使用するために必要な、単純で退屈な計算式が並べられていた。ラスバンのようなオペレーター連中は、見習いのときに、そのマニュアルを読めといわれた。

日々の一二時間当直をこなしているある時点でラスバンは、マニュアルに記載されていない手順があることを知った。この手順が取り返しのつかない連鎖を生んで、大惨事につながることになる。それは緊急対策として用意されたもので、三菱重工で建造中に、ODECOの電気技師からの要求をいれて準備されたものだった。それはねじを切った銅製ロッドの一式で、緊急時のみに使用するように、コンソールの奥の人目につかないところに隠し置かれていた。もし電気系統が故障して、まだ復旧しないうちにポンツーンのバルブをリモートコントロールで開ける必要が生じた場合、オペレーターがこの銅製ロッドを使えば解決できるかもしれない、というわけだ。パネルにあるソケットにロッドをねじこんでいくと、故障中の電気回路をバイパスして、該当するソレノイドスイッチを強制的に押しさげることができる。すると圧搾空気がポンツーンまで送られ、必要とするタンクのバルブを開けることができる。ラスバンは数週間前、別のバラストオペレーターにこのロッドのことを話していたので、彼がその存在を知っていたことは明らかだ。ラスバンはその男に、これはタンクのバルブを閉める緊急対策法だと話している。しかし、それはまちがっていた。

その夜、なにが起きたのか

では、そろそろ実況検分に移ろう。二月一四日、風速四五メートルの嵐が吹く直前のこと。乗組員たちは陸から三〇〇キロメートル離れた北大西洋上で作業をしていた。理想的な状況でも、ヘリコプターで避難するには二時間かかる。オーシャンレンジャーにはいつでも使える救命ボートが三隻あり、おそらくもう一隻が使用可能だったが、悪天候が近づきつつあるときの使用法は謎だった。暴風雨のなかでの避難のしかたについて訓練を受けていた乗組員はいなかったし、試してみた人間もいなかった。のちに乗組員たちが証言したところによれば、避難訓練は、日曜日の午後早くにおこなわれる楽しいイベントだったという。救命ボートをロープで吊りおろし、留め具をはずし、備え付けの小型エンジンを動かしてあたりを走行することもあったし、人員点呼だけで終わることもあった。

こうした高価な救命ボートは、タイタニック号が沈没したときに用意されていればすばらしかったにちがいない。救命ボートは完全な有蓋で、無線機と緊急物資が備えつけられていて、うまく着水さえできれば、たいへんな悪天候でも浮かんでいられた。この、うまく着水さえできれば、というところに鍵があった。救命ボートは、デッキの上から一八メートル下の海面まで、壊れないように下ろす必要があった。もし、通常の船からの避難なら比較的かんたんだっただろう。船体自体が風をさえぎるので、風下側にボートをおろせばいいからだ。だが、鋼鉄で組まれたさえぎるものがない構造であるリグは、巨大な波をよける役には立たず、むしろ救命ボートのぶつかる相手でしかなかった。乗組員たちは、嵐のときでも救命ボートが役に立ってくれると信じきっていたらしいが、それにはまったく根拠がなかった。

オーシャンレンジャーは多数の救命胴衣を備えていたが、冬の海でも浮いていられるような完全な耐寒耐水式のものではなかった。耐寒耐水スーツは、断熱材として分厚いゴムを使用したもので、全身をすっぽりくるみ、氷点下に近い冷たい海で救助を待つ人を何時間も浮かせて、生存させておくことができる。当時の金で一着あたり四五〇ドルだった。嵐のときには救助のヘリコプターも時間がかかる。ヘリコプターが到着するまえにオーシャンレンジャーの乗組員たちは冷たい海に放り出されてしまうだろうが、かれらはそうした海につかって耐えられるだけの救命スーツをもっていないのである。生き残る方法はひとつしかなかった。つまり、乗組員全員が分乗した救命ボート四隻を、デッキから海面まで安全におろすことだ。

ロードアイランドでは、ラスバンの兄のロバートが、バレンタインデーに雪が降るのをながめ、ニューファンドランド沖で嵐が発達中だということを耳にして、弟のドナルドのことを思った。あのあたりではどんなひどい状況になるか、ロバートは知っていた。彼は沿岸警備艇エスカナーバの無線技師としてはたらいていたとき、グランドバンクス一帯をじかに見ていた。海洋定点気象観測台ブラーボで知られる、グリーンランド沖のこの海域の天候は、大波を発生させ、警備艇の鋼板に亀裂を走らせたり、手すりの支柱をぺしゃんこに倒すことがあった。

オーシャンレンジャーの乗組員たちは、その日発生しつつあった嵐を無視したわけではない。バレンタインデーのこの日、かれらはリグを暴風から守るための作業を朝から晩までおこなっていた。夕闇がせまるころ、波の高さは一五メートル以上になった。午後八時ごろ、バラスト制御室の小さな舷窓が波を受けて破れた。のちの調査報告によって、本来の設計よりも薄いガラスが使用されていることが判明したが、仕様どおりの厚さがあったとしても、その日の高波の衝撃には耐えられなかっただろう。実際のところ、波はガラスを完全にもぎ取り、真鍮の窓枠だけしか残らなかった。

セドコ706はこの時刻に、三つの大波を報告している。オーシャンレンジャーの窓を壊したのはそのうちのひとつだろう。後知恵で考えれば、天候が悪化するまえに、舷窓に鉄製の風防蓋をしておくべきであった。だが、それも手遅れで、いまはもうこれ以上海水が入らないようにするのと、室内を乾燥させることしかなかった。そうした努力をつづけても、バラスト制御パネルの内部には大量の海水が残った。塩水はきわめてすぐれた電気伝導体であり、ひとたびパネル内部にしみこんでしまうと、ラスバンとダイクにはパネルを乾かす良策はなかった。

その後まもなく、オーシャンレンジャーのサポート船で、一二キロメートル風下に控えていたシーフォース・ハイランダー号の通信士は、バラスト制御室の窓が割れたので破片を掃除しているところだという、リグの携帯無線の会話を傍受した。制御パネルに触れるとびりびり感電する、という報告も聞こえた。一時間後、その報告はいっそう切迫したものとなった——表示パネルの表示によると、左舷のバラスト制御バルブが、いずれも勝手に開閉しているというのだ。ラスバンとダイクは、そうした不気味な展開を深刻に受けとめていたことだろう。バルブが誤作動すれば、タンクとタンクがつながってしまう可能性があり、そうなると、不必要なタンクにも海水が入ってしまうからだ。シーチェストのバルブが開くとなおさら危険だった。海水がさらにバラストタンクにも入ってしまうからだ。

この時点では、事態は深刻ではあるが、まだ致命的というほどのものではなかった。その後、コントロールボードを調べてみると、いくつかのランプがショートしていたし、海水によるマイクロスイッチのショートのせいで、いくつかのバルブが開いたり閉じたりしていた。パネルの電源を切れば、ショートが起こっているかどうかに関係なく、ポンツーンのバルブはすべて即座に閉まるので、できるだけ早く電源を切るべきだった。だが、そのスイッチはコンソールキャビネットの内部に隠されていた。電気技師が駆けつけ、遮断器を見つけ、電源を落としたのが午後九時。電源を切ると、パネルのランプや計器のランプが消え、でたらめにつながったバラストタンクのバルブの位置、ポンプの稼働状況、貯水量もわからなくなる。電気がなくても使用できる唯一の計器は、リグの水平度を教えてくれる、大工道具と同じような気泡入り水準器だけだった。

リグの外では、波の高さが一七メートル、風速三六メートル、気温はマイナス一八度以下になった。条件は悪そうに思えるが、そうした状況が船内でも認識されていれば、オーシャンレンジャーは一夜をもちこたえることができただろう。バラストタンクのバルブはすべて閉まっていたし、一二のアンカーがリグをつなぎとめていたのだから。ところが、午前〇時をわずかにまわったころ、バラスト制御室にいた複数の人間が、バラスト制御パネルの電源を入れなおすという致命的な判断をくだした。その理由は不明だが、おそらくかれらは、電気機器も十分に乾かしたので安全に運転できると考えたのだろう。システムの状態をチェックしたかったのか、さもなければバラストタンクから不要な水を吐き出してリグの喫水をサバイバル喫水まで高くし、暴風による高波の影響を少なくしようと考えたのだろう。

この時点から事態が悪化しはじめたのは、かれらが電源を再投入してあちこちいじったせいと、制御パネルでショートが続発したために船首部分のタンクに大量の海水が入ったせいではないかと思われる。いくつかのバルブを開ければ、その組みあわせによっては、こうした結果を招きうるのだ。オペレーターたちは、電源を切ったり入れたりしながら、そんなことを二、三度試みたのかもしれない。開けたバルブを閉めるには三〇秒かかるので、そうした試みをするたびに、不要なタンクにますます大量の水を入れてしまったのだろう。

制御室にある傾斜計を見れば、リグは左舷船首からゆっくりと沈みつつあり、北西の風を受けてかたむきつつあることは一目でわかったはずだ。ところが、掘削監督のケント・トンプソンは、避難に備えてサポート船に接近してくれるよう要請を出すこともしなかった。そのせいで――ほかにもいろいろとミスがあったが――なにか望ましくない事態が起こったときにオーシャンレンジャーの乗組員たちを海中から助けあげてくれる人が手近にはいないことになった。これでは、海に投げ出された乗組員は体温低下で絶命してしまう。トンプソンは、事態が悪化しないうちにバラストオペレーターが船首部分のタンクの水を排水できる、と考えたにちがいない。

ある時点でオーシャンレンジャーのバラストオペレーターのひとり、おそらくはラスバンが、緊急措置として例の銅製ロッドを使用し、船首部のタンクとポンプ室との間にあるバルブを閉めることを決定した。その作業をするあいだ、彼はポンプを運転しつづけ、船首部のタンクを空にしようと試みた。銅製ロッドが使用されたことはたしかである。というのは、のちの潜水調査によれば、一八本のロッドが制御パネルに差し込まれていたからだ。

ところが、銅製ロッドは何本あっても、バラスト制御パネルを肩代わりすることはできなかった。バラストタンクのバルブを開けることはできるが、閉めることはできないのだ。しかも電源が切れて計測機器が動いていない状況では、いくらラスバンがロッドを試してみても、バラストシステムがどういう事態になっているかをパネルから読みとることさえできなかった。システムは期待どおりに作動している、と彼は信じるほかなかった。だが、現実はそうなっていなかった。

だれもポンプの秘密を知らなかった

事態がここまで進んでしまった状況でオーシャンレンジャーを救うには、ラスバンかダイクかハウスが、ポンプに関して、操作マニュアルでは触れられていないいくつかのことを知っているべきだった。これらのポンプはサクションポンプ（吸引式ポンプ）で、大気圧を利用するため、ポンプ室よりも低い位置にある水をくみあげる能力は、きわめてかぎられていた。馬力を上げても、こうした機械では意味がない。オーシャンレンジャーが船首の方向にかたむきはじめて船首部が深く沈みこむと、船尾部にあるポンプでは、それよりもずっと低くなった船首部のタンクから海水を吸引することはできない、という重大な事実をラスバンは知らなかった。というわけで、開くべきでないバルブが開き、しかもミスを修正する時間も残されていないという危機的状況下で、オーシャンレンジャーのポンプは、バラストコントロールオペレーターたちが意図したのとは正反対のはたらきをすることになってしまった。

正しい訓練を受けた乗組員であれば、リグが船首方向にかたむいて危険になったときは、まず中間部にあるタンクの排水に手をつけ、つぎに船首部のタンクに移って、リグがゆっくりと姿勢をとりもどすにつれて、ひとつずつタンクを排水していけばいい、ということを知っていたはずである。この方法は、時間はかかるが、ポンプの能力の範囲内でおこなえる。だが、ラスバンはこの手法を知らなかったし、パネルの計器も停電で使えなかったので、ポンプとタンクの障害について推測することもできなかった。

深夜を過ぎて、リグが北西の風にあおられていっそうかたむき、制御しようとするあらゆる試みも通じないという状況になったとき、バラスト制御室のなかの憤激と恐怖はどれほどのものだったのか、われわれは想像するしかない。あるいは、他の部署の乗組員たちがらせん階段を駆け下りてきて、なにが問題なのか調べ、必死になってあれこれ提言したかもしれない。

そうこうするうち、オーシャンレンジャーのあちこちで波立っていたテクノロジーの衝撃波の最後の一撃が襲いかかろうとしていた。それは左舷船首側の脚部に効くことになる。サクションポンプの問題と同様、そのことに関しては、マニュアルはラスバンにもダイクにもまったく警告を与えていなかった。すでにリグは、大波がくればその脚の上部までとどくほどにかたむいていた。

波によって大量の海水が錨鎖庫の開口部から入り、洞穴のようなチェーン収納室に流れこんだ。錨鎖庫の口は、嵐のなかの貨物船のデッキで開いたままになっているハッチの風防蓋と同じようなはたらきをした。こうして脅威がつのりつつあったが、乗組員たちにはそれがわからなかった。というのもオーシャンレンジャーには、深刻な事態の発展を乗組員に警告する電子警報装置がなかったからだ。沈みつつある船のおちいるポジティブ・フィードバックの連鎖というわけで、錨鎖庫への浸水は左舷船首をいっそう沈め、その結果、それほど大きくない波も開口部からどんどん入ってくるようになった。危機は自己増幅し、行くところまで行くしかなかった。事態はおのずから悪い方へ悪い方へと回りはじめ、あとは終末に向かうしかなかった。ある時点で、掘削パイプが台からはずれ、轟音とともにデッキをすべり、海に落ちた。

午前一時五分になって、ようやくオーシャンレンジャーの通信士は掘削監督のトンプソンから、シーフォース・ハイランダーに救助を要請せよ、という命令を受けた。荒天時の標準的手順にしたがってハイランダーは、オーシャンレンジャーのアンカーケーブルに触れることのないよう、八キロメートル風下で待機していた。このときオーシャンレンジャーの傾斜角度は一五度近くに達し、もう取り返しがつかなくなっていた。トンプソンは乗組員たちに、救命ボート三隻に乗りこんで吊り柱からはずせと命令した。リグはかたむきつつあったが、まだ立っており、全員が救命ボートに乗りこむ時間はあった。ファイバーグラス製の救命ボートを一八メートル下の海面までおろしはじめたとき、問題が二つあることが明らかになった。ロープで吊られたボートが降下をする途中で、北西の風と巨大な波を受け、グラスファイバーの船体が、かたむきつつあるリグの鋼鉄にぶつかって、亀裂をつくってしまったのだ。

ひとたび着水できても、救命ボート上の乗組員たちはリグとボートをつなぐロープを切り離すのに必死だった。というのも、ボートが静止してロープに力がかかっていない状態にならないと、ロープ解放装置が作動しないからだ。嵐が吹きすさび、ボートが高波に翻弄されて乱高下し、さらにはリグの鋼鉄製脚部にたたきつけられているときに、それは滑稽な話という以外にない。三〇分ほどして、まだ沈没していない救命ボートは一隻だけになったが、それも艇首に穴があき、浸水しつつあった。

ハイランダーは招請を受けると全速力で駆けつけたが、風上に向かって八キロメートル進むのに一時間かかった。午前二時すぎ、ようやく現場に到着したハイランダーの乗組員たちが見たものは、風下に流されていく壊れた救命ボートと救命胴衣のビーコンだった。ハイランダーは、人が乗っている唯一の救命ボートの横に停船した。ボートにいた八人は、これで助かったと思っただろう。だが、救命ボートから立ちあがり、サポート船後部デッキの高い舷縁《げんえん》に登ろうとしたとき、生存者たちは足を踏みはずして海に転落した。極度の体温低下では、賢明なおとなの思考能力も子どもも並みになってしまう。どうやら、そうした状況におかれたかれらは、シートベルトをはずせば救命ボートは極端に不安定になるということを忘れていたらしい。ハイランダーは救助船ではないため、その乗組員たちも、生存者たちが風と波で流されてしまわない何秒かのうちに引き上げる道具はもっていなかった。生存者たちは、寒さのせいで動けなくなっていて、投下されたゴムボートによじのぼることもできなかった。そのゴムボートも、たちまち風で流されていった。

こうして、救助とぬくもりを目前にした生存者たち八人――少なくともそのうちのひとりは、実際にサポート船の船体に触れた――のうち、ハイランダーの手すりを越えることのできた人間はひとりもいなかった。捜索の結果、遺体で発見できたのは、乗組員八四人のうちの二二人だった。

カナダおよびアメリカにおいて、関係者の審問や、不法行為による死亡の提訴が起こり、カナダとアメリカ当局の監督責任が追及されるとともに、ODECOとカナダ・モービル石油の手落ちが多数指摘された。すべてのリグは乗組員全員の救命スーツを備えておくべきだった。荒天時にも救命ボートをデッキから下ろす手段が必要だった。バラスト制御室の電源は、モニター用パネルとバルブ制御用パネルとに分けておくべきだった。バラスト制御室の係員は、嵐がくるまえに風防蓋を閉めてガラス窓を保護すべきだった。オーシャンレンジャーは錨鎖庫の浸水にたいして、事前の対策を施すか、少なくとも警報装置を設置しておくべきだった。

バラストオペレーターには危機管理の専門訓練と緊急時のマニュアルが必要だった。もし、ドナルド・ラスバンが適切な教育を受けていたら、パネルの電源を切ったままにして嵐が過ぎ去るのを待つという判断ができたはずだ、と事故調査委員会は断じている。そうすれば圧搾空気システムによってすべてのバラストバルブが閉じられ、そのままの状態がつづいたはずだ。このひとつの操作さえしていれば、さらにバルブやポンプをいじらなくてもオーシャンレンジャーには嵐を十分乗り切れるチャンスがあっただろう。だが、計器が動かない状態でバラストシステムを操作しようとした結果、ポンプがオペレーターの意図とは正反対の動きをしてしまったことによって、オーシャンレンジャーの乗組員たちは事態を悪化させる道を開いてしまった。

後日談だが、ODECOは、石油掘削リグに「レンジャー」の名を冠することをやめた。その後継機にあたるオーシャンレンジャーⅡという名のリグが住友重機械工業で建造中だったが、事故発生を受けてオーシャンオデッセイと改名された。ところがオーシャンオデッセイも呪われていたらしく、一九八八年九月、油田の暴噴によって火災と爆発に巻き込まれ、一級通信士が犠牲になった。

オーシャンレンジャーの残骸はサルベージ業者によって引き上げられ、より水深のある海域に沈めなおす予定だったが、その曳航中に崩壊し、沈没した。リチャード・ハイランドはドナルド・ラスバンの作業帽をいまも自宅の玄関ホールにかけてある。いつか戸口にドナルドがあらわれて、返してくれというのを待っているかのようだ。ラスバンは、よかれと思ってとった行動で大惨事に手を貸すことになってしまったのか？　どうやらそのようだ。というのも、彼はバラスト制御室が致命的ミスをおかしたときに居合わせたし、しかも上級オペレーターだったからだ。だが、ODECOは、緊急時におけるバラストシステムの操作法についての訓練を彼に与えていなかった。それにラスバンは、あのような悪夢の夜、あのような立場に立たされた者ならだれでもやりかねないことをやっただけだ。

「何年も掘削をつづけたけれど」とハイランドはいう。「オーシャンレンジャーは一滴の石油も生み出さなかった」。

「あの傲慢さにびっくりするしかありません」と、ドナルド・ラスバンの妹、ダイアンはいう。「わたしたちは聞かされていたんです。最大の海洋リグだとか、絶対沈みっこないだとか、いろいろと。それがあんなことで終わってしまうなんて――ほんの小窓ひとつのせいで」。

オーシャンレンジャーの惨事は、ひとつのミスが複雑なシステム全体に波及しはじめるなかで、制御室内から問題点を短時間に判断することのむずかしさを物語っている。バラスト制御を担当することになっている人間は、あの晩、少なくとも重要なことを二つ知らなかった——リグがかたむいたときにバラストシステムが示す不思議な動きのことを、そして、わずかなバランスの崩れに嵐が作用すれば極度の悪化が起こるということを。おまけに、バラスト制御の反応がにぶく、あいまいだったために、オーシャンレンジャーが忠実なマシンとしての正常なふるまいの範囲を逸脱して未知の領域に入ってしまうと、操作は極端にむずかしいものになってしまった。次章では、マシンの重要な動きがさらに奥に隠れていて、オペレーターに察知できない、という問題について検討する。

第2章　スリーマイルアイランド原発事故

現実を見ず、飛躍した結論を出す

一九八九年一月八日、ブリティッシュ・ミッドランド航空のボーイング737はシャトル便としてロンドンからベルファストへ飛行していた。高度八八〇〇メートルで機長と副操縦士は爆発音を耳にし、機体が細かく振動するのを感じた。こうした現象と、エンジンのコンプレッサーから取り入れた新鮮な空気に金属のオーバーヒート臭がまじっていることを考えあわせ、二人はエンジントラブルではないかと疑った。

かれらはエンジントラブルを目で調べるのではなく――コックピットからの視界はかぎられているので、両翼についたエンジンを見ることはできなかった――機体メーカーのチェックリストにしたがって、エンジンコントロールとエンジン計器群を使用して原因を究明しようとした。機長が自動操縦装置のスイッチを切って、右エンジンのスロットルをもどすと、振動と騒音は著しく減少した。

たちまち事情は明らかになったかに思えた。右エンジンの出力をしぼるとまもなく振動が弱くなったのだから、問題はそこにあるにちがいなかった。パイロットは航空管制官に無線連絡をとり、最寄の空港に着陸する必要があると告げ、管制官もイースト・ミッドランズ空港への着陸に同意した。緊急事態の発生を宣言する必要はなかった。737型機は、正常なエンジンが一基あれば、進路の変更にも着陸にもなんら支障はないからだ。左エンジンの出力を落として降下すると、振動はさらに減少した。

ところが、じつはパイロットは、最初に立てた仮説から一気に致命的な結論へと飛躍してしまっていた。というのも、エンジンを目視して真相をチェックすることはかんたんにはできなかったからだ。右エンジンは故障していなかった。最初の騒音を耳にしてから二分後にパイロットが停止させるまで、右エンジンは問題なく動いていた。右エンジンを切ったという機長のアナウンスを聞いて、乗客たちはとまどいを感じた。左エンジンから火花と炎が出るのを見た乗客が何人かいたのだ。メカニズムの面からいえば、左エンジンの一七番ファンブレードが金属疲労で破損したことが端緒となって、エンジン後部に破片が飛び散り、さらなる損傷を引き起こしたのだった。

けれども客室から操縦室までやってきた人はいなかったし、連絡してきた人もいなかった。なんといっても、アナウンスをしたのは機長だったし、その機長は右エンジンが問題だと確信していた。737型機はイースト・ミッドランズ空港のグライドパス（着陸降下経路）に進入し、振動はさらに弱まった。その状態で降下すること一五分、左エンジンは少しずつ破損していったが、それでもまだパイロットには気づかれない程度に出力を維持していた。滑走路の四キロメートル手前で、左エンジンはこなごなに分解し、ファンブレードを広範囲にばらまいた。このとき、左エンジンの火災警報器が鳴りはじめた。機長は右エンジンを再始動させようと懸命に努力したが、すでに高度は二七〇メートルしかなく、時間切れになった。機体は野原にぶつかって跳ねかえり、ケグワース近郊の高速道路M1の盛土につっこんだ。乗員乗客一二六名のうち乗客四七名が死亡した。

事故調査委員会によれば、故障したエンジンからの火災警報が出なかったとしても、コックピットにあるディスプレイ上の小さなメーター、つまり左エンジンの振動表示計を見れば、パイロットは誤りに気づいたはずだという。その目盛りは「5」を指しており、最大値の振動だった。だが、これは小さな計器で目のとどきにくい位置にあり、しかもその目的は主としてエンジンの状況をモニタリングするためのもので、独自のアラームを発する仕掛けにはなっていなかった。

ケグワースでの墜落事故は、盲点をもったシステムではいかにして問題が発生するかを示している。盲点をもったシステムとは、内部の動きが運転員の視界から隠されているようなマシンのことであり、人間は精神的圧迫を受けると飛躍した結論をだす傾向が強いのにもかかわらず、それを克服できるほどの単純明快さをもった計器が備わっていないマシンのことである。事故機のパイロットたちには、エンジンの振動計を確認したり、あるいは客室乗務員に、窓の外を見てエンジントラブルの様子を確認してほしいと依頼する時間が一五分もあった。もしかれらが、飛躍した結論をだすのではなく、「現実を見る」時間をかけていれば、このエンジントラブルは運航日誌にメモされる程度のもので終わっていただろう。同様に、見えないところで起こった飛行中の事故によって、一九九六年にはバリュージェット航空五九二便がマイアミ南部で墜落している。積荷の酸素発生装置のせいで機体下部の貨物室が火災を起こしたのだが、煙検知装置などの設備がなく、パイロットが気づいたときには空港へ引き返す時間も残っていなかった［後出］。

機能が完全に理解できて、目にも見えている状態なら、複雑なマシンでも人間はきわめてうまくコントロールできるものだ。その一例は、一分おき、あるいはそれより短い間隔で航空母艦に飛行機を着艦させるクルーたちである。事故もめったに起こさない。とくにその危険性を考えれば、事故は非常に少ないといえる。新しいシステムに出あったときには、われわれは、それが正常な状況と不完全な状況でどのように機能するかを知るための時間を必要とする。もっとも危険なのは、運転員自身が、自分はなにがわかっていないのかを知らない場合である。

蒸気機関としてのスリーマイルアイランド原発

史上もっとも高くついた盲点は、一九七九年三月二八日、ペンシルベニア州ハリスバーグ近郊のスリーマイルアイランド原子力発電所二号機（TMI－2）で露呈した。危機的状況が去ったあとで調べたところ、プラントの外観には問題はなかったが、原子炉の炉心部は完全に破壊されていた。原子炉圧力容器に入っていた燃料の半分は溶解し、残りの大半はばらばらになってその上に堆積していた。それでも、分厚い壁をもつステンレス製の原子炉圧力容器はなんとか耐えて、燃料が底をつき破るのを阻止することができた。

スリーマイルアイランドに関する大統領事故調査特別委員会は、炉心はあと三〇分もしないうちに完全溶融にいたるところだった、と結論した。事故翌日以降、マスコミは、「水素気泡」の危険性について過熱報道したが、現在ではTMI－2がもっとも危険だったのは最初の三時間だったということが明らかになっている。いわゆるチャイナ・シンドロームが起こり、炉心が溶融して地中に潜っていく可能性もあったが、また一方では、原子炉圧力容器の底から溶けだした燃料が、分厚いコンクリート造りの原子炉格納施設の底部に貯まっている水に到達して激しい水蒸気爆発を起こし、建屋を破壊して、放射能をおびた水蒸気の巨大雲を発生させ、ペンシルベニア南部の町や農場をおおう可能性も十分にあった。数日後、マスコミの興奮は最高潮に達したが、最悪の危険は事故発生当日に峠を越し、四月一日になってカーター大統領が住民を安堵させるためにハリスバーグ入りしたときには、完全に終わっていた。ウォルター・モンデール副大統領によると、危機は去ったと発言した大統領にたいし、ひとりの女性が容赦なくやり返したという。「そのことばを信じましょう。まだ危ないんだったら、あなたではなくて副大統領がやってきたでしょうからね」。

制御室がしでかした明らかな失策は漫画家マット・グロウニングにひらめきを与え、アニメの主人公ホーマー・シンプソンはスプリングフィールド原子力発電所の運転員として設定されることになった。スリーマイルアイランド二号炉はゼネラル・パブリック・ユーティリティーズ（GPU）と米国国民にとって四〇億ドル以上の損失となり、金銭的には米国最悪の工業事故となった。金額があまりに大きいため、その後二〇年以上たった現在でも、だれが費用を負担するかで係争中だ「うちクリーンアップにかかる一〇億ドル弱については、三億ドルが保険でまかなわれるほか、GPUや州政府、電気事業者などが分担した。原子力損害賠償は保険で対応した」。

かつて原子力規制委員会は、原子炉が全出力で運転中にそうした「冷却材喪失事故」が発生する可能性はきわめて低いので、安全設計の考慮に入れる必要はない、と宣言していた。今回の事故は、オートメーション化された装置が自分を救おうとして作動するいっぽうで、運転員たちが二時間二〇分にわたってその動きを逐一阻止していたという奇妙な事例である。それは、のちに英国政府が公式に断じたような「愚かな失策」事件だったのか？

運転員たちのとった行動は以下のことを知ると、より理解しやすくなるだろう――このプラントの鍵となる部分が目に見えないところに隠されていること、表示の狂った計器がいくつかあったこと、初期研修において非常用冷却装置を封鎖するという思考様式が植え付けられていたこと、などだ。かれらは非常用冷却装置を切るという最後の手段が、原子炉の各種パイプを破断から守る唯一の道だと考えた。各種惨事における人間の行動を研究した結果をみると、こうした「認知をロックして固定する」現象がしばしば起こっている。事態に直面した者が、ひとつの行動を決定すると、それにしがみつき、どんなに相反する事実が出現しても変更しないのだ。認知のロックは、内部が不透明で複雑なシステムと完璧な対をなしている。その二つがそろうと、小さな障害がきわめて危険な事態にまで拡大する力を発揮する。

現場での測定結果によれば、ＴＭＩ－２は、致命的レベルの放射能を外部に漏らすまでにはいたっていなかった。業界の用語では「カタストロフ」ではなく「ニアミス」だった。ＴＭＩ－２が放出した放射能は約一五キュリー。七年後、チェルノブイリで発生した原子力発電所事故の場合、この何百万倍もの放射能が漏れ出している。原子炉格納施設が崩壊しなかった第一の要因は、シフト監督者ブライアン・メーラーにあったが、本来彼は、事故当日は制御室にいるはずではなかった人間である。そのメーラーが一五分のうちにどこが悪いかをさぐりあてた。

蒸気機関時代さながらの「先駆弁付圧力逃し弁」(PORV)の不調が、最後のところでスリーマイルアイランド原子力発電所の屋台骨をへし折った。最初の危機的三時間における原子炉のトラブルにとっては蒸気工学がきわめて重要であり、一八五〇年ごろの川船の機関員ならTMI-2で起こったことの大半をよく理解できたはずだ。ただし、おそらくかれらは溶融《メルトダウン》とはいわずに「ブローダウン」と呼んだであろう。蒸気工学の世界で「ボイラーをブローダウンする」といえば、ボイラーをシャットダウンするための予備操作か、あるいはボイラー内壁に付着した無機物を剝離させるための方法として、弁から蒸気を逃がすことを意味する。

昔の機関員が、この原子炉の信じがたいほどの建造費と規模を聞いたらびっくりするだろうが、それと同じ程度に、原子炉建屋の内部で起こっていることを運転員がほんのわずかしか見たり聞いたりできないことにも仰天するだろう。原子炉建屋までは制御室から歩いて一分の距離だったが、そもそも建屋は放射能をおびた蒸気や水が漏れないように封じこめておくためのものなので、日常的に作業する場所ではなかった。運転員たちには、原子炉を冷却する給水パイプのなかの水量を示す計器がなかったし、いくつかの重要な機器は、危機のさなかに極端に誤った数値を示すことになった。

これとは対照的に、蒸気時代に機関室で働いていた機関員は、エンジンが動いているときにすべてのことに関して、かなり多くのことを見たり聞いたり感じとることができた――機関の運転中にボイラー内にもぐりこむなんてことはしなくても。もっとも、ブローダウンして冷ましたあとなら、ボイラー内に入ることもできたし、ときには冷えきるまで待たないで入ることもあった。

一八〇〇年代後半、不定期蒸気船トリポリ号が出力を失い、「ジブラルタルの岩」の方角に漂流しはじめたとき、機関長は、まだ手も触れられないほど高温の燃焼室の内部にもぐりこんだ。海水をふくませたつなぎの作業服に身を託し、なんとか生きて戻れるまでの時間をもたせたのだ。やけどをしないよう、彼は火格子の上に厚板を敷いて立ちながら、燃焼室内部にワッシャーをとりつけた。その作業中も彼は燃焼室の扉に向かって立つことを知っていた。そうすれば、もし熱に負けて失神しても厚板の上に倒れるだろう。そのときは機関室にいる他の乗組員たちが彼を引きずりだし、焼死させずに助けることができる。

そのころのボイラーには、必要な量の水が入っているかどうかを示すバルブがついていたが、のちには、同じ情報がより迅速に読みとれる「サイトグラス」と呼ばれるガラス管がつくようになった。一八五〇年代にはすでにボイラーの蒸気圧を測定する計器が備えられていた。それ以前には、安全弁が開いているか否かで蒸気圧を判断した。シリンダーへ蒸気が送りこまれるにしたがってリベット接合のボイラー外壁がふくらんだりもどったりするのを見れば蒸気圧を判断できるという機関員もいた。そういう機関員たちなら、一日じゅう制御室にすわって、遠隔操作で、途方もなく巨大なボイラーを運転する、と考えただけで不安の色をあらわにしたことだろう。なにしろ、相手にするマシンがなにをしているか見ることも聞くこともできないまま、蒸気時代のボイラーの最高圧力の二〇倍もの蒸気圧で運転するのだ。

ところで、ここまでは蒸気の話題にかぎられていた。第二次世界大戦後、原子力の民生利用が最初の段階をむかえたとき、たんにいままでどおりに水を蒸気に変えるだけでは、どうも出発点としては幼稚に思えた。新しい豊かさの時代へのほんの短い架け橋ぐらいにしか思えなかった。伝説によれば、ハンガリー生まれの物理学者レオ・シラードは一九三六年、とあるヨーロッパの街角に立っているとき、核分裂の連鎖反応が持続する方法をはじめて思いついたという。シラードは特許を取得し、ひそかに英国政府へ権利譲渡したが、原爆をつくるマンハッタン計画がもちあがるまで、彼に関心をはらう人はだれもいなかった。マンハッタン計画の初期段階で、エンリコ・フェルミが指揮をとり、シカゴ大学フットボールスタジアムのスタンドの下に原始的な原子炉を建造した。フェルミはシラードの意見を歓迎した。世界初の原子炉は、ウランを積み上げて山（パイル）にし、その周囲に黒鉛ブロックの山を築いたものだった。

この「アトミックパイル［原子炉の別称］」の目的は実験に限定されており、核分裂連鎖反応によるエネルギーを利用するために、より大型の原子炉をつくるにはなにが必要かを調べるためのものだった。

フェルミのパイルは反応を起こした。ウランは中性子と陽子からなる原子核をもち、その核に外部から中性子がぶつかると、もとの中性子と陽子はかんたんに分裂したからだ。核分裂することによってつぎつぎと原子は中性子のシャワーを放出し、その中性子がさらに多くの原子核を分裂させる。マンハッタン計画の過程で、物理学者たちは放出される中性子の数を調節する方法を学んだ。そうすることによって、原子炉のなかの核分裂反応によって発生する熱エネルギーを一定にたもち、制御不能になるような反応を抑えるのだ。かれらの発見のなかには、カドミウムやインジウム、ホウ素といったような元素は中性子を吸収しやすく、原子炉のなかに挿入すれば暴走を抑制することができるというものもあった。まったく制御のきかない反応は、爆弾をつくりたいのなら問題ないが、他の用途には適さない。

二発の原子爆弾が対日戦争を終結させると、米国人の大半は原子力時代の到来を歓迎した。ことに『原子力革命』（ロバート・D・ポッター著）や、『百万人の原子学』（マクスウェル・L・アイディノフ、ハイマン・ラクリス共著）といった本の著者にとって、それはすばらしいことのように思えた。原子力暖房つきの屋外スタジアムができればすてきではないか。また、ピューリッツァー賞を受賞したサイエンスライター、デビッド・ディーツによれば、自動車は小さなウランの錠剤で走るようになるし、錠剤一個で家一軒を冬じゅう暖房できるだけの出力をもつようになるだろうという。工場ではきわめて安価に卑金属を金に変えられるようになり、その結果、生産システムで使用されるパイプは、メンテナンスコスト削減のため、金製になるだろう。

たしかにわれわれは、ウランを燃料とするロケットや飛行機を必要としていた。地下で原爆を爆発させてむりやり圧力を加え、炭素からダイヤモンドを貨車何両分もつくるというのはどうだろう。あるいは水素爆弾の爆発熱で万年雪を溶かすというのはどうか。南部四州の役人たちは、テネシー＝トムビッグビー運河計画にあたって、山間部の五〇キロメートルを掘削するのに水爆を利用するよう連邦政府を説得しようとした。そうした提案をくまなく検討する過程で、原子力委員会（ＡＥＣ）は、アラスカからミシシッピにいたる各地で地下核実験をおこなった。

だが、現実には雑誌の表紙で見るよりも困難をともない、おまけにどの案も、当初のもくろみより多額の費用を必要とした。空軍による原子力飛行機の建造が遅れているのは「明晰な空軍兵士の多くにとってはまことに憂慮すべき事態である」と、一九五九年の《フライング》誌編集部は記した。じつはその遅れは、スプートニクショックを経験する以前に、危機を無視しておこなわれた予算削減を示すものだ、と同誌は懸念を表明している。

　西半球の各地で水爆実験をおこなおうとするＡＥＣの計画は、一九六三年、部分的核実験禁止条約の締結とともに頓挫した。ポケットにも入るほど小さい個人用原子炉を電源にして、電気毛布のような仕掛けの冬服をつくるという提案をしたのはサイエンスフィクション編集者のヒューゴ・ガーンズバックだが、それが本気だったかどうかはわからない。一般市民が驚異の時代をいちばん間近に自分の目でたしかめることのできたものといえば、一部の靴屋に一九五〇年代に備えられたエックス線透視装置くらいである。この装置は、新しい靴を履いたとき、どんな具合にフィットしているか、つま先を動かしてみてその動きを見たいという客のために導入された道具だった。

　原子力発電所は、そうした「願望の一覧表」から真っ先にぬけ出て、実際に建設されることになった。というのも、長距離巡航する艦船の推力用に原子力発電を必要としていた軍部が、その重要部分の仕様を最初に考案したからだった。最初の商用原子力発電所は一九五七年にペンシルベニア州シッピングポートで運転を開始したが、それは原子力潜水艦用の原子炉をもとに建設された。そのころには、原子力にたいする最初の熱狂から一〇年がたって事情もすっかり変わり、世間の人びともある種の危険はつきものだということを知らされるようになっていた。物理学者のエドワード・テラーは、原子力の恩恵を熱烈に支持しながらも、ある科学論文のなかで、一九五五年八月に開かれた国際会議にたいして、こう警告している——原子炉は破滅的な災害を引き起こす可能性を常にはらんでおり、プラント周辺一帯を無人の荒野にしてしまうこともある、と。

出力六万キロワットのシッピングポート発電所の建設中、取材におとずれた報道陣にたいして発電所職員は、安全管理の重要性を強調した。ここでは安全に配慮して施設の大半は地下になっている。「ナットやボルトの一本にいたるまで、あらゆる部品が信じがたいほどの注意をはらって検査される」と《ライフ》誌は書いた。「これは重要なことだ。というのも装置は人の目に触れないところに封じこめられ、修理の手もとどかないからだ」と同記事は述べている。

シッピングポート原子力発電所は一九五七年に営業運転を開始した。その初日から、きわめて多額の運用経費がついてまわった。原子力発電産業はつぎの一〇年間に驚異的な成長をとげたが、これに拍車をかけたのは政府からの補助金と、原子炉建設業者の非常に安い価格設定だった。大きな発電所をつくろう、大きくなればなるほどキロワット時あたりの単価は安くなるのだから——こうして、建設する側と、購入者側の意見は一致した。一九六六年には米国国内ですでに一五基の原子力発電施設が操業しており、建造中が九基、発注ずみが二二基あった。これらの注文のなかには出力一一〇万キロワットのものもあったが、それはシッピングポートの二〇倍近い規模のものである。

熱心な後発企業のうちのひとつが、ゼネラル・パブリック・ユーティリティーズ（GPU）と呼ばれる持株会社で、三つの大きな公益事業を所有していた。ペンシルベニア州のメトロポリタン・エジソン社もそのうちのひとつである。GPUは、スリーマイルアイランドに原子炉一基の発電所を建設するための許可を申請し、攻勢に転じた。スリーマイルアイランドは、州都ハリスバーグから一八キロメートルの位置にある、川幅の広いサスケハナ川の砂州で、その名は長さが三マイルあることに由来する。一号機は一九七四年に完成した。つづいてGPUは、もう一基の建設を企てた。

二号機は一九七八年三月に完成した。のちに汚名をさらすことになるこの原子炉は、冷却塔二つ、燃料格納庫一棟、内部に収めた原子炉の放射能漏れを封じこめるための、高さ六〇メートルある原子炉格納施設一棟、さらにタービン用と補助施設として、長方形の巨大な建物二棟を備えていた。冷却塔があったということは、一〇年前には原子力を好意をもって迎えていた世間の潮流が、一九七九年の事故よりかなりまえの段階で急速に変化しつつあったことを、目に見えるかたちではっきりと物語っている。《スポーツ・イラストレーテッド》誌は、一九六九年の記事のなかで、原子力発電所は廃熱を川や海に捨て、魚を大量に殺している、と主張した。論争が活発化すると、各原子力発電会社は余分な経費をかけて冷却塔を建設するようになった。廃熱を大気中に放出しようというわけだ。

原子力発電所反対の世論が高まって、さらなる安全対策が法的に要請されるようになったこともあって、第一次ブームのあと新設されたすべての原子力発電所では、建造費が上昇した。TMI−2の場合、当初の見積もりは一億三〇〇〇万ドルだったが、最終的には七〇億ドル以上になった。これは、GPU社にとって大きな痛手を与えることになる。スリーマイルアイランドの溶融事故の原因を調べた複数の人間によれば、構造上の不具合が生じた一因は、一九七八年一二月三一日までに電力生産を開始して税額控除の期限に間に合わせようと、経営陣が建設を急いだせいではないかという。

出口をふさがれ、大量の熱がこもる

ジャーナリスト学校の生徒が金の流れを追うことを学ぶのと同じように、TMI−2の構造を理解するには、熱の流れをたどることが助けになる（図3参照）。TMI−2は、鎖の輪のようにつながった三群のパイプからできていると考えてよい。これらのパイプは、全体として見れば、炉心で生じた熱を外界へ運び出す役割をはたすのだが、その途中で発電機を経由すると、発電機は熱をつかまえ、電力に変換する。第一のパイプ群を炉心冷却パイプと呼ぶ。炉心冷却パイプには、炉心にある九〇トンものウランから生じた熱を取り出すための水が流れ、高温高圧にさらされる。このパイ

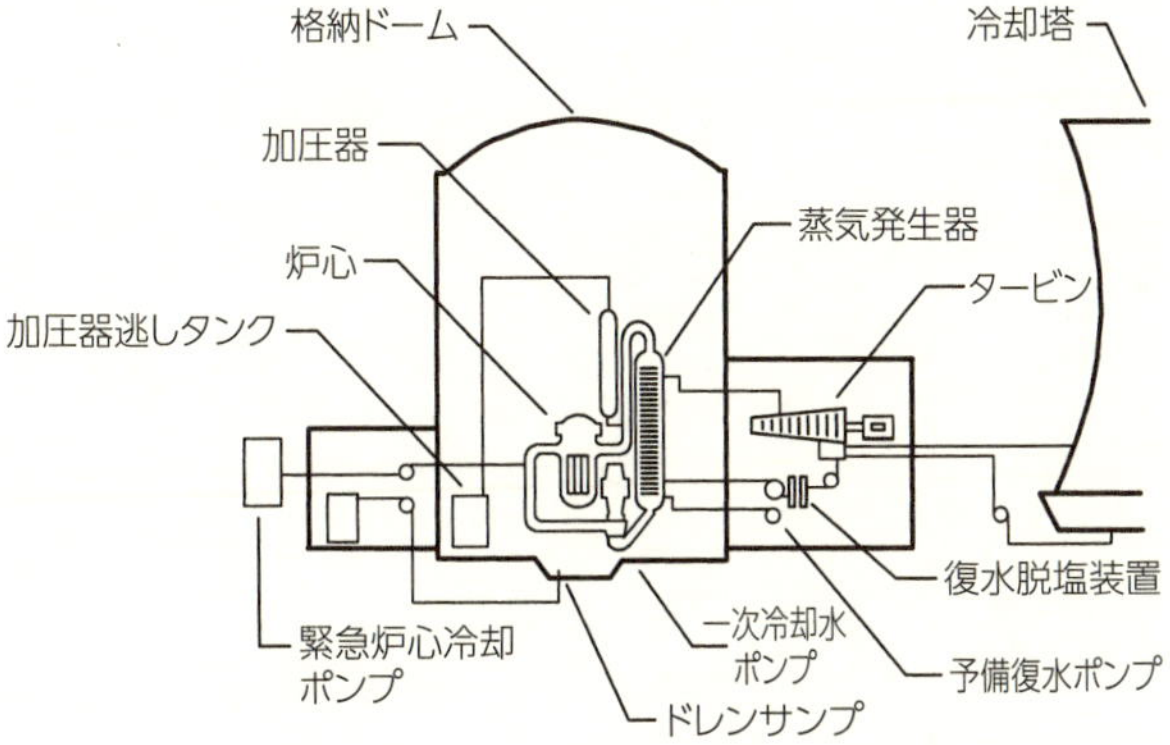

図3　スリーマイルアイランド2号炉

推定される経過

1　メンテナンス作業中に発生した不調により復水装置系のバルブが閉まる。
2　一次冷却水が過熱し、圧力が上がる。加圧器の先駆弁付圧力逃し弁が開く。
3　圧力逃し弁は、自動制御の電子コマンドを受けても閉じない。
4　冷却水は加圧器を通って原子炉から外へ漏れはじめる。
5　運転員たちは緊急冷却ポンプをしぼり、冷却水をさらに排出した。水位が上がりすぎて危険だと判断したからである。
6　炉心の半分が溶融してからやっと問題点が発見される。

プはすべて原子炉格納施設内にあるので、見ることはできない。パイプ内を移動する超高圧の水は原子炉圧力容器から熱を取り出し、熱交換器まで運ぶ。熱交換器の内部では、蒸気発生パイプと呼ぶパイプが熱を受け取り、格納施設から運び出す。蒸気発生パイプ内部では超高純度の水が一瞬にして蒸気となる。水蒸気はタービン建屋に達すると、タービンに直結された複数の発電機を通過し、八八万キロワットの商用電力を発電する。

第三群のパイプは外部冷却パイプと呼ばれる。蒸気発生パイプの廃熱を受け取ってタービン建屋から運び出し、巨大なコンクリート製冷却塔の頂部までとどける。高温の水が冷却塔内部でしたたり落ちるとき、一部は蒸発するが、そのとき気化熱が奪われて残りの水が冷却される。冷却された水はポンプで外部冷却パイプに戻され、タービン建屋に送られて、さらなる冷却に利用される。三つのパイプ群のうち、スリーマイルアイランドの作業員にとってもっとも目につきやすく、もっとも近づきやすいのは外部冷却パイプである。近隣の住民も、その部分が稼働して熱を逃がしているかどうかは見分けることができた。復水が湯気となって冷却塔から立ちのぼるからだ。

運転員やメンテナンス作業員は、蒸気発生パイプとはあまり接触がなかった。蒸気発生パイプには高圧の蒸気と高温の水が流れており、原子炉格納施設内では近づけなかったからだ。だが、メンテナンス作業員は、タービン建屋内でこのパイプを目にすることができたし、触ることすらできた。また、遮断バルブを閉めれば、蒸気発生パイプの一部をシステムから切り離し、原子炉稼働中に手を加えることすらできた。

これら外部冷却パイプと蒸気発生パイプは人の目にも見えるし、それなりの方法で修理もできた。しかし、炉心冷却パイプはそうはいかなかった。内部には、もっとも放射能をおびた最高温の水が流れている。このパイプは、運転員やメンテナンス作業員の目もまったくとどかない原子炉格納施設の奥深くに埋まっている。原子炉運転中はこれらのパイプや原子炉圧力容器の保守整備はできない。高圧、高放射性、高温のために作業は危険だからだ。緊急事態が発生しても、炉心冷却パイプの内部でなにが起こっているか、カメラで見ただけではわからない。

これら三群のパイプは、いずれも重要度は同じである。鎖と同じ理屈で、もっとも弱い環の部分によって強度が決まるからだ。ＴＭＩ－２では、もし炉心温度を限度内にたもつとすれば、これら三群のパイプがすべて作動しなければならない。もし、どれかが故障すると、原子炉は非常事態におちいり、短時間供給される冷却水だけが頼りになる。非常事態は、原子炉の運転停止後、つまり、制御棒によって核分裂を未臨界の状態にしたあとも起こりうる。運転停止後も何時間かにわたって、一〇〇トンある炉心が大量の崩壊熱を発生しつづけるので、なんらかの方法で冷却しないと、熱エネルギーは安全に原子炉圧力容器内にとどまっていることができない。

一九七九年三月二八日の未明、スリーマイルアイランドの状況はつぎのとおりであった。一号機は修理と試運転のため運転を休止していた。二号機は七〇〇万馬力で運転中で、これは人口五〇〇万の都市をまかなうのに十分な発電量だった。こうした巨大システムでは、つねに少なくとも数カ所は不調部分があるものだし、あるいは数カ所ではきかないかもしれない。二号機のタービン建屋の地下は洞穴のような部屋で、室温も高いが、そこでドン・ミラーとハロルド・ファーストは、蒸気発生パイプ系の一部をむきだしにしてメンテナンス作業をおこなった。運転中になぜ作業をしたのかと思うかもしれないが、システムに備わっている複数のバルブを操作することによって、この部分を他から切り離し、高圧高温を遮断することが可能だった。

問題が生じていたのは、蒸気発生パイプ群に設けられている巨大な復水脱塩装置のひとつだった。作業員たちは復水脱塩タンクのひとつに入っている何トンもの樹脂ペレットをゆすって、ばらばらにほぐそうとした。樹脂ペレットは荒い砂程度の大きさのイオン交換樹脂なのだが、七号タンクを出るところで目づまりを起こしていたのだ。目づまりは、すでにここ数カ月のあいだ断続的に運転員たちを悩ませてきた。これまでは、下部から差し込んだパイプに圧搾空気を送りこむことによって、その目づまりを解消することができた。ミラーは同じ方法で何時間もやってみたが、今回は解決できなかった。だが、この不調は致命的なものではなかった。復水脱塩タンクはほかにも七基あり、蒸気発生器が必要とする毎分約二〇立方メートルの水を処理することができるからだ。原子炉は九七パーセントの出力で運転中だった。

成果のないまま、復水脱塩タンクに圧搾空気を噴出させる作業を何時間もつづけるあいだのある時点で、一〇〇ミリリットル前後の水が圧搾空気のパイプに逆流していった。現場の人間はだれもこれに気づかなかった。この水は、圧搾空気で作動する機器にゆっくりと入りこんだ。

ところが、それからあとの事態は急展開した。午前四時〇分三六秒、浄化装置の修理作業の際に漏れ入った水は、すべての復水脱塩装置を制御する大きな弁の制御系に到達した。自動制御装置は、空気系へのこの少量の水の浸入を、正常な状態からの逸脱だと解釈して、すべての給水弁を閉じてしまった。そのため、蒸気発生パイプは不意に通行止めにされたような結果になった。毎分二〇立方メートルの速さで中を流れていた水は、急にせき止められると、その慣性でタービン建屋内の大きなパイプのうちの一本を破断してあふれだし、熱湯があたりに飛び散った。水流がなくなると下流にあったポンプが停止してしまう。その結果、格納施設内の熱交換器からの蒸気も流れ出なくなり、さらにはタービン発電機も停止してしまった。

一八九三年、ラドヤード・キップリングは「マッカンドルーの頌歌《しょうか》」と呼ばれる詩を出版している。その詩のなかで彼は「蒸気の歌」をうたう詩人を与えてほしいと神に求めているが、スリーマイルアイランドは自分で自分の歌をうたっていた。操業開始から一年間、毎月のように、タービン建屋内の弁が開いて余分な蒸気を逃がすたびに、排気パイプはひゅうひゅうという大きな音をあげていたのだ。事故の日の朝、タービンの停止とともに、原子炉は最後の歌をうたった。ペンシルベニア州ミドルタウンの住民で、少なくとも原子力発電所から一マイル以内ですでに目ざめていた人びとは、数万気圧にもなる蒸気が空に向かって悲鳴をあげるのを耳にした。四〇〇メートル先に住んでいたある女性は、その音で目をさましたという。

こうして、三群のパイプの連鎖は断ち切られてしまった。蒸気発生パイプ系を閉鎖すると、原子炉の冷却水の廃熱が出ていく場所がなくなった。コンピューターからの自動制御による「緊急停止（スクラム）」命令によって、カドミウムの制御棒が炉心に挿入され、核分裂連鎖反応が停止し、炉心の発熱量は全出力の数パーセントまで抑えられた。それでも温度は上昇し、水は膨張しはじめた。加熱するとたいていのものはふくらむ。膨張した水は、内部の圧力を通常の一四六気圧より上昇させた。

炉心冷却系には、膨張した水が入っていける場所はひとつしかない。それは高さ一三メートル弱の加圧器タンクで、他のパイプ群とともに原子炉格納施設内に設置されていた。この加圧器は、炉心冷却系内のショックアブゾーバーといった役どころである。通常このタンクは、底から半分ほどのところまで冷却水で満たされ、その上部に入っている蒸気がクッションの役割をはたすことになっている。加圧器の内容物を自動制御によって加熱したり冷却したりすることによって、水と蒸気の適正なバランスがたもたれる。

このタンクの頂部には安全弁があり、急激に圧力が高くなりすぎて自動制御できなくなったときに、内部の蒸気を逃がす。格納施設の奥では、加圧器の水位が上昇すると、先駆弁付圧力逃し弁（ＰＯＲＶ）が意図どおりに開いて、上部から蒸気を排出し、内部圧力を下げる。これによって水と蒸気の混合物は、排水管を通って格納施設内の床上にある加圧器逃しタンクへ送られる。

蒸気が漏れつづける圧力釜

その朝、スリーマイルアイランド原子力発電所二号機には問題がいくつもあったのだが、炉心を瓦礫の山にしてしまったのは先駆弁付圧力逃し弁だった。内部圧力が数秒後に安定し、弁を閉めよという自動制御の電子コマンドが送られてきたのに、逃し弁は開きっぱなし（開固着）だった。その結果、原子炉冷却系にはピンポン玉ほどの直径の穴があいたままになった。このことは、それから二時間以上あとになるまで発見されなかった。

安全弁が開けば蒸気爆発が防げるはずなのに、弁が開きっぱなしになったことでかえって恐ろしい問題が生じてしまったと知ったら、先駆弁付圧力逃し弁の考案者はひどく驚いたことだろう。彼の名前はドゥニ・パパンといい、一六四七年、フランスに生まれ、医師としての教育を受けた人物である。パリで内科医として開業したが、余暇は、いちばん好きだった物理学に没頭した。一六七五年、英国へ渡り、加圧気体の研究を発展させることになる。四年後、圧力釜を発明し、一八〇〇年代初期の高圧蒸気機関の成功におおいに貢献する一連の考え方の端緒を開いた。

パパンは生涯を通じて多くのプロジェクトをこなした。空気銃から蒸気圧ポンプ、手榴弾にいたるまで手がけたが、まちがいなく時代に貢献したのは圧力釜だろう。金持ちに財政援助を懇願した手紙のなかで、彼はよく圧力釜のことを引き合いに出している。パパンはこれを「新式調理器——骨をやわらかくするエンジン」と呼んだ。彼は、沸騰した湯で食品がよく煮えるのだとしたら、温度を高くすればいっそうよく煮えるはずだ、と考えた。それには、蒸気について理解し、どうコントロールすればいいかを知る必要があった。古代から蒸気のことは知られていた。アレクサンドリアの科学者ヘロンは、ティーポットのような装置から蒸気を導いてかざぐるまを回したという。

湯で調理するとき、火力を強くすればよく煮えるわけではないことをパパンは知っていた。熱をどんどん加えても湯は煮えたぎるだけで、沸騰温度は上がらない。沸点は海抜〇メートルで摂氏一〇〇度である。パパンは釜を密閉した。こうすれば沸点は上昇する。彼は、釜の上にU字形をした頑丈な金属フレームを装着し、フレームに付いたねじこみ式の締め具で釜のふたを押さえて密封した。外見は旧式の印刷機のようだった。

締め具で密封されたポットに水を入れて火にかければ、早晩爆発するだろうことは、たいして頭を使わなくてもわかる。そこで、パパンは安全弁を発明した。歴史家たちがこの安全弁を「パパン・バルブ」と命名していれば、彼の名はより多くの人びとに記憶されたであろう。彼のもっとも注目すべき発明の数々は机上のもので終わったため、パパンは現在の偉大な科学者神殿にまつられることはなかった。それどころか彼は、一文なしになってほとんど忘れられたまま、一七一二年前後にロンドンで客死したのだった。故郷の町ブロワだけは例外的に彼のことを忘れず、銅像が建立された。

安全弁をつくるためにパパンは、新式調理器の頂部にドリルで穴をあけ、そこに金属製のおもりをのせて、蒸気漏れを防ぐことにした。おもりをつけるために、穴の上に長い金属製の棒をわたし、棒の片方の端は関節のように動く支点でとめて、釜に固定した。もう片側は横へ突き出し、上下に自由に動くようにした。うまくいったら、上下に動く側に金属製のおもりを吊るす。おもりの重さを変えたり、金属棒にそっておもりをずらすことによって、パパンは、てこの原理で釜の上部の穴にかかる力を変えた。こうすれば内部の圧力を設定することができ、その圧力を超えると金属棒がもちあがって、釜のなかの圧力を逃がすことができた。それまでにも人びとは棒の長さとおもりの重さを利用した道具――天秤など――を使用していたが、その仕掛けを蒸気弁として利用したのはパパンが最初だった。今日、家庭で使われている圧力鍋は、機能的には彼が考えたものと同じで、水温が一二一度のとき、約二気圧の圧力がかかるようになっている。

産業用の蒸気弁は、おもりと金属棒の代わりにスプリングやモーターを使用するが、基本原理はほぼ同じである。TMI－2でトラブルの原因となった安全弁は、ドレッサー・インダストリー社製で、商品名はエレクトロマティックだった。先駆弁付圧力逃し弁は自動制御式で、質量約八〇キログラム、価格は約三万ドルだった。その心臓部にはスライド式金属シリンダーがあり、通常はこれが加圧器へ通じる穴をふさいでいる。シリンダーはスプリングで押さえられているが、電気的コマンドによってシリンダーがスライドして穴が開き、加圧器から蒸気を逃がす。バブコック・アンド・ウィルコックス（B&W）社が先駆弁付圧力逃し弁を原子炉に使用した理由は、法律で定められた二つの安全弁が作動するような高圧に達するまえに蒸気圧を下げて、より円滑な運転を可能にするためだった。

TMI－2の、ベージュ色のパネル張りの制御室に入ってみよう。給水弁が閉じて蒸気発生パイプ群が遮断された八秒後である。スリーマイルアイランド事故にたいする徹底的な調査は、大きなシステム障害――急転する恐ろしい世界――に閉じこめられた人たちの目に、ものごとはどのように映るかということに関して、かつてない最良の報告書を残してくれている。ウサギの穴に落ちた不思議の国のアリスのように、運転員たちは、カオスと思える状況に秩序をとりもどすために最善をつくした。このとき、ほんの数十メートルしか離れていない格納施設のなかでなにがほんとうに起こっていたのか見ることができたなら、かれらは事態の収拾に成功したかもしれない。

ＴＭＩ－２では、午後一一時から午前七時までの当直に、原子力規制委員会認定のライセンスをもつ原子炉運転員が四人つめていた。ほかに機械メンテナンスのための作業員数名がいた。午前四時に制御室にいた有資格運転員は、当直監督者のビル・ジーウィと、二人の運転員、クレイグ・ファウストとエド・フレデリックだった。当直主任のフレッド・シーマンは、ドン・ミラーとその相棒とともにまだタービン建屋の地下にいて、復水脱塩装置を修理していた。

午前四時を過ぎてまもなく、制御室の警報が音程を上げたり下げたりしながら鳴り、ファウストは、蒸気発生パイプのポンプが閉まったことを示す警報ランプが点灯しているのを見た。ジーウィも、ガラス張りのオフィスからコントロール室にやってきて、パネルのところにいる運転員たちに加わった。パネルの表示では、三つの補助給水ポンプが自動的に作動しようとするところだった。蒸気発生パイプ系の流れを維持して、原子炉の熱の排出をつづけるためだ。

炉心冷却パイプ系の圧力は上がりつづける。蒸気発生パイプにおける遮断によってすべての熱が閉じこめられたので、この時点で圧力上昇は予期できたはずだった。明るく輝く赤色灯は、電気信号が圧力逃し弁に送られたので、一五三・三気圧を超える圧力は逃がすことになるという意味だった。まもなく圧力は低下し、圧力逃し弁を示すランプは消えた。これは、圧力逃し弁が閉まったという意味だと運転員たちは考えた。だが、ランプの消滅が真に意味していたのは、逃し弁を閉じるコマンドが送られた、ということだった。圧力逃し弁が実際には開固着していることは、どこにも表示されていなかった。逃し弁のランプが誤った表示をしたことは、運転員をあざむくその朝最初の虚偽情報となったが、それが最後ではなかった。

最初の一分間、加圧器内の水位表示も低下しつつあることを示した。ということは、炉心温度も下がり、冷却水の温度も下がるはずである。フレデリックは、緊急時の手順書にしたがい、炉心冷却パイプに水を補給するために非常用高圧ポンプを作動させた。冷却水の体積が減少した分を補充するためだ。加圧器の水位は四メートルからゆっくりと上昇しはじめた。水位計は、筒状のタンクの高さに比例した物差しによって水位を読み取る。表示の最高値は一〇メートル。シーマンはタービン建屋の地下から階段を八階分かけあがり、制御室に到着した。コンソールの左手にすわって、パネルに向きあった。そこからは加圧器の水位計が見えた。

水位の上昇はそろそろ止まってもいいころなのに、止まらなかった。事故発生まであと四分の時点で水位は七・六メートルに達していた。フレデリックは非常用冷却水注入ポンプをしぼったが、圧力は下がりつつあるのに水位はまだ上昇をつづけていた。TMI－2は、運転員たちの慣れ親しんだ世界を離れて、どこかをさまよい歩いていた。水位計が一〇メートルを超えると、増加しつつある水はどこにも行き場がないことを運転員たちは知っていた。

一群の金属パイプにてっぺんまで水を満たし、空気をすべて追い出した状態にして、密封した状態を考えてみよう。原子炉運転員はこの状態を「満杯になる」と呼んでいる。この密閉パイプを少し加熱すると、水の体積が膨張して内部圧力が高まり、パイプは破断するだろう。原子炉の場合は、冷却水が蒸気になってパイプに気泡が残り、炉心をオーバーヒートさせてしまうだろう。これが、非常に恐れられていた「冷却水喪失事故」である。TMIの操作マニュアルには、技術的なマニュアルとしては非常に明晰なことばでこう書かれている——加圧器は「システムの静水力学試験で必要とされる場合を除き、満杯状態（一〇メートル）まで冷却水を充塡してはならない」。

当時の運転員の知識と加圧器の水位計の表示を前提にして考えれば、かれらが恐れたのも無理はなかった。バージニア州リンチバーグにあるB&W社でおこなわれたコンピューター制御シミュレーターによる訓練では、こうした事態は存在しなかった。実際のところ、今回の四人が現実に直面したような複雑で複合的な障害のシナリオ、なにもわからない状態での操作を要求するようなシナリオは、訓練にはふくまれていなかった。この大きな制御室には、圧力容器のなかにどれぐらいの冷却水が実際に入っているか、複雑に折れ曲がって上がったり下がったりしている配管や蒸気発生器のなかに、どれぐらいの冷却水が入っているかを表示する計器やゲージはひとつもなかった。上部に逃し弁のついている加圧器だけは、水位計を備えていた。これは垂直の目盛り板に水平の針がついているもので、「PZR Level」というラベルが張ってあった。これは加圧器の圧力計の横、一〇センチメートルほどのところにあった。

そうこうするうちにも、加圧器の圧力逃し弁はだれも気づかないうちに「ボイラーをブローダウン」して、毎分八三〇リットルの水を蒸気の形で逃がしつづけていた。水位の上昇を招いて運転員の判断を狂わせた原因は、加圧器頂部からの蒸気漏れだったのだ。けれどもこの発電所以外のところには、原子炉格納施設の内部を直接見るのは困難だとしても、加圧器の水位だけで判断するとだまされることもある、と以前から知っていた人たちがいた。そうした人びとにとっては、加圧器の示す明らかに矛盾したふるまい（圧力が低下しているのに、水位は上昇している）はそれほど不思議でなかったはずだ。一九七九年三月よりずっと以前に、オハイオ州トレド近くのデビス・ベッシ原子力発電所一号機で起きたニアミスの話が、Ｂ＆Ｗ社にも原子力規制委員会にもとどいていた。一九七七年九月二四日、同発電所の電気関係の故障のため、圧力逃し弁が何度も開閉をくりかえしたあげく、開きっぱなしになったのだ。このために加圧器内の圧力は低下したのに水位は上昇した。

ＴＭＩで起こることになる事態と同じように、デビス・ベッシの原子炉運転員も炉心冷却パイプが満杯になるのを恐れ、訓練どおりに緊急冷却系を遮断した。それならばなぜ、デビス・ベッシでは惨事にいたらなかったのか。この原子力発電所は低出力で運転中であり、運転員はわずか二〇分後にはまちがいに気づいたのである。事故のあと、デビス・ベッシ原子力発電所では、緊急冷却系の遮断には注意するよう内規を変更した。だが、Ｂ＆Ｗ社と原子力規制委員会は、問題の逃し弁はデビス・ベッシだけが採用しているブランドだからよその発電所にとってはさほど重要な問題にはならないと考えた。そのため、Ｂ＆Ｗ社製原子炉を使用している他の発電所にたいして、開固着した圧力逃し弁がもたらす原子炉の異常なふるまいに関する警告を出さなかった。Ｂ＆Ｗ社は、マニュアルや訓練法を変更しなかったし、もし圧力逃し弁が開固着の状態におちいると、事実ではなくても炉心冷却水が満杯になったと錯覚する可能性があるものだという警告を、訓練中の運転員に与えることもしなかった。

というわけで、オハイオの教訓が生かされることもないまま、ジーウィたち運転員は、スリーマイルアイランドの原子炉が満杯になる気配を示さないか、注意ぶかく見張っていた。水位が上昇しつづけたので、毎分一・九立方メートルの高圧冷却水を毎分わずか九五リットルまで削減した。高圧冷却系をシャットダウンした運転員たちの決定を批判するのは自由だが、その朝これほど多くの問題を起こした制御室はかれらが設計したわけではないことも知るべきだ。一年前、エド・フレデリックは経営側にメモを提出し、制御室のレイアウトはいつか深刻な問題を引き起こしそうだと伝えている。それなのに、制御室の警報システムに生じていた複数の問題は、大惨事にいたるまでの何カ月ものあいだ、実質的な解決策が講じられることなく放置されたし、要求したミーティングも開催されなかった、とフレデリックはのちに証言している。

加圧器の水位計はいぜんとして上昇をつづけている。ジーウィたち運転員はいま、完全なミステリーに直面していた。

「巨大で意味のない恐怖」にとりつかれる

運転員たちの生命が直接の危険にさらされていたわけではないが、そのときの原子炉のふるまいは、マシンフロンティアで起こった他の事故と同じように、いらだたしいものだったであろう。一九九六年一〇月二日、アエロペルー六〇三便が墜落したときの経過も同様のケースのひとつである。

その晩、ボーイング757型機は左の「静圧孔」の上にテープを貼ったままリマを出発した。飛行前の機体洗浄のあと、作業員はテープをはがさなければならなかったのに、忘れてしまったのだ。整備士もパイロットもこのきわめて深刻な問題に気づかないまま、離陸してしまった。なぜ深刻かといえば、飛行に欠かせない計器類、ことに速度計と高度計にとって必要な空気の供給を、たった数センチメートルのテープが異常な方法でさまたげたからだ。コックピットのテープレコーダーの記録によれば、アエロペルーの乗務員たちは、計器の示す虚偽の情報をもとに正しい情報をつかもうと懸命に努力した。かれらは、社会学者のカール・ワイクが「ビュジャデ（「デジャビュ」の逆）」と名づけた状態を体験しつつあった。ビュジャデとは、世界がもはや理解できなくなったという、まことにぞっとするような感覚であり、だれも到達したことがないほど異質な場所や環境に迷いこんでしまったという恐ろしい感覚のことだ。ワイクはこの点について、フロイトを引用してこう述べている。事態がきわめて悪化すると「巨大で意味のない恐怖におそわれる」。

パイロットは各種の制御スイッチや自動操縦装置を懸命に操作したが、アエロペルー機はほとんど勝手に進路を変え高度を変えて飛行をつづけた。かれらはひっきりなしに警報が鳴るのに気を取られていたので、ちゃんと飛行しているのになぜ速度計や高度計が急激に変動するのか、その理由を推測することができなかった。航空管制官の協力も得たのだが、機体は三〇分間必死に努力をつづけた末に太平洋へ墜落し、死者六八名を出した。墜落時、高度計は二九〇〇メートルをさしていた。

TMI－2の運転員たちは、原子炉が満杯になりつつあるという自分たちの仮説に固執した。おそらくどこかでポンプか弁が固着していて、冷却水がさらに流れこんでいるために、すべてのコマンドが無効になったのだ、と考えたのだ。もし冷たい水が入ってきているのだとしたら、圧力が低下しつつあることの説明がつく。主警報装置のクラクションが鳴りつづけ、一〇〇個以上の警告ランプが点灯している状況下で、集中してものを考えるのは困難だった。というわけで運転員たちは、一次冷却系から毎分六〇〇リットルの水を排出しはじめた。

緊急炉心冷却装置の水の流入をほぼ完全に遮断し、弁を開いてさらに排水した結果、運転員たちは、ようやく午前四時六分、水位計が最上部に達したところで水位上昇が止まったことを知った。超えてはならない一〇メートルの水位にはすれすれで達していないようだった。それからの二時間、水位計は、かごに入れられたコブラのように、運転員たちの注目を集めた。一次冷却系からの排水量を増やすと水位は下がったが、やがてまたゆっくりと上昇して一〇メートルに近づく。あまりにも奇妙だったので、ジーウィは助手たちに命じて他の計器類をクロスチェックさせ、水位計の表示がまちがっていないか確認した。やがて、水位計は正しいという返事がとどいた。

真夜中からの当直勤務にあたる作業員や管理者たちが集まりはじめると、かれらは声をひそめて相談し、ジーウィの指示のもとで計器パネルを監視することを申し出た。制御室には、外部とつながる電話は一本しかなかった。コンピューターもずっと離れたところにある。コンピューターは、何百という警報が入ってくると即座にその主要情報を記録できたが、プリントアウトは一分間につき一五行しかできなかった。緊急事態の一段階では、プリンターは二時間以上も遅れた情報を打ち出していた。

四時二〇分になった時点では、緊急冷却ポンプをしぼり、冷却水を減圧弁から排出するという二つの操作は、うまく機能しているように見えた。加圧器の水位が九・四メートル前後で落ち着きはじめたからだ。そこでジーウィは制御室を出て、復水脱塩装置の不調を解決できないかどうか見にいった。だが、午前五時ごろ制御室に戻ってくると、事態はきわめて深刻で、予期せぬ方向に向かっていた。原子炉格納施設内にある巨大な一次冷却水ポンプ四台が振動を起こして、ばらばらに分解しそうになっていたのである。ポンプの羽根車はキャビティ［空洞、泡］に出あって回転速度をあげ、そのあとこんどは水にぶつかって回転速度を落とすというぎこちない動きをしていた。

ポンプや配管は、こうした酷使には耐えきれず、破損してしまう。もっと悪いことに、この事態は、一次冷却系はほぼ満水状態になっているとする運転員たちの共通の仮説とはまったく合致しない。じつはこれは、一次冷却水が蒸気でいっぱいになっていることを示す有力な徴候であり、水位は炉心頂部以下に低下しつつあるのかもしれなかった。五時一四分、こんどもまた標準的手順にしたがって、運転員たちは一次冷却系ポンプのうちの二つを停止させ、三〇分後には残りの二つも停止させた。

技術者のひとりが、制御室に一本しかない貴重な電話でペンシルベニア州パルミラの自宅にいるブライアン・メーラーに連絡をとったのは、一次冷却装置のポンプ四台が振動を起こしはじめた午前五時ごろのことだった。救援のためにできるだけ早く来てほしい、という内容だった。そのときメーラーは二号炉の担当ではなかった。当番表によると、この日、彼は朝七時に出社して一号機の当直監督にあたることになっていた。前日に彼は二号機ではたらいていたので、どこに問題が生じているのか意見をいってくれるのではないか、とだれかが考えたにちがいない。

メーラーは車に乗りこむと、ペンシルベニア州道四二一号を疾走して発電所に向かい、ゲートのところで警備員のチェックを受け、自分の放射能バッジを受け取った。警備員たちは緊急事態のことは知らなかったが、メーラーには発電機が停止していることがわかった。冷却塔から白い蒸気がのぼっていなかったからだ。メーラーは管理棟に乗りつけ、六時を少し回ったころ二号機の制御室に入った。そして所長からかんたんな説明を受けた。

すさまじい眺めだった。少なくとも五〇人にのぼる技術者、監督者、当直作業員が制御室に集まって、コントロールパネルの表示の意味を読み取ろうと全員必死になっている。パネル上には一一〇もの警告灯が点灯していた。主警報のサイレン音がまだ鳴りひびき、みんなをいらだたせている。メーラーは数分間、自分なりに考えてみた。加圧器の水位が上昇しているのに水圧が低下しているのはどうしてか。そういうことはマニュアルで説明されていなかったから、なにかべつの事態が発生しているにちがいない。

事態を見抜き、解決した男

メーラーは、他の多くの運転員たちとは少しちがった方角から問題に取り組んだ。最初から大混乱の中心にまきこまれていたジーウィ、シーマン、フレデリック、ファウストは、全員が少なくとも五年の経験をもつ海軍出身者で、潜水艦や航空母艦で原子炉の運転員をつとめてきた経歴がある。いっぽう、メーラーが軍役についたのは空軍で、ＴＭＩの一号機以前にメーラーのあつかった経験があるのは、ペンシルベニア州立大学のアイスホッケー場の裏に設置されていた訓練用小型オープンプール型原子炉での始動と停止だけだった。

制御室に到着して一五分後、メーラーの頭に二つの仮説が浮かんだ。ひとつは、サーキットブレーカーが落ちて、加圧器内にある電気ヒーターが故障したのではないかというもの。電気ヒーターは加圧器内の圧力が低下したときに作動し、頂部の蒸気を増やすようになっている。もしこのヒーターが作動していなければ、本来の水位を維持することは困難だろう、とメーラーは推測した。彼はブレーカーパネル確認のためひとりの男に見に行かせた。

その返事を待つこともなくメーラーは、もうひとつの可能性について検討した。炉心冷却システム内のどこかに、きわめて小さな水漏れができているのではないか。しかも、この騒動のごく初期に穴があいたのではないか。自分で格納施設まで出かけ、ドアを開けて蒸気の噴出箇所を探す、というのは現実的ではなかった。すでに二時間以上もみんなが困惑させられてきたものと同じ、二〇〇〇を超す計器やダイヤルを見れば、なんらかの手がかりはつかめるはずだ。

メーラーには、格納施設の内部圧が上がり、温度が上昇しつつあることはわかっていた。ということは、ドーム型の格納施設のどこかで蒸気が漏れているのだ。彼はコンピューター端末のところへ行き、圧力逃し弁からの排水管の温度を読み取った。排水の温度は通常よりやや高く、摂氏一四〇度だったが、これでも一次冷却水の摂氏三一〇度に比べるとはるかに低い。メーラーが仮に推理をやめてしまったとしてもおかしくなかった。排水の温度は一次冷却水に比べて十分に低いのだから、彼がいま目にしているのは、前年一〇月以来つづいている緩慢な漏れの形跡にすぎない、と考えることは十分できたからだ。実際のところ、圧力逃し弁の不調は一年以上前から記録に残されていた。それは、まだプラントが試運転中のころだった。運転員はみな、圧力逃し弁に緩慢な水漏れがあることも、発電所側では修理できないでいたことも、知っていた。

じつは排水の温度はそれよりずっと高かった。しかしプログラマーのひとりがコンピューターの表示温度を最高一四〇度に設定していたため実際の温度が示されなかったのだ。それでも、メーラーは、諸般の状況から考えて高温すぎると考えた。はたしてこれは水漏れだろうか。メーラーが到着する以前に制御室に集まっていた連中の考えには同調しなかった。それまでにもすでにビル・ジーウィは、圧力逃し弁排水管の温度を報告するよう求めていた。命令を受けた男は温度確認を誤り、ほぼ通常の温度だと報告した。それにまたジーウィは、コントロールパネルの表示から、圧力逃し弁は閉じていると信じていた。おまけにジーウィは、圧力逃し弁から出た排水の行き先である加圧器逃しタンクについての情報を二度も求めていて、タンクの水量は増加しつつあるようには思えない、という報告を二度とも受け取っていた。きわめて多忙で窮地に追いつめられている監督者にはそれで十分だった。ジーウィは、この問題をさらに追及しようとはしなかった。

メーラーは、加圧器と圧力逃し弁とを切り離すための電動弁を閉めてもいいかと、担当の監督者たちにたずねた。この弁を作動させるスイッチは手のとどくところ、中央コンソールにある圧力逃し弁の表示のすぐ横にあった。もし蒸気のせいで多少とも圧力逃し弁が損傷を受けたときは、その「遮断弁」が漏れを防ぐようになっている。監督者たちは同意した。これまでなにをしても効果はなかったのだから。

のちに、連邦調査委員会にたいして、運転員のひとりは、メーラーの考えは絶体絶命の最後の手段だったと語ったが、そうではなかった。圧力逃し弁を切り離しても危険ではない。加圧器には、圧力逃し弁とはまったく関係のない安全弁がほかに二つ設置されていたからだ。この二つの安全弁は、運転員たちから「規則安全装置」と呼ばれていた。米国機械工学会によるボイラー規則で義務づけられたものだったからだ。法律の定めにより、運転員たちはその安全弁を遮断したり、いじったりすることを禁じられていた。安全弁は一七〇気圧で開くように設計されており、これは配管の測定強度よりもずっと低かった。

メーラーがみんなの許可をもらった時点で、システムの圧力は六一・二気圧にまで下がっていた。メーラーはフレッド・シーマンのほうに身を乗り出し、遮断弁を閉じるように頼んだ。数秒のうちに、制御室の計器のひとつが情報を伝えてきた。スリーマイルアイランドでのこれまでの二時間一八分ではじめて歓迎すべき事態が起こりつつある、と。一次冷却系の蒸気圧がふたたび上昇しはじめたのだ。

炉心の損傷はそのころすでにはじまっており、その日の終わり近くまでつづくことになる。運転員たちが水位を回復して炉心をおおえるようになるまでには、それから一一時間かかった。だが、最悪のオーバーヒート状態は、大惨事になる一時間弱前におさまった。このとき圧力逃し弁の開固着を示すかすかな証拠をかぎつけつつあった人間が、ほかにもひとりいた。B&W社に属するリー・ロジャーズという技術者で、運転員が電話で問い合わせた相手である。だが、彼が気づいていたとしても、もしメーラーがあの時点で問題を見破らなければ、どんなことになっていたかわからない。「わたしはフレッシュな目を制御室内にもちこんだのさ」。メーラーは当時のことをこういっている。だが、最悪状態にあるマシンの実態を見抜き、みんなが二時間以上も放置していた水漏れを止めるには、それ以上のことが必要だった。メーラーは二つの仮説を立て、それを現在の事実に照らしあわせてすみずみまで検証する、余裕と意思をもちあわせていた。彼もみんなと同じ程度にしか格納施設内部の様子は見ることができなかったが、ほかの人たちのように途中でやめはしなかった。メーラーの行為は、経済学者ハーバート・サイモンが「満足化（サティスファイシング）」と呼ぶものである。「満足化」とは、情報が完全にそろわないなかで、実行可能な速効性のある解決策を見つけることだ。緊急事態では「満足化」は「最適化（最大化）」にまさる。

最適化とは、完璧に近い解決案を求めようとすることである。

一次冷却系は冷却材の約三分の二を失い、その結果炉心の半分が溶融した。おそらくウラン二〇トンが溶融し、原子炉圧力容器の底でスラグ状になって堆積していると思われる。被害がどれほど甚大であったかを示す最初の直接証拠は、翌日、冷却水の標本を採取したとき明らかになった。標本には、燃料棒の損傷によって生じた黒い粉末と放射性粒子がまじっていた。大混乱の初日に格納施設内で展開された物語の一部始終を完全に明らかにするには、その後、一四年の歳月と一〇億ドルの費用を必要とすることになる。

なぜ圧力逃し弁が開固着したかについては、専門家のあいだでもまだ意見の一致を見ない。可能性としては、一次冷却水のなかのホウ素化合物がこびりついたか、あるいは電気系の誤作動——チャッターと呼ばれる——によって弁がはげしく開閉して、その結果、磨損したことが考えられる。

ノーマルアクシデントと高信頼性組織について

スリーマイルアイランドでの人間とマシンの戦いという異様な出来事は、システムの安全性を研究している研究者たちの関心を集めた。そのひとりがチャールズ・ペローで、彼はその画期的著作『ノーマルアクシデント』の冒頭でこの事故についてふれている。科学技術のいくつかの部門には、不調の連鎖を早晩引き起こしかねない性格が本来的に備わっている、とペローは結論づける。そうしたマシンの場合、さらなる安全システムを追加することは、複雑性をいっそう増す作用しかもたらさない。ペローの説によれば、もっとも懸念されるシステムは、物質を危険なべつのものに変質させる作業をするシステム（たとえば、組み換えDNA実験や原子炉など）であり、そこには「堅い結合」と高度の「相互作用的複雑性」という特質が見られるという。「堅い結合」とは、ひとつの出来事がすぐにべつの出来事につながる、時間主導型のシステムを意味する。堅い結合の身近な例としては、混雑する道路で車間距離をほとんどあけずに高速走行する車があげられるだろう。前方の車がパンクとか運転者の不注意といったようなほんの小さな問題を起こしただけで、ほかのすべての車に影響をもたらし、大規模な玉突き事故を招く可能性がある。もうひとつの特性である「相互作用をおよぼす複雑な」システムとは、予期せぬ不調の連鎖を招きがちなシステムのことである。それは管理者や運転員による徹底的理解を阻害する。スリーマイルアイランド二号機がその例だ。ペローの考えによれば、こうした事態を確実に管理する唯一の方法は、複雑になりすぎ、大惨事につながる故障の可能性があまりにも高い科学技術（ペローは原子力発電所や遺伝子組み換えラボを想定している）を見送って、それ以外のあらゆる技術を、よく訓練された組織によって運用することである。

ペローとは対照的な立場にたつ研究者もいる。「高信頼性組織」――特別な訓練を受けて、権限を与えられた従業員がいる組織――をつくりあげていれば、どんなに危険をともなった仕事であっても安全にあつかうことができる、と信じる人びとだ。高信頼性組織を唱える人びとによれば、そうした組織にはいくつかの基本的共通点がある。安全第一が徹底していること。冗長度が高く、不可避の誤りや不具合がいつかは発見されること。重要事項の決定権をあらゆるレベルに認める組織であること。従業員が実地と非常訓練によって技量を維持していること。試行錯誤によって学べと奨励していること。これらのガイドラインは、航空管制センターや原子力発電所、空母発着管制センター、原子力潜水艦など、要求の厳しい場所における観察から生まれた。これらの研究者たちは、ペローが不安材料としてあげた諸要素をかかえながらもみごとな安全記録を達成したプラントに注目した。

マシンを統御することは可能だという意識は、デュポン、ユニリーバ・グループや、鉱業コングロマリットのインコ社といった企業を鼓舞し、従業員の「けがゼロ」という目標を採用させるようになった。デュポンの報告によれば、同社のいくつかのプラントでは、この二〇年以上にわたって、災害による欠勤者を出していないという。

一般的にいって、旧来の、実証ずみのシステムのほうが、新しいシステムにくらべて見通しがきくことは確かであるが、だからといって、すべての現代的システムが不透明でミステリアスというわけではないし、すべての旧式システムが見通しがよく安全に運用できるわけでもない、というのがわたしの論点である。現代のいくつかのマシンは、すでに完全の域に近づいている。一例をあげれば、旅客機やヘリコプターの動力としては、かつてのピストンエンジンに取って代わった現代のタービンのほうが、はるかに信頼のおけるものとなっている。

死角という問題はあらゆるシステムで起こりうるもので、その原因としては、計器の誤読、隠れた位置にある装置、制御にたいする反応のにぶさがあげられる。マシンのことをいかにわずかしか洞察できていないか、という自覚を当事者がもっていないと、いっそう問題を悪化させてしまい、危機的状況のなかでかれらは誤った仮説をでっちあげ、あらゆる証拠に反してその仮説に固執する。第3章では、危険をはらんだ心理状態の例をもうひとつ見てみよう。大プロジェクトを予定期限より早く完遂させようとする熱意だ。

第3章　「早くしろ」という圧力に屈する

チャレンジャー墜落直前に警告を発した男

ロジャー・ボアジョリーが一九八六年一月二八日に経験した悪夢のような出来事には、だれもがめぐりあいたくないと思うだろう。その前夜に開かれたスペースシャトル「チャレンジャー」の打ち上げに関するテレビ会議で、ボアジョリーは誠実な技術者として全力をつくして勤務先のモートン・シオコール社を説得し、天気予報では翌日のケネディ宇宙センターは極寒となるので打ち上げを断念するよう、シオコール社からNASA（アメリカ航空宇宙局）にはたらきかけてもらった。

会議は、ユタ、フロリダ、アラバマにあるオフィスを結んでおこなわれ、東部標準時午後八時四五分の開会当初は、もっと陽気がよくなるまでNASAの打ち上げを延期してほしいと願うシオコール社のボアジョリーほか何人かにとって、形勢はよさそうに思えた。固体ロケット担当マネージャーのアラン・J・マクドナルドは、NASAのマネージャーたちにたいし、打ち上げ勧告書への会社代表としての署名はしないつもりだ、と警告した。気候がよくなってブースターの温度が華氏五三度（摂氏一二度）まで上がるような日がくるまで打ち上げはしないよう、マクドナルドはNASAに進言した。そうでないと、ブースター接合部をシールしているゴム製Oリング《オー》に漏れができて、スチール製ケースからガスが漏れて燃焼し、破滅的な大事故を起こす危険があった。

NASAの代表者たちは、テレビ会議でこれに返答し、シールが漏れる問題は既知の要素であって対策を講じているし、しかも、低温状態のOリングと漏れのあいだにはいかなる意味でも決定的なつながりはない、と述べた。いずれにしても、最悪のガス漏れ事故のうちの一件は、ブースターがかなり高温のときに起こっている。NASAの技術者たちは、シオコール社の主張する最低温度の華氏五三度にはまったく根拠がなく、しかも、それ以前の冬期打ち上げではそれよりも低い温度でシオコール社が同意したこととと矛盾する、と内心思っていた。ブースター・マネージャーのラリー・マロイは、そうした見解を一言でまとめ、テレビ電話でこうたずねた。「なんだって、シオコール、いつ打ち上げろというんだ——四月まで延期か？」。

三〇分間の休憩後、シオコールの技術マネージャーたちは、異議を取り下げると連絡してきた。マクドナルドは勧告書に署名する気はなかったので、代わってブースタープログラム部長のジョー・キルミンスターが書類にサインし、NASAへファクスで送った。その晩、ボアジョリーは日記を開いて、怒りと不安の心情を書きとめた。翌朝、出社した彼は上司のオフィスに立ち寄り、打ち上げ成功を祈っているが、接合部分のシールがある程度漏れを起こして、だれの目から見ても深刻な問題の存在が疑えないようになればいいと思う、と告げた。部屋を出て廊下を歩いていると、イグニションシステム・マネージャーのボブ・エーベリングに呼びとめられた。会議室にある大型テレビでいっしょに打ち上げ中継を見ようというのだ。ボアジョリーはことわったが、エーベリングがしつこくさそった。ボアジョリーは、会議室の最前列にすきまを見つけ、床の上に腰をおろした。背中にはエーベリングの脚があたっていた。発射から六〇秒後、エーベリングは安全な打ち上げを感謝して祈りをささげた。それから三〇秒して、チャレンジャーは空中分解し、雲のようにふんわりした白いすじを描いた。シオコール社ウォサッチ事業本部の会議室にいた全員が、信じがたい事態に呆然となった。

ボアジョリーは、その日、残りの時間をオフィスですごした。どうしているかと様子を見に立ち寄ってくれる人に、声をだして返事することもできなかった。翌日、同僚のひとりから、打ち上げのビデオで見ると大惨事の直前、ブースターケースの接合部から炎が漏れているのがわかったと聞かされたが、ボアジョリーは驚かなかった。

この事故に関する著作の決定版ともいえるダイアン・ボーンの『チャレンジャー打

ち上げの決断』によると、ＮＡＳＡとモートン・シオコール社の双方とも、お役所的な目標達成を第一とするあまり、大きくなりつつある問題があっても都合のいいように解釈し、あげくには黙認してしまう体質におちいっていて、そのため事態を悪化させたのだという。ＮＡＳＡは、この問題を宇宙飛行士たちに直接伝えて意見を聞こうとせず、また、危険を真剣に受けとめて、適切な措置をとるために計画を一時中断することもせずに、耐熱パテを詰めたり、Ｏリングの試験手順をいじるといった小手先の対策でＯリング危機を封じ込めようとした。それどころか、シオコール社がこうした技術上の判断よりもずっと説得力のある提案を出してこないかぎり、打ち上げを延期して天気が暖かくなるのを待つ意思はなかった。ボーンのことばによれば、それは「逸脱の常態化」だった。

「潜在的危険が内在するシステムの打ち上げを許してしまう強力な理由はただひとつ……」と主任宇宙飛行士、ジョン・Ｗ・ヤングは大事故後に記している。それは「打ち上げスケジュールというプレッシャーである」。

警告はなぜ黙殺されるのか

水素ガスを詰めた英国の飛行船「Ｒ１０１」と米国のスペースシャトル「チャレンジャー」は、どちらも国家の大きな夢から生まれた巨大プロジェクトだった。計画をスタートさせる目的からかかげた途方もない約束は、つぎには、ひたすらその前進を求める役割をつとめ、中心的な技術者から文書によって指摘された具体的な危険性をも無視させる結果になった。どちらの場合も、事故寸前の多くの事例の場合と同じように、熱意のこもった善意のメモはほとんど意味をなさなかった。そうした恐ろしくてぞっとするようなメモの歴史は、少なくとも一七八八年までさかのぼることができる。

その年、イングランドのシュルーズベリにある聖チャド教会を管理する長老会にたいし、建築技師のトマス・テルフォードは警告を発した。築後四〇〇年たった教会堂の鐘楼は、支柱の石組みと木材が極度に弱くなっていて危険だ、と彼は指摘したのである。かんたんな修理をすればいいという返事を明らかに期待していた長老会は、テルフォードの警告を拒絶した。それから数週間後の七月九日早朝、教会堂は崩壊した。

期日とたえざる資金不足に悩まされているNASAの担当者たちにとっては、これまでのところブースターが焼け溶けたことはないという事実が、その安全性の証明だった。事前に警告があったということをあとで聞かされた世間の反応が、怒りと嫌悪だったというのは当然だ。世間の人びとは、古代の哲学者カシオス・ロンギノスが記した「偉大なる企てにおいては、たとえ失敗といえども栄誉あることだ」ということばには、あまり賛成ではなかった。一般市民が知りたがったのは、スペースシャトル計画の参加者たちは気が狂っているのか、それとも怠惰なだけか、ということだった。答えはどちらでもなかった。失敗の背後にいたのは、成功の背後にいたのと同じ人たちだった。かれらは宇宙産業の世界のもっとも優秀で聡明な人間であり、身を粉にしてへとへとになるまではたらいていた。労働時間は恐ろしく長く、精神的にも極限まで仕事に打ちこんでいた。それなのにどうしてこんなことが起こったのか。なぜ、まじめな努力が実をむすばないのか。

プロジェクトというものは、前方で停止信号の赤旗が振られていても前進する特性をもつことを、どちらの惨事もそれなりの方法で示している。R101の場合は、飛行船のブースター役をつとめたクリストファー・バードウッド・トムソンの精力的な性格に注目しよう。このような人物は、プロジェクトをきわめて高いところまで導くこともあれば、犠牲にしてしまうこともある。いずれにしても、責任は残る――トムソンはR101に乗船し、他の四七名とともに命を落とした。いっぽうのチャレンジャーの場合は、あまりにも多くのことがうまくいかず、かといって、中断してすべてを解決している時間もないため、ちょっとした不調は故意に見逃しがちになる、ということを示している。

飛行船R101の大破は、それから五六年後に起こったチャレンジャー号事故のリハーサルとでもいえるものだった。これからその二つの経過を並行して見ていくことにしよう。

巨大飛行船への過大な期待と開発競争

最初に話題とする飛行船R101は、全長二三七メートルで、事故当時は世界最大だった。シェーン・レズリー夫人は、この飛行船が歴史に名をとどめることになる飛行をしっかりと目撃していた。イングランドのヒッチン近郊にある自宅で夕食をとっているとき、彼女は使用人たちの叫び声を耳にした。窓の外を見ると、地面の向こうに「ぞっとするような赤と緑」の光が輝いていた。夫人は屋外に出て、庭先にいる使用人たちに加わった。巨大な飛行船がディーゼルエンジンをうならせながら、彼女の家めがけて飛んでくる。航法灯の光に照らされながら、彼女は垣根を飛び越えて逃げ、使用人たちもべつの方向へ逃げた。飛行船が墜落炎上して家はつぶれてしまうだろう、と全員が確信した。ところがその飛行船は、木々や家の屋根にぶつかることなく、すれすれにかすめて飛んだので、レズリー夫人は、その窓の奥のダイニングルームにいる乗客の姿を認めることすらできた。飛行船のテールライトが遠くに消えていくのを見つめていると「恐怖がわれわれ全員におそいかかってきた」と、彼女はのちに述べている。この状況は、飛行船が重すぎて、性能ぎりぎりのところで飛行していたことを明白に示す証拠である。

ここで飛行船の歴史をかんたんに見ておこう。一九世紀になって、涙滴型や葉巻型をした飛行船の実験がおこなわれた結果、バルーンはまさしく空中に浮かぶことができるし、動力があれば飛行もできることを証明したが、大きな搭載量に耐えられるだけの強度はなかった。その解決策としてドイツが考案したのが硬式飛行船だった。金属製のがっしりした骨組みの内部にガス袋を並べ、外部全体をすべした流線型の外皮でおおう。骨組みは、金属または木製の肋材《ろくざい》を一定間隔に並べ、船首から船尾まで走る縦通材《じゅうつうざい》で固定する。

第一次世界大戦では、水素ガスを充塡したガス袋は空中戦に向かないことが明らかになったものの、飛行船は長距離輸送や対潜哨戒には適しているように思われた。一九一〇年から一四年にかけて、ドイツのツェッペリン型飛行船五機は、墜落事故を起こすこともなく、二〇〇〇回にもおよぶ旅客輸送に成功した。巨大な飛行船は何十トンもの貨物を積むことができ、その飛行は快適で優雅ですらあり、スピードは時速一一〇キロメートルにも達した。初期の飛行機は揺れがひどくて乗客には苦痛だったし、飛行距離も搭載量もわずかなものだった。航空エンジンの燃料はガソリンで、それは当時の人びとには恐ろしい燃料のように思えた。

英国の国産飛行船推進者たちは、最初は英空軍からの抵抗を受けたが、英海軍およびオーストラリアやインドといった遠方にある英国領の総督たちの支持を背景に、大英帝国をいっそう緊密にするための飛行船開発計画にとりかかった。計画は一九二三年にはじまり、五機の飛行船を民間企業で製造する予定だったが、翌二四年、コンペで製造することに変更された。それは想像以上に大規模なレースだった。民間部門と公共部門が出場し、全長七〇〇フィート(二一三メートル)以上あって、英連邦の各所に設けられた係留塔で燃料を補給しながらオーストラリアまで飛行できる巨大飛行船を、それぞれ一機ずつ製造することになった。競争に勝ったほうの飛行船を商品化して世界各国へ売り込もう、というのが英国のもくろみだった。議論がまき起こった——民間会社は安全対策の費用をけちるのではないか。いっぽうの公共企業体は、最新技術を推進するための費用はいくらでも使えそうだ。

対戦者は、片やエアシップ・ギャランティー・カンパニー。ビッカース株式会社の子会社で、R100と呼ばれる飛行船を製造する。世間ではそれを「キャピタリスト・シップ(資本主義者の飛行船)」と呼んだ。片や、英空軍そのもの。ベッドフォードシャーのカーディントンにある王立飛行船製作所で「ソシアリスト・シップ(社会主義者の飛行船)」と呼ばれるR101を製造する。

場面変わって、米国の宇宙開発。ニール・アームストロングが月面に右足をおろしたのは一九六九年七月だが、すでにそれ以前からアポロ計画は縮小されつつあった。予算削減は一九六六年からはじまり、二年間に航空宇宙産業関連業界で一四万人が職を失った。最初の月面着陸の興奮が冷めると、世間の関心も急速におとろえてしまい、その後はアポロ一三号の空中事故で一時的に盛り返したにすぎなかった。以後の月面着陸は、テレビ視聴者を集めるどころか、みんなにあくびをさせるだけだったのも不思議ではないだろう。米国は、一九七〇年になるまでに月に人を送りこむと公約していた。最初の飛行で、公約よりも数カ月早く、さしたる困難もなしに二人の人間を月面におろした。アメリカは月面着陸フィーバーから一気に冷めてしまい、アポロ一一号の月到着から一週間後におこなわれた世論調査では、国民の大多数がNASAの予算は多すぎると感じている、という結果が出た。

アポロ一一号の月面着陸当時、アグニュー副大統領を長とする大統領特別委員会はアポロ以後の宇宙開発計画について最終案をまとめているところだった。報告書は一九六九年九月に提出された。再使用可能なスペースシャトルと宇宙ステーションがあれば、NASAは一九八六年以前に——早ければ一九八一年にも——原子力推進火星探査機を打ち上げることができるだろう。そのためには毎年八〇億ドルから一〇〇億ドルの予算が保証されなければならない。だが、火星探査ミッションをはじめとする大型プロジェクトは、ニクソン政権と議会が予算を他の事業にまわしたために、ひとつ、またひとつと消えていった。その後、一九七二年一月になって、NASAの予算をアポロ計画時代の最高額の三分の一まで切りつめた上で、ニクソン大統領はスペースシャトルの開発に同意した。おもて向きの理由は、スペースシャトルを使うと宇宙探査が容易になり安価におこなえるようになるというものだったが、本音は、政治的に重要な領分に多くの職をもたらすためだった。スペースシャトルなら、積荷を打ち上げて軌道に乗せる費用が、重量一ポンドあたり少なくとも二〇分の一になる。シャトルは利益すらあげるはずだ。さらには、NASAが報道陣に語ったところによれば、シャトル計画の目標は、いま以上にいくつもの大技術革新をとげなくても達成できるという。その任務の大半はすでにアポロ計画で実現されている、と。

英国のR101もまた、名目上は、すばらしい成果をもたらすはずだった。一九二四年、英国政府は、二年以内にこの巨大飛行船は飛行に成功し、その後まもなく乗客一〇〇人と乗組員五〇人を乗せて定期運航を開始する、と公約した。巡航速度は時速一〇四〜一一二キロメートルで、エジプトまで三日以内に到着でき、どの客船よりも丸二週間早い。海軍は対潜哨戒に使用できるし、陸軍は兵員輸送に、空軍は空母として使用できる。「魔法すれすれの性能にしか求められないような万能性」だと《イブニング・スタンダード》紙の社説は述べた。

R101の主任設計技師は、海軍航空隊中佐のビンセント・リッチモンドで、底なしのエネルギーと熱意の持ち主だった。飛行船の設計についてはドイツ人から学んでいたが、自分で飛行船を設計したことはなかった。にもかかわらず、彼はいきなり世界最大の飛行船を設計することになった。その主たる理由は、飛行船設計技師がほとんどいなかったからである。一九二一年に英国の飛行船R38が墜落したため、この分野の政府要員が減少していた。自分のことを「もっとも運のいい男だ」といったとおり、リッチモンドはついに世界有数の飛行船製造に参加するチャンスをつかんだのだった。彼は夫人とともにベッドフォード郊外の住宅に転居して、空いた時間はすべて書斎ですごし、ときには明け方まで作業した。

このプロジェクトはリッチモンドとその助手たちに多くの仕事を課した。というのも、航空省はR101を、画期的アイデアを試す実験台にしようと決定したからだ。たとえば、骨組みは一部が旧来の鉄製、一部がアルミニウム合金製だった。通常、飛行船の肋材は巨大な自転車の車輪に似ていて、軽くつくられ、スポークのようなワイヤーで補強される。R101の設計者たちは、ちがった方針をもっていた。それぞれの肋材を十分に強くして、補強のワイヤーなしでも形がくずれないようにする。そのためには、余分な設計作業と、十分な肋材の強度を確保するための特別な金属を必要とした。R101の製作者たちは、縦通材についても疑問があれば、強度をあげよ――その結果は重量増加につながる――という原則にしたがった。縦通材には四倍の安全係数を見込んだ。それぞれの縦通材は、予想の四倍の負荷に耐えられる強度をもつことになる。

製造コストが当初の見積もりよりも高くなり、一九二七年内の初飛行もかなわなかったため、議会から航空省に向けられる質問はいっそう皮肉なものになってきた。「いつになったらこの二頭の老いぼれ馬を厩舎から出す気なのか?」ある下院議員は航空大臣に質問した。

「ソリッドな燃料、ソリッドな技術」

一九七二年にはすでに、NASAはスペースシャトルの基本設計を決定していた。固体ロケットブースター二基が加速を助け(米国の有人飛行で固体ロケットが使用されるのはこれが最初である)、ロケットエンジンは水素と酸素を八分間燃焼させて周回軌道に乗る。「オービター(軌道船)」には、ロケット用の燃料と酸化剤の必要量を搭載することができないので、こうした液体燃料は「外部タンク」と呼ばれる筒状の巨大容器に入れられ、大きなパイプでオービターに送られる。シャトルは打ち上げられると、ブースター二基がまず落下してパラシュートで海上に着水し、回収、再使用される。外部タンクはそれよりあと、周回軌道に入る途中で脱落し、落下中に分解炎上する。宇宙空間での任務を終えたオービターは、内蔵の小型ロケットに点火し、大気圏に再突入して地球へ帰還、グライダーのように滑空して着陸する。

開発とテストは一九七〇年代なかごろに開始されたが、専門家たちの関心は、オービターに関する二つのとてつもない難問に集中した。ひとつは、オービター――宇宙飛行士の乗った翼つきのシャトル――が必要とする、再使用可能な三万一〇〇〇枚の耐熱タイルという革命的システムのことだった。再突入時の灼熱に耐えられるように、オービターの腹面と翼縁にそのタイルを貼る。

もうひとつのハードルは、水素を燃料とするスペースシャトルのメインエンジン(SSME)であった。一台のシャトルには三基のメインエンジンが必要だが、各エンジンは、それまでのロケットでは考えられないような小さなスペースに、大きなパワーをつめこまねばならず、しかも再使用のための途方もない耐久性も要求された。各メインエンジンのターボポンプは、毎秒〇・五トンの液体水素と液体酸素をシステムに送る。ポンプの大きさは自動車のエンジンブロックと同じくらいだが、一基の出力が、毎秒六〇〇〇回転以上で六万三〇〇〇馬力ある。ロケットエンジンのテストは一九七五年にはじまったものの、問題は一九七九年までつづき、すべての主要パーツが一度ならず故障を起こした。一九七七年だけ見ても、四基のエンジンがこなごなに壊れてしまった。アラバマ州ハンツビルにあるマーシャル宇宙飛行センターが、メインエンジンと固体ロケットブースターの開発の責任者だった。メインエンジンの信頼性は一九七九年の後半になってやっと確保できたが、第一回打ち上げまでに残された時間は二年もなかった。

マーシャル宇宙飛行センターを厳格な父にたとえ、シャトルの推進部分を子どもにたとえれば、メインエンジンは才気煥発ながらとっぴなふるまいをする長男で、周囲の関心を独り占めにしている。そのため、固体ロケットブースターは、屈強で愚鈍な弟役をつとめることになった。固体ロケットブースター・プログラムの部外者にとっては、そうした単純な仕掛けになにか不都合が起こることなど、信じがたかった――信じることは不可能だったとさえいえる。各固体ロケットは、五〇〇トンの推進薬がつまった鋼鉄製の長い筒で、一端は閉じられ、もう一端はノズルになっている（図4参照）。固体ロケットエンジンの各部のなかで、有効な推力を発揮する二分間に機械的動作をするのはノズルだけである。

製造所がユタ州にあったことと、組み立てたブースターが大きすぎてそのままでは運べなかったことから、各ロケットの本体ケース部分は四分割されて、ケネディ宇宙センターまで列車で搬送された。宇宙センターでは作業員がケースを垂直に積み上げ、頂部にノーズコーンをのせて、一体化した。シオコール社では、このブースターケースの接合部を「フィールドジョイント」と呼んでいた。組立作業が「フィールド」、つまり、工場内ではなく現場でおこなわれたからだ。各ブースターは、燃料室の長さ方向に並べて接合するため三カ所のフィールドジョイントを必要とした。その作業イメージは、四本の短いパイプをつないで一本の高圧パイプラインにまとめ、しかも数

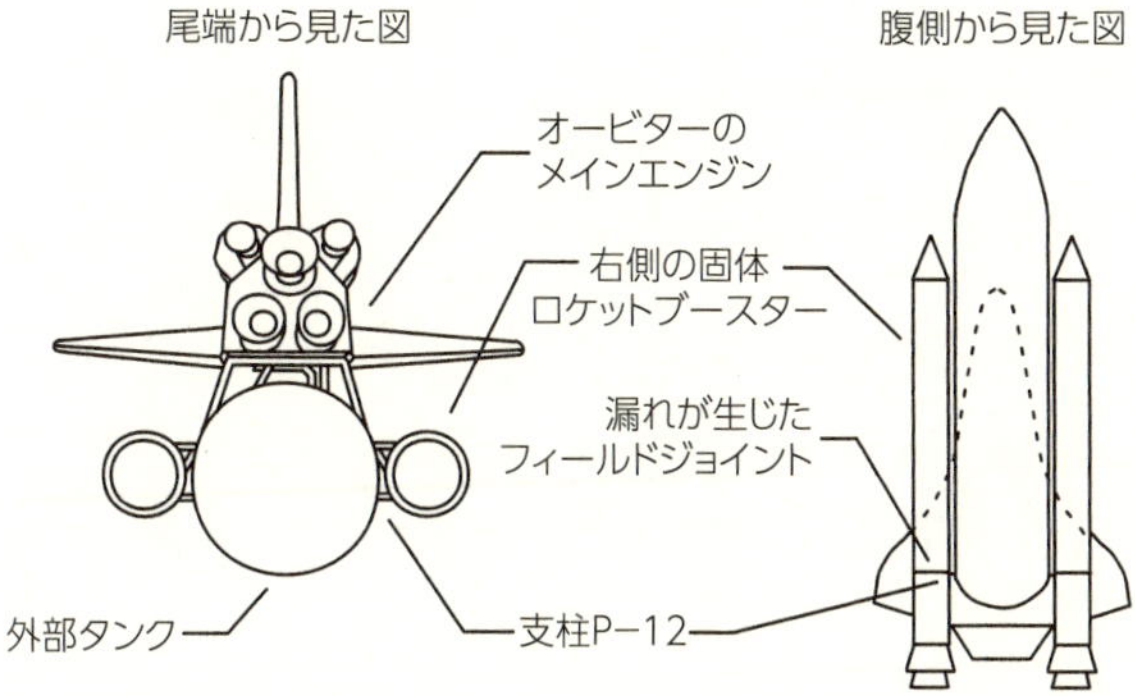

図4　スペースシャトル・チャレンジャー

推定される経過

1　打ち上げ前の気温の低さにより、固体ロケットブースターのフィールドジョイントのOリングの密封能力が減じる。
2　右の固体ロケットブースターの後部フィールドジョイントから燃焼ガスが打ち上げ後３秒間漏れだし、その後停止。
3　ブースター点火58秒後、外部タンクとブースターをつなぐ後部支柱P−12の強度が火炎によって低下する。
4　支柱が破損するとともにロケットの先端が回転しながらタンクにぶつかり、タンクは破裂する。
5　スペースシャトルは大破、燃料が飛散し、機体は超音速で横向きに吹き飛ぶ。
6　乗組員室は無数の破片とともに落下。

カ月ごとにそのすべてを分割して再組み立てできるようにすることだった。パイプは溶接できないから、とりはずし可能な留め具のついたある種の機械的なジョイントが必要だ。その解決法のひとつは、各パイプの前縁部にスロットをつけ、上部にくるパイプのリムがそこにはまるようにすることだった。

ケネディ宇宙センターでのブースター組み立ては基本的にこの方法でおこなわれた。パイプの各接合部のスロットとリムの重なった部分は一七七本のピンで固定された。通常のパイプならこれでよいのだろうが、高温、高出力のブースターにとってはまだ不十分である。各フィールドジョイントで、固体燃料のつなぎ目にわずかな空気層が入るという問題があったのだ。対策を講じておかないと、打ち上げ時、このすきまに炎がまわりこんで、厚さ〇・五インチ（約一・三センチメートル）のブースターケースが損傷するだろう。炎を本来の位置であるブースター中心部にとどめておくため、耐熱パテで固体燃料のすきまを埋め、スロットとリムの部分には最後のシールとして二つのゴム製Oリングを装着した。

「ソリッド（固体）な燃料、ソリッド（堅固）な技術」というのは、一九八〇年一〇月一四日、記者会見の席でマーシャル宇宙飛行センターのブースター・マネージャー、ジョージ・ハーディーが固体ロケットブースターを話題にしたとき口にした、うたい文句だった。彼の発言によれば、ＮＡＳＡは「固体ロケットブースターシステムについては、過去の経験を最大限に活かし、最先端技術の推進は最小限にする」ことを望んだ。この方針で万事が進められ、必要とされるユタでの燃焼実験も最小限にとどめることでコストダウンがはかられた。NASAは、タイタン三号の固体ロケットをスケールアップし、その製造担当企業も前回と同じ会社に決めた。スペースシャトルのロケットは人間を乗せて打ち上げることになるので、NASAは安全係数を上げるために各フィールドジョイントに一個のOリングを追加することにした。そうすれば、鋼鉄製ケースを溶かして穴をあけるかもしれない高熱ガスの漏れを防げる。

のちにマスコミはモートン・シオコール社を非難し、NASAとのブースター契約には裏で「インサイドベースボール（策略）」がはたらいた、と主張した。この会社（入札価格は下から二番目だった）が選ばれたのは、NASAの長官だったジェームズ・フレッチャーがユタ州出身で、旧友たちに花をもたせようとしたからだろう、とする報道もあった。

この記事が事実かどうか――フレッチャーは否定しているし、会計検査院の調査でも不正の事実は判明しなかった――はべつにして、同社にこの仕事を請け負う能力がなかったと結論づけるのはフェアではないだろう。シオコールは大型ブースターロケットの事業ではもっとも古くからの信用がある企業のひとつである。一九五〇年代、六〇年代にめざましい成功をおさめたミサイル計画のいくつかは、同社のロケットエンジンがそのかなめ役をはたした。シオコールの創立者で、カンザスシティ出身の化学者、ジョゼフ・パトリックは、巨大固体ロケットの実用化に寄与することになる合成ゴムを発明した。社名のヒントになったのもその粘着物質である。シオコールという名はギリシア語の「硫黄」と「接着剤」の合成語で、パトリックはこの二つの物質から新種の不凍剤をつくろうとしているうちに、悪臭をもった人造ゴムの処方箋を偶然に発見したのだった。

この人造ゴムを素材とした製品は、航空機の燃料タンク用の、弾力性のある分厚い内張りとして、第二次世界大戦中には大きな需要があった。銃弾がタンクに命中しても、燃料漏れを最小限にとどめることができたからだ。戦後、シオコール社の会長ジョゼフ・クロスビーは、カリフォルニア工科大学ジェット推進研究所（ＪＰＬ）が自社の液体ゴムを大量に購入していることに気づいた。調査してみたところ、ＪＰＬはこの液体ゴムが固体ロケットエンジンに使用する酸化剤と燃料粉末との優れた結合剤となることを発見したことがわかった。シオコールは、これを足がかりにしてロケット分野への進出を決め、一九四九年、テキサス州ハンツビル近郊のレッドストーン兵器工場で、歩兵支援用の七五ポンドロケット弾を製造しはじめた。この実績から、重量二二〇〇キログラムの世界初の大型固体ロケットであるハーミーズの契約を軍と結ぶことになった。

ハーミーズのあとシオコールは、大陸間弾道ミサイル（ICBM）「ミニットマン1」の第一段部分（重量三〇トン）の落札に成功した。シオコールはユタ州北部にある四〇平方キロメートルの広大な敷地に移転し、本格的なロケット生産にはいった。ピーク時には、一日あたり二基のミニットマン第一段ロケットを製造した。スペースシャトルと関連する入札としては、一九六〇年代に空軍と共同で巨大固体ロケットエンジンの開発をおこなっている。そのなかには直径三・九六メートルのものや、「260」というコード名で、完成すれば直径六・七メートルとなる巨大なものもあった。後者は重量物を衛星軌道へ打ち上げるためのものだが、あまりに大きすぎて船で水上運搬するしかなかった。この案は実現しなかったが、シオコールにとってはシャトル用ブースターの入札に参加する自信となり、一九七四年には落札にまでこぎつけた。

シオコールがシャトルの固体ロケットブースターに使用した燃料は、ミニットマンに使用したものとほぼ同じで、アルミニウムの粉とゴムの結合剤を、酸化剤の過塩素酸アンモニウムと混合したものだった。この混合物は低温低湿ではきわめて安定している。かつて空軍は、二九年間地下サイロに格納されていたミニットマンのロケットをテストしたことがあるが、燃焼は完璧だった。

NASAは、一九八二年の第一回打ち上げに先立ち、ユタ州にあるシオコール社発射試験台での七回にわたる燃焼試験を命じた。その七回のすべてに「ジョイント・ローテーション」効果の確認が含まれていた。これは、点火時に鋼鉄製のロケットケースがわずかに膨らみ、対策を施していない場合には各フィールドジョイント部のシールがゆるんで開きがちになる現象である。また、あるときは、外気温摂氏二度という低温下での試験もおこなわれた。

各ブースターについておこなう七回の試験でもNASAがシオコールに要求しなかった一項は、実際の打ち上げ条件下でブースターが反ったり、ねじれたりするさまを再現してみることだった。打ち上げ時にブースターにかかる動的作用には少なくとも二種類あり、それらの力が低温下で組みあわさった結果、一九八六年一月の失敗がもたらされた。動的作用のひとつは「トゥワング」で、メインエンジンは点火されたがブースターエンジンはまだ点火されていないときに、シャトル全体が後方にそり返ることである。その結果、全体が外部タンクのノーズ部分で一メートルほど後ろに倒れ、そのあと、風で旗ざおがゆれるのと同じように、反動でまえに倒れる。これが、フィールドジョイントをこじ開けて数ミリのすきまをつくることになる力のひとつだった。

ジョイントをこじ開けようとするもうひとつの力（これまたユタではテストされていなかった）は、シャトルの巨大な外部タンクとブースターを結合する支柱部分に作用するひずみの蓄積である。各ブースターには二つの下部支柱がついており、ロケットの外周に巻き付けたスチール製リングで固定されている。二つの下部支柱のうちの下側の、通し番号P－12は、チャレンジャーの惨事のときブースターにあいた穴からわずか三〇センチメートルの位置にあった。

もう一度、話を英国の飛行船にもどそう。ビンセント・リッチモンドとその助手たちは一九二七年にR101の設計を完了した。同年、カーディントンにある広大な格納庫で鋼鉄製の骨組みの製作がはじまった。この巨大飛行船は、一九二九年一〇月には飛行を待つばかりになった。格納庫から姿をあらわした飛行船は全長二二四メートルで世界最大。何十年もの経験を積んだドイツのツェッペリン型飛行船でもいまだ試みたことのないような大きさだった。推力を生むのは、胴体から支柱で懸垂されている五つの「パワーカー」についた大きな木製プロペラである。R101は流線型を旨としたので、乗組員や乗客のためのスペースはほとんどすべてが外皮の内側につくられていた。

運航のスタイルについては、R101は海と空の伝統を借用した。乗組員は海軍式の制服を着用した。R101は、飛行機と同じように方向舵と昇降舵を備えていたが、コントロールキャビン内の船長は「舵手」に指示を出した。舵手のひとりが、飛行船を上昇・下降させる舵輪を操作し、もうひとりが、左右に旋回させる舵輪を操作する。もし船長が速度を加減したいときは、船と同じような伝令器を使用して命令を送り、各パワーカーに乗っている機関士に伝えた。昼間の飛行では、航海士は羅針盤と地上の目標物を利用して方位を測定した。夜間は、胴体の最上部まではしごでのぼり、星を頼りに誘導した。とはいえこの特大怪獣は、外洋船とはちがって港や浅瀬に投錨することはできなかった。R101はまた、巨大な係留塔や格納庫がなければ燃料の補給ができず、停止することすらできなかった。

カーディントンにある王立飛行船製作所の格納庫をおとずれた人びとは、みなそのサイズに畏敬の念をいだいて帰っていった。この飛行船が新と旧、巨大さと繊細さとの奇妙な混合物になっていることは、あまり目につかなかった。他の飛行船の場合は、高度を高くとりすぎたとき外皮が破裂しないように、ガス袋内の余分な圧力を逃がす仕掛けとして単純なバルブを使用している。R101の場合は、新式の、きわめて敏感なバルブを使用したので、飛行船が左右にかたむくたびにガスを排出してしまう問題が生じた。

外皮内側の構造物は通常の場合にくらべて重量があり、どの縦通材も強度には格別の余裕を見込んであった。ビニールができる以前のこの時代には、R101の船首から船尾に並んでいる一六のガス袋は、何千もの牛の腸を一定単位に切ってつなぎ合わせてニスを塗ったものでできていた。大きなガス袋は一個が〇・五トンあって、スチール製の網で包まれており、十分に機能したが、湿気にあてないよう、また鋼鉄製の骨組みとこすれることのないよう、注意しなければならなかった。

どんな大プロジェクトも一度や二度は危機に直面するものだ。R101の場合、最初の危機は、格納庫内での負荷試験のときにおとずれた。飛行船の重量が想像以上に大きいことが明らかになったのである。この圧倒的なミスが一年後の墜落事故ではきわだって目立つことになる。当初の計画では、水素ガスや燃料を除く重量は九〇トンとされていたのだが、完成した船体はそれより二三トンも重かった。

重量増のもっとも明白な要因はエンジンだった。機関車用に設計されたビアドモア・ディーゼルエンジンは合計一七トンあった。ディーゼルの使用を求めたのは議会だった。それは政治的理由と、比重が大きいディーゼル燃料はガソリンより引火しにくいという考えからだった。一馬力あたりでいうとディーゼルエンジンはガソリンエンジンの二倍の重さがあり、そのため設計者たちは、船体を支える骨組みに余計な鋼材を使用する必要にせまられた。のちになってようやく王立飛行船製作所の連中も思いあたったのだが、これほど船体を重くしてもなお、ガソリンに引火する危険から逃れることはできなかった。というのも、各パワーカーには、大型ディーゼルエンジンを始動させるための小型ガソリンエンジンの燃料として、何本かのドラム缶を積んでおかなければならなかったからである。R101は双方のいちばんの欠点を背負って飛行するのだと気づいたときには、始動装置のガソリンエンジンをすべて取り替える時間はもはや残っていなかった。

それにしても、人びとはいくつかの危険を痛切に感じていた。飛行船製造現場ではたらく人たちは、引火性の高い水素がこれほど大量に身近にあるのはほんとうに危険だ、と知っていた。航空省は、飛行機が飛行船から五キロメートルの範囲内に進入することを禁じた。あるとき飛行船船長、G・H・スコット少佐は、船体の下でマッチを取り出そうとしている男を見つけると、走り寄って足で蹴り倒した。係留塔にのぼる人間はみな、タバコとマッチを放棄しなければならなかった。飛行船内では一室のみが喫煙しても安全とされた。その部屋では、灰皿とライターがチェーンでつながれてテーブルにのっていた。

Ｒ１０１は空輪試験において、計画された六〇トンではなく、わずか三五トンしか吊り上げられなかった。それでも、イングランド周辺での試験飛行には十分だった。そこで、Ｒ１０１は小規模な変更を加えられたのち、一九二九年の一〇月と一一月に試験飛行をおこなった。そのうち一度は、サンドリンガム宮殿の上空をしずしずと通過し、感動したジョージ五世陛下夫妻は手を振って見送った。試験飛行は順調に進んだ。雨の降らない無風の日だけ飛行したのだ。

あらゆる面で宇宙定期便は不可能だった

一九八一年四月一二日、宇宙飛行士のジョン・ヤングとロバート・クリッペンは、スペースシャトル・コロンビアに乗り組み、第一回試験飛行をおこなった。周回中にこまかく点検したところ、上面に貼ってあった黒いタイルのうち一六枚は、打ち上げ時のショックではがれて失くなっていた。だが、シャトル底部の、命運を左右するタイルは残っており、二日後の再突入時、アルミ製の外板が燃えて穴があくという事態は避けることができた。そして、カリフォルニアのエドワード空軍基地に到着したことによって、「空飛ぶ煉瓦工場」は、帰路ではエンジンを使用せずにたしかに安全に着陸できることが、そのときは立証された。そのため二度目の試験飛行はおこなわれなかった。

その飛行が成功かどうかに関係なく、同じころレーガン政権は、宇宙開発予算を六億四〇〇〇万ドル削減していた。NASAは、週に一度の飛行は当面、不可能だとわかっていた。だがそれでもNASAは、宇宙への定期便を約束し、今後のスケジュールでも休まずペースを上げていくことになっていた。一九八四年に入ったときにはすでに、計画どおり進んでいないことが数字の上から明らかだった。その年、NASAは、一二回の打ち上げを約束していたが、実行したのは五回だった。

NASAは、衛星の顧客のために信頼できる打ち上げスケジュールを維持するよう、強烈な圧力を受けるようになった。四機のシャトルをすべて飛行させてもそれは無理だとわかった。いまやNASAが、みずから割の悪い取引をしてしまったことは明らかだ。スペースシャトル以前には、ケネディの要求した「六〇年代末までに人を月に送る」計画にあわせて、自分たちで打ち上げスケジュールを決めることができた。ところがいまやペースを設定するのは、というか設定を要求するのは、客のほうだった。

約束と現実が衝突した理由はいろいろあるが、けっきょくのところそれはマシンの問題に収斂《しゅうれん》する。そのマシンは、きわめて複雑な構造をしており、旅客機の定期便のように運航させようとするあらゆる試みに抵抗をくりかえすのだった。じっさい、レーガン政権の役人のなかには、定期航空路線に似たものだと考えて、シャトル運航を商業化しようと航空会社と検討に入った人たちもいた。それはあまりに時期尚早だった。シャトルは飛行するたびにタイルを詳細に点検しなければならなかったし、ロケットエンジンとコントロールシステムも、たえず不調を訴えていた。一九八三年一一月の打ち上げ時、コロンビアは電子回路が大規模な故障を起こしたし、降下時には補助動力装置（APU）のひとつに火災が発生した。シャトルが駐機中、APUの燃料であるヒドラジンが爆発したのだ。もしこの事故がもう少し早く発生していれば、飛行中のスペースシャトルは壊れてしまっただろう。

シャトルの機材を供給している数百社のうちの任意の一社を訪問してみれば、週一度の飛行スケジュールはまったく不可能だということがわかったはずだ。作業は極端に厳しく骨の折れるものだった。モートン・シオコールの役割を考えてみよう。二本で一組のブースターは「フライトセット」と呼ばれ、ケネディ宇宙センターからユタ州にある二つの工場へ運ばれて、推進薬の最終的洗浄、充塡、硬化がおこなわれたあと、ケネディ宇宙センターへもどって、他の部品を組み付け、ブースターとして完成されるのだが、その間に、何万通もの書類がたまることになる。使用ずみのロケットを例にとると、絶縁材のゴムを九トンも内壁にくっつけたままユタへ送り返される。べったり焼きついているゴムは、切り離したり、サンドブラストを使用して除去しなければならない。そのあと、各部分は、世界最大のX線装置でスキャンして、傷がないかチェックを受ける。

固体ロケットブースターは、構造は単純だが、不気味なほど強力だ。二分間の燃焼時間の間に、重量物打ち上げの作業の七一パーセントをこなし、二〇〇〇トンの荷重を音速をはるかに超える速度まで加速する力がある。NASAが記者会見で好んで語るところによれば、各ブースターはボーイング747型機一七機分のエンジンをすべて全開にしたのと同じ出力があった。

ケネディ宇宙センターのグレッグ・カトニックは、毎回打ち上げの際におこなう発射施設の最終点検を監督する男だが、その彼が、固体ロケットブースターの猛威についてわたしに話してくれたことがある。フライト前、何台ものリモコンつきカメラがシャトルを取り囲むように設置され、事故が起こったときの記録を残すために、打ち上げの一連の経過の重要部分を撮影するのだ、という。それを高熱と爆風から守るため、各カメラは重さ約三六キロのスチール製カバーで保護されている。一九八四年四月のチャレンジャーの打ち上げ時には、一台のカメラのカバーが、爆風の力でボルトからもぎ取られた。カバーはチャレンジャーの外部タンクの下をくぐって南へ向かい、厚さ一二センチのコンクリート壁を貫通し、さらに飛んでいった。ぺしゃんこにつぶれたカバーは、一二〇メートルほど先でようやく地面に転がって止まった。

R101は、一九二九年一一月末、格納庫にもどり、そのあと六カ月間はそこに身をひそめていた。一二月になって航空省は、大規模な変更を加えることに同意したものの、五基のエンジンをディーゼルから軽量のガソリンエンジンに変更することは認めなかった。

王立飛行船製作所の技術者たちは、R101にいっそうの浮力を与えるための手法を三つ考えついた。不要なものをすべて省いて船体を軽くすること、全長を長くしてガス袋を追加すること、ガス袋を押さえているワイヤーをゆるめてすべてのガス袋の水素容量を増やすこと。この三つの改善策にはみな副作用があった。すぐにわかることだが、内部構造をいじって部品をはずしたり、船体を長くしたりすると、飛行船自体が弱くなる。また、こちらはそれほど明白ではないものの、ガス袋を拡大すれば縦通材とこすれる機会が増え、穴があく危険がある。点検のため作業員がガス袋をはずしてみると、一六のうち一五の袋に、数えきれないほど多くのピンホールができていた。王立飛行船製作所は、一九三〇年四月までに変更点の二つは完了したが、その後の三カ月間は政治的な問題のせいで手がつけられず、船体を二つに切って継ぎ足しをするという時間のかかる作業には着手しなかった。

そもそもR101は、六月末に開催される年に一度の英空軍航空ショーに参加できるように、ストレッチ作業を延期する必要があった。航空ショーで姿を見せれば、まだかまだかと待つ世間のいらいらをしずめる一助になるだろう。ショーへの準備を整えるために飛行船が格納庫を出てすぐ、銀色に塗装された船体右側のカンバス地に四二メートルにわたる裂け目ができた。翌日にはまたべつの箇所が大きく裂けた。整備工がはしごをかけのぼり、損傷を点検したが、もどってきたかれらの報告は恐ろしいものだった。飛行船の広大な表面全体にわたって傷がついているという。航空ショー以前に外皮を取り替えている時間はない。飛行船が係留塔につながれているあいだに、あて布と針と糸を手にした作業員たちがのぼっていって、裂け目を補修した。この応急修理のおかげでR101は予定どおり一九三〇年六月二七日、航空ショーのためのテスト飛行に出発することができた。

民間で製作されたライバル飛行船R100の船長、ラルフ・ブースは、翌二八日、航空ショーでのお披露目の準備をしているR101に同乗した。その日、R101が高度をたもつためにバラスト用の水を九トンも捨てるのを見て、ブースはびっくりした。そのほかに燃料二トンを消費しているにもかかわらずだ。あるときの飛行では、浮力を確保するために、燃料を投棄する必要まで生じた。これはR101の浮力があまりにも小さすぎることを示す明白なしるしだ。

R101の試験飛行が一〇二時間に達したあと、ふたたび試験飛行は延期されてしまった。それまでの総飛行時間では、耐空証明を得るのに当初必要と考えられていた時間の半分にしかならなかった。英国には大きな係留塔は一基しかなく、ライバルのR100がカナダへの飛行準備のためにその係留塔を必要としていた。R101はふたたび格納庫にもどった。こうして余儀なく強いられた無為の時間は、胴体を延長する絶好の機会だった。だが、それはまったくできない相談だった。というのも、航空省の高官、サー・ジョン・ヒギンズは、二機の飛行船のうちどちらかの一機が、スケジュールどおりに確実にカナダへ飛び立つことを要求していたからだ。もし準備期間中にR100に重大な問題が生じれば、R101がすぐ身代わりになれるようにしておかねばならなかった。というわけで、大規模な補修は先に延ばす必要があった。

一九三〇年七月のこの時点で、事態を冷静に見ていた者なら、R101の進捗状況にたいして航空省が猛烈にいらだちを感じていたことを見抜いたであろう。安全第一が公言されているにもかかわらず、現実に作業で最優先されたのは飛行第一で、安全は二の次だった。R101は浮力が不足していたので、全長を伸ばす必要があったし、ガス袋からは一日あたり六〇〇立方メートルの水素が漏れていたし、穏和な夏の気候でも外皮には大きな裂け目ができてしまった。けれどもそんなことにはおかまいなしに、このR101は、もしR100が不調の場合には通告を受けてすぐ大西洋横断飛行に旅立つことになっていた。

こうした事態に不安を感じた人間が少なくともひとりはいた。F・マックウェードだ。彼は航空検査局のカーディントンにおける主任検査官で、不可欠の「飛行許可」とR101の耐空証明を出すか出さないかを決定する権限をにぎっていた。七月三日、マックウェードはルールを無視し、途中の部署をとばしてロンドンの本省へ直接、親書を送った。マックウェードのメモには、緊急修理が必要とされるため飛行許可の更新は数週間分だけとした、という説明が記されていた。ガス漏れはきわめて深刻で、骨組みにまきつけた布製パッドではその問題は解消できない、とも述べられていた。それどころか、パッドは水分を吸うので骨組みの鋼材を腐食させる危険もある。王立飛行船製作所での最善策は、ガス袋――ひとつ五〇〇キログラム――をすべてとりはずして補修することだろう、とマックウェードは書いた。こういう状況では、七月一九日以降の飛行許可延長を認めるわけにはいかない、というのが彼の結論だった。

マックウェードのメモは、まず最初に、彼の所属する部署の局長のもとへとどけられた。局長は、このメモは航空大臣へまわすべきものだと知りながらそうせず、王立飛行船製作所の開発部長、R・B・コルモアに連絡をとった。コルモアの任務は、飛行船の利用を促進し、その安全飛行を監督することだった。コメントを求められたコルモアは、骨組みにパッドをあてるのは有効な修理方法であり、作業はすぐに終わる、と請け合うような調子で返事を書いた。それを聞いてほっとしたマックウェードの上司は、警告メモを上部にはまわさなかった。そしてマックウェードに返事を送り、なにはともあれパッドが適切にあてられているか確認したほうがいい、と述べた。マックウェードは、警告の義務ははたしたので、それ以上追及しなかった。R101は、飛行許可の期限がくると延長を認められた。

R101が格納庫で無駄な時間をすごしはじめてから三週間以上たって、ようやく王立飛行船製作所は胴体延長の許可を受け取った。一〇月にインドで開かれる会議に出席するトムソン卿を送りとどけるというスケジュールに間に合わせるために、五週間休みなしの作業がつづけられ、整備工が船体をふたつに切り、長さ約一四メートルの一区画を追加して全長二三七メートルとし、傷んでいた外皮をすべて取り替えた。

その前年の一九二九年からは、クリストファー・バードウッド・トムソンがR101完成のための推進役をはたしていた。航空担当国務大臣の地位にあるトムソン卿は、技術屋たちにとってはつきあいにくいタイプの人間だったが、状況がそろったときには部下をあおって、けたはずれの成果をあげさせることができた。大胆で迅速な行動を好み、封鎖されていた鉄道を断固として迅速に復旧させたことで、トムソンは若き工兵隊中尉として南アフリカではじめて注目をあびた。この戦術はキッチナー卿に感銘を与え、トムソンはキッチナーを師と仰ぐことになった。トムソンは第一次大戦終了まで従軍し、のちに外交に転じた。彼の生涯のあらゆる節目でその大胆さと気迫は大いに役立った。

飛行船は今後少なくとも二〇年は空の交通手段として君臨するだろう、とトムソン卿は信じていた。Ｒ１０１はその先駆者になるだろう。一九三〇年一月、議会での討論においてトムソンはこう発言した。「これは、これまで人類がおこなってきたもっとも科学的な実験のひとつである。危険を冒すような事態は――わたしが大臣であるあいだは――起こるはずがないし、先見の明がないせいで人命が犠牲になるようなことも起こるはずがない」。

秋が近づいてくるとともに、彼の部下たちのあいだでは不安が大きくなりつつあったが、トムソンは、彼が愛情をこめて「むかしながらのバス」と呼ぶ乗り物の安全性について心配していなかった。「あれは家と同じぐらい安全だ」と、彼はかつて記者に語ったことがある。「一〇〇万分の一の例外はあるにしても」。

止められなかった悲劇

スペースシャトルの第一回飛行に先立つこと四年の一九七七年に、マーシャル宇宙飛行センターの技術者たちは、自分たちのいだいている不安についてのメモをまわしはじめていた。固体ロケットブースターのフィールドジョイントは、最高七〇気圧近くに達する最初の点火時の高圧に耐えられないのではないか、というのだ。フィールドジョイントとは、四つに分割されているロケットをフロリダで組み立てるときにつなぎ合わせる部分のことで、各ブースターに三カ所ある。ところが、シャトルの飛行が一〇回もくりかえされているうちに、技術者たちの懸念は影をひそめてしまった。高熱ガスが耐熱パテを越えてひとつ目のOリング――燃焼ガスがノズルに達するまえにフィールドジョイントから漏れ出すことを防止するためのもの――まで達していた痕跡が見られたフライトはごくわずかだったからだ。けれども一九八四年に、事態は悪い方向に変わった。その原因はおそらく、高圧窒素ガスを使用してフィールドジョイントの漏れを試験する手順が変わったからだろう。その後におこなわれた一四回のミッションのうちの過半数で、高熱ガスがひとつ目のOリングを焦がした痕跡が残っていた。なかには、外側の二つ目のOリングまで達した例もあった。つまり、高熱ガスは鋼鉄製ケースの外側にまで達しかけていたわけだ。

最悪の被害は、一九八五年一月の寒冷時におこなわれたディスカバリー号（51－C）

の打ち上げで起こった。五つのOリングが高熱によって損傷した。気温が低いとゴムがどういう状態になるかはよく知られている。芝生の水まき用のホースを冬の屋外に放置しておくと、ホース内に水が残っていたかどうかに関係なくゴムは鉄管のように硬くなる。事故後の調査で、物理学者リチャード・ファインマンは、コップに入れた氷水のなかへOリングの一部を浸して、その原理を実演して見せている。

一九八五年八月、マーシャル宇宙飛行センターの上層部はユタへ飛び、モートン・シオコール社の管理体制の問題について協議した。ロジャー・ボアジョリーは、シオコールのシール部分担当技師だったが、早期解決のための「シール対策特別委員会」を結成する責任者に任命された。

R101は、三カ月にわたる作業が終わり、一九三〇年一〇月一日、格納庫から姿をあらわした。一〇月三日の出発まで、ほとんど時間は残っていない。関係者は半狂乱になっていた。R101でインドまで往復し、一〇月二〇日にロンドンで開かれる会議には間に合うようにしたい、とトムソン卿が主張したためだ。トムソンから見れば、王立飛行船製作所は、耐空証明の得られる飛行船を製造するのに予想より二年も余計に時間を費やしており、負け戦かどうかはべつにして、いまや作業を終えるべきときだった。トムソンとその前任者の航空大臣は、高額予算にたいする議会の強固な反対と戦ってきたし、工期の遅れにたいする多くの罵倒の声にもさらされてきた。関係者たちは、それはこういうメッセージだと解釈した――英国における飛行船産業の未来は、トムソン卿を時間どおりにインドまで送りとどけられるかどうかにかかっている。

新しいガス袋が追加され、船体が軽くなったところで、試験飛行を一回だけおこなう時間が残っていた。R101は一〇月一日に係留塔を離れ、一七時間後に戻った。エンジントラブルがあったために、全速飛行をして性能を試すことはできなかった。もちろん、荒天のときにどうなるかはだれも知らなかった。嵐のなかでの試験飛行は一度もやっていないからだ。おそらく乗務員は、乗客を乗せてからも試験飛行をつづけることになるだろう――インドへ向かうあいだに。

米国標準技術協会の冶金学者、ティム・フォッケ博士によると、タイタニック沈没には、おそらく人間のあせりが関与しているという。タイタニックに使用された三〇〇万本のリベット用に錬鉄を供給したスコットランドのD・コールビルズ社は、当時、他の大プロジェクトを完成させるべく圧力を受けていたが、要求を満たすことのできる技術をもった職人はごく少数しかいなかった。リベット用に出荷された鉄材は、通常の四倍のスラグ（鉱滓）を含んでいたが、当時こうした問題を防止できるような、優秀な品質管理システムは存在しなかった。このスラグはリベットの質の低下をもたらし、タイタニックが氷山をこすって衝突を起こすとリベット頭部はかんたんにちぎれて、船体の鉄板のつなぎ目にすきまができてしまった。現在では、海底調査の結果、船体には大きな裂け目や傷はついていないことがわかっている。いっぽう、すべてのすきまを合計すると、小型絨毯ほどの面積になる。

トムソン卿は一〇月三日の金曜日に出発しようとしたが、開発部長コルモアは出発の延期をすすめた。試験飛行以来、休みなしにはたらきつづけている乗組員たちにしばしの休息を与えようというのだった。トムソンとコルモアはR101の出発日を一〇月四日にすることで合意した。これでもまだ会議には間に合うスケジュールだった。

飛行船の準備がまだできていない、と飛行の数日前に民間航空局長から聞かされたトムソンは、怖いやつは来なくていいと即座に言い返した。トムソンがいかにR101を信頼していたかは、もちこんだトランクとスーツケースの山を見てもわかる。係留塔のエレベーター係が推測したところでは、総重量は人間二四人分ほどあった。いっぽう、乗組員たち個人の荷物は厳しく制限された。飛行船には、何枚ものカーペットのロールや、エジプトで予定されている公式ディナーのための食料品、パーティー中は給油作業をせずにすませるための予備ディーゼル燃料もつまれた。石油の臭いで料理の香りがそこなわれないように、というわけだ。

天気予報では出発当日は悪天候となっていたが、これまたトムソンはまったく意に介さなかった。一九三〇年一〇月四日、寒い雨の夜、トムソンの望みどおりR101

は飛行船製作所の係留塔から離れ、進路を南東に取り、最初の停泊地であるエジプトのイスマイリアに向けて出発した。

一九八六年一月二八日、悪天候とメカニカルな問題で予定より四日遅れになったころには、チャレンジャーの乗組員たちは、はやる気持ちを抑えきれなくなっていた。寒冷前線が通過すると空は晴れて風はなく、こごえるような寒さの天気になった。七人の乗組員たちは、午前八時直前に乗りこんだ。そのなかには、NASA主催の「宇宙から教える先生」コンテストの優勝者もいた。これはNASAの仕掛けた派手なPRであり、ニューハンプシャー州コンコードの高校の歴史教員、三七歳のクリスタ・マコーリフが一躍世間の注目を浴びることになった。シャトルに搭乗したアマチュアは彼女が最初ではない。上院議員ジェーク・ガーンと下院議員ビル・ネルソンがすでに宇宙旅行を経験していたが、もちろんマコーリフがいちばん有名だ。彼女の教え子たちは打ち上げを見るためにケネディ宇宙センターへやってきていた。マコーリフは宇宙船内では機器類には手をふれず、宇宙における生活と無重力状態についてテレビの生中継で語ることになっていた。

他の乗組員六人も、米国そのものと同じように多様で、それぞれが独自の経歴の持ち主だった。船長のディック・スコービーとパイロットのマイク・スミスは、ともに飛行機のテストパイロット。フライトエンジニアのジュディー・レズニックは宇宙飛行をする二人目の米国人女性。空軍中佐のエリソン・オニヅカは初の日系米国人宇宙飛行士、物理学者のロン・マクネアは二人目のアフリカ系米国人宇宙飛行士。ヒューズ・エアクラフト社出身のペイロードスペシャリスト、グレッグ・ジャービスは宇宙空間での流体のふるまいを研究することになっており、もし下院議員のビル・ネルソンが割り込んでこなければ、前回のミッションで飛行していたはずだった。

チャレンジャーの貨物室には、追跡衛星と、スパータン・ハレーと呼ばれる重量一トンの彗星観測装置が積まれていた。NASAにとっていちばん重要だったのは今回の積荷ではなく、次回の積荷だった。NASAは今回の打ち上げを終える必要があった。そうすれば、ユリシーズという名の宇宙探査装置をチャレンジャーで運ぶための準備にとりかかれるからだ。ユリシーズは、木星に接近してその重力で加速（スウィングバイ）したのち、太陽の北極と南極について調査することになっている。ユリシーズが木星に接近するためには、チャレンジャーは五月一五日に打ち上げられなければならない。NASAとしては、「宇宙から教える先生」打ち上げのあと、少しの時間も無駄にせずに準備にとりかかる必要があった。

秒読みを二時間中断して「アイス班」が最終チェックをおこなったとき、左ブースターの温度は摂氏〇・六度、右ブースターはマイナス七・二度だった。だが、すべての契約業者たちが打ち上げ同意書に署名しているので、本来なら警戒すべきこの事態も、打ち上げ前のログ（業務記録）に記入される数値でしかなかった。カウントダウンが再開され、午前一一時三八分、点火がおこなわれた。まず最初に、チャレンジャーの後部についた三基のメインロケットが点火され、つぎに二基のブースターが点火される。ブースターは、頂部にあるビール樽ほどの大きさの点火器から火炎が投下されると、中心部の空洞に火がまわり、四分の一秒で最高出力となる。噴き出した白煙は一瞬のうちに四〇〇メートル先のフェンスを越える。ブースターの二本の白い炎は、本体の液体ロケットから排出される青白い煙よりもはるかに迫力がある。ブースター技術者たちはメインロケットのことを「ボンネットのお飾り」と呼んでいた。

ブースターの燃焼ガスは、摂氏三一〇〇度に達し、時速六四〇〇キロメートルの速度でノズルから噴射される。ブースターはいわば究極の溶接機で、あまりにも高温を発するため、支柱のそばにある鋼板はかなり焼け溶けてしまうので、打ち上げ三、四回ごとに取り替える必要があった。今回の打ち上げ時にはわからなかったが、あとで記録フィルムを見ると、右ブースターのいちばん下のフィールドジョイントから黒煙が噴き出していた。どうやらその穴はすぐにふさがってしまったらしい。燃料の燃焼によってできたアルミのスラグが付着したせいだ。だが、シャトルのスピードが上がって空気力学的ひずみが増大すると、ふたたび穴が開いた。

ブースター点火から五八秒後、地上の望遠カメラは、右ブースターからの白熱光をとらえた。この白熱光は、外部タンクおよび、外部タンクと右ブースターを連結しているP－12という「支柱」部分に噴きつけている火炎によるものだった。七二秒後、支柱部分は高熱によって破損したため、ブースターは上部の連結部分を支点にして回転しはじめ、外部タンクを巨大な卵のように粉砕していった。火の玉があがり、チャレンジャーはタンクから離れると、超音速で横向きに吹き飛んだ。このような衝撃に耐える設計にはなっていなかったので、チャレンジャーは空中分解した。いくつかの破片は、高度三万七〇〇〇メートルまで上昇し、それから海に落下した。大きな破片のなかには乗組員室もあった。乗組員の何人かは生存していた――このキャビンが時速三〇〇キロメートルを超すスピードで海面に落下するまでは。

漠然とした不安を現実化させたものはなにか

前の晩におこなわれた苦渋に満ちた長時間のテレビ会議では、Oリングの機能不全について話題が集中してしまい、ブースターに漏れがあるとなぜ惨事につながる可能性があるかについての具体的な議論は出なかった。ボアジョリーがもっとも懸念していたのは、最初の数秒間に起きる漏れだった。そうした漏れによって外部タンクに亀裂ができ、液体燃料が噴き出し、シャトルだけでなく発射台まで爆破してしまうのではないか。ところが、実際に起こったのはそうした事故ではなかった。

大惨事から一〇年後、わたしがシオコール社の取締役と面談したとき、わたしはこういった――漏れ出た高温ガスが、どう見ても最悪の部分、つまりブースターと外部タンクをつなぐ支柱に、まともに吹きつけたのは、たしかに運が悪かったですね、と。わたしが不運といったのは、もしガス漏れがブースターのべつの部分で発生していれば、惨事にはいたらなかっただろう、という意味だ。ブースターに焼けた穴ができても、けっきょくのところ、パンクした風船のようには爆発はしなかったし、発射後七三秒たっても穴が極端に大きくなることはなかった。ブースターの燃焼時間はあと六〇秒も残っていなかったし、出力はすでに減衰しはじめていて、あともう少しで発射成功というときになって、支柱のP－12が破損し、構造物全体がこなごなになったのだった。

「運が悪かったのではない」と、取締役はいった。技術者たちが漠然と懸念していたフィールドジョイントの漏れと、現実に起こった惨事とを結んだのはP－12だったという。この支柱はひずみが集中する部分だった。ガス漏れが発生した部位に位置し、ガス漏れがスチール製ケースを通りぬけたのは、今回がはじめてだった。Oリングのゴムに作用した寒気、いいかげんな接合部分の設計、支柱部分へのひずみの集中、このすべてが組みあわさって、チャレンジャーを墜落させるような穴があいたのだ。

R101の機関員のジョー・ビンクスは翌朝午前二時数分すぎ、船体からはしごで降りて、持ち場のパワーカーに入った。当番の相棒、アーサー・ベルと交代する時間だった。ビンクスが窓の外に目をやると、暗闇のなかに急勾配の屋根が見えた。数メートルしか離れていないところに教会が見える、と彼はさけび、ベルに警告した。

その屋根は、パリ北方七〇キロメートルの町、ボーベに再建された聖堂のものだった。空高くそびえるゴシック様式のボーベ聖堂は、記録に残る最初期のハイテクの失敗例のひとつである。一二八四年、高さ四八メートルあった内陣の丸天井のうち二つないし三つが崩壊したのだ。原因は不明だが、聖堂完成から一二年後のことだった。

だがベルは、ディーゼルエンジンの轟音ごしにビンクスの声を聞き取ることができなかった。やっと意味がわかったころには、R101は障害物を通りすぎていて、衝突はまぬがれた。飛行船は大きく小さくゆれながらボーベをすぎ、ボワ・ド・クチュームと呼ばれる低い丘陵地帯に向かった。丘陵の風下に入ると、飛行船のゆれもおさまった。エンジンを「スロー」にセットせよ、と伝令器から指示が出たので、ベルはスロットルをしぼった。エンジン音が低くなったちょうどそのとき、舵手長が乗員通路を走りながら、みんなに呼びかけているのをアーサー・ベルは耳にした。「墜落だ！」

R101の船首が低速で大地をこすり、横すべりし、反動でふたたび跳ねあがった。そのあとまた落下し、船体が着地した。ガス袋のうち少なくともひとつは破裂し、船首部分から水素が燃えはじめ、船尾へと広がっていった。R101の前方部分はカシとハシバミの木立におおいかぶさるようにして横たわり、あとの船体はビート畑に達していた。残骸のなかには、熱帯気候に備えて用意されたトーピー［軽いヘルメット］が何十もあった。

乗客乗員五四名のうち、四八名が即死または即死に近い状態で亡くなった。トムソン卿もそのひとりだった。死者のなかには、サー・セフトン・ブランカーもいた。彼は子どもっぽく激しやすかったが、民間航空局長で、英国航空産業の初期の推進者だった。Ｒ１０１はまだ万全の態勢ではない、とトムソン卿に説得を試みたのはブランカーだった。

生存者のひとり、ハリー・リーチは、衝突の瞬間、喫煙室にいた。部屋には出口が二つしかなく、どちらも通れなくなっていたので、リーチは防火壁に体当たりをして逃げた。飛行船から飛び下りると、立木のなかに落ちた。ビンクスとベルはパワーカーの内部で待機したが、頭上にあったバラストコンテナが破裂し、一面水浸しになっていたため九死に一生を得た。そのあと二人は飛び降り、湿ってやわらかい丘陵斜面に着地した。

惨事はいくつかの要素が組みあわさって発生した、と事故調査委員会は断定した。新しい設計にたいする不十分なテスト、悪天候のもと対策を講じないままで出発したこと、決定的瞬間における浮力の不足。一九三二年の報告書によれば、「再度の延期を避けることが重視され、その結果、インドへの飛行が急務となると、あらゆる条件下でのテストよりも、かぎられた範囲内での実験に頼る傾向が見られた。……できることなら飛行することが強く望まれる、という公益への配慮がなかったならば、R101は一〇月四日の夜にインドへ向けて出発してはいなかっただろう、と結論せざるを得ない」。

喪は長期におよび、念入りにおこなわれた。列車でボーベをあとにする棺を推定一〇万の群衆が見送った。葬列はブーローニュに到着すると、英国の駆逐艦に引き渡された。英国では、特別列車が棺をロンドンのビクトリア駅に運んだ。死者は議事堂の一画、ウェストミンスターホールに安置され、追悼式はセントポール大寺院で執りおこなわれた。ラムジー・マクドナルド首相は、乗組員たちの「犠牲は、開拓者として探検家として海図なき海、未踏の大地で未知の世界へと足を踏み入れ、死に遭遇した英国人たちの輝かしいリストに加えられた」と述べた。ウェストミンスターホールからビクトリア駅までの葬列には、五〇万の人びとが沿道に集まった。一連の儀式は、カーディントンの共同墓地で終了した。事件が起きると、英国政府は飛行船計画を全般にわたって廃棄した。民間によって製造され、成功をおさめているR100まで買い上げ、スクラップにした。

NASAはチャレンジャーの乗組員たちの追悼行事をケネディ宇宙センターでおこ

なった。レーガン大統領をはじめ、一万人が参列した。NASAはチャレンジャー惨事のあと、ほぼ三年間にわたってすべての飛行を停止し、モートン・シオコール社と和解交渉に入り、一〇〇〇万ドルを受け取った。シオコール社は、フィールドジョイント用としてきわめて有効だと証明されることになるシールを開発した。NASAは、不要になったミニットマン3用地下格納庫二棟を利用して、チャレンジャーの破片のすべてを埋め、コンクリートで固めた。有人ロケット事故第一号となったアポロ一号のカプセルの焼けただれた残骸もそのようにして埋められたのだった。

宇宙旅行の危険を認めるべき

チャレンジャー事故ののち、NASAの保守的な宇宙飛行士たちのあいだでは、一般国民を飛行メンバーに加えたことにたいする怒りの声があがった。かれらの説によれば、いずれ通達が出るまでは、宇宙旅行はプロフェッショナル、つまりリスクを冒す意志と能力をもっている連中だけが参加できるものだという。

わたしはこの説に賛成しない。チャレンジャーの場合、とにかく、だれかが指一本あげることもできないうちに爆発が起こったのだし、シャトルにあまりに短時間のうちだったので無線連絡をすることも不可能だった。仮に、搭乗していたのは七人とも有能なテストパイロットで、全員がしっかりとシートに固定されていたにしても、この日の朝起こったことになんら違いはなかっただろう。また、一般市民は危険から隔離されるべきだという考えも、ばかげた話だ。米国では毎日一〇〇人以上が自動車事故で死んでいる。われわれは、車による移動の便利さの代償として、この驚くべき殺戮に終始耐えているのだ。わたしのような、あなたのような、クリスタ・マコーリフのような一般人でさえ、より大きな善のために個人的危険を冒す権利を与えられるべきだ。

もし、官僚主義のかせにはめられていたボアジョリーが、たった一本、電話をかけるひまがあったとしたら、チャレンジャーの船長ディック・スコービーをテレビ会議に呼び出してほしかったとわたしは思う。そうすればスコービーは、翌日の飛行はとんでもない実験だ、ということを聞かされていたことだろう。チャレンジャーの固体ロケットブースターは、テストずみの範囲を超えたところでも正常に機能するだろうが、それから先は、漠然とではあるがガス漏れの傾向が高まっていくだろう。そうした傾向はすでによく見られ、技術者たちはほぼ一回おきの飛行でガス漏れを発見しているのだ。乗組員たちは、こんどの飛行には危険が忍びよっていることを聞かされたかもしれない。なぜなら、低温下での打ち上げでは、毎回Oリングに損傷が見られたからである。そうすればスコービーは自分で選択することができ、より多くの情報をNASAとモートン・シオコール社から入手したいと主張する機会もできただろう。

乗組員たちは、チャンスに賭けるかどうかを自分で決めることもできただろう。追跡衛星を軌道に投入することも、重要なユリシーズ打ち上げのための準備すらも、国家としての最優先課題ではなかった。

飛行船も宇宙船も、建造されるためには、ともに多くのことを保証しなければならない運命にあった。安全性、低コスト、計画どおりの性能、確かな技術といった保証だ。あとから見れば、その事業の実現に道を開いた意欲と楽観主義そのものが、悲惨なまでに見当ちがいだったように思われる。アメリカン・モーターズの前会長、ジェラルド・C・メイヤーズによれば、一般的にいって事業管理者は、不測の事態に対応するための計画を立てることを避ける。そんなのは敗北者や悲観主義者のすることだ。事業管理者は製品の成功と、たえまない市場拡大を画策することが自分の任務だと考えるものだ、と。

ということは、事業管理者ではないわれわれも、そうしたことについて自分自身で考えねばならないというわけだ。ことに最先端プロジェクトを指揮するよう要請されたときは、なおさらだ。アポロ計画があれほど長く政治的支援を受けてきた理由のひとつは、当初の予算見積もりで、人為的にわざと低く抑えられるようなことがなかったからである（事業の着手を目的にした「故意に安く見積もる」という伝統的策略を捨てた）。ところがシャトルのほうは、とうてい不可能な安さと効率のよさを口実にして計画をスタートさせ、その直後には、予算削減と、予見できた技術上の問題とのはさみ撃ちにあってやむなく規模縮小に追い込まれた。シャトルのメインロケットはサターンロケット「アポロ計画の液体ロケット」と「そっくり」というわけではなかった。固体ロケットブースターは、それまでとはちがった力学的環境で作動しなければならなかったし、シャトルの耐熱タイルも根本的に新素材だった。年間六〇回飛行すると約束しておきながら、最多の年でもシャトルは八回飛行したにすぎない。この「宇宙輸送システム」は、一九九九年には三回しか実行されていない。

だからNASAの資質は低い、というのはかんたんだが、チャレンジャー打ち上げが何回も延期されたとき、マスコミはまったく同じせりふでNASAの機能不全をなじったものだ。いまやわれわれはより深く理解するべきである——宇宙旅行は本質的に危険なものだということを。それゆえ、そうした計画の管理者が、すべてが完璧という状態ではないので安全のため中断する必要がある、と発言したときには、われわれもそれで納得すべきなのだ。

事態を正すためにプロジェクトを即時停止させた人物は、米国科学技術史において何人か見られる。米国初の原子力潜水艦ノーチラス号に原子炉が取り付けられた後、岸壁での試運転で蒸気パイプに小さな破断が発見された。潜水艦原子力化計画の長だったハイマン・G・リコーバーが耳にしたのは、パイプの素材が本来のものとはちがっており、道路のガードレールのパイプ程度の強度しかないという事実だった。リコーバーは造船所の品質管理記録を調査させたが、問題の箇所以外の蒸気システムにも、まちがったパイプが使用されていないかはっきりしなかったので、同じ径の蒸気パイプ——延べ何百メートルにもなる——をすべて除去し、正しいものと取り替えるよう命令した。彼の補佐役だったテッド・ロックウェルによれば、リコーバーは全員に告知をし、この日を記念すべき日として、品質管理を推進する強力な一撃として記憶してほしい、と述べた。もちろんそれには多くの費用を要したが、これによって、リコーバーはほんとうに期日よりも安全性を重視しているのだというきわめて明確なメッセージが、海軍とその契約業者のすみずみまで伝わったのだった。こうした費用構成改革は海軍にとって迷惑だっただろうか。リコーバーにしてみればそうした質問はばかげていた。「科学技術の規律」と彼が呼ぶものは、まさにそのことを要求していたのだ。

妥当な適性検査をおこなう時間と予算を獲得できていれば、R101もチャレンジャーも最悪の事態はまぬがれていたはずだ。次章では、厳しいテスト——ごまかしも多い——が、なぜ災害への扉を閉じることにつながるかを検証する。

第4章　テストなしで本番にのぞむ

まったく役に立たない最新式魚雷

一九四三年七月二四日の早朝、米国の潜水艦ティノサは、日本の給油船で最大規模だった第三図南《となん》丸［元捕鯨母船］にたいする攻撃の列に加わった。給油船はトラック諸島へ石油を運んでいるところだった。ティノサの艦長、L・R・ダスピット少佐は魚雷四発を目標に向けた。二発が図南丸に命中したが不発に終わった。ティノサはさらに二発を放った。うち一発が命中、爆発し、給油船は停止した。図南丸にはまだ護送艦がつかず死んだも同然だったので、まちがいなく沈没させられるはずだった。それから一時間のあいだにダスピット艦長はさらに七発の魚雷発射を命じたが、いずれも相手の舷側にあたったものの、不発で終わった。敵の駆逐艦が近づいてきたのでダスピットは最後の魚雷二発を撃った。どちらも命中したが、爆発はしなかった。合計すると、給油船に命中した魚雷一一発のうち、爆発したのは一発だけだった。

最高機密とされる近接信管を搭載した魚雷、マーク14にとって重要な日は、まだほかにもあった。戦争のはじまる以前、潜水艦関係者たちは、この魚雷は超強力兵器だから、十分な安全対策をとる必要があると考え、魚雷本体と弾頭の殺傷力を増加させる特別な信管とをべつべつに基地へ輸送した。戦争がはじまって一年半のあいだ、こうした魚雷の四分の三は役に立たなかった。一九四三年のはじめごろにはすでに、太平洋地域の潜水艦部隊司令官たちはみな、マーク14は兵器としては最悪だと見なしており、軍法会議にかけられる危険も顧みず近接信管をとりはずそうとするほどだった。それで問題がすべて片づいたわけではない。マーク14の歴史は、「兵器局とニューポート海軍魚雷基地の双方にたいする信用のなさを反映するものだ」と兵器局長W・H・P・ブランディは述べている。

通常のマシンでも、プロトタイプから製品にいたるまでのあいだには、何回もの過酷なテストを受けねばならない。部品はこすれていないか。制御部分に問題はないか。火を噴かないか。振動による分解の可能性はないか。まだまだ何百という不都合があるのではないか。だからわれわれは、なぜ大きな欠陥——あとから見ればだれにでもわかるような欠陥だったのに——をもったマシンが世に出てしまうことがあるのか、知る必要があるのだ。マーク14がこれほど深刻な失敗を重ねた主な原因は、予算不足と楽観主義のせいで、魚雷基地で実物の動作試験がほとんどおこなわれていなかったことにある。数少ない試験も、工場生産品を使用しておらず、戦時を想定した条件下で実施したものでもなかった。戦前の開発期間中、ニューポート魚雷ステーションは、一隻の艦船を標的にして合計二発を発射しただけだった。しかもその標的艦は錨で係留されていた。

これから考察する第二の欠陥は、べつのことをテストしている過程で問題の徴候が浮かびあがってきたのに、それをしっかりと追跡して対策を講じず、機会を逸した、という点である。つまり、技術者たちは条件Aを評価しているのだが、その過程において、計器のデータから判断すると条件Bに異常が見られるときである。いうなれば、よそを向いていたのに、すぐわきを走りぬけた人の姿が目に入ってしまったような場合だ。そうした副次的な警告は、ハッブル宇宙望遠鏡（HST）の主鏡を研磨しているときにも何回も発生しており、このことは、ゆがんだ鏡のついた望遠鏡を軌道に投入してしまうという途方もない失態になぜだれも気づかなかったのか、ということにたいする多少の理由説明になる。

HSTを積載したシャトルの打ち上げ直前にNASAが配ったプレスキットによれば「打ち上げまでの期間を利用して技術者たちは望遠鏡を集中的にテストし、評価し、望みうる最高の信頼性をもたらした。その間、宇宙望遠鏡科学研究所、ゴダード宇宙飛行センター、追跡衛星システム、宇宙船の徹底的なテストがつぎつぎとおこなわれた結果、システムの信頼性は全般的に向上した」とある。

しかし、この発言は真実とはいえない。少なくとも、反射鏡は十分に試験したというNASAの言い分はおかしい。反射鏡は、完成してから最終的に打ち上げられるまでの八年間、ひどい誤りを背負ったまま放置されていたのだ。そのミスは、アマチュア天文家が自宅の地下室の作業台で反射鏡を磨くときにもチェックするような基本的なものだったが、宇宙望遠鏡はそれをおこなわないまま打ち上げられた。

ハッブル宇宙望遠鏡は、NASAがこうむった広報活動上の打撃としては、チャレンジャー惨事につぐ大きなものだった。今後長いあいだパーキン-エルマー社の名は、ハッブルにトラブルをもたらしたものとして天文学者たちに記憶されるだろう。この会社は、二度の再建を経て現在はべつの社名になっている。事前テストを怠ったことによる損害は莫大な金額に達し、信用も失墜した。マーク14魚雷の失敗が明らかになるまえ、ロードアイランド州ニューポートの魚雷基地は全米唯一の魚雷開発センターであり、ロードアイランド州出身の政治家たちはそうでありつづけてほしいと望んでいた。だが、第二次大戦後、基地は閉鎖され、その後撤去されて、新しくホテルやコンドミニアムが立ち並ぶことになる。

もったいなくてテストができない

すぐれた試験プログラムとは開発者とユーザーとの競争である、と単純に考えてみよう。どちらが先にバグを見つけられるか？ それは明らかにユーザーだった——マーク14魚雷の場合には。

一八六九年、海軍はニューポート魚雷基地建設のための土地を購入した。ロードアイランド州ニューポート港内にあるゴート島だ。ニューポート魚雷基地はどこか別の地域がその地位をおびやかすことがないよう気をくばった。地元選出の国会議員たちは、競争力や効率の向上をはかることを目的とする魚雷工場の人べらしにはすべて反対した。だが、ニューポート魚雷基地は海軍の魚雷研究を独占しているとはいえ、勝利しているわけでもなかった。というのも、連邦議会は、両大戦間の沈滞状況において新兵器開発にはほとんど金を出す気がなかったからだ。

とはいえ、ニューポート魚雷基地にも全盛時代があり、その時代の新兵器のひとつが、潜水艦搭載用魚雷マーク14だった。それは、ニューロンドンの潜水艦学校の卒業生で、有能な機械技師だったラルフ・ウォルドー・クリスティの創案によるものだった。マーク14は圧縮空気とアルコールを燃料とする蒸気タービンによって推進し、〇・二五トンの爆薬を搭載した。画期的だったのは、敵の艦船の下をくぐるときに爆発するように、近接信管を備えていたことだ。この信管は、磁気の変化を検知して、艦船の下に来たことを察知する。船体の鉄が磁気の変化をもたらすのだ。クリスティによれば、従来の魚雷は水中の浅いところを走って舷側にぶつかり、接触があってはじめて爆発する方式だった。ところが、軍艦の設計者たちは側面からの攻撃に備えてつぎつぎと装甲ベルトを装備させるようになっていた。だから、新式魚雷のほうがずっと破壊力を発揮できた。軍艦の設計者たちは、下からの爆発に備えて底部を強化することは考えていなかったのだ。

一九二二年、クリスティは近接信管のプロトタイプの製作を開始した。二年後、魚雷に装備するのにふさわしい機能を備えたものができあがった。彼は、海軍兵器局にたいして、撃沈させてもよい鋼鉄製艦船がほしい、としつこく要求しつづけた。それからさらに二年たって海軍がニューポート魚雷基地に提供したのは、解体の決まった潜水艦一隻だった。二発の魚雷のうち一発が命中して、錨に係留されていた標的は沈没したが、テストはそれでおしまいだった。海軍はこの結果におおいに満足し、これ以上テストをするための艦船は提供しないことにした――沈没させたあとの引き上げ費用をニューポート魚雷基地は負担する気がない、というのがその理由である。そういうわけで、マーク14の実射テストは第二次世界大戦がはじまるまで、つまり一五年後までおこなわれなかった。開戦時にはすでに何千発ものマーク14が製造されていた。

ニューポート魚雷基地では何年にもわたってマーク14の実験機を発射していたが、そこには便宜主義、警戒、厳しい倹約がつきまとっていた。実験機には爆薬は搭載されなかった。実験機本体が爆発するとまずいからだ。近接信管をテストするときも堅固な標的にはあてなかった。精密機器が故障するといけないからだ。海上演習で使用されたときは、実戦の使用条件よりもずっと深いところに深度が設定されることを乗組員たちは知っていた。魚雷が、実際に相手にあたって壊れてしまうのを避けるためである。基地でおこなわれたテストでは、同じ魚雷が何回もニューポート港を縦断し、航走が終わるたびに浮上した。魚雷は回収、再利用されていたのだ。こうして、テスト用魚雷は長期間にわたっていじりまわされた結果、実戦用に配備されたものとはひどくちがったものになっていた。

一九三七年にはすでに、ニューポート魚雷基地では三〇〇〇人がはたらいていた。その全員が、じっくり時間をかける職人芸に誇りをもっていたようだ。工場全体で一日あたり二、三発しか製造できなかったのだが、やがて在庫は山のようにたまった。一発一発が貴重品で、貯蔵庫から引き出して実戦でテストするには高価すぎた。

アメリカの潜水艦は、一九四二年前半からマーク14「戦弾頭」を発射しはじめた。初期の報告を見ると、魚雷は標的に命中せずに、下をくぐりぬけていったことがわかる。水中航走深度が深すぎる、と副長たちは指摘している。そうした報告を兵器局は信じようとしなかったが、夏になって事情が変わった。そのころにはすでに八〇〇発が使用されていたが、このとき海軍中将チャールズ・ロックウッドは、オーストラリア沿岸のフレンチマンズベイにおいて、漁網を使用して独自の即席テストをおこなった。実物の魚雷を漁網に撃ちこみ、あいた穴を計測してみると、マーク14は潜水艦乗組員がダイヤル設定した水深よりもつねに三メートル以上深いところを航走していたことが明らかになった。その理由はたくさんあった。深度維持装置の問題、ニューポート魚雷基地で使用している目盛りの狂った計器、貯蔵している魚雷からランダムに選んで深度コントロールのテストをすべきだったのにそれをしなかったこと、などである。

ロックウッドがおこなったテストのあと、兵器局は、魚雷の航走深度を浅く設定しなおすよう通達を出した。やがて潜水艦の副長たちから、恨みがましい報告が返ってきた。深度の問題は解決したものの、発射した魚雷の大半は爆発が早すぎるか、あるいは、こちらのほうが多かったのだが、まったく爆発しなかった、というのだ。深度問題でいらだっていた乗組員たちのなかには、不発問題に注目する人物は司令部にはいないだろうと勝手に考えて、重大な軍規違反と知りつつも魚雷の近接信管を作動不能にする者もいた。こうすれば副長たちはバックアップ用信管に頼ることになる。それは信頼のおけるむかしからの着発信管で、敵艦にノーズがぶつかると弾頭を爆発させる。

さらに、この魚雷は、テストを省いたために生じた三つ目の欠点をさらすことになる。ノーズ部の着発信管は、きわめて操作がかんたんな装置なのに、これまた作動しなかった。発射の好機を待ちながら何週間も潜水艦のなかでみじめな生活を送った乗組員たちが、二発一組の魚雷を放ったところ、ごつんと敵艦の舷側にぶつかる音は聞こえたものの爆発しなかった、というときの、かれらの反応を想像してみるといい。

　チャールズ・ロックウッドは、一九四三年八月、ふたたび作業にとりかかり、ハワイの断崖に向けて信管つきの魚雷を発射するとともに、信管をはずした魚雷をクレーンから落下させ、斜めに置いた鉄板にぶつけ、問題点を探った。問題は信管の設計にあった。標的に直角、あるいはそれに近い角度でぶつかった魚雷は、いずれも爆発しなかった。衝突のインパクトでメカニズムにゆがみが生じたからだ。結局のところ、それから二年以上におよぶ苦い経験を積んだのち、ようやくアメリカの潜水艦は、実戦に使用できる改良型マーク14を手に入れた。もしニューポート魚雷基地が、製品化された魚雷のテストを許されていれば、あるいは本気でテストを要求していれば、何年もまえに問題点を発見し、修正することができただろう。ニューポート魚雷基地が魚雷のテストを省いた理由は、自分たちが精妙に仕上げたマシンはテストで無駄にするにはあまりにも貴重で、あまりにも上等すぎると考える傾向があったことと、予算不足とが重なったからである。

あらゆるものを疑った原潜の父

確信というのはいいものだ、ある程度までは。あるときマーケティング雑誌を読んでいたら、「自分の信念を疑うな、自分の疑問を信じるな」という格言のついた広告が目に入った。毎日、客からのてごわい抵抗にあっているセールスマンにとっては、これはすばらしいアドバイスだ。しかしわたしは、この格言を信奉するような人間に、新しいマシンの使用開始時期を決定する責任者にはなってもらいたくない。

「わかってない」ということばは、重要な出来事についてなにも知らないと思われる相手にたいして使うが、このことばをちょっと変えれば、「疑ってない」という新たな侮辱語ができあがる。「疑ってない」者とは、知る必要のあることはすべて知っていると確信し、なにごとも不調にはおちいらないと信じているような人間のことだ。疑いをもたないこと自体、なにも知らないことと同じぐらい危険である。

容赦なく機器をテストすることの重要さを知っていた人間のひとりがハイマン・G・リコーバーである。彼は四歳のときポーランドから米国へ移住し、一九一八年に海軍士官学校を卒業したが、生涯のうちで指揮をとった艦船は一隻しかない。第二次世界大戦中、リコーバーは、軍艦の電気機器が戦闘状態にも確実に耐えられるようにせよ、という課題を与えられた。この戦時中の任務が彼の後半生を決定した。だれよりも熱心にはたらき、罵倒したりけなしたりして製造業者をふるえあがらせ、電話で大声をあげ、ときにはどなったりしながら、自分の正直さ以外はすべて疑ってかかった。海軍艦船局の電気部門の課長として、リコーバーは一年間に最低でも一〇万マイルを旅した。戦闘で損傷を受けて修理のためにもどってきた艦船のすべてを検分しようとしたのだ。

それは、電気機器が故障しないことに命をゆだねている男たちのために重ねられた、たゆみない努力だった。だが、一九四七年九月、戦後に残っていた他の何千人という士官とともにハイマン・リコーバー大佐も、そのキャリアを終わるときがきたかのように見えた。彼が、潜水艦推進用の原子力開発を開始したい、と上司に許可を求めたとき、時代に先んじるテクノクラートであるこの下級将校のいうことを真剣に受けとめるのは、ほとんど不可能だった。

新設された原子力委員会（AEC）の専門家たちはリコーバーにいった。潜水艦推進力はきわめて困難な課題が多い――スペースが狭い、高温、高圧を必要とする――ため、潜水艦原子力化計画が動力用原子炉を実用化できる順番はおそらくいちばん最後だろう、と。当時の原子炉は、黒鉛ブロック積みの容器と燃料棒とぐらいでできた装置にすぎず、ウランからプルトニウムをつくることしかできなかった。海軍は、わずかしかいないリコーバーのアシスタントたちを、全米各地に分散してしまった。「原子力関係特別補佐官」という頼りない肩書きを与えられ、部下も予算もつかぬまま、リコーバーは艦船局の女子トイレを改造したオフィスに引っ越した。

だが、彼は打ち勝った。その一因は、原子力委員会に「艦船用原子炉部会」、海軍に「原子力部会」を創設してそれぞれの部長をつとめたことにある。どこかで海軍がしりごみをすると、リコーバーは原子力委員会の代表として海軍の奮起を求めた。またあるときは海軍の代表として、原子力委員会にはっぱをかけた。結局のところ、原子力を最初に実用化したのは潜水艦だった。しかも、みんなの予想よりも早かった。一九六〇年になったころにはすでに、この役人と技術者集団は、すべての抵抗勢力を駆逐し、業者たちを叱咤激励して、ハフニウムやジルコニウムといった新素材を使用した優秀な潜水艦の建造をさせていた。ノーチラス号は、真珠湾で潜行を開始したあと、北極点を通過して米国東海岸までできて、浮上することができた。この航海の成功はソ連にショックを与えた。それはソ連の人工衛星スプートニク打ち上げが米国に与えたのと同じくらい大きなショックだった。

リコーバーはたんにやっかいな問題の情報を歓迎しただけではなかった。彼は、週末も含めて毎日やっかいな問題の情報を要求した。海軍の契約業者たちはかんかんに怒り、リコーバーの手下の造船所視察官が上司をつねによろこばせておきたいばかりに問題点を誇大に報告している、と主張した。リコーバーは、海軍潜水艦の原子力化のために何千人もの士官たちと直接面談し、難問やむずかしい課題をもちかけて、かれらの粘り強さをテストした。よほど体調が悪くなければ、彼は原子力潜水艦の最初の実験航海には必ず乗り込んだ。それは、潜航テストの水深で配管の継ぎ目の銀ロウづけが悪くて破断するようなことがあれば、そのことがもたらす事態をただちに自分が受け入れるべきだ、と考えてのことであった。潜水艦での使用を目的とした新製品の電気機器を手渡されると、リコーバーはそれを窓の外に放り投げるか、スチーム暖房の放熱器にたたきつけるかして、強度を確認することもあった。彼が創設し、統率した艦船用原子炉部会は、世界じゅうでもっとも品質にうるさい組織となっている。いまでも、潜水艦の世界で彼の名を口にすれば、リコーバーにまつわる物語が何時間も語られることになる。

テストで壊すこととタイプライターの発明

一九世紀にも、厳格なテストの重要性を知っていた人間がいた。容赦ないテストという祭壇にいけにえをささげたタイプライターの発明者たちのことを、考えてみよう。成功といえる最初のタイプライターの考案に参画した人間は三人いた。S・W・ソウルは、クリストファー・ショウルズは、一定間隔で文字を並べる方法を思いついた。タイプバーと呼ばれる活字がついた棒を、弧を描くようにスイングさせて中央にある単一の目標地点を打つという、画期的アイデアを考えた。カーロス・グリッデンは資金を集めた。かれら三人は協力して、一八六七年九月にはピアノ式キーボードを備えた一台のマシンを製造した。そして、この新しい発明品を使用して、史上初の迷惑メールといってよい大量の文書を作成した。友人や親戚に同文の手紙を送り、資金を集めようとしたのだ。手紙を受け取ったひとりが、のちに後援者となったジェームズ・デンズモアだった。デンズモアは、二五パーセントの利息を条件に、それまでの経費の全額を支払った。その後、ソウルとグリッデンの二人が脱退し、デンズモアとショウルズだけが探求をつづけた。

ショウルズは、小さな炉で苦労して自作した金属部品をもとに、精密なプロトタイプを完成させようと懸命になった。新しいモデルを仕上げるたびに、それまでのモデルで見つかった問題点を解決しようとした。二人のパートナーは、その高価なマシンを速記者たちに送りつけ、試用してもらいはじめた。しばらくしてショウルズは、ジェームズ・クリフェーンというワシントンDCの速記者が、マシンの到着後まもなく、試用中にどれもこれもみんな壊してしまった、という話を聞いてひどく不安になった。ショウルズはそういう乱暴行為をやめさせようとしたが、デンズモアはそんなことをしてはいけないと説得した。クリフェーンは連邦裁判所の速記者だ、速記録を読みやすい書類にするためのタイプライターを必要としている。彼はタイプライターが出あうであろうユーザーのなかでも容赦ないエキスパートだ。もしショウルズの最高の手工品でもクリフェーンのような怒濤のタイピングに耐えられないのなら、この事業は中止したほうがいいだろう。ミスター・クリフェーンの存在はわれわれの事業にたいする祝福であり、呪いではない、とデンズモアはいった。

根底において、テストをしようとしない最大の理由は、リーダーたちが命じたことは指図どおりに実行されていると思いこむ傾向にある。これはきわめて単純素朴な推測だ。工業技術、なかでも建設作業の歴史を見わたせば、こんな労働者の例が山ほど出てくる——かれらは道具や設計が能率的でないことがわかると、こんなひどい考えにはついていけない、というようなたぐいのことを口にし、部品を入れ替えたり変更したりしながら、つじつまあわせをやってしまう。そのことを設計者や技師に報告するときもあるが、報告しないときもある。

ハッブル望遠鏡の最悪かつ予測可能な問題

構想と構造とはつねに一致するとはかぎらないという事実は、ハッブル宇宙望遠鏡の初期の、いらだたしい数年間にもあてはまった。いくつかのテストの結果について製造業者とNASAが十分に注意をはらっていたら、問題となる過失があってもたいしたちがいは生じなかっただろう。ところが、そうしたテストで明らかになったのが、本来の試験範囲外の微細な問題だったために、そして、それがことばでは表現できないほど信じがたいものだったために、適切に対処しようとした人間はひとりもあらわれなかったのである。

一九九〇年五月二〇日、一五億ドルをかけたハッブル宇宙望遠鏡は、最初の写真となる竜骨座の星団を撮影した。それから五週間以上、マスコミはやきもきしながらその写真を待った。NASAは以前から、天文学上の新発見と壮麗な写真がたっぷりともたらされる、と約束していた。広報担当官が「NASAの途方もないタイムマシン」と呼んだ広視野惑星カメラ（WF／PC）なら、ビッグバン直後の世界をのぞき見ることができる、とNASAは主張していたからだ。われわれが見ることができる宇宙は、地上の望遠鏡で見えるより二〇億光年以上拡大し、少なくとも一四〇億光年に達するという。ほとんどの記者がこれはたわけた話だと知っていたかどうかはともかく――というのも、すでに地上の望遠鏡でも、可視宇宙の周縁にかすかな物体をとらえていたし、どんな望遠鏡があったところで、見えるのは宇宙の年齢と同じ一五〇億光年までである――記者全員がハッブル望遠鏡でどんな成果があったかというニュースを求めていた。

やがて六月二七日となって、ゴダード宇宙飛行センターのビジターセンターで記者会見が開かれ、記者たちが集まったが、そこで聞かされた話は以前の約束とはまったくちがうものだった。その二日前の、のちにブラックマンデーとして記憶されることになる月曜日、NASAは、宇宙望遠鏡の主鏡に重大な欠陥があるという天文学者たちの見解に同意したのだった。最初にこのことを発見したのは英国の数学者、クリストファー・バロウズで、ハッブル望遠鏡が「初受光」のために蓋をあけてから一〇日後のことだった。ハッブル望遠鏡には「球面収差」があって、よく研磨された巨大な反射望遠鏡に期待される鮮明な画像とはほど遠かった。

記者たちは、ハッブル望遠鏡にはなんらかの問題があるといううわさを耳にしていたが、記者会見で聞いたニュースは考えうるかぎり最悪のもので、まるで敗戦報告会みたいだった。NASAの宇宙望遠鏡担当プログラムサイエンティストは「望遠鏡の主カメラでは実質的な科学的観測はおこなえない」と言明した。それは広視野惑星カメラのことであり、みんなはそのカメラが立派なカラー写真を撮影して納税者をよろこばせてくれるものと期待していた。

このニュースは不正確に伝わったために、たまたま耳にした人は、NASAはタンク貨車を軌道に乗せたようなものだ、と考えた。実際、大きさからいえば同じぐらいだった。事態はそれほどひどいわけではなかった。やがて科学者たちは、コンピューターによる補正を考えだし、望遠鏡が良好な画像を結ぶようにした。ただし、主鏡の集光能力の大半は犠牲になった。その後三年以上たって一回目の修理ミッションがおこなわれるまで、宇宙望遠鏡の機能ははなはだしく制限された。

同じ記者会見でNASAの担当者は、ハッブルの主鏡を製作した業者に的を定めて攻撃した。コネチカット州ダンバリーにあるパーキン-エルマー社だ。同社はその後、ゼネラルモーターズに買収されてヒューズ・ダンバリー光学システムズとなっている（その後、また社名変更してレイセオン・ダンバリーとなった）。かつてパーキン-エルマー社は精密光学機器メーカーとして世界的に有名だった。空軍のスパイ衛星計画では好んで指名された。NASAによれば、主鏡製作にたずさわったすべての工場で連邦捜査員による立ち入り調査がおこなわれることになったという。すべての関係書類を押収し、すべての測定機器および研磨機器を封鎖または押収することになるだろう。やがて、機器と作業員の口から秘密が明らかにされた結果、ハッブルの問題は史上でもきわめて予測しやすい部類に入る技術上の事故であることが判明した。

プロジェクトが正式にはじまったのは一九六五年のことだった。NASAは「大型宇宙望遠鏡」の計画に着手した。宇宙望遠鏡は地球大気圏をほぼ脱したあたりを周回するので、サイズの大小に関係なく、その当時製作可能だったあらゆる地上望遠鏡よりも高い分解能をもつはずだった。とはいえ、そうした望遠鏡は宇宙空間でのメンテナンスを必要とするので、当時は現実的ではなく、スペースシャトルが開発されるまでは机上の構想にすぎなかった。一九七七年になって連邦議会は宇宙望遠鏡の予算を承認し、NASAは一九八三年一二月のシャトルのフライトに間に合わせることを約束した。

NASAのマーシャル宇宙飛行センターが精度の高い部品を組み上げることになった。主鏡はハッブル望遠鏡の心臓だ。契約業者のパーキン-エルマー社が主鏡を研磨し、何百万分の一ミリの精度で仕上げる。銀メッキをほどこされた直径約二・四メートルの鏡は、副鏡経由で紫外線と可視光線を五種類の観測装置に送る。

ワッシャーをかませてごまかした

一九七八年一二月、コーニング社は、「膨張率ゼロ」のガラス材をコネチカット州ウィルトンにあるパーキン-エルマー社の工場にとどけた。ウィルトン工場の装置が、重量にして九〇キログラム分のガラスを削り取って、おおざっぱな凹面をつくった。ガラス材は浅いボウルの形になった。このガラス材は一九八〇年五月、トラックでダンバリーの主工場へ運ばれ、精密な研磨を受けることになる。

パーキン-エルマー社は精密光学機器を手がける作業員の技量で知られ、これまでにも大きな鏡をつくってきたが、こんどの仕事には特別なものが必要だと考えた。ダンバリー工場にコンピューター制御の研磨機を設置し、主鏡となるガラス材の表面を何時間も連続で磨きつづけた。技術者は数日おきに研磨機を停止し、ガラス材をレールにのせて別室に運び、表面が双曲面になっているかどうかを検査した。パーキン-

エルマー社はスパイ衛星用の鏡をつくるときにこの手法を用いたが、科学衛星のためにこの特殊装置——反射光学系を用いたヌル補正装置——が使用されたのははじめてだった。

ヌル補正装置は、大きな鏡が正しく磨かれているかどうかを測定するための精密機器である。パーキン-エルマー社では、プロジェクトの局面によってはべつの補正装置も利用したが、超精密な補正が実現できるはずの問題の装置は、大きさが樽ほどもあった。この装置は、フレームにおさめられた二枚の鏡と一枚のレンズからなっている。表面の曲率を測定するとき、技術者たちは補正装置の中心に光線を通し、研磨されたガラスに光をあてる。ガラスに反射した光線は、補正装置にもどってきて、黒と白の「干渉」縞をつくる。それを工場の光学技師が撮影して、検討する。鏡面にできる円形の縞模様を見れば、次回はどこを研磨すればいいか、コンピューターのセッティングを調整することができる。

では、なにがうまくいかなかったのか？　それはヌル補正装置のセッティングだった（図5参照）。パーキン-エルマー社は、もともとこの装置を、より小型の鏡の検査に使用していた。ハッブル用の大きな鏡に合わせるために必要な変更のひとつとして、技術者たちは、装置のなかのレンズと下の鏡との距離が正しいことを確実にするために、超精密な金属製の棒状のもの（Bロッドと称する）を挿入する必要があった。す

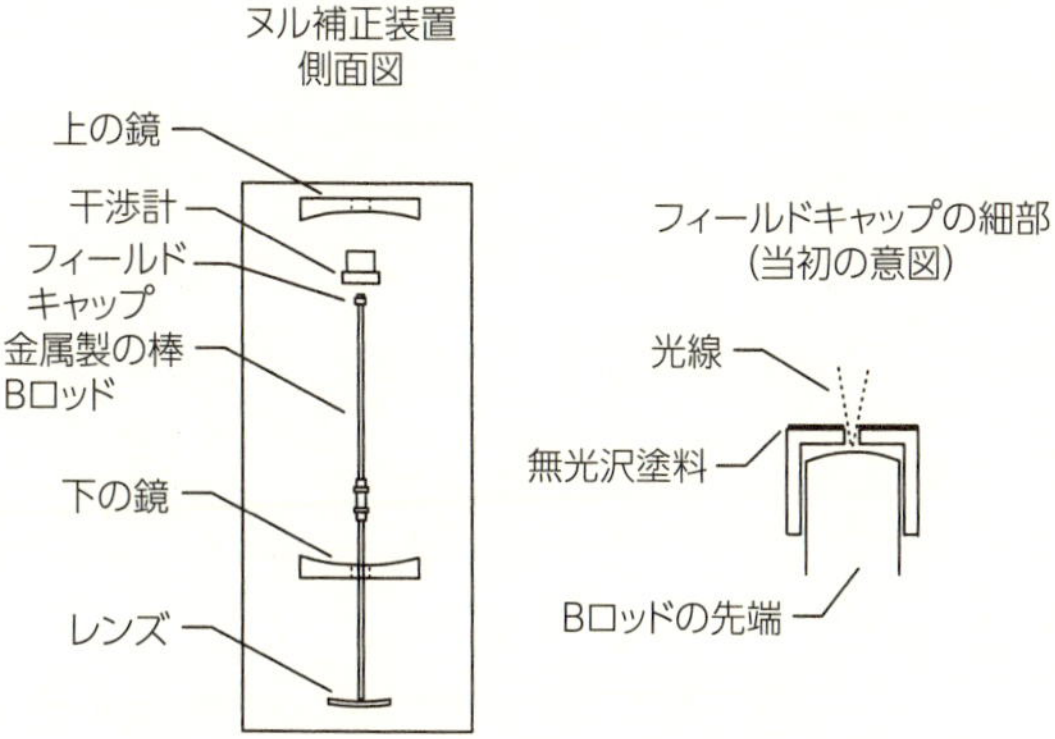

図5　反射光学系を用いたヌル補正装置

推定される経過

1　ヌル補正装置がハッブル主鏡を研磨するさいに曲率を知る唯一の指標として使われる。
2　検査にあたっては、金属製の精密ものさし「Bロッド」によって、レンズと、下側の鏡の曲率中心との距離を正確に配置することが必要。
3　Bロッドの最終測定には、光線がロッドの先端にかぶせたキャップの穴から入り、ロッドの先端で反射しなければならない。
4　ところが実際には、光線はフィールドキャップ上面の無光沢塗料がはがれ落ちていた部分にあたる。
5　フィールドキャップに傷があったせいで、Bロッドは実際よりも1.3ミリメートル長いように思われる。
6　技術者たちは金属製ワッシャーをかませ、調整を終わらせる。
7　エラーのせいでハッブル主鏡の一部が球面になる。

べてが意図どおりに運べば、Bロッドの先端にかぶせたキャップの正確な位置にあけられた穴から入った光線が、ロッドの先端で反射して、検出器にとどく。これによってレンズと鏡との距離が正確にたもたれていることがわかる。

だが、光線は想定されたようにこの小さな穴を通りぬけなかった。問題のキャップは、よけいな反射を防ぐために無光沢の黒色に塗装され、検出器にとどく光線だけが最初にその穴を通過するようにしてあったが、塗料の一部が金属からはがれ落ちてしまっていた。光線はその塗料のはがれた部分で反射し、技術者たちを困惑させた。下の鏡の位置は正しいはずだが、あるべき位置までレンズを動かしてもうまくいかなかった。技術者たちは時間に追われた。ヌル補正装置が使えないと、ハッブル主鏡の仕上げの研磨がはじめられないからだ。技術者たちは作業を完了するように言い渡されていたし、かれらもセッティングは誤りがなく完璧だと信じていた。

三人の技術者は自分たちだけでこの問題について語り合った。いい方法がひらめいた。ヌル補正装置のレンズをあと少し動かせば、すべてうまくいくはずだ。そこでかれらはどこにでも売っているような平ワッシャーを三枚、ヌル補正装置にかませ、レンズを設計よりも一・三ミリメートル低く下げた。この変更のことは他のだれにも知らされなかったし、ヌル補正装置がダンバリーの測定タワーに備え付けられるまえにテストをおこなった人間もおらず、この現場での変更に関して、ヌル補正装置転用プロジェクトの責任者だった怒りっぽいけれども優秀な技術者、ルシアン・A・モンタニーノに相談した者もいなかった。

第八章のアポロ一三号の例で見るように、文書による伝達ぬきのこうした安易な処置は、さまざまな破滅的な結果をいくつも引き起こしてきた。その損害は、当該のマシンの複雑さとパワーに相関して大きくなる。ミシガン州ラグーナビーチの高速増殖炉フェルミ一号炉では、初期テストがまだ最高出力に達するまえに、底部のジルコニウムシートがはずれたために、冷却剤の液体金属ナトリウムの流れが一部阻害されてしまった。フェルミ原子炉の建設者たちは、手直しとして、まだはずれていない部分を保護する目的で、シートを追加した。それがまずい結果につながるかどうかなんて考慮しなかったし、そのシートの存在を設計図面に書きこむことさえしなかった。

あらゆる不具合の徴候を無視しつづける

一九五八年二月、イングランドで、バイカウント機が主翼を失って墜落した。新しい部品がぴたりとおさまるように、整備士が自分の判断で金属製ピンを切断してしまったのが原因だった。そのとき整備士は、飛行機の上昇・下降を制御する「昇降舵」の表面を修理中だった。彼にとっては、昇降舵のスプリング・タブのための長いピンは、どう見ても製造会社のミスであって、処理する必要があった。ところが製造会社にとっては、そのピンは、外観がよく似た部品を整備士がとりちがえないようにするための、きわめてわかりやすい目印だった。まちがった部品をむりやり合わせようとした整備士の勝手な作業の結果、メカニズムが本来とは逆の方向にはたらくことになった。そのためこの飛行機は、パイロットがいくら必死になってピッチングをたてなおそうとしても、それにさからうマシンになってしまった。整備士の作業を検査係が承認してしまったので、墜落は避けようがなかった。

信じがたいことにパーキン-エルマー社では、ヌル補正装置組み立てのこの局面が、ハッブル望遠鏡全体に影響をおよぼす基本的機能だったにもかかわらず、専門家の検査を受けるべき工程に分類されていなかった。作業員たちは衝撃を与えないように細心の注意をはらいながら、不正確に調整された補正装置を測定タワーに据えつけた。そしてハッブルの主鏡の研磨作業の監視がはじまった。研磨がおこなわれた翌年をとおして補正装置は誤った情報を送りつづけたため、ハッブルの主鏡は二重人格をもつようになった。主鏡の中心エリアは、正しい双曲面に仕上がったが、それ以外の部分は磨きすぎてしまい、球面になってしまった。この「球面収差」のために、光線がぴたりと焦点にあわなくなった。この欠陥のせいで、撮影された星は奇妙な姿になった。どの星も中心部が明るく、周囲はハローにとりかこまれていた。宇宙に存在するすべての星が突然、超新星になったかのようだった。

それぞれの星の中心部の明るいところだけをコンピューターで取り出せば鮮明な画像になるが、その過程で光量の八五パーセントは捨てられてしまうので、球面収差の結果、ハッブルの主鏡はずっと小さな鏡と同じことになってしまう。一九九三年の修理ミッションで、欠陥のあった反射鏡も大幅に有用性が高められたが、問題を全面的に解決するにはいたらなかった。

イーストマン・コダック＝アイテック共同企業体は、かつてハッブルの主鏡の入札に参加してパーキン-エルマー社に敗れたのだが、コダック＝アイテック連合なら欠陥のある鏡を納入するようなことはなかっただろう。入札に際してコダック社は、二枚の主鏡を製造して双方をテストし、より望遠鏡に適したほうを納品する、と提案した。ただし、コダック社は主鏡の製作に一億五〇〇〇万ドルを要求した。これはパーキン-エルマー社の提示額より三五〇〇万ドル高かったため、コダックは入札に敗れた。やがてパーキン-エルマー社のコストが極端に上昇（四億四〇〇〇万ドルになった）したため、NASAはそれ以上の支払いをこばんだ。

パーキン-エルマー社は対処のしかたを知っていた。主鏡の表面に反射膜をコーティングし終わると、ただちに同社は事業からの撤退を開始した。当初、一九八一年一二月に予定していた総合的な光学テストも中止した。このテストは、同年上期に独立しておこなわれた検査で強く推奨されたもので、もしこれを実行していれば問題点が明らかになったであろう。だが、時間切れになってしまった。エリック・チェイソンの著書『ハッブルの戦い』によれば、事業撤退はあまりにも迅速におこなわれたので、責任追及のために捜査官たちがダーバン工場をおとずれたときには、反射鏡研磨室はまるでタイムカプセルのような姿になっていたという。技術者たちは九年前、すべてをそこに置きざりにしたまま出ていったのだ。長い年月のあいだに蒸発したコーヒーは、カップに茶色のかすを残していた。

《ハートフォードクーラント》紙のロバート・ケイパーズ記者とエリック・リプトン記者の調査によると、プロジェクトが最終段階に達するずっと以前に、パーキン－エルマー社の社員たちは、どこかがおかしいことを感じていたという。けれども、この情報は周辺部の人間からもたらされたため、幹部連中は無視した。主たるヌル補正装置が狂っているという最初の徴候は、ダーバン工場での主鏡の最終研磨作業がはじまるまえに出ていた。二つのヌル補正装置がちがった結果を示していたからだ。しかし、まだ鏡面がざらざらしている段階だったので、その事態に注意をはらった人間はいなかった。そののち、調整装置が主鏡に問題のあることを示した。一九八一年五月二六日、決定的な徴候があらわれた。鏡面の中心の曲率を検査していたべつの測定器が、球面収差のあることを明らかにしたのだ。だがこのときにも、深刻に受け止めた人間はひとりもいなかった。ヌル補正装置のほうがずっと精密だと信じていたからであり、いずれにせよそのときのテストは、この問題のチェックを目的としたものではなかったのだ。

おんぼろ飛行機のことを古いスラングで、「編隊飛行している何千ものスペアパーツ」という。このことばは、ハッブル主鏡の危機をもたらした原因のひとつもいいあてている。エリック・チェイソンによれば、このプロジェクトでは、ほぼ一〇年間にわたって一万人の人びとが忙しくはたらいたが、こうした人びとの努力と、完成した望遠鏡を活用することになる天文学者たちの専門知識とをうまく連携させるための努力はほとんどはらわれなかった。もしそれが実現されていれば、おそらくNASAは、入札価格には打ち上げ前の徹底的なシステム検査を含む、と主張しただろう。入札以後、パーキン-エルマー社とNASAがとった立場は、「すみずみまでの」完璧な光学テストには法外な費用がかかるだろうというもので、じっさいそうした理由からテストはおこなわれなかったのだった。すみずみまでの完璧なテストはたしかに多額の費用を要するだろうが、それほどまで徹底した検査でなくても主鏡の不調は検出できたであろう。

この事件は、さまざまな面で、一九六七年のアポロ一号火災事故の背後にあった力学を再現したものであった。フライトディレクターのジーン・クランツは、のちにヒューストンのアポロ関係者たちを相手におこなったスピーチでこういっている――「われわれはスケジュールを守ることに躍起になっており、自分たちの作業のなかで毎日のように発見できる問題をすべて締め出してしまった。プログラムの各要素がトラブルに見舞われており、われわれもトラブルのなかにいた。……われわれのなしたことのすべてはすぐに有効期限切れとなった。だれひとり立ち上がって叫んだものはいなかった。だめだ、やめろ、と」。

集中排除は政治的手段としてはよいものだ。仕事を分散させ、そのことによって多数の企業やコミュニティを幸福にするからだ。その結果、現場ではたらくNASAの下級職員たちは、パーキン-エルマー社で見聞した品質管理手順に手を焼いていたが、そのことに関してなにか対策を講じようとしても上部の支持は得られないと感じていた。

火星探査のあいつぐ失敗

周辺部の警告を聞き入れなかったもうひとつの例は、一九九九年九月に起こったもので、これまたNASAを窮地に追いつめた。一億二五〇〇万ドルをかけた火星探査衛星（マーズ・クライメイト・オービター）が、火星の大気圏に入って最初の空力制動をかけたとき、高度が低下しすぎたのだ。同機は分解したか制御不能になって姿をくらまし、どこかで太陽を周回するステルス衛星になってしまった。問題の前触れは、火星に到着する五カ月前にあらわれはじめていた。搭載しているジャイロのごくわずかな誤差を修正するために噴射する誘導制御ロケットが、そのときの飛行では設計者の予測よりも少なくとも一〇回は多く作動した。二つめの警告は、ドップラー計測によって衛星の速度を測定したとき、飛行経路がわずかにずれていることがわかったという事実だ。

実際に問題をかかえていたのは地上のほうだった。衛星から送信されてくる誘導制御ロケットの燃焼データを処理するためのコンピューターファイルがまちがっていたのだ。ファイル（「小戦力」と呼ばれていた）のアウトプットは、本来はメートル法の「ニュートン秒」のはずだったのに、実際には「ポンド秒」が使われていた。その結果、誘導ソフトウェアが混乱した。

三カ月後、マーズ・ポーラー・ランダーが火星の表面に衝突した。探査機がまだ高度四〇メートルにいる段階で制動エンジンが停止してしまい、「衝突着陸機《クラッシュランダー》」になってしまった。調査によれば、三本の着陸脚を空中で開いたとき、その反動を感じとったセンサーが、探査機は着地したので制動エンジンをカットオフしなければならない、と判断してしまったのだ。根本的原因はプログラムの小さなエラーだったが、センサーの配線がまちがっていた状態でチェックがおこなわれたため、地上テストではそのエラーは発見できなかった。そのあと技術者たちはセンサーの配線を修正したが、テストをしなおさなければいけないとはだれも考えなかった。

だれにも怪我はなくても、ひとつの探査機が失敗すれば、人間に犠牲を強いる場合はある。たとえば、マイケル・マリン。以前のマーズ・オブザーバーのミッションのためのカメラシステムの完成に協力した男だ。一九九三年八月、目的地まであと三日というとき、マーズ・オブザーバーとの無線が途絶えた。そのあとマリンは《サイエンス》誌の記者にこう答えている。「テレビのレポーターなら、火事で子どもを失ったばかりの人のところへずけずけと近づいて、『いまのお気持ちは？』と聞くだろう。そう、わたしのいまの気持ちはそんな人の気持ちと同じだ」。そこでマリンはふたたび、カメラシステムとその制御システムを構築しはじめることになった――何のために？これまた不幸な運命をたどることになるマーズ・クライメイト・オービターとマーズ・ポーラー・ランダーのために。

「こういったことはいつだって起こっている」と議会調査部の宇宙問題専門家、マーシャ・スミスはいう。「改善の見込みはない」。これは、ＮＡＳＡの広報活動にとってはじつに悲惨な年を総括することばだ――一九九九年、地球を飛び立ったミッションはたったの三回で、チャレンジャー以降の時代の最低記録となった。

危険すぎる極限状況のテストを避ける

極限のテストをひかえることがある。テストパイロットの生命を守りたいという、表面的には優しい気持ちに駆られてのことだ。もし極限状況でのテストにそれほどの危険がともなうとすれば、テストの施行者は安全な方法をとるようになるだろう。こうした態度が、つぎの例では事故の一端をになっているのではないだろうか。

ボーイング社が767型双発ジェット機の型式証明取得のためのテストをおこなっていたとき、連邦航空局（FAA）は、もし飛行中にどこかの間抜けが「逆推力装置」を作動させた場合、いかなる事態が生じるか報告せよ、と同社に命じた。逆推力装置は、基本的にはバケツのような形をした装置で、エンジンの後方への噴流をせきとめて斜め前方に向けるものであり、宇宙船の逆推進ロケットのようなはたらきをする。パイロットが逆推力装置を使用するのは機体が地上にあるときだけである。

FAAは空中での動作試験を強制したのだろうか？　じつは、そうではなかった。古い型のジェット機では機械的な安全装置がついており、スロットルがアイドリング位置にあるときしか逆推力装置は作動しないようになっていたのだが、767型のような新型機ではエレクトロニクスの安全保護装置がついていた。ハイテクシステムにおいて主要な安全装置のひとつとなるのは「自動回復」という仕掛けである。コンピューターは逆推力装置の状況に関する情報をエレクトロニクス・センサーからつねに収集している。逆推力装置がいつのまにか開いている、という警告がセンサーからコンピューターへ送られると、コンピューターは油圧作動油を「方向制御弁」に流し、逆推力装置を強制的に閉める。それと同時にコックピット内では「Rev Isln」という表示のランプが点灯し、コンピューターが強制的に逆推力装置を閉めつつあるという警告がパイロットに伝えられる。いわば、自動車の外側に装置を取り付け、ドアが開かないかどうかモニターし、もし開いた場合は自動的に閉める、という仕掛けのようなものだ。

ＦＡＡは、もし飛行中に問題が発生して逆推力装置が開いたらどうなるか、もし自動回復装置が期待どおりに作動しなかったらどうなるか、知りたかった――そんなことは起こりえない、とボーイング社が主張したにもかかわらず。とはいえＦＡＡは、一九八二年のテストの条件設定をボーイングに一任していたのだった。ボーイングによるかなり甘いテストは、こんなふうにおこなわれた。まず、パイロットが速度を二五〇ノット（時速四六〇キロメートル）まで落とし、テストに備えてエンジン一基をアイドリング状態にする。エンジン出力が低下するとパイロットは、そのエンジンの逆推力装置を強制的に作動させた。左右の推力がバランスをくずし、飛行機は逆推力のはたらいた方向に曲がろうとしたが、パイロットは難なく制御することができた。

テストパイロットは上々の結果を報告し、ＦＡＡはこのわずか一回のテストをこの件に関する結論として受け入れた。ボーイング社はこのテスト飛行の情報をトレーニングシミュレーターのプログラムに組み込んだので、シミュレーターで訓練を受け、そのなかでこの事故に遭遇したパイロットたちはみな、どういう事態になるかは知っていた。もし不測の事態が発生しても飛行中の機体は進路からそれるだけで、それ以上に深刻な問題は起こらないだろう。

だれかが飛行機にそう命じたわけではなかった。一九九一年五月二六日、ラウダ航空のパイロットは、767型機を操縦してタイ国上空を飛行中だった。バンコク空港を離陸してまだ五分、高出力で上昇をつづけ、ウィーンに向かおうとしていた。パイロットはRev Islnのランプが点灯したのに気づいた。最初は黄色で、そのあと緑色に変わった。緑色は、逆推力装置が作動したという意味だ。少なくとも左エンジンに関しては、それは正しかった。考えうるひとつのシナリオとしては、電気的な不具合が生じ、それに加えて方向制御弁の誤作動もあったのだろう。逆推力装置をもとどおりに閉じようとして、安全保護装置は左エンジンの逆推力装置を開く指令を出した。四秒後、左翼の揚力がほとんどなくなり、機体は激しく左にそれてらせん状に落下しはじめた。ランプが点灯してから三〇秒後、767型機は轟音とともに墜落大破した。

ここでのポイントは、徹底したテストをしていれば、パイロットのトマス・J・ウエルチとジョゼフ・スーマーにどうすべきかを教えられただろう、ということではない。飛行中に逆推力装置が作動すれば、いずれにしても生き残ることはむずかしかっただろう。だが、徹底的なテストをしていれば、空中での逆噴射はきわめて危険なので、機体製造会社はそうした事態を引き起こさないための安全装置を装備する必要がある、ということがボーイング社にもFAAにもわかったはずである。実際のところ、ボーイングは、ラウダ航空の墜落事故で二二三人の生命が失われたのち、そうした安全装置を装着したのだった。

とはいえ、人によっては、破壊すれすれのところまで、ときにはその限界を超えてまで、マシンを走らせることもある。かれらは極限領域でマシンがどういう反応を起こすか、確認しておきたいのだ。大きなストレスや動機をかかえたときの人間が、自分の偉大な能力を発見することがあるのと同じように、そうした実験によって、マシンというものはみんなが思っているよりもずっと多くの酷使に耐えることもある、ということが明らかになった。ふつうのジェット機が、音速を超えてもばらばらに分解しないで飛行をつづけられるなどとは、わたしを含めてだれも思わないだろう。ところが、一九六一年八月、ダグラス社のテストパイロットはエドワーズ空軍基地上空においてDC－8型機で高度約一万六〇〇〇メートルまで上昇し、急降下して音速を超えたが、途中で命を失うということはなかった。

上昇中のシャトルに異常が起きた場合の操作

コンピューターによるシミュレーションを使用しても、安全にテストすることができなかったり、理解すらできないようなマシンもある。基本情報が少なすぎ、どのようにしてデータを集めたらいいか、だれも知らないからだ。いま現在、スペースシャトル計画はそうしたジレンマに直面している。シャトルの打ち上げ手順に関する問題だ。だれでも知っているように、シャトルのメインエンジンは、飛行中に最大のストレスを受けるし、シャットダウンすることもある。一九八五年七月の打ち上げでは、上昇中のメインエンジンの一基がシャットダウンした。二〇〇〇年七月二三日、STS－93ミッションでは、コロンビア号の三つのエンジンがまだ初期の段階でシャットダウンに近い状態になり、緊急着陸を余儀なくされた。打ち上げ時に右エンジンのパイプに穴があき、水素が漏れ出したためだった。

もし、上昇の後半の段階なら二基以上のエンジンがシャットダウンしても、シャトルはスペインかセネガル、モロッコにある緊急基地へ着陸することができる。だが、それ以前にシャットダウンが発生したら、「打ち上げサイトへの帰還」操作を試みなければならない。その場合、ブースターを切り離したのち、メインエンジンがまだ燃焼をつづけている状態で、シャトルは宙返りしながら、残っている燃料で方向転換をして飛行しなければならない。ケネディ宇宙センターの滑走路にもどるには、高温の排ガスにつつまれながら、上層大気圏を、しばらく後ろ向きに飛行することになるだろう。宇宙飛行士たちはこうした操作を実物のシャトルで試みたことはない——あまりにも危険すぎる——し、風洞で実験するわけにもいかない。

こうした事例以外にもテストが困難な場面はあるが、われわれはテストというものをもっと幅広くとらえる必要があるのではないだろうか。人類学者コンスタンス・ペランは、国際的な安全プログラムの一環として何年にもわたって原子力発電所を視察してきた経験をもとに、こう主張している——複雑な、あるいは危険をともなうマシンを所有する者は、新たな姿勢をとる必要がある、と。所有者はマシンのオペレーターたちを現場科学者——さまざまな状況下で実際にそのシステムがいかにはたらいているか、いないか、についてのありのままの情報を提供できる人間——としてあつかうべきだ。こうした姿勢があれば管理者たちも、悪い知らせは排除すべきものではなく、歓迎すべきものだということを理解できるようになるだろう、とペランはいう。オペレーターたちの世界は、多くの意外な出来事が発見を待っている研究室となるだろう。

徹底的なテストは信頼の証だ、とわたしは思いたい。信頼とは、そのマシンは無茶な使われかたにも耐えられるし、もし故障したときはその設計者たちが解決方法を発見してくれる、という意味である。ユーザーが足を踏み入れられる場所はすべて製造者がすでにおとずれたことのある場所だ、と安心させるのは、よいことだ。

第5章　最悪の事故から生還する能力

穴があいた大型機を着陸させた男

なんとも不思議なことに、ある人にとって悪い日が、同じ場所にいる他の人にとってはほとんど奇跡に近いものになることもある。アラン・カミンスキー夫人ロレッタの場合を見てみよう。彼女はアメリカン航空九六便の乗客として、デトロイトからバッファローへ向かうところだった。一九七二年六月一二日のことだ。彼女はダグラスDC−10の後部にあるカクテルラウンジを開けるように要求したが、客室乗務員に拒否された。デトロイトは禁酒都市だから、地上にいるときにバーを開けるのは法律違反になる、というのである。離陸したのちも乗務員は彼女の要求を聞きいれなかった。飛行時間はそれほど長くないからバーを開けている余裕がないというのだ。しばらくして、後部貨物室のドアが大きな衝撃音とともに開き、客のいないバーが床から抜け落ち、客室のパネルが一瞬にして裂けた。その一片がロレッタの顔に当たって裂傷を負わせた。そのあと、飛行機が着陸し、空港で緊急脱出スライドの上からジャンプする際、彼女がためらっていると、乗務員が背中を押した。ロレッタは最後のところでころび、片足に裂傷ができて骨にまで達した。おまけに、彼女はデトロイトでFBI捜査官たちに足止めされ、おお、なんたることか、彼女とその夫を含む乗客全部がテロリスト容疑で尋問を受けた！

「やつらがわたしを殺そうとしたの！」彼女が公衆電話でそう話しているところを立ち聞きされたからだ。

たしかに彼女のいうとおりだった。もし「やつら」というのが、DC－10型機の貨物室ドアに取り付けられている思慮に欠けた設計の部品を意味するのなら。だが、より重要なのは、何人かの人びと、なかでもブライス・マコーミック機長が彼女の生命を救ったということだ。それはまさに間一髪の出来事だった。それから何年かしてわたしは、九六便の客室乗務員のチーフだったサイディア・スミスとニューヨーク市のグランド・セントラル駅で会ったのだが、いま自分が握手をしている当の相手は統計的にいえば幽霊ではないか、生きているはずのない人間ではないか、と奇異な感じを受けたものだ。飛行中の航空機が、九六便の直面したようなメカニカルな危機――パイロットが機体の制御をほとんどできなくなるような状態――に遭遇した場合、他のすべての事例では、飛行機は墜落し、乗客乗員の全員もしくはその多数が死亡している。

マコーミックは、事故の二カ月まえ、まさにこうした緊急事態にたいする心の備えをしていたので、全員を無事に帰還させることができた。彼はすでに亡くなった（自然死）が、わたしは彼の夫人から、彼の人となりについて話を聞いた結果、彼がこうした緊急事態にたいして準備していたのは個人としての強い責任感によるものだ、という確信を得た。マシンにたいする責任ではなく、マシンが安全にはたらくことに依存している人びとにたいする責任である。

生存可能領域を広げる努力

「最悪のシナリオ」といったようなものについてだれかが語るのを耳にしたことがあるだろうが、おそらくそれは文字どおりの「最悪」のことをいっているのではないはずだ。というのも、ほんとうに最悪のケースであれば、だれもそこから生きて帰ることはできないだろうからだ。人びとが言及しているのは、生存可能な範囲内における事態についてである。ヘリコプターの場合、真に「最悪なケース」はメインローターが停止した場合だ。ベトナムのドゥン島上空において、米海軍の武装ヘリコプター「シーウルフ」が、ギアボックスに一二・七ミリ高射砲の直撃を受けたとき、この事態が発生した。この異常事態でローターの回転軸が動かなくなり、機体はそのまま三〇〇メートル落下して地面に激突した。メインローターが壊れると助かる見込みはないので、ヘリコプターのパイロットたちがそういうシナリオへの対処のしかたをわざわざ勉強することはない。とはいえ、パイロットたちは最悪の事態に備える方法は学んでおり、それによって自分の生存可能領域を広げている。たとえば、フライト・インストラクターの資格取得を目指すパイロットは、オートローテーションを身につけなければならない。これは、エンジンを切ったのち、降下による風圧でローターを回転させながら滑空し着陸する操縦法だ。

われわれは異常事態に備えているふりをするだけのことが多い。その後に起こる出来事はみな単純、あるいは都合のよいものばかり、という前提に立っているのだ。スリーマイルアイランド原発二号機の事故が発生するまえ、バブコック・アンド・ウィルコックス社のシミュレーター・トレーニング・センターは機会を逸してしまった。原子力発電所運転員の訓練生たちにたいして、ゆるいソフトボールしか投げなかったのだ。つまり、教科書どおりの問題点——あまりにも単純で、人間が関与しなくても自動制御で対処できるもの——を課しただけだった。想定されている問題点は、原因がひとつしかなく、計器類にはっきりと表示されるたぐいの事態にすぎなかった。そのために、より険悪な複合的事態が現実の世界で発生したときには、運転員たちは対処できなかった。

最悪の日には複数のものごとがうまくいかなくなるという事実を、われわれは受け入れる必要がある。それは、恐ろしくて、気も狂いそうな事態だろう。悪いことがひとつ起こってしまえばもう大丈夫、つづけて複数のよりひどい出来事が起こるようなことはない、などという宇宙のおきては存在しない。つぎつぎに起こる緊急事態のなかには、スペースシャトルの「打ち上げサイトへの帰還」操作のように危険に満ちたものもあり、その危機を乗り越えるための訓練を課すこと自体が、実際の異常事態を体験するのと同じくらい危険をともなうこともある。とはいえ、正直は美徳だ。作業員たちには、きわめてまれな危機――対処のしかたは論じられるだけで、まえもって実地訓練しておくことのできないような危機――に直面しなければならないこともある、と教えておくほうがいい。

悪い出来事は、原因と結果が連鎖になっていくつもつながっているかもしれないし、あるいは、それまで隠れていてだれも気づかなかった問題が原因となっていくつも同時におもてに出てくるのかもしれない。アポロ一三号における大惨事寸前の事故の原因は、後者の例である。だが、三人の宇宙飛行士は生き残った。その理由のひとつとしては、故障を起こしたアポロ宇宙船が「月着陸船救命ボート」シナリオによって帰還するための方法を、技術者たちがあらかじめ書き上げていたことがあげられる。その方法とは、月着陸船の着陸用ロケットを推力に利用して帰還するというものだった。

機長はいかに危機を予見し、危機に備えたか

ブライス・マコーミック機長が、なぜまずい場所にちょうどいいときにいることになったか、そのいきさつは、マシンフロンティアにおけるもっとも驚くべき物語のひとつである。彼が考えていた最悪の日は、実際に起こった事故と少々ちがっていたが、それでも彼にとっては十分な備えとなった。

一九四〇年、二〇歳のブライス・マコーミックはすでに結婚していてカリフォルニア南部の飛行機工場ではたらいていたが、パイロットになる夢を追いかける決心をした。バンク・オブ・アメリカに掛け合って、航空学校の学費をローンで借りた。真剣に取り組むため、自分はアリゾナに移り、訓練期間中、妻はサンディエゴに残した。卒業後、マコーミックは陸軍航空隊のパイロットを志願したが、心臓が悪いという誤った診断をくだされ、陸軍医務班が誤診をあらためようとしなかったために不採用となった。

マコーミックは、国防上の緊急事態で地域の民間飛行学校がすべて閉校になるまで、ステアマン複葉機のインストラクターとしてはたらいた。パイロットとして職業選択の幅がだんだんせまくなっていくのを感じた彼は、バーバンクにあったアメリカン航空のオフィスをおとずれ、職を求めた。面接担当者は、なにか特別な経歴をもっているかと質問をしたが、その質問を最後に不採用を通告するつもりだった。ひとつだけ

あります、とマコーミックは答えた。カンザス州においてイーグル賞を受賞した最年少のボーイスカウトでした。それなら話はべつだ、不意に興味をいだいた面接担当者がいった。彼はマコーミックを健康診断に行かせた。アメリカン航空は、彼の健康状態が完璧だと知ると即刻採用した。マコーミックは残るキャリアをこの航空会社で送った。途方もないエネルギーの持ち主で、最初の何年かは、仕事が終わるとカリフォルニア州パロス・バーディズ・エステーツの家族のもとに戻り、服を着替えるとすぐ、家を建てるという趣味に没頭した。家は海を見晴らす高台の上にあった。友人の副操縦士に手伝ってもらってマコーミックがブロックを積み、妻のボニーが目地を打った。

アメリカン航空に勤務した最初の二八年間で、マコーミックは六機種をマスターしたが、そのうちの四つがダグラス・エアクラフト社製造の飛行機だった。そしていま、彼にとって五機種めのダグラスとなるDC－10が姿をあらわすところだった。生産したのはマクドネル・ダグラス社で、一九六七年、マクドネル・エアクラフト社が経営難のダグラス社を救済するために買収してできた企業である。

マコーミックには、早い時期にDC－10を念入りに調べる機会があった。彼は機体をじっくり観察し、さらに乗客キャビンの下にある貨物室のなかにまで入ってみた。そのとき彼は、自分の目でたしかめたひとつのことが気にかかった。DC－10には、後部エンジンおよび方向舵、昇降舵を制御するための操縦装置の位置だ。コントロールケーブルと油圧ラインからなる、それぞれ独立した三つの操縦系統が用意されている。それはよいのだが、これらの独立したラインが隣り合わせに並んでいるため、問題が発生して一系統が故障すると、他の二つも切断される可能性があるのだ。しかも、コントロールケーブルと油圧ラインはいずれも床の下を走っている。マコーミックは、これまで自分が操縦してきたジェット機とはちがって、ＤＣ－10には油圧ラインが故障した場合の手動バックアップ装置が備わっていないという事実をよく考えてみた。見通しは好ましいものではなかった。

機種変更の準備のため、一九七二年三月、アメリカン航空はマコーミックをフォートワース研修センターへ呼び出した。ある日の午後、規定のシミュレーター訓練を終えたあと、マコーミックはアメリカン航空のインストラクターに、油圧システムが故障するのではないか不安なので、あと少しの時間、シミュレーターを使わせてくれないかと頼んだ。油圧システムを使わずにエンジンスロットルの操作だけでこの巨大航空機をコントロールして、着陸させることができるか試してみたいのだ、と。試してよいと聞いてマコーミックは、うれしい驚きをおぼえた。数時間ほどシミュレーター訓練をするうちに彼は、三つのスロットルレバーだけを使って、離陸し、旋回し、着陸することができるようになった。左エンジン（第一エンジン）をしぼり、右エンジン（第三エンジン）を吹かすことで、機体は左に旋回した。右に旋回するときはその反対にした。尾翼のエンジンの出力を調整することで、DC－10を昇降させた。垂直尾翼の下という第二エンジンの位置が、マコーミックにかなりの手がかりを与えた。

マコーミックはその直感と長い経験をもとに、問題に備えつつあった。なにかの問題がありそうなことは、それより二年前、DC－10の初期試験飛行時に起こった、よくわからない不都合が予告していた。

貨物室の外開きドアの問題点は報告ずみだった

「ジャメ・アリエール」、つまり「二着になるな」というのはダグラス・エアクラフトの創始者ドナルド・ダグラス一族の家訓だった。ダグラス社はDCシリーズの航空機ですばらしい記録を達成した。もっとも有名なのはDC－3だ。だが、DC－10の計画がはじまった一九六〇年代なかごろになるとダグラスは、同社初のジェット機であるDC－8が販売競争に敗れた後遺症に悩まされるようになった。ボーイング社が戦略爆撃機と空中給油機の入札で一歩先を行き、また、ボーイング707は市場でDC－8を圧倒し、一九五七年までには予約売上で大きく引き離した。最終的にボーイング社は、機数においてDC－8の二倍の707型機を販売した。ドナルド・ダグラスはこのことを決して忘れなかった。「二着になるな」という姿勢は、一九六七年、後継のマクドネル・ダグラス社がDC－10でロッキード社のL－1011トライスターと競う羽目になったときにも、断固としてつらぬかれた。その二年後、マクドネル・ダグラスはDC－10の貨物室ドアに関して、やっかいなことが起こりそうだという報告を、下請けのジェネラル・ダイナミックス社から受けた。

そのなかには、DC－10の機体後部左側にある、大きな外開きの貨物室ドアを閉める装置になにか不都合が生じた場合、その連鎖反応で機械的な故障がいくつも起こりそうだ、という問題が含まれていた（図6参照）。

すべての旅客機の内部は、高高度で空気の薄いところを飛行しているあいだは与圧されているし、内部の圧力は、より圧力の低い外部に向かって大きな力で押しているので、外開きのドアはラッチのようなものでしっかりと閉めておかないかぎり、ぽんと開いてしまう。内開きの「プラグ」式ドアは、内部の圧力によってドアフレームに押しつけられていて安全だが、プラグ式ドアの場合は、運賃収入のもとである貨物スペースを犠牲にするし、重量もかさむ。外開きの貨物室ドアは旅客機の装備としては標準的で、適正に設計されていれば安全だ。DC－10の当初の貨物室ドアは、その機構上、ドアを閉めるときには手荷物係が三つのことをおこなわなければならなかった。まず、ちょうつがいが上にあるドアを引きおろして閉め、そのあとドアの外側にあるレバーを下げる。つぎにスイッチを押して、ドア上端部の電動モーターを作動させる。そのとき、耳を機体に押しつけ、カチッという音がするまでボタンを離さず、さらに七秒間待って、モーターの停止を確認する。

ドアの内部ではモーターがラッチを押し出し、金具をつかむ。では、なにが問題なのか？　もしなんらかの理由でモーターがラッチを十分に押し下げなかった場合、ドアは一見したところ閉まったように見えても、高度が上がって気圧差が大きくなると外に向かって開く可能性があるのだ。こうした疑似閉扉の問題は、油圧式よりも電動式のロック装置のほうが発生しやすかった。当初の設計では油圧式を採用することになっていたが、マクドネル・ダグラス社は、DC－10の装備を簡素化して軽量にしたいという顧客のアメリカン航空の圧力を受けて、電動式ロック装置に変更した。このことは、ドア製作を担当するジェネラル・ダイナミックス社コンベア部門ではたらいていた技術者たちを悩ませた。コンベアの技術者は、マクドネル・ダグラス社に公式文書を送ることもした。「故障モード影響解析（FMEA）」と呼ばれるもので、問題点とその壊滅的結果について記述されていた。コンベア部門がおこなった分析はFAA（連邦航空局）にはとどかなかった。

手負いの大型機を着陸させた離れ業

一九七〇年五月二九日、マクドネル・ダグラスの幹部たちは、ドアが開く事故は、たんに理論上のものではないことを知った。この日、ロングビーチの格納庫における

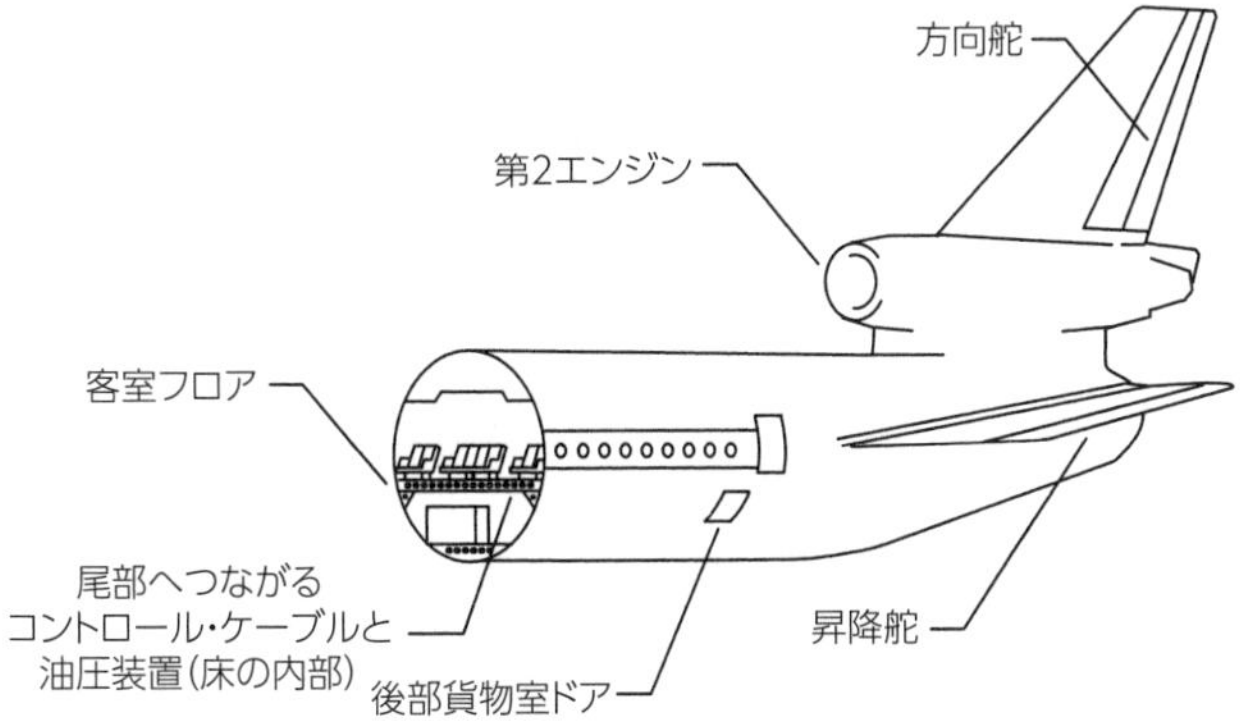

図６　DC－10貨物室のドア

推定される経過

1　デトロイトの貨物取扱者が貨物室ドアを無理に閉めようと力を加える。
2　貨物室ドアが安全にロックされていないことを機長と副操縦士に知らせる電気アラームが故障する。
3　機体外部の空気圧が、上昇に伴って低下し、ドアのかんぬきが切断される。貨物室ドアが外に吹き飛ぶ。
4　客室内に遮断されていて外気より高い圧力をもった空気が、貨物室ドア周辺の客室床を押しつぶし、尾部（第２エンジン、昇降舵、方向舵、およびトリムタブ）への油圧ラインとケーブルを押しつぶす。

一号機のキャビンの与圧テスト中、不適切な閉めかたをした貨物室ドアが内圧によって開いた。そのため、客室（与圧されている）の床が抜けて貨物室（テスト時には減圧されている）に落ちた。だが、この一九七〇年五月の事故がマクドネル・ダグラス社にわからせた唯一のことは、ばかな地上担当者が、ラッチが完全にかかるまでボタンを押していなかった、という点だけだった。その対策としてとられたのは、床の強度が不十分だったという理由でジェネラル・ダイナミックス社コンベア部門を責めることと、同部門をおどして場当たり的な対応策をとらせることだった。つまり、貨物室ドアに通気孔をあけてベントフラップをつけ、ドアを閉めるのと同じリンク装置によってフラップが閉まるようにした。ベントフラップをつければ、貨物室ドアのラッチが安全に固定されないうちは、機内の与圧がたもてないはずだ。もし通気孔が閉まっていない場合、パイロットは、貨物室ドアが吹き飛ぶほど上昇しないうちに空気漏れを察知し、問題が生じていることを知るだろう。ベントフラップが閉まっていたら、飛行機は安全に飛行できる。これで絶対確実のはずだ。だが、だれも気づいていないことがひとつあった。手荷物係が、懸命にドアを閉めようとして少しばかり力を入れすぎたら、貨物室ドアのロックが完全でなくてもベントフラップが閉じてしまう可能性があったのだ。そうなるとパイロットは、この問題に気づかないまま飛行を開始してしまう。

一九七二年六月一二日、マコーミックは、シミュレーター訓練からちょうど二カ月後、DC-10での飛行時間がまだ一〇〇時間に達しないころに、ほんものの乗客を乗せ、ほんものの飛行機で彼の新しい技能を試す機会を得た。彼はアメリカン航空九六便に機長として乗務していた。ロサンゼルス発のニューヨーク行きで、途中何カ所か寄航する便だった。デトロイトのメトロ空港での短時間の駐機中、手荷物係のウィリアム・エガートが後部貨物室ドアを閉めようとしたが、うまく閉まらなかった。彼はレバーに膝を押しあててようやくドアを閉めることができたが、小さなベントフラップが斜めになっているように見えた。エガートはメカニックを呼び、二人でドアを開け、もういちど閉めてから、こんどはだいじょうぶだと判断した。コックピットの警報灯が消えたので、パイロットはドアがロックされたことを知ったが、ドアの外側のラッチが「閉」位置になったという信号は、エガートがラッチに体重をかけたせいでドア内部の金属製リンク装置が曲がったために送られてきたのだ、ということは知る由もなかった。これはエガートの責任ではなかった。そのころにはすでに作業員たちは、DC-10の貨物室ドアは良好な状況でも閉めるのがむずかしいと考えていたし、エガートにしてもラッチが安全ではないと知るための方法はなかった。

六七名の乗員乗客を乗せた九六便がオートパイロットで高度三六五〇メートルまで上昇し、オンタリオ州ウィンザー近くを飛行していたとき、操縦室でとんでもないことが発生した。乗務員たちは機体後部からの爆発音を耳にし、急激な揺れで副操縦士のペイジ・ホイットニーと機長のマコーミックが座席にたたきつけられた。左のラダーペダルは床いっぱいまで押しこまれ、エンジンスロットルは一気にアイドリング位置までもどった。マコーミックの右足があがり、膝で胸を打った。吹き飛んだほこりやちりやリベットが顔にあたり、はずみでヘッドセットがはずれた。両手でつかんだ非常用トリムハンドルは折れてしまった。

機長は機体の姿勢をたてなおすために操縦桿をもどそうとしたが、昇降舵操縦系統の損傷が激しかったために、懸命にがんばってもわずかに動かせただけだった。飛行機は右に旋回するとともに、機首を下げて急降下しはじめた。もしこれをとめられなければ一巻の終わりだ。コックピットのパネルにはいくつもの警報灯が点灯し、エンジン火災や危険すれすれの速度低下をはじめとする多くの問題が生じていることを物語っていた。その原因としてマコーミックとホイットニーが思いつくことができたのは、空中衝突を起こしたか爆弾が爆発したかのどちらかだった。

機体後部の円形カクテルバーが崩れて、裂けた貨物室ドアのせいで床にできたクレーターのなかに落ちていった。客室乗務員のビア・コープランドは床の穴にはまり込んだ。足元の機体にあいた穴から下を見ると、下界の景色が目にはいった。機内の与圧のせいでリンク装置に大きな力がかかり、金属製ピンがちぎれてドアが開いた。貨物室ドアは二つに割れ、上半分は缶詰のふたのようにもちあがり、下半分は機体尾部にぶつかってから、地上へ落下していった。一九七〇年の格納庫テストで起こったのとまったく同じように、ドア付近の客室の床が抜けた。落ちた床が、尾部へ通じるコントロールケーブルを破損した。

マコーミックは尾翼エンジンのスロットルを押してフルパワーにし、急降下状態から脱出した。操縦不能になった方向舵のせいで右にバンクしている機体を復元するために、彼は操縦桿の上についたホイールを左四五度にして、その位置をたもった。躊躇する人間のほうがたいていうまくいく、と信じてマコーミックはひと息つき、状況を検討した。

飛行機はまだきわめて危険な状態にあったので、この時点でマコーミック機長がやったことはたいしたことではないように思えるかもしれない。だが彼は、安全確保のためのごくわずかな余裕を捻出したのだった。つまり、諸状況について副操縦士、機関士といっしょに考え、話しあうための数分間を。マシンフロンティアにおいてこのような小さな安全マージンを確保することの重要さは、いくら強調してもしすぎるということはない。それは、曲芸魔術師が、腕や足をきつくしばりつけているロープから脱出するための準備方法に近い。手足をしかるべき位置におき、筋肉を収縮させることで、あとで脱出できるだけのたるみをこっそりつくっておくことができるのだ。

かつてシミュレーター訓練のときマコーミックは、急な動きは避けるべきことを学んでいた。というのも、いま自分の手に残されたわずかばかりの操縦可能範囲では、急降下し急旋回している機体をたてなおすことはできないからだ。マコーミック機長とホイットニー副操縦士は航空管制にアラートを通告し、燃料供給を停止することによって尾翼エンジンを切った。マコーミックは主翼エンジンのスロットルをそっと押し、シミュレーターのときと同じ方法で機体をコントロールできるかどうか試した。うまくいった。DC－10の貨物室ドアの設計には致命的な欠陥があったが、マコーミックの考えでは、エンジンのレイアウトのおかげで、同機はエンジン出力の調節によって操縦するのにきわめて適したつくりになっていた。

操縦桿上のホイールを左に回すと翼は水平になったが、進路をコントロールするのに十分なだけのエルロン（補助翼）の利用はできなくなった。ある意味では、マコーミックはシミュレーター訓練のときに覚悟したより少しばかり恵まれていた。昇降舵を多少はコントロールできたからだ。とはいえ、動くのは片側だけで、昇降舵を使用するたびに機体が横転しそうになった。だが、またある意味ではマコーミックは、シミュレーターのときよりも苦難を強いられていた。尾翼エンジンをコントロールできなかったからだ。

この時点で、非常時マニュアルによれば、安全な高度まで緊急降下しなければならなかったが、マコーミックはそれにはしたがわなかった。乗客は高度三六五〇メートルの薄い大気のなかでもしばらくは生きていられるが、せっかく彼がコントロールしている機体も、急な動きをすれば操縦不能におちいるからだ。おそらく彼も空中を飛行しているあいだは機体をコントロールできるだろうが、はたして滑走路に降り立つことはできるだろうか？

客室乗務員のコープランドは、無事に崩落した床から出ることができた。マコーミック機長は、機内放送で乗客にたいし、「機械的な問題が生じた」のでアメリカン航空は、旅行をつづける皆様のためにデトロイトで代替機を用意します、と冷静に告げた。たちまち乗客のムードが高まった。不意にかれらは、どう見ても絶望的な障害のむこう側に、地上での生命を期待できることになったのだ。

マコーミックはきわめてゆっくりと時間をかけて操作しながら、ウェイン・カウンティ空港へ引き返した。これまでに例を見ない旅客機操縦の離れ業を演じ、手負いのDC－10をコントロールして、一回で滑走路の端に達することができた。進入速度が大きく、時速三〇〇キロメートル近くもあった。というのも、機体がつんのめって地面に激突するのを避けるためには、エンジンを高出力にたもつしかなかったからだ。タッチダウン直後、操縦不能になっている方向舵のせいで機体は滑走路をそれて右へ進み、誘導路を横切るたびに前脚が折れそうになった。

そしていま、まったく予想もしていなかった皮肉な事態が起こった。飛行機は高速で地上を滑走し、空港消防署に向かっていたのだ。そのまま行けば衝突する。主翼のエンジン二基は全力で逆噴射していたが、飛行機を止めることはできなかった。ホイットニー副操縦士はこの瞬間をとらえて、片方の逆噴射を弱め、もう一方を強めることによって進行方向を変更し、危険を脱した。この操作が、動かなくなっている方向舵の効力に打ち勝った。最終的に車輪が止まったところは半分がコンクリートの上、半分が草の上だった。死者はひとりもなく、この機体はまた空を飛ぶようになった。いちばん最近ではフェデラル・エクスプレスが運航している。

マコーミックは、「ひどいドアを修理してくれ」とマクドネル・ダグラスに要求した。だが、一九七四年には、またべつのDC－10が、不完全なラッチ・メカニズムのせいで後部貨物室ドアを失った。マクドネル・ダグラスは、ロングビーチ工場でこの飛行機に補強部品一式を取り付けるという約束を実行していなかった。それにもかかわらず、工場のだれかが、品質管理承認ずみスタンプを誤って検査書類に押してしまったので、部品取り付けは完了したことになってしまったのだ。不運なことに、一九七四年のトルコ航空機のパイロットたちは、マコーミック機長とちがってこうした緊急事態にたいする備えがなかった。しかもこの飛行機は満席状態だったから、たとえマコーミックのような熟練者でもコントロールすることはむずかしかっただろう。トルコ航空機は、パリからロンドンへ向かう途中、フランス国内の森に墜落し、三四六名が死亡した。

緊急事態から脱出するために乗客がすべきこと

飛行機というものは、ひとたび火災が発生すれば、地上で停止している場合でも不時着する場合でも、ほとんど同じくらい危険な目にあうものだ。キャビンの火災では、ときには一〇〇人以上がきわめて危険な状況に追い込まれる。こうした最悪の事態にたいしては、事前によく考えておいたほうがいい。緊急時についての離陸前の機内説明では、そんな場合どうしたらいいかわからないし、もし自分が乗る飛行機でそんな事態が発生したときは、どうすべきか考える時間もなければ、明晰な頭脳も失っているだろうからだ。ジェット機がエンジン爆発を起こしたり、低速で滑走路に不時着したりして搭載燃料に引火すると、そうした事故につながる。自分で席まで歩いて乗りこんだ、整然とした機内が、不意に煙の充満した大混乱の死の空間となり、いまはまだいのちのある乗客も、脱出するのにほんの数分、おそらくは秒単位の時間しか残されていないという状態になるのだ。

そんなときにどう対処すればいいか、多少とも理解しようと思うのなら、生涯のうちでも最難関の最終試験を受けているところを想像してみるがいい。ひどい偏頭痛がしていて、しかも激しい食中毒にやられた状態で、催涙弾に見舞われながら受験している姿を。

一九八五年八月二二日の早朝、英国マンチェスター空港において、ほとんどが旅行客という乗客一三一名を乗せた737型機が離陸滑走を開始した。北東にのびる滑走路のまんなかあたりで左エンジンの燃焼室に亀裂が入って飛散し、翼の下側にあるアクセス・パネルを大きな金属片が貫通した。機長は衝撃音を耳にした。タイヤのパンクかなにかで、さほど危機的状況にはないだろうと考えた機長は、副操縦士に命じて逆推力装置を作動させ、滑走速度を落とそうとしたが、ブレーキはあまり強くかけるな、とも命じた。二人は737型機を誘導路に入れ、滑走路をあけて他の飛行機の離陸のじゃまにならないようにした。それは配慮の行きとどいた行為――当時のマンチェスターには滑走路が一本しかなかった――だったが、そのために二〇秒のロスが生じた。

そのころ後部の乗客たちには、左手の窓の外で、翼部タンクにできた皿ぐらいの大きさの穴から燃料が流れ出して赤々と燃えているのが見えた。まずいことに、停止したときの角度のせいで火元が風上となったため、火炎が機体のほうになびいてきた。客室左側の窓から煙がしみこんでくると、ほどなく火炎は尾部に達して窓を破った。客室の天井に油くさい黒煙がもうもうと立ちこめ、機首に向かって流れていく。前方へ逃げ出す客もいたし、手荷物を探す客や、座席の背もたれを乗り越えていこうとする客もいた。

最初に煙が客室内に入ってきてからおそらく三〇秒ほどのうちに、煙は天井から頭の高さまで下がり、あらゆる騒音をかき消してしまった。非常ドアまで行く以外にこの煙から逃れる方法はない。住宅火災の場合は、床をはうようにして逃げだす時間があることが多く、煙が充満するまでに一、二分はかかるから、必死になった一〇〇人もの人間が狭い通路にひしめきあうようなことはない。しかし、狭い機内では、床に身を伏せれば踏みつけられる。鼻と口をおおうためのハンカチを取り出そうと手を伸ばすだけで、はたかれてバランスを失う危険がある。人びとはせっぱ詰まって、狭い非常ドアに殺到する。ただ、このときの乗客は、きわめて立派な行動をとり、こうした危機的状況でよく見られる血迷った押し合いへしあいが起こらなかったことは、おぼえておいてほしい。

合成樹脂とジェット燃料の燃えた煙を吸入すると、たちまち中毒にかかる。その有毒ガスを一息吸うと、あまりのひどさにびっくりして身体が反応し、無意識につぎの息をぐっと深く吸い込んでしまう。冷たい水に飛び込んだとき、思わずはっと息をのむのと同じようなものだ。目や鼻、のどには、泡状になったタールの黒いしみが一面に生じ、筋力が低下し、乗客たちは煙のせいでだんだん感覚を失っていった。視力が極端に落ち、人びとはたがいに相手につまずいた。

この日、機内で五五名が死亡したが、その大半は高熱ではなく、煙を吸い込んだことが命取りとなった。すすけた黒色混合物には何百という有毒化学物質が含まれていたが、なかでもシアン化物と一酸化炭素の毒性がいちばん強かった。ここからなにを学びとるか。こういった火災の話を聞いた経験豊かな旅行者は、「防煙フード」を持ち歩くようになった。肺と目を煙から守るために頭からすっぽりかぶるマスクだ。それを買うかどうかはべつとして、知っておいたほうがよい予防措置もある。緊急時についての機内説明のあいだ、他の乗客は新聞を読んでいても、あなたはいちばん近い非常ドアまでの椅子の背もたれの数を数えておこう。火災が発生した場合には、このことを知っておくことが必要になる。なぜなら煙が黒くて濃いので、通路から非常ドアは見えないからだ。煙の下になろうと、かがみこんではいけない。機内がほぼ無人状態でなければ、踏みつけられるだけだ。空港で搭乗したとき、どのドアから入ったかということは、たまたまそれがいちばん近くて安全なドアでないかぎりは、無視せよ。機体の炎上と崩壊を調査した結果、ほとんどの乗客は、開いている出口のわきを通りすぎ、わざわざ苦労して客室の端まで歩いて、搭乗口のドアめがけて殺到することが明らかになっている。もし飛行機が停止し、それが火災発生のせいだとわかったら、ただちに脱出せよ。一九五七年には、ＤＣ－６がニューヨークで火災を起こしたが、そのとき乗客たちは、かんたんに開けられる非常口のすぐ近くにいたにもかかわらず、うろうろするか、座席にすわったまま死んでしまった。

ようやく一九九五年になってから、ボーイング社は７７７の新型機の型式証明を受ける段階で、ＦＡＡからの指示にしたがって、志願者を集め、非常事態を想定して客室から避難させるシミュレーションを実施した。同社は、暗くした格納庫に７７７型機を駐機し、客室の電灯を消し、客室乗務員に命じてすばやく乗客を非常口に向かわせた。現在ではＦＡＡはこうした生身のテストを要求していない。危険すぎる、というのも中止理由のひとつだ。エスケープスライドから落ちてしまう人が多く、そのうち数人は腕や脚を骨折した。非常口へ殺到するシミュレーションでは、床に倒れてしまう人もいた。

とはいえ、最悪の日に実際にはどんな大混乱が生じるか、体験できるような訓練を実施するのは、かんたんではない。オーシャンレンジャー号の乗組員たちが、嵐のなかではじめて救命ボートを使おうとしたときのことを考えてみてほしい。穏やかな日の午後におこなわれた訓練では、救命ボートは快調に機能した。長い吊り網に吊られて一八メートル下の海面に達すると、ボート上の乗組員たちは小型エンジンを始動し、吊り網をほどき、リグから離れていった。それを体験している乗組員たちは、嵐のなかでリグが転覆しかかると当初の計画はすっかり狂ってしまうことを知り、激怒したにちがいない。乗りこんだボートは突如として救命ボートではなくなってしまった。ボートは大波にたたかれ、リグの脚部にぶつかり、乗組員たちがあせって外に出ようとしたときには転覆してしまった。死の落とし穴になったのだ。

非常訓練は定期的にしばしば改訂される必要がある。ウォルター・ストロムクイストは、米海軍第一二開発部隊のためのリスク・リサーチ二年計画の一環で、オブザーバーとして潜水艦に乗りこんだ最初期の数学者だったが、彼は自分が乗った複数の潜水艦の日課についてこう述べている。「毎日、朝から晩まで、乗組員は勉強するか試験を受けてすごす。メンテナンスの話題について難問をぶつけあったり、非常訓練をくりかえしていた。毎日、少なくとも一度は模擬の火災や、模擬の原子炉『緊急停止』があった」。即興でおこなわれた訓練のとき、ある潜水艦の艦長がコントロールパネルのまえにすわっている水兵に、「死んだふりをせよ」と命じたことがあった。そのあと艦長はきわめて重要な装置のセッティングを変更し、だれかがやってきて診断をくだし、問題を解決するまでにかかる時間を測定した。

自分だけはうまくやれる、という幻想

現実的な非常訓練とは、たんにある種の技能を人びとに覚え込ませる手段にすぎないと思われるかもしれないが、べつの利益もある。あまりにも多くの人間がいだいて

いる見当ちがいの自信を打ちくだいてくれるのだ。二人の心理学者、コーネル大のデビッド・ダニングと、イリノイ大のジャスティン・クルーガーは、各種の大集団を全体としてとらえれば、平均的人間は、自分のことを技量においても知識においても平均以上だと評価している、という既知の事実をさらに追究してみようと考えた。平均的人間は、技量において平均以上ではありえない、ということは明白だ。だとすれば、われわれが自分自身のことについて知らないのはどうしてなのか。無知が自信過剰をはぐくむ、と二人はいう。なかでも、危険というほかはないほどの知識しか持ち合わせていない分野においてそれは顕著だ、と。ダニングとクルーガーは、コーネル大の学生のもっている論理的思考力やユーモアといった技量について調査し、テストをおこなったところ、毎回くりかえし同じパターンがあらわれた。テストの結果がもっとも悪い連中は、それ以外の学生にくらべると、自分の成績と技量をきわめて過大に評価していた。この現象について二人の心理学者は、チャールズ・ダーウィンの次のようなことばを引用している。「知識よりも無知のほうが自信を生むことが多い」。

なぜこういうことになるのか、二人はいくつかの仮説を立てた。無能な人は自分の周囲にある世界をうまく認識できないのかもしれないし、あるいは周囲の世界が十分なフィードバックを与えないのかもしれない。「だれだって人の子だから、自分の能力については知りたくないと望んでいるのだ、という可能性もある」とクルーガーはいう。二人は、実力のない学生たちを選んで、かれらが自分ではもっていると思っている技量——じっさいには欠いているのに——を身につけさせたところ、かれらはより正確に自己の能力を評価できるようになった。

われわれは、長期にわたって、ことによると一生のあいだ、幻想をいだきつづける——それがなにかによって壊されることがないかぎり。自家用操縦士免許を取ったあと、わたしは、しばしば夢想にふけったものだ。もし旅客機に乗っているときに要請を受けたら、わたしは非常事態のなかで無事に飛行機を操縦して着陸させることができるだろう、と。それから一〇年後、わたしはデルタ航空のアトランタ本社でボーイング737型機のシミュレーターによる飛行をする機会をえた。ジム・ケーター機長が操縦機器についてブリーフィングしたあと、ポトマック川ぞいにワシントンのレーガン空港に向かってややこしいアプローチを開始した。そのあと機長は、シミュレーターの行き先をアトランタ空港に変更した。わたしはスロットルを押しこみ、無事に空中に浮かび上がったが、気がついたら空いっぱいに迷走していた。旅客機を操縦するのは、わたしの想像とはまったくちがっていた。わたしは不意に向きを変え、急降下し、上昇した。操縦桿を動かすにもたいへんな力がいったし、無理せず動かすためには、トリムノブを調節して絶えずトリムをとる必要があった。飛行機の反応はのろいので、わたしの操作はいつもそのあとになり、修正過多になった。ケーター機長は、ふたたび着陸進入を命じた。機械の声がわたしに向かって叫ぶ。「プルアップ、プルアップ！（機首上げ）」、そして「グライドスロープ（着陸降下進路へ）」。わたしはやっとのことで操作し、模擬の乗客を乗せた機体をどうにか空港から一・六キロメートル地点に衝突させることができた。二回めのトライでは、滑走路にタッチダウンすることができたが、その九〇パーセントはわたしの右にすわっていた天使のおかげだった（ケーター機長が右側の副操縦士の席についていた）。

そのときわたしは、ほんものそっくりのシミュレーターを使った過酷な訓練の奥にある効用を思い知ったのだった。それは、自分は英雄だと夢想する連中に失敗というものを教える――あまりになまなましく、あまりに徹底的な失敗を。その結果、絶体絶命の危機をも乗り切ることができるという根拠のない自信はうちくだかれる。そうした冷水を浴びせられたのち、はじめてわれわれは、最悪の日にどう対応したらよいのかを学びはじめることができるのだ。

何百万ドルもするシミュレーターなど使わなくても、しばらく静かにすわって実際の緊急事態――煙、火災、嵐、転覆、そして人びとの不安――が発生したら装置はどういう動きをするのか、いろいろと疑問をつきつめながらじっくり考えるだけでも人命救助の備えとすることができるだろう。フランス海軍の軍艦リベルテのことを考えてみよう。一九一一年九月二九日、フランスのツーロン港に停泊中のリベルテで、艦首の弾薬室にあった無煙火薬「プードルB」の袋がいくつも自然発火した。艦尾にいる被害対策班の動員を艦長が発令しようとしたとき、黄色い煙が前方の弾薬室からもくもくと噴き出した。

行動のための時間はあまりなかった。艦首では、高温のために鉄製弾薬棚が軟化し、ほどなく何百発分もの砲弾の火薬が炎のなかに落下するだろう。艦長は機関長と砲術長を艦首に行かせ、前方の弾薬室に海水を充塡させようとした。弾薬室は喫水線より下にあり、機関長と砲術長は室内に海水を注入して消火するために海水バルブを開けることになっていた。二人は海水バルブに近づこうとしたが、火と煙と爆発が行く手をはばんだ。

弾薬室に注水するためのバルブは甲板の下にあったが、弾薬室の真上に位置していた――弾薬庫は燃えている最中で、二人はバルブに近づけなかった。かれらは命がけでバルブに接近しようとしたが、二回とも退却を余儀なくされた。やがて艦内が停電し、下層甲板部分は真っ暗になった。機関長と砲術長は、無理だ、と艦長に報告した。艦長は二人をののしり、いかなる犠牲をはらっても現場にもどって任務を完遂せよと命じた。二人はもどって行った。そしてふたたび、かれらの姿を見ることはなかった。

そのあとすぐ、リベルテの艦体の前方三分の一がそっくり爆発したからだ。

わたしの学んだロースクールでは、この惨事は「予見可能で回避できた」といわれていた。なぜなら、すでにそれまでにフランスの軍艦三隻が、プードルBの自然発火による爆発と火災を起こしていたからだ。プードルBは、戦艦イエナを完全に破壊していた。リベルテ爆発の年にはすでに、同等の性能で、より安全性の高い火薬がどこでも入手できるようになっていた。プードルBは、一八八五年にフランス人化学者ポール・ビエイユによって発明されたもので、ニトロセルロースにエーテルとアミルアルコールを混合してつくる。時間の経過とともに貯蔵中の火薬が劣化し、アミルアルコールを放出し、それが窒素と混合して、危険な亜硝酸アミルと亜硝酸アミル化合物を生じる。

危機が起こる確率をどう評価するか

対策を立てるべき偶発事件はどれか、気まぐれにしか起こらないので心配してもしかたがない事件はどれか。リスクを予測する公式手法としては、故障モード影響解析、過失系統図、事故発生系統図などがある。こうした分析手法は、もっとも発生の可能性の高いものを見つけだそうとする。だが、データの数字を有利に解釈する道はつねに存在しており、こうした分析手法の歴史をふりかえってみると、いやな事故はめったに起こらないと決めつけるようなことが、特定の計画を促進する一手段として長年おこなわれてきたことがわかる。そうした例はＤＣ－10の貨物室ドアの爆発や、エクソン・バルデス号の原油流出事故よりまえにもあった。

チャレンジャー号の惨事が起こるまえ、ＮＡＳＡは「確率的危機評価（ＰＲＡ）」を使用し、毎回のシャトルミッションにおける事故発生の確率を報じていた。処理の仕方によっていくつかの結果が出たが、もっとも一般的に引用されている確率は、一〇万回のフライトについて一回の失敗というものだ。ＰＲＡは、特定の決定的失敗につながりそうな一連の事故を仮定することからはじめ、つぎに、技術的予測を利用して、そうした事故のそれぞれについて発生の確率を決める。最初の数回のフライトの結果から、再使用型断熱材は毎回のフライト後、厳密に補修すれば正常に機能することがわかったので、技術者たちの関心のほとんどすべては、三基のメインエンジンとその燃料に潜在する諸問題にしぼられるようになった。

われわれは人間の常として、自分が起こりそうだと考えていることだけに注意を集中する。こうした了見は、文字どおりわれわれのものの見方そのものにも影響を与えがちだ。一九八一年のこと、わたしは、ある記事の取材でテキサスＡ&Ｍ大学の教授と面談していた。わたしは、机越しに教授と向きあう椅子にすわって、メモを取っていた。インタビューをはじめて一五分ほどしたとき、教授の背後でわたしの席からは見えない位置にあったくずかごが、とつぜん炎を噴きあげた。炎は少なくとも一メートル以上あった。われわれ二人はとびあがった。教授がくずかごをおおったので、炎はすぐに消えた。客のだれかがタバコの吸い殻を入れたので火事になったのだろう、と教授はいった。

教授が消火につとめているとき、わたしは彼の椅子のうしろでちらっと炎があがったのを見たことを思い出した。われわれ二人がびっくりする三〇秒ほどまえだっただろう。一種のフラッシュバックである。メモを取っているとき、わたしは意識の境界ぎりぎりのところで、教授の背後がちらっと光ったのを目撃していたのだ。閃光はほんの一瞬で、すぐに視界から消えた。どう見えたにせよ、わたしの大脳の「最新出来事中枢」はその事件を確認したのだが、あまりにも起こりそうにない光景だったので、正気であつかう必要はないと判断して、ただちに無視したのだった。

ほとんどの人間は、統計にもとづくのではなく、自分が実際に経験したことによって、自分の確率を決めている。これを心理学者は、「ヒューリスティクス」の適応と呼んでいる。ヒューリスティクスとは、世界の営みに関して、われわれが受け入れる一般法則であり、それは自分自身が目撃した種々のものごとや、親族・友人といった信頼できる情報源から聞いた雑多な情報から導き出される。ヒューリスティクスは、あらゆる情報のなかでもっとも信用できるもの——自分の目で見た事実と、信頼する相手からの証言——にもとづいているように見えるので、だれもがそうした信念に大きな価値を認めている。とはいえ、各人のヒューリスティクスは、時間とともに変化する。新しい情報が加わって、もとの情報が押し出されたり、かつては鮮明だった記憶が薄れたりするからだ。洪水が起こって大々的に報道されると、多くの人びとが洪水保険に加入しようと殺到するが、つぎの洪水がくるまえに保険料不払いで失効させてしまうのはどうしてか、ヒューリスティクスによって説明がつく。

われわれは日常生活のなかでのリスクをどう考えるか、その根底にはヒューリスティクスが存在している。わたしのキッチンを例に説明しよう。妻がどこかで聞いたところによると、蓋のない金属缶に食品を入れて冷蔵庫で保存すると、だめになるという。だから妻がそういうふうに食品を保存することは決してない。家族ぐるみのつきあいの友人が、子どものころ、コンロの上にのっていた高温のものを誤って引っ掛けて落とし、手にやけどをした。だからわたしは、調理するときはいつも鍋のハンドルを壁に向けておく。また、バーベキュー用点火器のブタンガスを補充したあと、いざ使おうとしたとき、点火器全体が手のなかで燃え上がったことがある。だからわたしは、それ以後、バーベキュー用点火器を買ったことはない。

ヒューリスティクスは幾多の迷信の根源である。たとえば、あるやり方でルーチンワークをおこなったところ、最初はうまくいったが、ある日うまくいかなくなったとすると、その日それまでになにをしたかを思いかえし、いつものパターンとどこがちがったかを見定めようとする。とにかく、ちがったことをしていれば、それがそのあとの不運につながる原因にちがいないから、それ以後われわれはそうした状況を避けようとする。ふだんは冷静なケネディ宇宙センターの技術者たちのなかにも、シャトル打ち上げの当日、縁起のいい服を着ないでセンターまで出かけて行くくらいなら、打ち上げを見ないですますほうがいい、という人がいることを知って、わたしはびっくりした。シャトルブースター回収船「リバティ・スター」に同乗していたわたしは、ある技術者が、チャレンジャー号墜落のときに幸運のシャツを着ていなかったことをいまだに嘆いているという話も耳にした。

四〇〇〇トンのロケット燃料が燃えた火事

ヒューリスティクスの原則のひとつによれば、これまでシステムや工場にそれほど悪いことが起こっていなければ、どんな作用がかかわっているにせよ、おそらく将来においても起こることはない、ということになる。このことは、一九八八年五月四日、ネバダ州ヘンダーソンの建物密集地域にあったプラントで、なぜ火災が発生したかを説明してくれる。同工場では、固体ロケット燃料に用いる強力な酸化剤である過塩素酸アンモニウム（AP）を生産していた。過塩素酸アンモニウムは民間の宇宙ロケットブースター、戦闘用のロケット、大陸間弾道ミサイルの固体燃料に混合される酸化剤である。一九五八年に操業を開始したこの工場は、パシフィック・エンジニアリング・アンド・プロダクション・カンパニー・オブ・ネバダ（ＰＥＰＣＯＮ）によって経営されていた。ヘンダーソンは、過塩素酸アンモニウムを生産するもうひとつの大手業者、カー・マギー社の所在地でもあった。

消防当局がのちに語ったところによれば、この惨事は、ひとりの溶接工が使用していた切断用トーチが、同工場に貯蔵されていたＡＰを発火させたことからはじまった。ところが、ＰＥＰＣＯＮ社とそのコンサルタントのエクスポーネント社は、根本原因は、貯蔵庫にあったＡＰにしみこんでいた天然ガスだとした。その天然ガスは、穴のあいた直径四〇センチメートルのパイプラインから漏れだしたのだというのだ。その当時、同プラントには四〇〇〇トンのＡＰが貯蔵されていた。チャレンジャー号の惨事の結果としてスペースシャトルの打ち上げが中断されたために、通常よりも貯蔵量が増えていたのである。

原因はともかくとして、火の回りがあまりにも早かったため、数分後には自衛消防隊は消火作業をあきらめた。工場の現場には作業員七四名がいたが、大半は無事出口までたどりついた。最初の火の手があがってから一〇分後、爆発が起こり、きのこ雲が工場の上空に立ちこめた。つづいてさらに三度、そのたびに激しさを増しながら爆発が起こり、二〇キロメートル先のラスベガスのダウンタウンに建ち並ぶビルをゆさぶった。爆発によってＰＥＰＣＯＮの役員二人が工場で死亡し、負傷者は三〇〇人を超えた。三キロメートル先のドアがちょうつがいからはずれ、キッド・アンド・カンパニー社のマシュマロ工場が焼失した。火災と爆発のせいで総計約四〇〇〇トンの過塩素酸アンモニウムが消失した。保険会社の見積もりでは、被害総額は七五〇〇万ドルにのぼった。

当時のネバダ州職業安全衛生管理局長ダン・エバンズはのちにこう語っている。PEPCONはロケット燃料の中身を二五年間も生産しつづけてきて、なにごともなかったのだから、将来も事故は起こらないだろうとみんな思っていたのだ、と。エバンズはいう。「もちろん、そういうときにこそ最悪の事態が起こるものなのだ」。

潜在的危険をともなう状況のなかではたらく熟練労働者たちは、作業現場のヒューリスティクスの一環として、いくつかの危険に遭遇したときのシナリオを頭のなかに入れているのが普通だ。職業的不安と呼んでもいい。旅客機のパイロットは、管制空域をのろのろ横切って飛ぶ自家用機との衝突を恐れる。ニトログリセリンを製造する人たちは、製造途中で加熱しすぎないように注意し、ことに、赤い煙が少しでも出ていないか警戒する。経験を積んだ鉄塔作業者は転落を恐れない。安全装置さえ使用していれば、そんなことはめったに起こらないのだ。だが、かれらは、「ジンポール」を動かすときには事故を起こさないかと心配する。ジンポールとは、建設中、あるいはメンテナンス中の放送塔の先端に仮設されたクレーンのことで、巨大なジンポールが振動を起こして制御できなくなるとデリケートな構造全体を決定的に弱めてしまって、そこで作業をしている全員が墜落してしまう可能性がある。一九九八年にテキサス州シーダーヒルで起こった、高さ四七二メートルのテレビ送信塔の崩壊は、ジンポールの故障が原因だった。その事故では、一種の気まぐれな物理現象のせいで作業員のひとりが五〇〇メートルも放り出された。

産業災害に関する文章を書く人たちはしばしば、たんなる後知恵にすぎない本だという批判にさらされる。あとから見れば細部だってはっきり見えるはずだ、と。けれども、あらゆる大災害がそうした明確な記録を残しているだろうか。場合によっては、一連の障害がほぼ同時といえるほど急速かつ近接して発生するので、あとになってからではだれにも正確な順序を解明できないこともある。また、たとえば高塔の崩壊事故とか、プロゴルファーのペイン・スチュアートの自家用ジェット機墜落事故［後出］、PEPCONの爆発事故といった場合には、最終的異変があまりにも激烈すぎて、決定的な証拠はずたずたの断片になるか、つぶれるか、粉微塵になっている。そうした事例においては、引き金となった最初の故障はなんだったかについてもみんなの見解は分かれる。とはいうものの、たいていの場合は、大惨事につながったいくつかの原因は断片のなかから浮かびあがってくるものだ。

既知の問題点が姿をあらわす兆しを監視するのはいいことだが、いまやシステムはますます巨大化し、複雑化しつつあるので、アキレス腱はいくつもあるということをわれわれは忘れないようにしなければならない。なかには、これまで出現したことのない問題が起こることもあるから、単純な後知恵というようなヒューリスティクスではわれわれは自分たちを守ることはできない。危険はひとつの方角からしかやってこない、と現場担当者たちが考えることのないように望みたいものだ。というのも、最悪の災害のなかには、チャレンジャー惨事のように、原因となった問題点があまりにも小さなものだったためにそれまで無視されてきた、というようなものもあるからだ。

災害対策は、組織からすれば費用がかかりすぎたり、めんどうだったり、生産性を阻害するという理由で、無視しようとする傾向があることを、われわれは見てきた。まったく備えを欠いていても、現場の管理者たちは事前に不安を感じることはなかった。なぜならかれらは、そうした恐ろしいシナリオは、もし起こるとしても、ずっと何年も先のことだろうと信じているからだ。ところが、次章で見るように、管理者が自分の慣れ親しんでいる環境だけでなくその外側にも目を向けたなら、惨禍はそんなに長くは待ってくれないものだ、ということを理解するだろう。

第6章　大事故をまねく物質の組みあわせ

水と電気と事故の親密度

一九六三年四月一〇日の朝、攻撃型原子力潜水艦スレッシャーは、ケープコッド沖三二〇キロメートルの地点で潜航テストを開始した。そこは水深が二六〇〇メートルあり、テスト深度約四〇〇メートルまで潜航しても十分余裕があった。艦長は支援曳航艦スカイラークにたいし、一二九名［民間人技術者一七名を含む］の人間を乗せたスレッシャーの行動計画を通報した。一時間後、スレッシャーは、無線電話を通じて、テスト深度に向かいつつあると報告してきた。スレッシャーはらせんを描きながら潜航した。一五分後、ふたたび無線通報があった。スレッシャーはちょっとした困難に遭遇しつつあり、バラストタンクの海水を排出して浮上を試みているところである、と。

その後の海軍査問委員会の調べによれば、銀ロウづけされていた海水配管の接合部がおそらく破断し、機関室に海水が流れこんだという。潜水艦乗りは伝承をたいせつにする連中だから、そのときの乗組員のなかにも、初代スレッシャー号の海水漏れ事故のときの状況を思い起こした人がいたことだろう。初代はディーゼル潜水艦で、第二次大戦では日本の艦船を追い求めて太平洋に出動していた。一九四二年七月五日、マーシャル群島マロエラップ環礁付近で哨戒艇に遭遇したため一気に急速潜航したが、そのとき海水が入ってきて、もう少しで電気装置をショートさせるところだった。深度七六メートルに達したところで外部ハッチから漏水がはじまり、滝のような水がコントロールルームへ落ちてきた。原因は革サンダルだったことがつきとめられた。水兵のひとりがブリッジから飛び下りるとき、サンダルの片方が脱げたのだ。そのサンダルがハッチとフレームのあいだにはさまり、ハッチが閉まらなくなっていた。そのまま潜航をつづけることはできず、かといって、艦砲射撃を受ける危険があるのに浮上することも避けたかったので、艦長は水面ぎりぎりに頭が出る程度に浮上するよう命令した。そのおかげで、初代スレッシャー号の乗組員は、ハッチのじゃまものを取りのぞき、しかも日本軍の大砲の直撃を受けないうちにふたたび潜航することができたのだった。

戦時中に起きたこの窮地はたしかにひどいものだったが、深度三〇〇メートルを超す海面下ではじまった漏水のほうがスレッシャー二世の乗組員たちにとっては難題で、海面まで浮上することもきわめてむずかしかった。漏水箇所から流れこむ海水は、電気系統制御パネルをしぶきで濡らした。一基しかないS5W原子炉が自動停止し、主電源が切れた。原子炉の再起動はすぐにはできないため、バラストコントロールのパネルを操作して「フルブロー」にセットしてもバラストタンクの水を追い出すことはできなかった。圧縮空気タンク（気蓄器）からは大量の空気が噴き出したが、そのあと金属製の濾過装置をとおるときに空気圧の変化によって氷が付着したため、空気の流れはせきとめられた。バラストブローの不具合は長時間つづき、スレッシャーは深刻な事態におちいった。搭載している電池では、手負いの艦体を海面まで推進させることはできなかった。スレッシャーは、流れこむ海水によって沈み、海底に向かって進みはじめた。

その途中でスレッシャーの艦体はバラバラになった。海軍は集められるかぎりの破片を海底から引き上げ、スレッシャー二世の教訓をきわめて真剣に受けとめた。「サブセーフ（潜水艦安全）計画」を策定して、造船の質を改善し、海水配管の接合部の銀ロウづけをすべて廃止し、非常訓練の改善をめざした。潜水艦の設計を変更して、バラストコントロールパネルの上部に「非常ブロー」ハンドル一対を設置し、迅速で確実なバラスト排出ができるようにした。原子炉の「緊急停止」による致命的な電力低下の発生を防ぐために、オペレーターは、たとえ機器に損傷を与える可能性があるとしても、緊急停止機能を遮断することができるような方式が採用された。スレッシャー事故に関する予備軍法会議の調査結果は、潜水艦の問題に限定されているように思えるが、それはマシンフロンティアにおいて活動する人びとにとっても注目に値するものである。

本章では、ひとつの目的にたいして極度に精神を集中し、前途によこたわる作業に心を奪われるあまり、自分たちの日常世界の外部からとどく情報に耳をかたむけることを拒絶してしまう人たちのことを取り上げる。こうした視野狭窄は、人間とマシンを消耗させることになる。というのも、ある分野で発生した災害や事故寸前の事態は、他の分野にとっても貴重な警告を与えてくれるものだからである。そうした関連性は即座に明白とはいえない場合もある。

潜水艦に足を踏み入れたことがない人も含め、われわれにとって、スレッシャーの教訓はいかなる意味をもつだろうか。あの事故は、重要な電気系統制御パネルが海水によってショートしたことがもとで起きた。スレッシャー事故の顛末をしかるべき人間が設計段階において真剣に考慮していれば、未然に防げたであろう惨事がある。一九年後に起きたオーシャンレンジャー号の沈没である。レンジャー号の転覆・沈没もまた、窓がひとつ破れたためにバラスト制御卓に海水がかかり、電気系統制御パネルがショートしたことによって引き起こされた。ほかにも、ボーイング747型機の初期洋上テストのとき、パイロットのコーヒーカップがひっくり返り、慣性航法用電子装置をショートさせたこともある。複合システムの管理者あるいは設計者は、電気機器に液体がかからないようにすることの重要性をいまや十分に知っておくべきだ、といえそうだ。

すべてのシステムオペレーターは、これまで以上に視野をひろげ、水による電気回路のショートだけでなく、それ以外の電気障害に起因する災害についても広く認識しておくべきだろう。産業保険会社ハートフォード・スチーム・ボイラーは、保険金請求の第一原因として電気的故障をあげている。電気的故障がいかに大きな損害を与えるかを知るために、一九九七年一一月二四日、オーストラリアのニューサウスウェールズ沿岸にあるBHPスチール社ポートケンブラ製鋼所で発生した小さなショートについて考えてみよう。

この製鋼所では、冷却ポンプに電力を供給している変圧器の内部でショートが起きた。問題を解決するための検知装置は作動せず、高圧ケーブルに過剰な電流が流れて、ケーブルトレーを通過する地点でオーバーヒートを起こした。過熱したケーブルは数カ所で発火し、それが引き金となって、三万三〇〇〇ボルトの入力線が五系統とも遮断された。電力が低下したために製鋼炉が停止し、その結果、燃料ガスがコークス炉の頂上から二〇メートルの高さまで噴き出し、建物のあちこちでいっせいに火の玉があがった。それはまるで「オズの魔法使い」の謁見室のような光景だった。三〇〇〇人の作業員が製鋼所から避難した。労働組合によると（会社側は否定しているが）、送電障害のせいで四号スラブ鋳造機から一五〇トンの溶鋼が噴出したという。組合の説明では、溶鋼は工場の床一面にあふれ、車両二両を燃やし、階段から流れ落ちた。これは連鎖反応による典型的な産業事故だった。死者はなく、数時間後には作業員も職場にもどったが、被害総額は数百万ドルにのぼった。

あまり知られていない酸素と事故の関係

プロジェクト自体がより大型化し、より緊急性が高くなればなるほど、だれでも自分の視野のすぐ外側にある問題点を見逃してしまう可能性が高くなる。そうした問題点のひとつが、一九六七年一月二七日のアポロ一号火災事故につながった。この日、純酸素によって一・一四気圧までカプセル内を与圧した状態で、電気系統のテストがおこなわれていた。その途中、三人の乗組員が内部に閉じこめられたまま、カプセルのなかの合成樹脂が激しく燃えあがり、そのガス圧でカプセルの壁が吹き飛んだ。宇宙飛行士は、逃げ出す時間的余裕もなく、煙にまかれて窒息死した。助けをもとめる最後の叫び声が録音されたのは、ガス・グリソム船長がコックピットの火災を最初に報じてからわずか一二秒後だった。

アポロ一号の悲劇もまた、目標に向かって精魂をそそぎ、日々の活動に熱中した結果、あまりにも視野が狭くなっていたために、自分のプログラムの外で起こった災害や事故すれすれの事態にほとんどなにも感じとれなかった例である。だが、じつはアポロ一号事故よりずっと以前から、酸素濃度の高い空気が、不可解で恐ろしい死傷事故を引き起こしていた。

一九九六年四月のある日、わたしは息子に付き添って病院で一日をすごしたが、そのとき、酸素供給口のわきの壁につぎのような紙が貼ってあるのを目にした。「オイル使用禁止」——なるほど、注意が行きとどいている。もしその貼り紙がなくて、接続するホースのどこかで係員が潤滑剤WD40を使用した場合、患者の肺に少量のオイルが入っていくことがあるかもしれない、とわたしは思ったものだ。オイルがアレルギー反応を引き起こす可能性はあるだろう。だが、あとでわかったことだが、それが貼り紙の理由ではなかった。

もし空港で、アンケート調査のふりをしてクリップボード片手に愛想よく客に近づいて、酸素はためになるものだと思いますか、とたずねてみたとする。質問を本気で受けとめた人の大半は、おそらくこんなふうに答えるだろう——「ええ。わたしは酸素が大好きです」。かれらの言い分はまったく正しい。なぜなら、かれらの支持する酸素とはもちろん、だれもが知っている大気中の濃度が質量比二一パーセントで安定している気体のことだからである。酸素は無色無臭で、宇宙船や潜水艦をあつかう冒険アクション映画のなかではきわめて大切なものとしてあつかわれている。いっぽう現実世界では、米国の企業は年間二〇〇〇万トンの酸素を製鉄や化学工業で使用している。酸素は生命を救い、治療効果を高める。ロケットも打ち上げる。われわれは酸素濃度が高い状況に出あうことはまれだから、次のような質問をつづけるのはフェアではないかもしれない。「そうですね。でも、もし大気の三五パーセントが酸素だったら？　大気の一〇〇パーセントが酸素だったら？」と。

酸素は、だれでも知っている大災害や、事故寸前の事態――いくつか例をあげれば、アポロ一号、アポロ一三号、バリュージェット航空機墜落など――で重要な役割をつとめているが、それも当然のことだ。室内の酸素量が増加すると、ごくありふれた材質に恐ろしい性質をもたらすようになる。むかしは家庭内に酸素を備蓄している人はあまりいなかったし、もし常備していたとしても、それはボンベ入りで、ガレージに保存し、金属の切断や溶接に使用するためのものだった。ところがいまや多数の世帯が、酸素を手近に備えている。家庭用の救急酸素キットだ。

そうした器具は、液体酸素を三四キログラムまで蓄えられる魔法瓶式タンクのおかげで可能になった。これだけの量の液体酸素があると、もしどこかの部品が故障して酸素漏れが起こったら、室内の酸素濃度はきわめて高くなってしまう。そうした状態になると、たとえ静電気の火花が散っただけでもカーペットを燃やすことになるし、より多くの酸素が放出されれば、消防士でさえ怖がって手がつけられないような火災にいたることもある。そのような酸素濃度では、消防士が身につけている強力な耐火服でさえ、燃えるだろう。

酸素は、その化合物まで含めれば、きわめてありふれた元素といえる。ふだん目にする一般的な岩石は、重量比で約半分が酸素だし、水は重量比ではほとんどが酸素である。酸素はそれ自体では燃えることはできないが、酸素の量が増えると多くの物質は上質の燃料となる。たとえば、鉄パイプがあるとしよう。そのなかに溶接棒のたばをつめこんでから酸素を送りこむ。先端にトーチランプで火をつけると、この単純な仕掛けが「燃えさかる棒」になる。烈火と化したこの道具は、コンクリートも、ダイヤモンドも、宇宙船の耐熱タイルも、ありとあらゆるものを燃やして穴をあけることができる。

病院や救急車でくりかえし発生する悲惨な火災が教えるのは、可燃物と純酸素をいっしょにしてはいけないということだ。プラスチック製の酸素マスクが引火し、皮膚にひどいやけどを負うこともある。もっとも悲惨なものとしては、突然噴き出した炎を思わず患者が吸いこんでしまったという事故もいくつかある。金属製高圧パイプのなかに残っていた削り屑が、ガスの流れにかきまわされてパイプにぶつかり、摩擦熱を発生し、発火することさえある。一九八七年には、おもちゃの拳銃の火花から医療用の高圧酸素室の内部で火災が発生し、なかにいた少年が死亡した。その一〇年後にはまた、イタリアの病院の高圧酸素室で火災が発生し、患者一〇名と看護師一名が命を失った。

一九八七年一月、ノースカロライナ州で起きたベル206型救急ヘリコプターの墜落事故の後、マサチューセッツの消防士で、当時、全米防火協会のアナリストだったジョン・ジョーンズは、整備士のひとりに面接調査をおこなった。そのヘリコプターは空中で出火して墜落、搭乗者全員が死亡したのだった。ジョーンズの聞き取り調査によって、フライト前に少量のオイルが酸素器具に付着したため出火したことが明らかになった。

「その原因について話していると、整備士は興奮して卒倒しそうになった」とジョーンズはいう。「なぜそんなに興奮するんだ、とたずねると、これまでそのことを教えてくれた人はだれもいなかった、と彼はいった」。そのときすでにジョーンズは、ヘリコプターの飛行中の火災は予防できることを知っていた。一九六〇年代なかごろ、彼は空軍兵士として、駐機しているジェット機の警備にあたっていたが、そのとき彼は、石油製品を航空機の生命維持システムに近づけると危険だということをしばしば思い知らされていた。酸素濃度の高い空気中では、クリーン（油汚れがない）というだけでは不十分だ、と空軍は教えていた。「LOX（液体酸素）クリーン」の基準を守るべきであり、油膜といったようなものもふくむあらゆる可燃物を避けなければならないのだ。

たしかに、各種の酸素利用者にとっては、アポロ一号事故のずっと以前から、酸素濃度の高い空気が危険なことは周知の事実だった。ジョーンズがいうように、空軍の整備担当者たちも知っていた。一九六一年三月に酸素室で火災が発生してからは、ロシアの宇宙開発関係者たちもそのことを知った。一〇日間の訓練の最終日、宇宙飛行士のワレンチン・ボンダレンコは、センサーパッドを皮膚からはずしアルコールに浸した脱脂綿でぬぐったあと、不注意にもその脱脂綿を、自分が料理に使用していたホットプレートの上へ放り投げた。大量の酸素を供給されて脱脂綿は一瞬にして火を噴き、宇宙服に燃え移った。八時間後、ボンダレンコは死亡した。

米海軍も知っていた。一九六〇年六月一五日、パールハーバーの岸壁において、非戦闘員のジョゼフ・スモールウッドが、液体酸素をタンクローリーから原子力潜水艦サルゴに積みこむ作業を監督しているとき、どこかが故障した。彼は同じ区画室にいた男に退避するよう命じ、自分はとどまって消火にあたった。その区画室は爆発を起こし、高さ三〇メートル以上の炎があがった。艦長は消火のため、艦尾部分に注水し、水没させるしかなかった。この火災がもととなって、海軍は潜水艦への酸素の積みこみ方法を変更した。

純酸素のもとで起きたアポロ一号の火災

宇宙開発計画以外のところでは、酸素を不注意に使用した場合の危険性を物語る実例がいくつも起こっていたが、そうした情報がとどかないうちに最初の有人宇宙船アポロ一号で過失をおかす事態が起きてしまった。この宇宙船のことは簡略にアポロ一号と呼ぶことにするが、火災を起こしたときにはまだそうしたミッションの名はついていなかった。現場の人びとにとっては、このカプセルは「司令船〇一二」だった。

酸素濃度の高い大気中で火災を起こさないように宇宙船を設計するのは、NASAの責任だった。というのも、アポロ宇宙船がいかなる機能をはたすべきかの細目を決めたのはNASAだったからだ。宇宙開発計画のなかで起きた大惨事寸前の二つの事態にNASAの注意が集中したため、密閉された空間内で酸素とプラスチックがもつ危険性については、管理者たちは関心を示さなかった。

第一のニアミスは、一九六〇年四月に発生したマーキュリー計画の生命維持装置の不具合である。その時点までNASAは、より引火性の低い窒素と酸素の混合気体を使用し、宇宙滞在中はその圧力を〇・三四気圧にたもつことにしていた。真空室のなかで実物大モデルのテストを重ねていたとき、窒素ガスが宇宙服の酸素供給装置に浸透して、カプセルに搭乗していたテスト飛行士のG・B・ノースはもう少しで窒息しそうになった。その体験から、打ち上げまえの地上待機時も宇宙飛行時もともに、宇宙飛行士には呼吸用として純酸素を供給することになった。

第二の危難は、一九六一年七月、ガス・グリソムがマーキュリーの宇宙飛行士として初めて飛行したときに起こった。一人乗りのリバティ・ベル7［マーキュリー四号］カプセルが大西洋上に着水したとき、海軍水中処理班の到着するまえにハッチが吹き飛んで海水が流れこんだ結果、カプセルは沈没した。グリソムの主張するところによれば、ハッチは自然に吹き飛んだのであり、彼はハッチを開くための爆発ボルトには点火しなかったという。これはNASAの公式の見解でもあった。グリソムのおかしたミスがその原因になったのではないかと疑う人もいたが、証明する方法はなかった。このときNASAが得た教訓は、外開きでかんたんにはずれてしまうようなハッチは避けるべきだ、ということであった。なぜなら、宇宙空間でミスをすれば、カプセル内の空気を一気に逃がしてしまうことにもなりかねないからである。そこでアポロ一号のカプセルは、宇宙飛行士を外へ出すには少なくとも二分を要するような構造になった。いちばん内側のドアを開くためには、最短距離にいる飛行士がラチェットハンドルを使用して六カ所のねじをゆるめ、そのあとドアをはずしてキャビンのなかに取りこむ作業をおこなう。さらにもうひとつのドアとその外側のカバーをはずさなければならないのだが、それは外にいる技術者たちが担当した。しかし、アポロ一号の火災以後は、カプセルのドアは一枚で、宇宙飛行士が一〇秒間で開けられるハッチ式のものに変更された。

ＮＡＳＡはマーキュリー計画とジェミニ計画で合計一六回、純酸素を使った有人飛行を成功させており、いちどもカプセルの火災を経験していなかったから、アポロ一号司令船の建造を請け負った会社――ノース・アメリカン・エビエーション――は、事故後、厳しい監査を受けることになった。国家としての屈辱と怒りのなかでは、ノース・アメリカン社の誇り高い歴史もほとんど役に立たなかった。ノース・アメリカンは創業以来三九年になる企業で、タフなＢ－25爆撃機を製造している。一九四二年四月、日本を空爆するため、ジェームズ・ドゥーリトル将軍率いる一隊とともに空母ホーネットから飛び立った飛行機だ。長距離戦闘機Ｐ－51ムスタングも設計・製造した。同機は、ヨーロッパにおける航空戦の勝利に決定的役割をはたしている。一九六一年、ノース・アメリカンはアポロ計画の分け前にあずかろうと志願したが、すでにそのころには、社歴にはさらにジェット戦闘機二種、Ｘ－15ロケット飛行機、ナバホミサイル、ハウンドドッグミサイルが加わっていた。

ノース・アメリカンはアポロ計画で三つの主要コンポーネントを製造する権利を獲得した。「第二段ブースター」、宇宙飛行士が発射時と再突入時に乗りこむ円錐形の「司令船」、その後部につく円筒形のモジュールで地球周回と月周回とのあいだの長い道のりにわたって生命維持と推進力を提供する「支援船」の三つである。

NASAの管理者たちと宇宙飛行士三名は、司令船を受領するかどうか決定するため、カリフォルニア州ダウニーにあるノース・アメリカン社の工場をおとずれた。そこで受領が決まり、同社は一九六六年八月、アポロ一号司令船を納入した。そのころには、同社はNASA有人宇宙飛行部長だったサム・フィリップス将軍とのあいだに深刻なトラブルを起こしていた。一九六五年一二月、フィリップスはノース・アメリカン社長リー・アトウッドに長文の覚え書きを送り、同社のアポロ関係の作業が予定より大幅に遅れており、予算も超過し、品質管理は劣悪である、と指摘した。フィリップスは、NASAのある役員あての私信で、自分はノース・アメリカン社にたいする信頼を失った、とはっきりと述べている。

ノース・アメリカンの幹部たちも、NASAにたいしてほぼ同じような見方をしていた。ことに、途中で何万という仕様変更を求めてきたことを責めた。ノース・アメリカンが技術不足で、しかも変更点の記録がずさんだったことはたしかであり、火災事故についての責任の大半は負わなければならないだろうが、かれらの名誉のためにいっておけば、火災の危険性については同社やその下請け企業が事前に何回か、しかも変更するための時間的余裕がたっぷりあるころに、NASAにたいして書面で警告していたのである。そのことをなによりもよく物語っているのが、ゼネラルエレクトリック社宇宙部門の役員だったヒリアード・ペイジが出した手紙である。「ひとたび宇宙船で火災が発生すれば命取りになるだろう」と彼は記し、マーキュリー計画とジェミニ計画の宇宙船が純酸素の環境下で火災を起こしたことがないというだけの理由でＮＡＳＡが自信過剰になるのをいましめている。

関係者のあいだのこうした騒ぎはすべて舞台裏での話である——そのために計画のペースがおそくなるようなことはなかった。ケネディ宇宙センター打ち上げ班は、クリスマスと元日以外は休みなしにはたらいて、司令船の一連のテストにこぎつけた。一月六日には司令船は、三四号発射台に設置された三段ロケットの先端、高さ六五・五メートルの定位置におさまっていた。

この時点ではアポロ計画も空高く飛び立とうとしていた。アポロ計画の部外者は、だれひとりとしてフィリップス・メモと呼ばれる文書のことは知らなかった。アポロ一号の打ち上げが近づいたときに登場してきた有名人のひとりに、猛烈なやり手のアポロプログラム・マネージャー、ジョゼフ・シェイがいた。週刊誌《タイム》の記者がシェイを追いかけ、アポロ一号打ち上げの週の「今週の表紙の人」特集記事のための材料を集めていた。

シェイは称賛に値する人物だ。それまでの業績から判断すれば、シェイにも宇宙飛行士と同じぐらい月面に立つ最初の人類になる権利があると主張することもできただろう。シェイはゼネラルモーターズの一部局でタイタン二号ミサイルのシステムエンジニアリングを担当して、ロケット業界のことをおぼえた。自分自身の卓越した技術力を維持向上させるとともに、他者を統率し、やる気を起こさせる面でも彼はたぐいまれな才能を発揮する。タイタンの契約を履行するために会社全体が危機状態におちいったとき、シェイはいつ呼び出されてもいいように、週五日は四六時中、工場で暮らすようになった。夜通しそこにいれば、なにが起こっているかすべて見える、というのが彼の言い分だった。これほどまでに精力的にはたらく男なら、アルフレッド・ノーベルのことばを引用しても許されたことだろう。あなたの家はどこかと聞かれたノーベルは、「仕事をしているところがわたしの家だ。わたしはどこでも仕事をする」と答えたのだった。

シェイはNASAに請われて有人飛行センター・マネージャーの職を引き受けると、迷走していたエンジニアたちを結集し、月という目標をかれらの手のとどくところまで近づけた。一九六四年には、NASAとその下請け企業で合計三〇万の人間がアポロ計画に従事していた。数年前には不可能と思われたこともつぎつぎに達成されていった。問題点のあまりの多さに人びとがパニックにおちいりそうになると、シェイは、仕事はそれほど複雑じゃないのだから一度にひとつずつこなせばいい、といって落ち着かせた。

シェイがもっとも大切にする管理手段もまた複雑なものではなかった。それは一冊のルーズリーフ式手帳で、アポロ計画の全部局から送られてくる進捗状況報告、緊急速報、費用計算を、彼のスタッフが毎週木曜に記入したものだった。シェイは週末の時間を費やして目を通し、メモを書きこみ、翌月曜日には鋭いコメントを発表し、それにたいする回答を記帳日の木曜までにとどけるように命じた。そうした高い地位にいる人間は専横的になりがちだが、シェイは陽気な態度とユーモアのセンスをもちつづけた——少なくとも、あの火災までは。

一九六七年一月二七日、金曜日の午後、ガス・グリソム、エド・ホワイト、ロジャー・チャフィーの三人は、数時間のルーチンワークをこなす予定で司令船に乗りこんだ。課せられた作業はいずれもまったく危険はない、とNASAは考えていた。「プラグアウト」テストでは、内部電源にうまく切り替わるかどうか、専門技術者たちがカプセルをチェックすることになっていた。一連のテストでは、宇宙飛行士たちが与圧服を着て、ヘルメット内のイヤホンだけを頼りに、ノート一冊分にもなる打ち上げと軌道周回の手順をリハーサルする機会も与えられることになっていた。カプセル内には純酸素が満たされ、一一五一ヘクトパスカル［一・一四気圧］にたもたれていたが、これは海水面の大気圧よりわずかに高い程度であった。

宇宙飛行士たちが与圧服の酸素ホースをつないでから数分後、酸素供給ラインからサワーミルクのようなにおいがしている、とグリソムが無線で通報してきた。マネージャーたちはウオーターメロンギャングと呼ばれる空気検査班を出動させた。西瓜ほどの大きさの道具を使用して検査をするので、そうした愛称がついている。かれらはなにも異常を発見できず、テストは再開された。インターホンは、過去のテストのときと同様に通じた。それからの四時間にわたって、宇宙飛行士と多数のサポート要員は、カウントダウン・チェックリストをひとつずつこなしていった。グリソムはインターホンの接続が悪いと大声で文句をいった。彼には文句をいう資格があった。グリソムは、マーキュリー計画からひきつづいてアポロ計画に参加している宇宙飛行士のひとりであり、月に最初の一歩を刻むことになる人物の選考リストに含まれることになっていたのである。

カウントダウンの途中、スペースセンターの電源から内部電源へと切り替えなければならなくなる瞬間が近づいたとき、コックピットで火災が発生したとインターホンが伝えてきた。混乱したことばと叫び声が一二秒間つづいた。フロリダとヒューストンにいる管制官たちは最後に悲鳴があがるのを耳にしたが、そのあと回線は切れた。

NASAとノース・アメリカンの作業員たちが司令船のハッチに近づくことさえできないうちに、宇宙飛行士は煙を吸って死んでしまった。作業員たちは爆発と煙のせいで二度も引き返さなければならなかった。カプセルの外面は急速に高温になったので、耐火手袋がなければ触れることもできなかった。事故後、調査員たちは司令船を解体し、できるだけ小さな部品にばらした。証明は不可能だったが、最初にスパークを起こしたのはグリソムの左下のあたりで、ゆるくたばねた配線が、生命維持システムの機器点検用のドアのわきを走っていた。何週間にもわたってそのドアを開け閉めしたために、絶縁材がはがれたのかもしれない。その結果、はだかになった金属がスパークを散らし、引火したなにかが最初は純酸素のなかでくすぶっていたが、やがて炎をあげて燃えさかり、周囲にあったすべてのものを燃えあがらせたのではないか。なにが燃えたのか。それほど多量の酸素があれば、いろいろなものが燃える。グリコール冷却剤かもしれないし、ビニールのネット、あるいはマジックテープかもしれない。宇宙空間の無重量状態で自分の持ち物が動きまわらないよう、宇宙飛行士は室内のあちこちにマジックテープでとめていた。コックピットには合成繊維が〇・三二平方メートル以上あってはならないとされていたが、壁面にはその一〇倍が使用されていた。

正しかったかどうか、責任があったかどうかとは関係なしに、多くの人間が去らねばならなかった。NASAはアポロプログラム・マネージャーのジョゼフ・シェイをワシントン勤務に配置転換した。それは将来性のないポストだった。六カ月後、シェイはNASAを辞した。ノース・アメリカンは、アポロ計画のゼネラルマネージャーをはじめ、計測器、地上支援機器、テストエンジニアリング、総合テストを担当していた社内マネージャーたちを、免職もしくは退職させるか、配置転換した。

飛行機に積みこまれた危険な酸素

酸素はいまだにわれわれを悩ませる原因となっている。自分の視野の外に目をやって警告を受け入れることをしようとしない人びとが、あいかわらずいるからである。酸素にまつわる最後の物語は、必要なときに酸素をつくってくれる小さなぴかぴかのキャニスターに関するものだ。そのキャニスターが、一九九六年五月二日の午後、釣りをしていたウォルトン・リトルの見た不思議なできごとの原因だった。よく見るとそれはリアエンジン式の旅客機で、エバーグレーズの湿地帯に向かってつっこんでいくところだった。リトルはエバーグレーズ・ホリデーパークの運河で、釣り船に乗っていた。彼自身も飛行機のパイロットだったので、東方一マイルのところでなにが起こっているのか、よく見ようとして船上で立ち上がった。火も煙も見えなかった。飛行機は右にかたむきながら水面に衝突し、泥と植物と粉砕された石灰岩のまじった巨大な水柱があがった。リトルの携帯電話による通報がバリュージェット航空五九二便墜落の最初の目撃情報となった。

バリュージェット社は連邦政府の航空規制緩和の恩恵を受けて急成長した会社である。三年もしないうちに同社の保有機数は二機から五二機になった。バリュージェット社は一九九三年、DC－9を使って営業を開始した。その後は新型旅客機、マクドネルダグラスMD－80シリーズをつぎつぎに加えていった。そのうち三機は、一九九六年のはじめ、マクドネルダグラス・ファイナンス・コーポレーションから購入し、バリュージェットの大規模整備作業の下請け三社のうちのひとつ、マイアミのセーバーテック社まで輸送してもらった。

セーバーテックとの契約では、整備点検を引き受けたジェット機の引き渡しが遅れた場合、一日につき二五〇〇ドルを割り引くことになっていた。そのためセーバーテックの管理者たちは檄をとばした。その三機が格納庫から出ていくまでのあいだは、整備士たちは週七日、毎日一二時間はたらけ、と。期限を守るためにセーバーテックは臨時の整備士を雇い入れた。ある時点では七〇人以上の整備士がMD－80三機のためにはたらいていた。

整備士がおこなう作業のうちのひとつが、非常用酸素系統のなかの旧式パーツを取り替えることだった。高度四三〇〇メートル以上で飛行中にキャビン内の気圧が下がった場合に備えて、航空各社は少量の酸素を積みこんでおり、非常事態が発生すると、白い引きひもと透明なチューブにぶら下がって落ちてくるおなじみの黄色いプラスチック製マスクを通して乗客に酸素を供給する。機種によっては、酸素ガスを高圧ボンベに入れて貯蔵している。ほかにも、化学薬品をキャニスターに入れ、必要なときにトリガーを引いて化学反応で酸素をつくる方法があるが、これこそがのちに国家輸送安全委員会（NTSB）がバリュージェット機墜落に結びついたと断定したものだった。墜落したジェット機には、多数の期限切れの酸素キャニスターが貨物として積まれていた。

そのキャニスターはステンレススチール製で、サラミソーセージくらいの大きさだった。直径が五センチメートル以上、長さは二〇～二五センチメートルで、酸素を供給する相手の数によってサイズはちがっている（図7参照）。キャニスターの先端には安全ピンがついていた。手榴弾についているようなピンで、そのピンを抜くとバネ仕掛けのハンマーが作動して、雷管をたたく。これによって少量の火薬が爆発し、中味の塩素酸ナトリウムに点火する。塩素酸ナトリウムが燃焼すると呼吸に適した酸素が放出され、非常時には二〇分間まで対応できる。酸素をつくっているとき、キャニスターの表面温度は摂氏二六〇度に達する。

今回の場合、視野狭窄はFAA（連邦航空局）の側にもあった。FAAは少なくとも一九八六年にはすでに、酸素キャニスターによる出火の報告を受けていたが、航空各社の勝手な都合によってキャニスターを航空貨物として輸送するという危険な慣行を、やめさせるための手だては打たなかった。この種のトラブルに関する報告は、一九八六年八月一〇日、アメリカントランスエアDC－10がシカゴオヘア空港に駐機中、

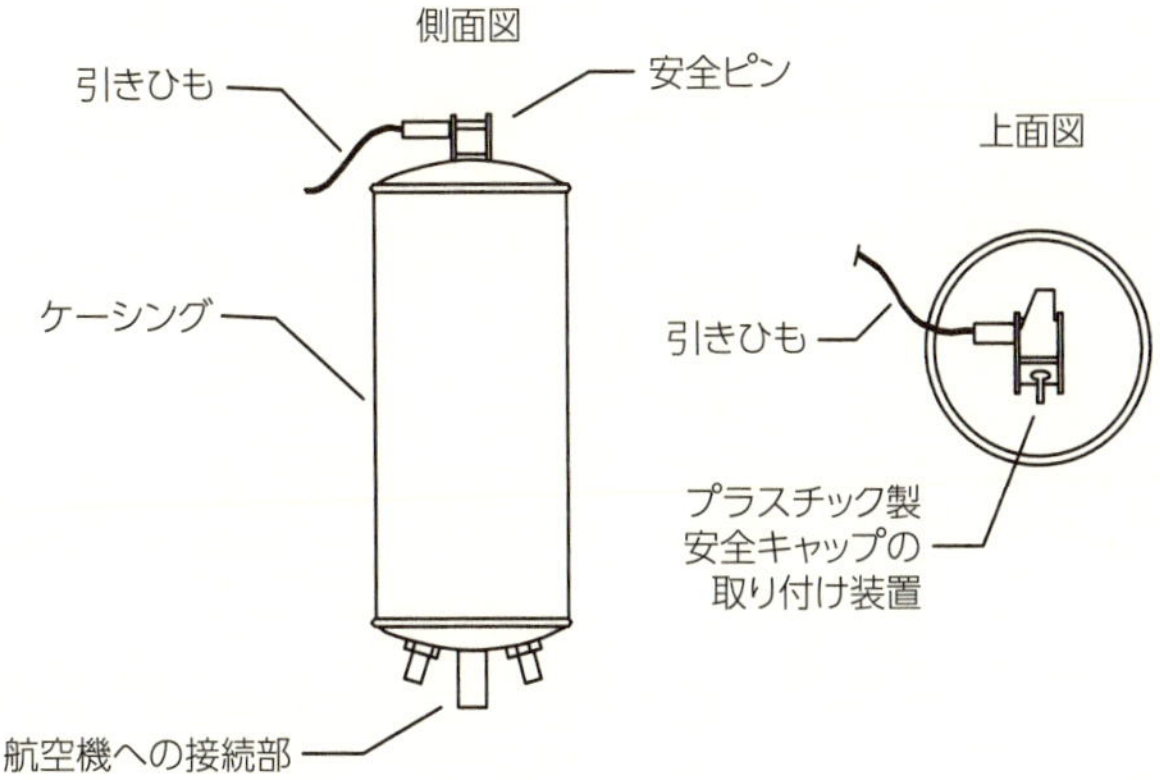

図7　旅客機用酸素キャニスター

推定される経過

1　整備士は、2機の旅客機から使用期限切れの化学式酸素キャニスターを取り外すが、その際に取り外した古いキャニスターに安全キャップを装着しない。
2　使用期限切れのキャニスターを貨物としてべつの旅客機に積みこむ。
3　飛行中にひとつあるいはそれ以上のキャニスターの安全ピンがゆるむ。
4　安全キャップがなかったためにキャニスターが爆発を起こし、たっぷりと酸素を吸った強烈な炎が貨物室で発生する。
5　旅客機は火が操縦システムにまで達して墜落する。

出火し、全焼するまでなかった。このときの出火は、ある整備士が貨物室のなかでスペアパーツを探しているとき、うっかり酸素キャニスターのトリガーを引いたことが原因だった。

また、一九九四年一〇月には、ロサンゼルスにあるエメリーワールドワイド・ビル内で、配達用バンの運転手が自分の車に積んでいる箱のひとつが煙を出していることに気づいた。運転手は車をビルの外へ出し、火がまわるまえにその箱を引き出した。あとになってFAAの民間航空安全局は、何者かが、表示のない箱に三七本の旅客機用酸素キャニスターを詰めてニューヨークの航空会社へ送ろうとした、と上層部に報告している。キャニスターのうちの一本の安全ピンが引かれてキャニスターが発火し、箱に焼け穴をあけた。キャニスターはいずれも安全キャップを装着しないまま、引きひもを側面にテープどめにした状態で、包装用の気泡シートにくるんで箱詰めされていた。

セーバーテックでのキャニスター交換の作業管理のためのチェックリストは、バリュージェットの「ルーチンワーク・カード」に記載されており、カード番号は第〇〇六九番と記されていた。そのカードは、バリュージェットのある従業員がメーカーの整備マニュアルを熟読したうえで作成したものだった。期限切れのキャニスターの処理方法については、ワークカードはまったく触れていなかった。ただし、整備マニュアルでは、古くなったキャニスターは酸素を「出し切る」だけで安全になる、とかんたんに記されていた。

ワークカードにはたしかに、整備士はキャニスターをホルダーからはずすときビニール製安全キャップを取りつけなければならない、と書かれていた。黄色いゴムのようなビニール製の安全キャップは、雷管をおおうクッションの役目をはたし、必要のないときにハンマーが作動して起爆することがないようになっている。ところが整備士たちは、古いキャニスターをはずす際に取り付けるスペアのキャップをもっていなかったので、この手順を無視し、キャニスターを機内から運び出して、近くの収納棚に積み上げただけだった。あとの始末はだれかがやるだろう、という魂胆だったのだ。新しいキャニスターを取り付けたあと、そのキャニスターからはずした安全キャップを古いキャニスターにかぶせることもできたはずだが、作業が未完のままだということを思い出した人はいなかったし、その重要さを認識していた人もいなかった。さらに理想をいえば、すべてのキャニスターを駐車場へ運び、一時間内外で酸素を出しつくすこともできたはずだが、それもしなかった。

五月の第一週には、セーバーテックの部品棚の上に、古い酸素キャニスターを詰めた五つの箱が雑然と並べられていた。整備士たちは五つの段ボール箱をバリュージェット社の待機エリアに移した。そこの在庫係が、現場を整頓する必要もあったため、キャニスターをアトランタのバリュージェット社まで送り返そうと思いついた。在庫係はキャニスターを五つの箱にできるだけ平均するようにきちんと詰めた。気泡シートで何重にもくるんでから、箱をシールした。箱には危険物であることを示すラベルはなく、送り状のラベルでは、キャニスターの中身は空だと記載されていた。

五月一一日、セーバーテックの運転手がやってきて、一箱約二二キログラムの箱を五つ、DC—9のタイヤ三本といっしょに積み込んだ。運転手はマイアミ空港のバリュージェットのエプロンに駐機中の五九二便DC—9のわきに、運んできた荷物のすべてを手荷物カートに積みかえた。五九二便の操縦席には、機長のキャンダリン・クーベック、三五歳と、副操縦士のリチャード・ヘイズン、五二歳がいた。機長は離陸から巡航開始までを担当することになっていた。彼女はDC—9での飛行時間が二〇〇〇時間を超え、他の機種でも七〇〇〇時間近い経験をもっていた。一九九五年九月には、乗務していたDC—9の空調ユニットがオーバーヒートして、煙のにおいがキャビンにとどいたとき、彼女は好判断を示した。問題点を見つけだそうとして上空で時間を浪費するより、ただちにダラス・フォートワース空港に引き返すことを選んだのだった。

ヘイズンはパイロットとして六五〇〇時間の経験をもち、空軍にいたこともあった。副操縦士としての任務は、機体を点検し、積み荷と乗客が重量および重心位置の許容範囲内にあることを確認することだった。彼は五つの箱とタイヤの積載について駐機場作業員と相談し、最前部貨物室である第一貨物室に収容することにした。べつの駐機場作業員が次のような積みこみかたをした。まず、大きいほうの航空機タイヤ一本を横に寝かせ、その上に小さなタイヤ一本を同じく横にしてのせる（もう一本の大きなタイヤは隔壁にもたれかからせた）。大きいタイヤの周囲にキャニスターの箱を並べる。箱のひとつを下に置くとき、作業員はカチンという音を耳にした。

のちに国家輸送安全委員会（ＮＴＳＢ）が立てた仮説によると、このＤＣ－９が午後二時三分に離陸する以前のどこかの時点で、第一貨物室に積んであるキャニスターのうちの何本かの安全ピンが、振動によって抜けてしまったのではないかという。そのためハンマーが落ち、酸素が流れ出し、化学反応によってキャニスターの表面が加熱され、その結果、ビニール製の気泡シートが発火した。これは多くの点で、一九九四年のエメリーワールドワイド・ビルで起きたキャニスターの箱の発火事件と同じだった。ちがうのは、今回は空中で再現されたという点である。貨物室で煙や炎が発生したという警報が出なかったために、事故の最初の徴候があらわれたときにはすでに手遅れになっていた。コックピットの録音によると、クーベックはドスンという音を聞いて、「あれはなに？」とヘイズンにたずねている。

おそらくそれはタイヤが破裂する音だったのだろう。そのときにはすでに、火は少なくとも七分間は燃えており、貨物室の内張りをなめつくし、電気配線に達しつつあった。クーベックとヘイズンは、電気の導線が切れかかっているのではないか、と話しあった。以前にもそんなことがあったからだ。状況は急激に悪化した。「なにもかもだめになる。マイアミへ戻らなくては」とクーベックはヘイズンに告げた。二時一〇分だった。そのときにはかれらも「火事だ、火事だ」とキャビンで叫ぶ声を耳にした。クーベックは空港へ戻ろうと機首を下げ、ヘイズンは無線で管制塔に着陸許可を求めた。

もし五九二便の障害が電気配線だけの問題だったら、クーベック機長は空港の近くまで飛び、乗客のうちの何人か、あるいは全員を救うこともできただろう。DC－9の操縦翼面は油圧で作動するので、電気系統に問題があっても飛行をつづけることができる。だが、マイアミへ帰るためにクーベックがエンジン出力をしぼって下降しようとしたとき、左エンジンはスロットルに反応しなかった。離陸急上昇時の出力のままになっていた。このまま放置すれば、左右の推力の不均衡によって機体はたちまち右回転するだろう。そこでクーベックは、補助翼を強く作動させて、機体を左にかたむけた。DC－9は高度二九〇〇メートルから下降し、左に急旋回した。二七〇〇メートルになったところでクーベックはどうにか機体を立てなおして水平にし、マイアミ国際空港に向かった。

しかしその直後の午後二時一三分三四秒、クーベック機長は機体を制御できなくなった。DC－9は右にかたむき、機首が急角度で下がり、湿地につっこんだ。なにもかもが小さな破片となって、水深二メートルの、湿地の底の石灰岩まで沈んでいった。乗客一一〇名は即死した。捜索救助隊はクーベック機長の痕跡を発見することはできなかった。連邦刑事裁判において陪審は、危険物を輸送したことと、危険物の取りあつかいについて従業員を教育しなかったことについて、セーバーテック社を有罪とした。同陪審は、文書虚偽記載に関しては、いかなる従業員も有罪とはしなかった。

危険物質の存在を感知させるしくみ

どこかで事故が起こったあと、どういうことが起こったか調べてみると、ほとんどの人が真っ先に出くわすのが安全装置である。わたしは、ごく一般の人が一日のあいだに遭遇する安全装置をここで並べ立てる気はない。整備士や専門家による調査委員会なら何百という装置を書き出すことができるだろう。ビルには多くの安全装置が設置されているが、エレベーターのインターロックや非常用ブレーキのように、大半はわれわれの目につかないところにある。最新のビルの階段では、一階の踊り場に自在ゲートがついていて、火災時にはパニックになってビルから逃げる人たちの目印になっている。それより下に行ってはいけないという合図の役割をつとめるのだ。そうしないと、避難する人びとは地下室で行きどまりになり、つぎつぎに階段をおりてくる人たちに押しつぶされてしまう。

なぜプロパンガスのボンベのバルブ取りつけ用ねじ山は、右にまわすと締まる通常の方式になっていないのか不思議に思った人はいないだろうか。それは、まちがって不適切な部品をボンベにつないでしまって、プロパンを危険な器具に送ることのないようにするためである。

コンロやストーブでガス漏れが起きると卵の腐ったようなにおいがするが、これも安全のためにわざとそうしているのである。天然ガスの主要可燃成分であるメタンは無臭だ。ガス会社はにおいを添加して、ガス漏れに気づくようにしている。この卵の腐ったようなにおいでさえ今日の複雑な社会のなかで存在価値をもつという教訓は、ある赤煉瓦の学校から学んだものである。

一九三七年にはまだ大恐慌が猛威をふるっていたが、テキサス州ニューロンドンにはまったくその波はとどいていなかった。この町は伝説的なイーストテキサス油田の中心部にある。南北七〇キロメートル、東西二〇キロメートルにわたって広がる油層地帯は、やがてはじまる大戦で連合国側に豊富な石油を提供することになる。最初はタンカーで、のちにはビッグインチ・パイプライン［一九四三年完成］で原油を北東部諸州まで送った。ニューロンドンの町は豊かな富をもとに、「世界一ぜいたく」と称された学校を建設した。その学校には二五キロメートル先から通学する児童もいた。児童の多くは油田労働者の子どもだった。窓の外をながめると、あっちにもこっちにも油井やぐらが立っていた。学校の敷地内にも油井が七つあった。校舎は大きくて、長さが七七メートルあり、E字形に配置されていた。

Eは「爆発物（explosive）」の頭文字でもあった。一九三七年、ここの学区は、地元ガスのユナイテッド・ガス社との暖房用ガスの契約を打ち切った。そして、学校の職員たちは、学校当局の承認を得た上で、パレード・ガソリン社から生の残留ガスを買うことにした。多くの家庭や企業が同じようにやっていた。「グリーン・ガス」を買えば、学区にとっては月々およそ三〇〇ドルの節約になる。

一九三七年三月一八日、午後三時、ニューロンドン・インデペンデントスクールでは、初等部の教室の授業は終わっていたが、学校の内外にはまだ五〇〇人ほどの教師と生徒がいた。その日の午後の早い時間に、複雑な暖房システムの接合部でガス漏れがあった。けれどもガスは無臭だったので、気づいた人はいなかった。ガスのまじった空気が地下と一階にある教室を満たし、その濃度は爆発範囲に近づいていった。工作の先生、レミー・バトラーが研磨機を動かそうとスイッチを入れた瞬間、一階の床が持ち上がり、壁が崩れ落ち、屋根が落ちてきた。

ニューロンドンの学校の事故から丸四カ月後、テキサス州は、天然ガスの販売会社に「臭気剤」の添加を義務づける法律を成立させた。においでガス漏れを察知できるようにするためだ。今日一般に使われている臭気剤のひとつはメチルメルカプタンで、強力なにおいをもっている。点眼薬の容器ひとつ分のメチルメルカプタンがあれば、大都市のガスに何日にもわたって安全対策を施すことができる。

校長は、教育委員会ともども、安価なガスの購入について承知し、同意を与えていたが、事故で自身の息子を失い、のちには職も失った。二九八人の生命を奪ったこの事故の最終報告書はつぎのように述べている。「事故は、ごく平均的な人びとの過失がつみかさなって起こったものであり、そうした人びとは予防策の必要性について知らなかったり無頓着だったりするために、知識をもちあわせておらず、危険や障害について予見することができない」。

安全装置がはずされていた核ミサイル

一九六二年一〇月のキューバ・ミサイル危機のときには、モンタナ州のマルムストロム空軍基地で世界にとってとんでもない最悪の失敗が起こるかもしれない、などと予見しているひまは、これまたなかっただろう。ソビエト連邦との決定的対決局面になって、軍需産業界と空軍当局はあわてて新型の固体ロケット式ミニットマン1型ミサイルの完成を急ぎ、大統領がそれをソ連に向けて発射する気になった場合に備えた。

マルムストロム基地は国内で最初にその新型ミサイルを受け取った。各ミサイルには一・三メガトンの核弾頭がついていた。

スタンフォード国際安全保障協調センターの共同所長であるスコット・セーガンは、第三四一ミサイル航空団の古い文書を調査し、当時基地ではたらいていた人びとに会って話を聞いた。その結果、キューバ危機は準備が十分に整うまえにやってきたので、兵士たちは愛国心から近道をとり、ミニットマンの安全規定を無視していたことがわかった。システムが新式で未完成だったため、キューバ危機の二週間のあいだもしばしば緊急の調整を必要とし、作業が終了するとミサイルは発射態勢に入ったが、すぐまた調整を受けるというありさまだった。

セーガンの調査結果を知れば、だれでも背筋が寒くなるはずだ。そうしたミニットマン初期の何年間か、地下発射コントロールセンターは、一〇基一組のミサイルを発射するプロセスの始動にあたって、大統領による許可コードもだれの許可コードも必要としていなかったのだ。キューバ危機後は、一種のサニティチェック（健全性、整合性のチェック）が機能するようになる。ミサイル発射のカウントダウンを開始しようとしているセンターにたいし、その近隣のべつのコントロールセンターが拒否権を発動できるようになったのだ。ところが、キューバ危機のときはマルムストロム基地には発射コントロールセンターはひとつしかなかったので、他のセンターからの拒否権発動というようなことはありえなかった。マルムストロム基地の歴史を記した文書や公式報告によれば、指揮官たちが発射制御パネルを取りはずしておいたので、地下発射コントロールセンターが誤りをおかしたり、お粗末な判断をしたりして、第三次世界大戦の火蓋を切ることはありえなかったという。指揮官たちは発射制御パネルを、車で一時間のところにある監視付きの地下倉庫に保管した、というのである。

ほんとうにそうしたのだろうか？　だれかがその発射制御パネルを地下倉庫から取り出し、核戦争が起きればマルムストロム基地もただちに応分の貢献ができるようにより発射センターに近い場所に隠した、というきわめて説得力に富む証拠をセーガンは発見した。しかも、ごく近い場所に隠していた。当時発射施設ではたらいていた兵士のうちの二人がセーガンに語ったところによれば、他のいかなる発射台からの拒否も受けずに自分たちだけでミサイルが発射できる設定になっていたという。そのうちのひとりは、自分ひとりでもミニットマンを発射できただろう、と語っている。

マルムストロムの熱血兵士たちも、視野狭窄のトンネルから出て、ほんの数分でも広い視野に立てば、『オセロ』のせりふをもじるなら、自分たちは十分につとめをはたしたが「思慮分別は足りませなんだ」ということがわかっただろう。戦略空軍司令部はすでに三〇〇〇発近くの弾頭を保有しており、マルムストロム基地が急いでミニットマンを配備したところで国としての戦力はせいぜい一〇発増えただけだった。そのなかのほんの一発が、そうした危機が最高潮に達した時点で意図に関係なく発射されたとしたら――セーフティーインターロックがきわめていいかげんだった時代だから、最新型ミサイルの電子装置がすべて同時に作動して、そういう事態が起こることは予想できた――戦争を引き起こす可能性は十分にあった。

この章では、まずスレッシャー号事故の詳細について述べた。この原子力潜水艦は高圧の海水が浸水したため、艦内の気圧が上がって爆発した。油漏れが燃料の役割をはたし、艦内の空気がディーゼルエンジンの混合気と同じように着火したのだった。スレッシャー号は海面下六〇〇メートル弱のあたりで安全潜航深度の限界に達してしまった。次章では人的限界について検証することにしよう。

第7章　人間の限界が起こした事故

作業員のパニックとチェルノブイリ原発事故

コントロールルームということばを聞けば、たとえそのすぐ外側で強大なエネルギーとつながっているにしても、本来、安全で静かな場所だというイメージが浮かんでくる。心地のよい椅子が並び、オペレーターはのんびりと計器に目をやっている。レバーやボタンをいじるだけでよく、マシンには直接手をふれる必要はない。間接照明で部屋はほんのり明るく、壁面は外部の音を遮断している。

一九八六年四月二六日の午前〇時をすぎたばかりのころ、V・I・レーニン・チェルノブイリ発電所四号原子炉のコントロールルームはそんな状況だったのだろう。そこには技師、専門技術者、職長らの小集団がいた。原子炉施設はキエフの北方一三〇キロメートル、プリピャチ川のほとりにあった。その一団は、年一回の定期点検修理のために四号機を運転停止するにあたって、ある種の試験をおこなおうとしていた。原子炉がシステムから切り離され、タービン発電機が回転惰性によって動いている、わずかな時間を利用しての実験だ。その目的は、原子炉が非常停止してディーゼル発電機が回路に接続され、送電が再開されるまでのあいだ、原子炉とタービンの組みあわせで必要量の電力を確保することであった。だが、作業は順調には進まなかった。オペレーターが制御棒を炉心に入れようとしたとき、制御棒が動かなくなった。そのあとオペレーターたちは、ごろごろという音につづいて、どしーんと床が振動するのを感じた。なにか巨大で恐ろしいものが長さ四〇〇メートルのタービン建屋のなかで解き放たれたかと思えるほどだった。原子炉の冷却水がなくなりつつある、と職長が見極めをつけたころ、壁面がくずれ、屋根が落ちてきた。白いほこりがあたりをおおい、照明が消えた。

原子炉部門の職長がコントロールルームに飛びこんできて、原子炉の上部をおおう一個三五〇キログラムほどのブロック二〇〇〇個近くがまるで乱舞するように跳びはねている、と報告した。数秒後には、またべつの男が飛びこんできて、タービン建屋が燃えていると伝えた。男は同じ道を引き返し、コントロールルームにいた二人の人間がそのあとを追った。目に飛びこんできた光景は恐ろしいものだった――屋根の一部が焼け落ち、小さな火の手があちこちであがっていた――が、もっとも恐ろしかったのは、床の上で赤く燃える小塊だったにちがいない。黄色いリノリウムの上一面に、ウラン燃料の断片がちらばり、原子炉の黒鉛の破片も炎をあげていた。

三人の男たちは、誤った実験がどんなひどい結果を招くことになるか、最初に思い知ることになった。やがて、より多くの人が熱さを感じるようになる。チェルノブイリ発電所全域で合計二四人のオペレーターと消防士が死亡し、その風下ではおそらく数千人が命を失い、北ヨーロッパ一帯では少なくとも七万人が危険レベルの放射能に汚染された。

チェルノブイリ事故をかんたんに説明するとこうなる。運転を停止する過程で、慣性によって回転をつづける発電機がどこまで非常用電力を供給できるかテストせよという指令を実行するときに、オペレーターたちは緊急自動停止装置を解除してしまった。これは安全規則違反だった。こうした過失は原子炉のもっていた設計上の問題を表面化させた。この原子炉は、一年間運転しつづけたことで放射性崩壊生成物が蓄積されていたので、低出力で運転するときわめて不安定になる可能性があった。さまざまな障害があったにもかかわらず、オペレーターたちが頑固に発電実験をつづけようとしたため、不安定になった原子炉は刻一刻と暴走に近づいていった。作業員たちがパニックにおちいり、システムを停止するためにすべての制御棒を挿入しようとしたとき、決定的危機がおとずれた。こうした状況下では制御棒がきわめて高い危険をもたらすことをだれも理解していなかった。なぜ危険かといえば、制御棒の先の黒鉛は、制御棒が挿入されたためにチャンネルから押し出された水と比較すると、核分裂反応ンを抑制する効果は小さかったからだ。こうした設計上の欠陥のせいで、原子炉の出力はこれまでにない致命的ピークまで上がった。実際のところ、制御棒の先端が核反応を急速に増進させたので、原子炉はひずみ、崩壊しはじめた。制御棒の本体上部には危機を封じこめることができたはずの反応停止用合金がついていたが、制御棒が炉心深くまで入っていかなかったので効果を発揮できなかった。原子炉では二種類の爆発が起こったようだ。ひとつは水蒸気爆発であり、もうひとつは極小型の原子爆弾のような性質をもった爆発である。

チェルノブイリからわれわれが学ぶことのひとつは、複雑なマシンがすでに大きなストレスを受けている場合、それほど強いきっかけでなくてもマシンのふるまいは劇的に変化する、ということである。制御棒の先端についた黒鉛は、それまでは大きな問題とはならなかった。原子炉がこれほど暴走に近い状態におちいったことはなかったからである。ところが今回は、問題を封じてくれると全員が期待していた道具、つまり制御棒が、種々の条件のせいで状況を極度に悪化させたのだ。

ＲＢＭＫ型と呼ばれるこの発電用原子炉は、もともとプルトニウムを製造するためにソ連軍が設計したものを原型としている。ＲＢＭＫは「高出力圧力管型原子炉」を意味するロシア語の頭文字である。ある意味で、この原子炉はたしかに高出力だった。熱出力が最大許容出力の一〇〇倍に達したのち炉心燃料が爆発し、重さが一一〇〇トンもある炉の蓋を吹き飛ばして、ウランと放射性副産物を大気中に放出したのだから。四号原子炉は少なくとも五〇〇〇万キュリー、あるいはそれよりずっと多量の放射能を放出した。一九四五年に米国が日本に投下した二発の原子爆弾の放射能のおそらく二〇〇倍に相当する量を、環境のなかにまき散らしたのだった。

たしかに四号原子炉のオペレーターたちは、安全の限界を超えたところまでマシンを追いやる役割をつとめはした。だが、チェルノブイリにおけるシステムの全体、施設管理者たちによるテスト計画、設計者たちによる原子炉構造決定の方法などが、オペレーターたちを、人間の能力の限界を示す赤い線を超えた地点まで押しやったのだ。

さまざまな計器の上端や右端に、あざやかな赤い線が引いてあるのを見たことがあるだろう。たとえば乗用車やトラックのエンジン回転速度計（タコメーター）にはみな一本の赤い線が記されている。メーターの針が六〇〇〇回転を示す赤い線を超えたあたりで止まっていれば、なにかの異常が起ころうとしていることをあらわす。タイミングベルトが切れたというような軽い症状かもしれないし、エンジンブロックの横からコネクティングロッドがとび出したというような重症かもしれない。むかしの蒸気ボイラーなら、決定的な限界を示す二本の赤い線は、蒸気圧と水位につけられていた。蒸気圧が高くなりすぎるか水位が低くなりすぎれば、すぐにでも強烈な爆発が起こる危険があった。爆発はどれほど強烈か。たとえば五〇〇リットルほどの水が摂氏一五〇度で爆発すれば、ニトログリセリン一・八キログラム分の爆発エネルギーを放出するのである。

大型化し複雑化した今日のマシンは、単純なマシンにくらべて気をつけなければならない安全限界の種類がずっと多い。そうした限界には油温、対気速度、タービン振動、電圧などいろいろある。だとすれば、安全限界を示す赤い線を注視することのたいせつさは、マシンフロンティアで生き抜こうとする人びとすべてにとって明白であったほうがいい。

睡眠不足がもたらす極端な能力低下

われわれ人間にも安全限界の赤い線はある。それを越えればわれわれの能力は劇的に低下する。マシンフロンティアではたらく人間にとって、そうした危険のひとつが疲労であり、それはいま増加傾向にある。増加の理由はさまざまだが、企業にとっては従業員を増やすより、いまいる労働者に超過勤務手当を支給するほうが都合がいい、といったことがあげられる。企業側は、全作業が完了するまで管理者が居残ることを望んでいる。アリゾナ大学月惑星研究センターのピーター・スミスによると、そうした慣行の一例が、ＮＡＳＡの「より早く・より良く・より安く」アプローチだという。そこでは、鍵をにぎる人物に極端な要求が集中する。そうした場合、週八〇時間労働も珍しいことではない。

奇妙な時間に現場を見にいくということについて、一言しておこう。二四時間操業の工場がほんとうはどんなふうに運営されているかを知りたい管理職なら、昼の日直のときには見えなかったものごとも、夜間なら見えてくるということを知っている。レポーターとしてのわたしも、真夜中に工場や犯罪現場、研究所をおとずれるのがいちばん好きだ。それはレイ・ブラッドベリがいうように、精神の潮がひいている時間なので、もっとも中身が露出するからだ。カンザスにある石油掘削リグに関する記事を書いたとき、わたしは午後一〇時半まで「巡業」作業をつづける四人組と懇意になるように心がけた。何日ものあいだわたしは、油井やぐらの下ではたらいている掘削員と作業員を観察し、かれらのあとを追って小屋のなかに入り、ロータリービットが岩石を掘り進んでいって掘削パイプをつぎ足すことになるまで、かれらがピーナツを食べながら語るありのままの話に耳をかたむけた。かれらは、自分たちの商売道具である重量級のトングやチェーンの使い方を教えてやろう、とさえいった。毎晩、仕事が終わるとかれらは一台の旧型オールズモビル・デルタ88に乗りこみ、グレートベンドまで二〇〇キロメートルを超える道のりを帰っていった。帰宅すれば真夜中をたっぷり過ぎているのに、正午にはまた家を出て仕事に戻った。

こうした長時間を費やせば代価が必要だ。トラック運転手にとって日常的に毎週七

○時間も運転するのはつらい作業だし、それはまた、危険なほど疲労している人間と並んでハイウェーを走行しなければならない他の運転者たちにとっても、同様に危険なものになる。七○時間というのは、連邦政府が認める一週間あたりのトラック運転手の最長運転時間であるが、会社によっては、運転手に現金を支払って、業務日誌には「ゴースト」の交代運転手がいるような記載をして、規則を逃れようとするところもある。こうして時間を分割し、運転手の乗務時間が限度内にあるかのように見せるのだ。一九九○年代のなかごろ、ある保険会社がおこなった調査によると、質問を受けたトラック運転手の四分の一が、それまでの一カ月間に少なくとも一回は運転中に居眠りしたことを認めている。一九七○年から七七年までに発生した油井噴出についての世界規模の調査では、半数が真夜中以降の八時間のあいだに起きている。過失は午前二時から三時のあいだで急増していた。

睡眠の研究をしているウィリアム・ディメント博士によれば、興味を起こさせる仕事であれば、何時間も眠らずにやりつづけられる人もいる。ところが、ひとたびその刺激がなくなると、眠気におそわれてどうしようもなくなるものだという。

長時間の作業が危険をはらむことは明らかだ。それほど明白といえないのは、二四時間操業を交代勤務でこなすシステムがもたらす危険である。問題点が一九八○年前後に明らかになるまでは、「サザン・スウィング」と呼ばれる勤務パターンが工場でよく採用されていた。早朝の八時間勤務を一週間、つぎには夜間の当直を一週間、そのつぎに昼間の当直を一週間つづけて一サイクルが終わる。アメリカにおいては、少なくとも一五〇〇万人の労働者が夜間、ないしは交代制の夜間当直ではたらかなければならない。二〇世紀最悪の産業災害のいくつかは早朝に発生している。ボパールの有毒ガス惨事、スリーマイルアイランド二号炉、チェルノブイリ四号炉などは、その例だ。

作業の班員どうしの良好なコミュニケーションもまた、疲労によって阻害される。かつてわたしはメキシコ湾に浮かぶ船上で、故障を解決しようと努力する技術者たちといっしょに一夜を明かしたことがあったが、問題が長引き、二四時間不眠のまま二日目の夜明けを迎えるころになると、ぼんやりとしたわたしの精神状態でも、おたがいの会話の質がすっかり落ちてしまったことがわかった。ときたま勝手に思いついたことを話すだけで、ほとんど口をきかなくなっていたのだ。目を覚ましていようと船内散策に出かけると、機械の輪郭がすべて人間の顔に見えた。軽度ながらも気になる幻覚だった。技術者たちは決まりきった手順の作業はうまくこなしたが、困難な課題——時間のかかるトラブルシューティング——に取りかかるのに十分なエネルギーをもちあわせている者はいなかった。さいわいなことに、われわれの耐久レースは、その後まもなくヘリコプターで援軍が到着したために終わりを告げた。しかし、そうしたぜいたくをいっていられない労働者もいる。大統領補佐官だったテッド・ソレンセンは、キューバ・ミサイル危機のときの過酷なまでに長かった昼夜を回想してつぎのように語っている。そのとき思い知らされたことのなかで、もっとも気になったもののひとつは、眠れないという事態がどれほど判断力を減退させるかということだった、と。

午前三時の作業でボルトサイズをまちがえる

早朝の疲労は、一九九〇年六月に起こった英国航空機のあわや大事故という事件でもひとつの役割を演じた。主役をつとめたのは英国航空の勤勉な整備管理者だが、名前は明かされていないのでここではジョーンズと呼ぶことにしよう。彼は英国バーミンガムにある英国航空の格納庫で深夜当直についた。旅客機の整備作業の大半は、営業運航を中断して損することのないよう、夜間におこなわれるので、深夜当直はいつも山のような仕事をかかえていた。とはいえ担当者たちは、朝のラッシュ時がくるまえにすべての作業を完了させることを誇りとしていた。その六月九日の夜は、BAC111と呼ばれる双発ジェットが入庫してきた。整備作業は明六月一〇日午前六時半までに終了する必要があった。同機はそのあと洗浄を受けてから、朝一番の仕事としてスペインのマラガまで飛ぶことになっていた。登録記号G－BJRTのこの機体は、一三年間運用され、飛行時間は三万七七二四時間に達していたから、いわば中年といったところだった。ジェット機の寿命はもっと長い。サベナ航空から引退したボーイング747の一機は、飛行時間九万四七九四時間を記録している。

ジョーンズはワークシートを見て、G－BJRTには左側のフロントガラスを交換する必要のあることを知った。彼の班は人数が少なく、みな忙しく立ちはたらいていた。ジョーンズは管理職で、こうした作業はしなくてもよい立場だったが、フロントガラス交換という面倒な仕事は自分がやろうと決心した。プラスチックの板をはさみこんだ積層ガラスは、重さが二七キログラムもあった。作業は自動車のフロントガラスを取り替えるようにはいかなかった。飛行機が高い高度にあるときはキャビン内の気圧の力が何トンもかかるので、それに対抗できるだけの取り付け強度を必要とするのだ。

ジョーンズは午前三時に作業を開始した。それまでに六回フロントガラスを取り替えたことがあったが、こんども整備マニュアルの該当箇所をざっと読んだ。そのあと工具をそろえ、足場をセットし、そこにのぼって、フロントガラスのフレームからボルト九〇本を抜いた。エレクトロニクス部門の監督員に手伝ってもらって、古いガラスとフェアリングストリップをはずす。

そこまでは、問題はなかった。新しいフロントガラスはあるし、さっきはずした大量のボルトもある。そのうちの八四本は７Ｄというサイズだということが彼にはわかった。あとの六本はいくぶん長めの８Ｄだった。これらのボルトのなかには、頭部に塗料がこびりついたものや、取りはずしのときに傷のついたものがあった。ジョーンズは、損傷しているものだけ交換してあとはもとのボルトを使用するという安易な方法はとらず、すべてを新品に交換しようと考えた。彼の災難は、そしてその後におとずれるパイロットの災難は、このあたりからはじまることになる。

ジョーンズは古いボルトを一本もって近くの部品倉庫へ行き、交換用の７Ｄタイプのボルトを探した。ボルトにはどれもマークがついていなかったが、彼は目ざすボルトの部品番号を知っていたし、箱にはすべてラベルが貼ってあった。７Ｄボルトの箱にはほんの数本しか入っておらず、必要とする数にはほど遠かった。ジョーンズは倉庫の管理者に不足を訴えたが、それは問題ではない、いずれにせよフロントガラスの取り付けに使うのは８Ｄなんだから、とその男はいささか頑固に返事をした。ジョーンズはそのことばを無視した。これまで７Ｄボルトがはまっていたのだから、こんども７Ｄボルトできちんとはまるはずだ。それに、たとえジョーンズが譲歩していたとしても、倉庫の８Ｄボルトも不足していた。あいにく、倉庫係のいったこととジョーンズがざっと目を通したマニュアルのほうが正しかった。使用すべきボルトは８Ｄだったのだが、なぜか７Ｄが使われていたのだ。７Ｄは８Ｄより長さが少し短いが太さは同じだった。

こうした不幸な状況のまま、ジョーンズは倉庫を出た。整備中の機体は機首に大きな穴があいている。十分な数のボルトをいますぐ見つけなければ、六時半の期限に間に合うかどうかあやしくなってきた。彼は予備部品の保管庫が三キロメートル先にあるのを知っていたので、そこまで車を走らせた。保管庫では、ほとんどすべての箱にマークが付いておらず、まったく管理がされていなかった。しかも、その一画は照明が暗かった。ジョーンズはそのへんをかきまわし、やっと7Dと思えるボルトの入った箱を見つけた。そのなかの一本をうす暗がりでかざし、もとの7Dと見くらべて、同じサイズだと判断した。しかし、ほんとうのところは見まちがいだった。彼が見つけたボルトは7Dでもなければ本来の8Dでもなかった。ジョーンズが車に積んで格納庫まで持ち帰った、刻印なしのボルト八四本は8Cだった。さがしていた7Dとくらべると、8Cのボルトは直径が〇・六六ミリメートル細かった。

不便な足場から足を離し、ジョーンズはたったひとりで作業しながら、新しいフロントガラスをはめこみ、トルクレンチを使ってボルトを締めた。不安定な姿勢をとっていたので、ボルトを機体にねじこんでいくときに当然感じるはずの抵抗がないことに彼は気づかなかった。作業が終わったとき、じっさいには、全部で九〇本あるボルトのうち、太いボルト六本だけが、フロントガラスを固定していたのだった。

ＢＡＣ１１１は機体洗浄の締め切り時間に間に合い、午前七時二〇分、乗客乗員八七名を乗せてスペインのマラガに向けて離陸した。上昇の途中、機長と副操縦士は胸のところにあるストラップのバックルをはずしたが、腰のベルトはゆるめるだけにした。そのあと、高度五二七〇メートルを通過するころ、フロントガラスを固定していた直径不足のボルト八四本がはずれ、太いボルト六本もいっしょに抜けてしまった。フロントガラスは機首の上へ飛びあがった。そして胴体をかすめ飛んで無線アンテナを折ったあと落下し、オックスフォード州チョールジー村の近くに着地した。

キャビンからどっと押し寄せてきた風が、操縦室の扉を吹き飛ばして無線航法コンソールの上に倒した。のちの計算によれば、このとき二五〇〇キログラムの風圧がかかっていたという。機長はシートベルトからすっぽ抜け、ガラスのない窓に頭部からつっこみ、むかしの帆船の船首についた木像のようなかっこうで身体を前方に突きだした。その姿勢も長くはつづかなかった。気流のせいで背中は窓の上部の外板に押しつけられたまま、機長の身体は徐々に窓から引きずり出されはじめた。対気速度は秒速一七六メートルに達し、外の気温は摂氏マイナス一八度ほどで、コートを着ていない人間には寒すぎた。機長の足の片方がシートのクッションに、もう片方は操縦ハンドルに引っかかっていたため、彼は客室乗務員がとびこんでくるまでかろうじて持ちこたえることができた。客室乗務員は機長をつかんだが、機長は身体を折り返すようにして窓の上部に押しつけられていたので操縦室内へ引きもどすことはできなかった。

副操縦士は高度を下げるために機首を下げて、エンジンをしぼった。客室乗務員たちは交代で機長をつかみながらも、おそらく彼はもう死んでいると思っていた。機長の身体がずり上がったので、彼の腰にかけていた手を離さなければならなかったが、それでも足首をつかんで最後の抵抗をこころみた。ＢＡＣ１１１はサウサンプトンへ緊急着陸した。フロントガラスが吹き飛んでから一八分後だった。機長は生きており、救助隊員が身体を引きもどして救出した。彼は病院に収容されたが、凍傷があり、肘、手首、親指を骨折していた。

「すぐ処理しなければならないことがたくさんあったので、たしかにわたしは気が散っていた」と、ジョーンズはのちに調査団に語っている。「時間を気にしながら、他の当直の人たちの作業はどんな具合かと考えていると、自分のいまやっている仕事に集中できなくなることがある」。

眠らずにいることには限度があるが、肉体の持久力や筋力にも明らかに限界がある。船の機関室のなかで摂氏六五度を超す室温にもかかわらず生きのびた人たちのことを記した文書が残ってはいるものの、人間は温度が上がると昏睡状態におちいりがちである。湿度が高ければなおさらだ。高度九〇〇〇メートルで、飛行機のキャビンで急減圧が発生「外の気圧と同じになる」した場合、パイロットは三〇秒以内に酸素マスクを着用しないと頭がぼやけ、自分の命さえ救えなくなる。第二次世界大戦のとき海軍のパイロットだったわたしの父は、飛行用手袋の一本の指の先を切っておけばいいことを知っていた。もし手の爪が青くなったら、問題発生に気づく最後のチャンスだと思ってすぐに安全高度まで降下しなければならない、というわけだ。

キャビンの減圧でパイロットが一気に意識不明になるという現象がもとで、一九九九年一〇月、プロゴルファーのペイン・スチュワートを乗せた自家用リアジェットは、サウスダコタ州アバディーン近郊の野原に墜落した。同機は操縦者なしの状態で、二〇〇〇キロメートル離れた北フロリダから飛んできたのだった。状況を把握するため空軍の飛行機が横に並んで飛んで、霜のついたキャビンの窓が見えるほど接近してみたが、どうにも打つ手がなかった。

潜水艦内の二酸化炭素中毒が事態を悪化させた

二酸化炭素（炭酸ガス）中毒は酸欠ほど早く症状があらわれることはないが、これから見るように、二酸化炭素を吸引した人が難局でマシンを操作し、修理しなければならない場合には、意識におよぼす影響は酸欠と同じぐらい深刻である。

英国海軍の沿岸警備潜水艦セティスは、一九三九年に進水、テスト、沈没した。乗艦者一〇三名のうち生存者はわずか四名だった。一九三九年六月一日、セティス号は

第一回目の潜航テストのためイングランド北西岸のバーケンヘッドを出港している。同艦には定員五三名の兵士のほか、造船所と料理仕出し会社の人間五〇名が乗っていた。午後一時半、もっとも近い陸地であるウェールズ北岸から北へ二四キロメートルの地点で、テストに備えてエンジンを止めた。水深は四三メートルあった。グリーブコック号がやってきて横づけになり、乗客を引き取ろうとした。乗客のうち少なくとも二四人は今回のテストには関係がなく、艦上に残る必要のない人間だったからだ。しかしだれも降りようとせず、二人の仕出し屋までもが残留を希望した。もし潜水艦で故障が発生した場合には、非常事態のなかで、必要外の人間もみな貴重な空気を消費することになる。だが、艦長のガイ・ボーラス少佐は寛大にもかれらが艦にとどまることを許可した。これは重大な誤りだった。このため、セティスが沈没したとき、通常用意されている四八時間分の呼吸用空気が、半分しかもたないことになった。

午後二時、晴れておだやかな陽気のなか、ボーラス艦長は潜航を命じた。電池を動力とし、五ノットで半速前進せよ、と。だが、バラストタンクに注水してもセティスは潜航しなかった。五〇人分の余計な重量が加わっていたにもかかわらず。副長は、通常は前後のバランスをとるために使用されるトリムタンクにも注水するよう命じた。セティスはデッキに波がかかる深さまで潜ったが、それ以上、潜航しようとしなかった。艦長は操作手に命じて水平舵を最大潜水角度にセットした。司令塔の大部分が海面下に入ったが、艦が半速前進しているうちに潜航はストップした。

アイリッシュ海沿いに四五分間航行したところでボーラス艦長は、満水になっているはずのすべてのタンクが実際に満水状態かどうか、調べさせた。水雷長のフレデリック・ウッズ大尉は、艦首の魚雷発射管を調べたとき、テストコック（水が入っているか調べるための栓）がペンキで詰まっていることに気づかなかったので、魚雷管は空だと判断した。そこでウッズは、装塡扉を使用して魚雷管を開き、空かどうか自分で確認することにした。ハンブルック一等兵に命じて、魚雷管の装塡扉を番号順に開けさせた。ハンブルックが五番魚雷管のレバーを動かしたとき、扉がどさっと開き、冷たい海水が筒のようになって流れこんだ。

のちにウッズが語ったところによれば、もし自分がすべてを冷静に考えぬくことができていれば、五番魚雷管の艦首発射扉を動かすレバーをつかんで、「閉める」方向にまわせばよいとわかっただろうという。五番が艦内を浸水させているきわめて明白な理由は、発射扉が開いていたからだ（事故後の調査報告書では、なぜ発射扉が開いたのかという問題については結論を出していないが、扉は造船所で開けられて、事故発生までそのままになっていた可能性が高い）。ところがウッズの頭をとりこにしたのは、魚雷室を密閉しなければならないという思いだった。潜水艦の前進する動きと水深六メートルの水圧によって、海水が猛烈な速さで流れこんでいたが、水雷科員たちが即座に行動を起こせば、魚雷室を閉めきる時間はあるだろう。そうすればセティスは、たとえ魚雷室が浸水していても、すべてのバラストタンクを空にすることによって海面まで浮上できるだろうと彼は考えた。

ウッズは避難命令を出した。魚雷室の隔壁には四つの扉がついていたが、そのうち三つはすでに閉まっていた。もし四つ目の扉をうまく閉められれば、艦は無事だろう。このときうまく作動する必要があったのは、左舷上部についている隔壁扉だった。ところがそれがうまく作動しなかった。コスト節減措置のためである。クイック式の扉なら、前後に自由に動いて、閉めるときは扉中央の丸ハンドルを強く一気にまわせば確実に閉まるが、セティスの場合は、人間の手で一八個のターンバックルをはめて締めつけなければならない方式だった。

水雷科員たちは積荷区画のかたむいた床の上に立って、その扉を上方に引きあげ、隔壁のドアフレームに合わせようとした。というのは、そのころにはすでに艦は艦首を下げて下降しつつあったからである。ところが扉はどうしても閉まらず、科員たちが期待したどさっという音ではなく、カチンという空き缶のような音がしただけだった。どうなっているのか確かめるために、かれらはもう一度扉を開いてみた。ターンバックルのひとつが、ゆるんで仮り締め状態からはずれ、扉と枠とのすきまに落ちている。科員たちはターンバックルを元に戻したが、扉はどうしても完全には閉まらなかった。照明が消えると同時に、司令室から命令がとどき、魚雷室を出て第三区画へ避難せよということになった。推進用の電池が第三区画の甲板の下にあったので、もし海水が電池に入ると、かれらは塩素ガスにやられてたちまち中毒死することだろう。

ウッズ大尉にしてみれば、隔壁の扉を見捨てるのはつらかったにちがいない。自分には魚雷管を点検する責任があるということも、あと数秒あれば扉をしっかり閉められるだろうことも、それに二つの区画が浸水している状態ではセティスは海面まで上昇する浮力がないことも、知っていたからだ。乗組員たちは、かたむきつつある床の、高いほうの端に身をよせ、つぎつぎと転がってくる箱やスツール、テーブルと闘った。ちょうどかれらが扉を閉めたとき、艦首が水深四九メートルの海底に激突して、全員が足をすくわれて倒れるか近くの固定物に投げつけられ、艦は悲惨な急角度をたもったまま動かなくなった。午後遅く、セティスは着底した。乗組員は、この深みから脱出しようとする代わりに、緊急脱出チェンバー経由で、浸水している魚雷室に入って、五番魚雷管の後部扉を閉め、排水ポンプにつながっている二本のパイプを開こうと試みた。そうすればセティスは浮力を回復できるかもしれない。しかし、試みは三回とも失敗した。副長ひとりでそれを試みたのだったが、脱出チェンバー内の気圧が水深相応の高さまで上がり、耐えがたい痛みを感じたので、断念せざるをえなかった。

ボーラス艦長は、もし暗闇のなかで艦員たちを浮上させれば、救助が到着するまえに全員溺死するだろうと案じ、艦尾の脱出用ハッチから脱出させるのは朝が来てからにしよう、と判断した。救助班が海上にはいない、というボーラスの判断は正しかった。艦員を引き上げてくれる人間は海上にはいなかった。なぜなら、潜航テスト地点までセティスに随伴していたタグボートは、風波に流されて数キロメートル以上も先をただよっていたからだ。

そうした努力を重ねているうちに約八時間が消費された。これは、セティスの空気備蓄の最大量を使用して艦内の人間が生きつづけられる時間の三分の一にあたる。だが、これまでに費やした時間の一刻ごとに、二酸化炭素による汚染が増え、疲労が深まり、いっそう冷えこんできたので、乗組員たちはこれから時間がたつにつれ、あまり多くのことをなしとげることができなくなるだろう。これから先は、二酸化炭素レベルが上がるにしたがって、ますますミスが多くなるにちがいない。その夜、乗組員たちは、一週間ちょっとまえに起こった米国の潜水艦スクエイラス号の沈没事故を話題にした。いまでは英国の潜水艦隊と米国の潜水艦隊との相違点がひとつ明らかになっている。米国の隊員は、水深三〇メートルのタンクを使用して、緊急脱出の際の深度にいかに対応するかの訓練を受けている。いっぽう英国の艦隊が隊員に課しているのは、水深四・五メートルから脱出を試みることだけである。スクエイラスの沈没では三三名全員が生きのびた。

浸水から九時間後、空気は爽快ではなかったが、まだがまんできた。だが、真夜中を過ぎてからは、話をすることも作業することも困難になった。その間にも艦内にいた造船所職員たちは、なんとかして送油管の配管に手を加え、ディーゼル燃料五〇トンを艦外へ排出して艦尾を軽くし、海面まで浮上させて、少しでも脱出を容易にしようとがんばっていたのだが。海中で一七時間を過ごしたつぎの朝、ガイ・ボーラス艦長は、新しい脱出方法を試みることを許可した。乗組員四名は二度の試みで後方の脱出チェンバーまで行くことができたが、それから先は、空気の毒性があまりにも強くなって、だれもまともな思考ができなくなり、脱出チェンバーの外側ハッチで発生したちょっとしたトラブルすら解決ができなかった。そのトラブルのせいでハッチは数センチメートルしか開かなかった。二酸化炭素のレベルは最悪で、そのためひどい眠気と頭痛と絶望感に見舞われたのだが、そこにもうひとつ災難が重なって、空気はいっそう悪くなった。二度あることは三度あるというのは世の常で、脱出を試みている途中で乗組員が脱出トランク［海中へ脱出するため、水圧を調整できるようにした隔室］の扉を開けるのがわずかに早すぎたため、脱出の試みは失敗し、海水が急傾斜している床に流れこんで電動機室に入っていった。海水は電気設備をショートさせ、火災を発生させた。

とうとう限界時間の午後三時ごろになって、またもや脱出チェンバーでまごついて起こしたミスのせいで、開いていた脱出トランクから艦内へ海水がどっと流れこんだ。セティスは海底に沈み、二度と浮上しなかった。海上に集まった救助船が長いワイヤーをおろして艦尾を持ち上げているあいだに溶接工の一隊が穴をあけて艦内に突入しよう、というもくろみも不可能になってしまった。

有毒ガスを含んだ空気のもとで経験するような災難に出あったときにわれわれが到達する、よく知られた限界点に加えて、理解や認識の限界というものもある。それは人によって個人差があり、特別な訓練あるいは本人の特性によって限界を遠くに押しやることもできるが、それでもなおすべての人は限界をもっている。こうした限界は、人間としてのわれわれの本質的な部分で、森林やサバンナにおいて食うか食われるかの存在だった何百万年もまえから伝えられてきたものである。大きな故障が発生した場合、実際にはその真因となる重大なミスはずっと以前に起きていて、本来は設計者や管理者——そうした人びとのつくりあげたシステムは、どこかで歯車が狂うと一般の人間に超人的行為を要求することがある——の責任だったのに、オペレーターや乗組員が非難される例があまりにも多い。

作業能率の権威フレデリック・テイラーは、人間を仕事に合わせるのではなく仕事を人間に合わせる必要がある、と最初に認識したひとりである。一八九八年に彼がおこなった煉瓦積み職人の時間と動作についての研究は、足場の構造を変える——高さを瞬時に調節でき、煉瓦とモルタルをのせておく棚が付いた足場にする——と、それほど努力しなくても一日あたり三倍の煉瓦を積むことができることを明らかにした。

問題なのは、人間のもつ限界がコックピットのなかでどんなはたらきをするか、である。コックピットにすわるのはオペレーターだが、われわれはかれらに、年々大型化し、強力になり、複雑化するマシンを操縦することを要求している。ここでいうコックピットとは、飛行機の操縦席、船のブリッジ、工場の制御室、そのほか、マシンをあやつる人間が詰めているすべての場所をさす。

コックピットということばは歴史が古く、明確な定義をもっている。かつてコックピットは、ギャンブルのために雄鶏《コック》を闘わせた地面の一画だけを意味した。やがて帆船の全盛期がくると、軍艦の喫水下にある最下甲板の後半部分に位置する区画も意味するようになった。軍艦のコックピットには軍医の寝室があり、そこは海戦のあとの外科手術室としても使用された。こうしてみると、血と戦《いくさ》という語源的ひびきをもっているコックピットということばが、のちに最初の複葉機のパイロット席を意味するようになったのは、いささか奇妙なことである。航空機の技術用語としてはフライトデッキのほうが好まれているが、コックピットということばも生きのびている。

コックピットとはアクションの場であり、その任務にはストレスがともなう。人間の大脳は、強度のストレスを受けたときは、問題点に集中できるように、重要ではないと判断したものをすべて追い出してしまう。わたしはテキサス州オースチンで警察官の車に同乗したときや、ロサンゼルスで消防署長と同乗していたとき、こうした現象をかいま見ている。どちらの場合も車は高速で走っていた。かれらはつぎの危機がくるまではよくしゃべったが、いよいよ問題が起こるとただちに口をつぐんだし、実際、そこに居合わせた人はだれもしゃべろうとはしなかった。

非常事態になると極度に集中する傾向は、認知ロック［認知の固着］と呼ばれることもある。その副作用のひとつとしては、産業事故の現場に居合わせた人びとが、事故の初期の段階での原因解釈にしがみつくあまり、あとからさまざまな証拠が出てきても解釈を変えない、ということがある。かれらは決心をかため、問題の解決だけを望んでいるので、相反する情報があってもそんなものに気をとられていては時間の無駄だと考える。その状況はまさにスリーマイルアイランド原発事故の第一日目に見られたものだった。二号機のコントロールルームにいたオペレーターたちは、加圧器の水位が高すぎると信じこんでいたが、実際には低すぎたのだ。

感情の暴走がもたらす人間の限界

ストレスによる強度の緊張のあと、つぎには怒りがあらわれる。いうことを聞かない機器や、そうした苦境をつくりだしておきながら、助けにもこない人間にたいする怒りだ。どんな人でも追い詰められれば、短時間のあいだは、命のない物体にたいして、あるいはそれをつくったり設置したりした人にたいして、むきだしの怒りをぶつける可能性がある。ストレスがピークに達していると判断した監督者あるいは管理者は、事態を沈静させるために介入するべきである。たとえば、コントロールルームの人間をほかの人と交代させるなどして。一九七五年のこと、わたしは、自分の一族が経営する会社の仕事で、採鉱装置を積んだトラックを運転してニューメキシコ州南部の山間の森林地帯を走った。立木にぶつけてドアをへこまし、二度立ち往生し、あげくにタイヤから煙があがるのを見ていた弟は、しばらく運転を代わろうか、と提案した。わたしの最初の反応は、ハンドルとシフトレバーをぐいっとにぎることだったが、そのあと、やはり彼のいうとおりだと悟った。ひと息入れるべきときだったのだ。わたしはすっかり限界を超えていて、安全な運転はできなくなっていた。

もしタイタニック号のエドワード・スミス船長が、一九一二年四月一四日の夜、無線室に立ちよっていれば、電信オペレーターのジョン・フィリップスがいらいらをつのらせているのがわかっただろう。衝突事故の起きる日、フィリップスは、乗客と陸にいる知人とが交わす仕事上あるいは社交上の電報の山に忙殺され、処理するのがやっとという状態だった。そのあと午後になって数時間、無線装置が動かなくなり、未送信分の電報がいっそう増加した。フィリップスは無線を修理して作業再開にこぎつけたが、上司たちはだれも混乱整理の手伝いに来てはくれなかった。そのため、タイタニックは幅一五〇キロメートルにわたって広がる大浮氷群に近づきつつあったにもかかわらず、氷山に関する新しい警報が入ってきても、すでに午後の早い時間からあとまわしにされて、重視されなくなっていた。フィリップスはメサーバ号から送られてきた氷山警報をメモしたが、その紙を机の上のペーパーウェイトの下につっこんでしまった。午後一一時、カリフォルニアン号の無線通信士がタイタニックと陸上の通信局との交信に割りこみ、自分たちの船は氷山に囲まれたので停船した、とフィリップスに伝えようとしたとき、フィリップスは「うるさい、黙れ。忙しいのがわからないのか」とどなり返した。そこからおそらく一五キロメートルも離れていないところにいたカリフォルニアン号の船上で、シリル・エヴァンズはいわれたとおり口をつぐんだ。そして無線装置を切り、ベッドについた。

怒りをいだけば崖っぷちに立たされ、そこから転落することもたやすいという話を聞くと、スティーブン・ビンセント・ベネーの短編小説『悪魔とダニエル・ウェブスター』が思い出される。この小説では、ニューハンプシャーに住むひとりの不幸な農夫が、自分の魂を売って金持ちになる。安楽な生活を送っていると、何年かして悪魔がやってきて、取引の完全履行を要求する。そのとき、雄弁家にして上院議員のダニエル・ウェブスターが、もし悪魔が裁判に同意するなら、自分は農夫の弁護にあたろうと名乗り出る。悪魔は、自分が陪審員を選ぶことができるならそれに同意するといった。そして悪魔は、地獄のすみずみまで網を曳いてまわり、アメリカで最悪の裏切り者や大量殺人者をつかまえてきた。裁判が進むにつれてウェブスターは、被告側弁護士としての職務をはたすのは不可能なことを悟る。異議を申し立てても悪魔の選んだ裁判官がすべてを却下してしまうし、陪審員たちは邪悪な顔でにやにやしている。ウェブスターは、かれら全員を糾弾する最終弁論をはじめようとして、ためらった。自分の怒りがいかに高貴な気持ちから出たものだとしても、けっきょくは自分を破滅に追いこむものであることを理解したのだ。彼は崖っぷちから引き返し、まったくべつの話をしはじめた。辺境に暮らす米国国民すべてが分かちあっている兄弟愛について語ったのだ。

恐れや怒りが判断にどう影響を与えるかについてのもっとも説得力のある記事は、ノーマン・マクリーンの『マクリーンの渓谷――若きスモークジャンパーたちの悲劇』である。一九四九年八月五日の午後遅く、農務省林野部に所属する森林降下消防士のチーム一六名は、モンタナ西部のマンガルチというけわしい山地でC－47輸送機からパラシュート降下した。本部では、マンガルチで炎上中の山林火災がそれほど深刻なものとは考えていなかった。火災の範囲が〇・四平方キロメートル程度にとどまっていたからなのだが、消防士のうちの一三名はその数時間後には生きていなかった。隊員たちは道具をそろえ、夕食をとったあと、徒歩で現場に向かった。高さ一〇メートルに達する炎が谷を越えてこっちへ、つまり谷の北側へ燃えひろがっているのが見えた。火の手は急速にせまってきて、かれらのいる場所も一分ほどでなめつくされそうだった。

というわけで、かれらがまだ消火器具も手にしないうちに、死が足早に近づいてきた。そのとき、かれらには、その場を生きのびるためのアイデアが二通りあったことになる。隊長のワグナー・ドッジは、隊員たちの目のまえにある背の高い枯れ草に火をつけると、みんな道具を捨てておれといっしょに焼け跡の地面に身を伏せろ、と大声で叫んだ。それはどう考えてもばかげていたが、いずれにせよ隊員たちはパニック寸前だった。集団はばらけ、隊長にしたがう代わりに、木がまばらな山の尾根に向かって走りだした。それは非常識な考えではなかったが、炎はかれらに追いついてしまった。逃げ出した隊員は二名をのぞいて死亡した。その二人はやっとのことで岩の陰に避難できたのである。ところがドッジ隊長は、正気とは思えない手段のおかげで命拾いした。彼の手法は、その場にとどまったまま、火災の火の手の先手を取って小さな火をつけ、火の手の本体が到着するまえに燃えるものは燃やしておくというものだった。ドッジはその灰のなかで横になってがまんしきれるだけ待っていたところ、炎はごーっと音をたてながら彼のわきを通りすぎていった。

パニック状態をさらに超えたとき起きること

認知ロックと怒りによってわれわれは、ストレスを処理しながらある程度の論理的思考をつづけられる限界に到達してしまった、としよう。さらに進んで、計器の針がはっきりと危険ゾーンに入った状況を想像してみよう。心理学者たちはこうした精神状態を「ハイパー・ビジランス（超覚醒）」と呼んでいる。それはパニックより先に進んだ状態で、短時間持続する。手がふるえ、過度呼吸が起こり、心拍数はピークに達する。こうした状態のときは、重大なミスをおかす可能性がある。超覚醒にとらわれると、訓練でおぼえたことや重要な事実をすっかり忘れてしまう。そして、むかしの習慣が意識のなかに鮮明な形でもどってくる。

知覚作用すら変化し、最大の脅威と認めたものにしか反応しなくなる。ほんものそっくりのパイロット訓練用シミュレーターで飛行中の非常事態をつくりだしてみても、そうした変質した精神状態を再現することはできない。なにかきわめてよくないことがやってくる、それなのに時間はもうほとんど残っていない、と脳の奥深くのもっとも原始的な部位で信じなければ、そういう状態にはならないのだ。

一九六〇年代初期にミッチェル・バーカンがカリフォルニア州フォートオードでおこなった一連の実験——いまなら倫理上許されないだろう——は、超覚醒状態が明晰な思考力を阻害することを明らかにした。それは意外な新事実だった。いままでは、適度の恐怖はわれわれの警戒心を高めるので思考能力を高めるが、極度の恐怖は思考を停止させてしまうことがわかっている。

バーカンのおこなったテストのひとつでは、乗客として新兵たちを乗りこませた飛行機が、太平洋上を飛行中、どう見てもほんとうとしか思えないエンジントラブルを起こした。急に機体がかたむいて急降下をはじめると、新兵たちに向かって将校がいった。諸君は墜落死することになるだろうから、まだ空中を飛んでいるあいだに、残された家族のために生命保険の申込用紙に記入してはどうか、と。じつはその用紙の記入欄は、恐慌状況のなかでの記憶力と思考力をテストするためのものだった。もうひとつのとんでもないテストでは、つぎつぎと爆発する迫撃砲の砲弾が自分たちの方角にやってくるとしか思えない状況下に新兵たちをおき、すばやく行動していればおそらく生命を救ってくれるはずのいくつかの手段をとるかどうかを計測した。すべての実験において、超覚醒状態が人間の知力を劇的に減退させることが明らかになった。

明らかにわれわれの肉体は、本能にもとづく生存術に逆戻りしてしまう。闘争か逃走かの本能的決断はマンモスから身をかわす場合には有効であっても、破滅的暴走の寸前にある複雑で強力なマシンを制御しようという場合には、抜き差しならぬ問題を引き起こすことになる。わたしは四五年にわたる平穏な半生において、あわやもう少しで超覚醒状態になりそうになったことが三度ある。いちばん忘れられないのは、故郷ミズーリの町で経験した最初のものだ。当時一一歳だったわたしは、一〇段変速つきの自転車を従兄から借りた。停止するにはハンドルについているブレーキレバーを引かないといけない、と従兄が何回か注意してくれた。だがわたしは、このあつかいにくくてサドルも高い自転車で一〇〇メートルほど走ったところで、交通の激しい表通りに出くわし、停止信号で止まらなければならない羽目になった。そのとき、愛車の緑色のシュウィン・フライヤーに三年間乗っていて身についた習慣がとびだした。つまり、いまやわたしにとって世の中にはコースターブレーキ［後輪車軸についたブレーキ。ペダルの逆回転ではたらく］以外のものが存在するなどということは思いもつかなかった。この一〇段変速バイクにはコースターブレーキはついていない。愚かなことにわたしは、ペダルを逆回しに踏みながら、隣家の垣根につっこむこともスニーカーを地面につけて横すべりすることもできぬまま、大通りを突っ切った。車と車の合間だったのでどうにか命拾いしたが。

さて、超覚醒やその手前のストレス状態がわれわれに組みこまれた弱点だとすれば、よき管理者のなすべきことはなにか。ここでもまた、それは事前の計画ということになる。ストレスに起因するミスをどこでおかすかの限界点は、人それぞれによってちがうから、管理者としては、事態が悪化しつつあるときにも明晰な思考力をたもつことのできる性分の人間を見つけるのがいちばんいい。

いまやアポロの宇宙飛行士の名をいくつも思い出せる人は、わたしの世代ではそれほど多くはいない。だが、いまも生きつづけている名のひとつは、アポロ一三号の船長ジェームズ・ラベルである。つねに冷静さをたもてる彼の能力は、その一六年前にも発揮されていた。海軍少尉の彼は、そのとき日本海上空でおこなわれた夜間訓練飛行を終えてジェット戦闘機で空母に帰艦しようとしていた。日本の沿岸にある無線局がたまたま彼の母艦のホーミングビーコン［電波標識］と同じ周波数の電波を発信していた。そのためラベルは誤った方角に向かい、編隊僚機からはぐれてしまった。そのあと、ラベルの戦闘機は、サーキットブレーカーが上がってコックピットの照明が消えた。ラベル少尉はペンライトを使って計器を調べたのち、窓の外に目をやると、きわめてかすかな緑色のすじになって光る海面が見えた。それは日本海を航行中の母艦が残した青光りする航跡だった。そのあとをたどってラベルは無事帰艦した。それほどの危機に直面しながらも、そうしたかすかな手がかりをつかむことのできる冷静さをもちつづける人間は、いったい何人いることだろう。

ここまでくれば、大惨事を防止するには、マシンと人間がそれぞれ限界に達するまで待ってから行動するのでは遅すぎる、ということが明らかになったはずだ。さいわいなことにわれわれは、システムのひび割れがどのようにはじまり、そのあと最後の審判の日に向かってどのように大きくなっていくのかをすでに学んでいる。

第8章　事故の徴候を感じとる能力

前兆のない事故はない

アポロ一三号の機械船に積まれた液体酸素タンクにどこか異常があるという最初の徴候は、打ち上げの約四週間前、一九七〇年三月一六日にあらわれた。その日、カウントダウン・デモンストレーション・テスト［演習］がおこなわれた。本番にできるだけ近づけるため、乗組員たちは二つの酸素タンクを満たした。それは生命維持に必要な酸素を供給し、また、飛行中の動力源となる燃料電池に酸素を供給する。タンクは直径が一メートルたらず。側面から見た形は、むかしの漫画で登場人物たちがいつもぶつけ合っていた爆弾を思い起こさせる。タンクはボール状で、ずんぐりしたキャップが上部についている（図8参照）。

技術スタッフは、標準的な「デタンキング（タンクからの抜きとり）」の操作をおこなっても、第二タンクから流れてくるはずの液体酸素が出てこないことに当惑した。これまでは毎回その手順でうまくいっていた。デタンキングの仕組みはきわめてかんたんで、ポンプを使用して酸素ガスを通気パイプからタンクへ送りこむと、内部の液体酸素が押し出されて、もうひとつのパイプから出てくるだけのことである。通常はデタンキングをおこなうと数分間で液体酸素がすべて排出される。ところが今回は、送りこんでいる酸素ガスがシューシューと音をたてながら逆もどりしてきた。どこかにゆるみが生じていたため、酸素ガスは液体酸素を押しだすのではなく、近道をとおってタンクから漏れ出したのだった。対策は二つあった。第一は、二日間かけてタンクを取り替えることである。それは大仕事だった。一三号ミッションは、四月の打ち上げウインドウ［条件に合致した期間］を逃すと、月が望ましい位置にもどってくるまで丸一カ月延期しなければならなくなる。

第二の方法としては、タンク内に取り付けてある装置を起動して間に合わせる手もあった。電気ヒーターと攪拌ファンを使うのだ。そうすれば液体酸素は沸騰気化し、しかるべき時間がたてばガスは通気管から出ていってしまう。技術者たちはこの方法を採用した。ヒーターのスイッチを入れ、液体酸素がすべて気化してしまうまで運転しつづけた。

ところが、この方法をとったためにケネディ宇宙センターの人びとは、ただ一度しかない機会を逃してしまった。他の方法をとっていれば、アポロ一三号に搭乗した宇宙飛行士たちの息の根をもう少しでとめるところだった問題点を事前に把握すること

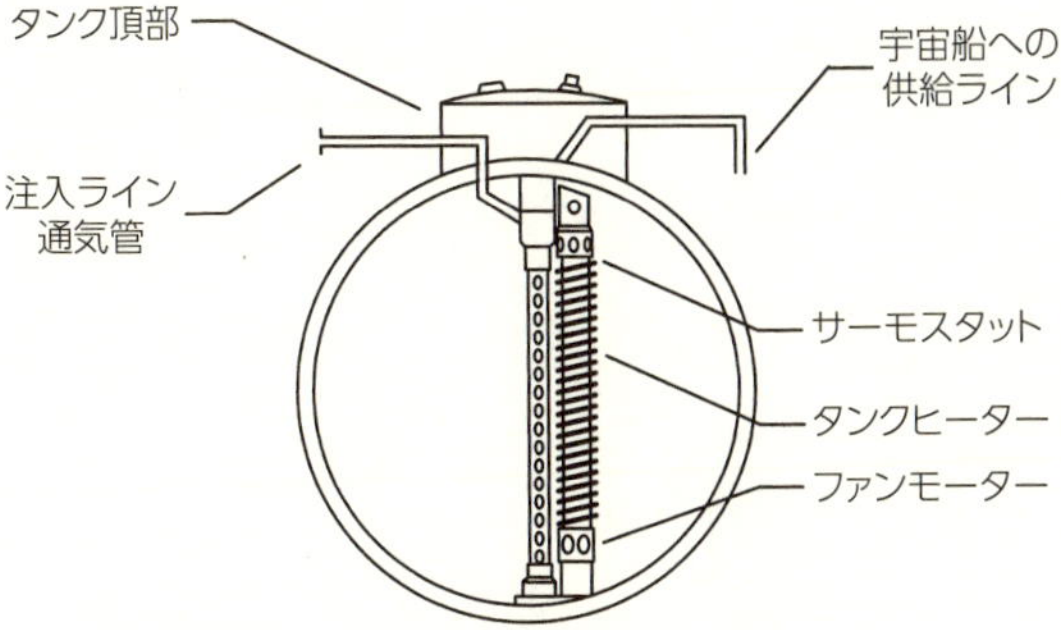

図8　アポロ13号機械船　第2酸素タンク

推定される経過

1　電気回路を65ボルトへ変更した際、誤ってタンクヒーターのサーモスタットを28ボルト用のままにした。
2　ノース・アメリカン・エビエーション社の工場での小さな事故が原因で、タンクが金属の棚にぶつかって注入管がはずれる。
3　打ち上げの数週間前、ケネディ宇宙センターの技術者たちは、通常の方法ではタンク内部の液体酸素を排出してタンクを空にできないことを発見する（原因は注入管がはずれたため）。
4　ケネディ宇宙センターの技術者たちは、タンクを空にするための代替策としてタンクヒーターを使用する。サーモスタットがショートしたためタンク内部がオーバーヒートし、電線の絶縁被覆のテフロンが焼ける。
5　月へ飛行中にタンクヒーターを使用したためスパークを生じて発火、タンクが爆発する。
6　第1タンクおよび第2タンクから酸素が宇宙空間に漏れる。

ができたのに。結局のところ、今回のミッションで計画どおり月面に到達したのは重量一五トンのサターンⅤロケットの第三段「S－ⅣB」だけだった。このロケットは月の表面地盤に激突し、アポロ一二号が月面に残してきた地震（月震）計に情報をもたらすことになった。

システム障害の長い歴史を見ると、ほとんどの問題は、本格的な緊急事態になるまえに手がかりがあらわれているという意味で、アポロ一三号のケースに似ている。元国家輸送安全委員会航空安全局長のC・O・ミラーは、「前兆のない事故が起こったことはあるか？」という問いに答えて「基本的には皆無だ」と語っている。

そうした事前の警告は、故障への道を断ち切る時間的余裕が十分残っている時期にやってくることも多い。これまでの章では、たとえばチャレンジャー号の固体ロケットブースターのガス漏れなどといった手がかりについて、いくつか記した。そうした例のすべてにおいて、システムの崩壊は止められることなく進んでいった。

航空機メーカーは、金属破断を食いとめる方法として、クラック（ひび割れ）が長くなって危険にならないうちに胴体にリブをつけることを知っている。第二次大戦中、アメリカのリバティ船［最初の溶接船。戦時標準船］の設計者たちは、デッキに溝をつけた。クラックが長くのびるのを防ぐためである。

しのびよる障害を止めるくふう

システム障害は、最良にたもたれた環境においてすら必ず生じるものだから、優れた組織は問題を早い時期にとらえ、封じこめる必要がある。企業には、故障の波を広げないための防波堤として機能する「クラックストッパー」が必要だ。一例をあげれば、爆薬工場が経験から学んだ方法がある。爆薬工場では建物の構造と配置をくふうして、各作業区を分割し、ひとつの建物で爆発が起こってもほかには広がらないようにしている。よく配慮された区画化は、他の手法との組みあわせによって、惨事の抑止に驚くほどの効果をあげることができる。米海軍によれば、新型の軍艦は、艦内の弾薬庫に直撃弾を受けても、支障なく戦闘を継続できなければならない。新型の巡航ミサイルに装着されている成形炸薬弾頭は、ひとたび艦内で爆発したら、現実的に艦船に装備できる装甲では防御できないほどの途方もない性能をもっているので、こうした技術革新が必要とされるわけだ。

また米国の電力業界は、一九六五年に起きた広域停電事故にこりて、送電網の大規模障害が生じたときその影響を最小範囲にとどめる方法をあみ出した。それは、高圧直流の「インタータイ」を、問題の生じた送電網に流すというやり方だ。トラブルを起こした側の送電網に安定した電力を供給し、かつ、救援する側の送電網に不安定電流を送り返すことのない接続方法である。そうした方法はすべて同じ発想に立っている。障害の波が流れてきたら、障壁で侵入物をとらえて食い止め、大惨事へと発展することを防ぐのだ。

研究者たちは、システム障害の発生と伝播について興味をいだいてきた。NASAでは、表面に出たり出なかったりするようなたぐいの問題点を分類し、記述することを「スニーク分析」と呼んでいる。そうした問題点は、ちょっとした設計ミスとか運転時の損傷によって時たま出現するだけなので、せっかくのトラブルシューティングにもひっかからない。重大な「スニーク」を未然に発見するのはきわめてむずかしい。

単純な例をあげてみよう。最新型の自動車の電気系統にスイッチやリレーが四〇あるとすると、その順列組みあわせは一兆にも達する。泥棒が銀行の金庫のダイヤル錠を開けようとしたとき、一兆の組みあわせを試してみなければならないのと同じ理屈だ。そうした電気回路での一兆の組みあわせのうち、安全上深刻な問題を起こす可能性があるのはごくわずかな組みあわせだけだろう。ではそれはどの組みあわせなのか。アルテア・エンジニアリング社はそうした問題をスニーク分析によって解明した。まず、最大の危険性があるスイッチとリレーの数を絞りこみ、つぎに、その電気システムを大型コンピューターでモデル化してシミュレーションをおこない、何週間もかけて分析した。

われわれはだれもが、わたしも含めて、これまでにスニークの徴候をだまって見逃した経験をもっている。深刻な事態に発展するかもしれない徴候ですら、見逃したことがある。いま現在、わたしは、「エンジン点検の必要あり」を示す警告灯がダッシュボードでほぼ常時光っているバンを何カ月も乗りまわしている。その車はまだちゃんと走るし、オイルも不凍液も十分入れてあるし、警告灯のつく原因を修理工が発見できないでいるので、わたしはそのまま放っておくことに決めたのだった。

ハートフォード・スチーム・ボイラー・アンド・インスペクション社のエネルギー工学担当副社長、ロバート・サンソンが、同社の代表としてある化石燃料発電所の管制室をおとずれていたとき警告ホーンが鳴った。そうしたことは複雑なシステムのコントロールルームではごくふつうに起こる。オペレーターのひとりがすばやく手を伸ばして解除ボタンを押し、警告をキャンセルした。ふたたび静けさの戻った管制室で、サンソンはそのオペレーターに、いまの警告はどういう意味だったのかたずねた。オペレーターは、なんのことですか、と聞き返した。たったいま、きみがボタンを押して警告ホーンをキャンセルするのを見た、とサンソンはいったが、オペレーターは否定した。サンソンはわたしにこう語った。「そんなふうで話はいきちがいをつづけ、ついにわたしがコンピューターのログを点検してみたところ、オペレーターが解除ボタンを押したことが記録されていた。警告をキャンセルすることが、無意識にくりかえされる機械的反応となっていたのだ」。それはモグラたたきのようなものだった。

穴からとび出してくるビニール製のモグラの頭をたたくゲームでは、反応が速いほど得点が高くなる。

サンソンによれば、ある発電所の故障が起きたとき、記録を調べてみるとひとりのオペレーターがたてつづけに二六回、解除ボタンを押したことがわかった。サンソンの表現によれば、「ついにマシンが音をあげてこういった。わかった、おまえの勝ちだ、おれが壊れてやろう」というわけだ。

アポロ一三号の酸素タンク内で起きたこと

アポロ一三号のタンクの歴史は、スニークの状況というものがどれほどまで目につきにくいことがあるかを教えてくれるよき教材である。この問題は三段階を経て起こったが、そのすべてが、円筒形のアポロ機械船の内部に設置されていた第二酸素タンクとその関連機器の周辺で進展した。機械船は、円錐形をした司令船のうしろに連結されている。機械船と司令船についての責任はノース・アメリカン・エビエーション社にあったが、同社は多数の部品を他社から購入していた。水素用および酸素用の低温タンクは、NASAの仕様にしたがって、コロラド州ボールダーのビーチ・エアクラフト社が製作した。摂氏マイナス一八三度の液体酸素は、容量一四四キログラムのタンク二個に入れられる。液体酸素が急激に沸騰しないようにタンクの壁は二重になって断熱されており、タンクを冷却する必要はない。とはいえ、このタンクはたんなる容器ではなかった。宇宙空間ではタンクは影に入ると冷えるので、酸素は気化しにくくなる。設計者たちは酸素ガスの流量を一定にたもつのに必要な量の気化が進むよう、特別な手段を講じていた。液体酸素を加熱する電熱線と、攪拌するための電動ファンをタンクにつけたのだ。

当初の仕様では、タンクの電気系統は二八ボルトで作動することになっていた。これはアポロ宇宙船の燃料電池が供給する電圧である。ところがあとになってノース・アメリカン社はビーチ社に連絡し、タンクのヒーター回路を二八ボルトから六五ボルトに引き上げるよう指示した。ケネディ宇宙センターにおける標準的電気系統が六五ボルトだったので、そうするほうがより安全性が高いことになる。こうしておけば、もしまちがってケネディ宇宙センターの高い電圧に接続しても、過電流による出火の危険性は減少する。ビーチ社はこの指示を承認し、ヒーターとその配線にたいして必要とされる変更を加えた――ただし、一カ所だけとばしてしまった。電圧を変更したとき、二八ボルト用の小さなサーモスタットを取り替えるのをだれかが忘れ、何段階にもおよぶ品質管理の過程でもそのミスは発見されないままになった。そのサーモスタットは、タンクの中空部分の温度が摂氏二七度になったらヒーターを切る、という目的のためだけに装着されていた。設定温度は液体酸素の温度にくらべればずっと高い。不適切なサーモスタットがついていたことだけが障害だったとしたら、なにも不具合は起こらなかっただろう。というのは、通常ならタンクヒーターは飛行中、ほとんど使用されることがなかったからだ。一連の故障が発生したのは、このこと以外にもいくつかの障害があったためであることは、明らかである。なぜならば、アポロ計画のそれまでのすべての有人飛行においても、これと同じ、あまり評判の高くないサーモスタットが装着されていたが、問題を起こしたことはなかったからだ。

第二タンクはビーチ・エアクラフト社でおこなわれたすべてのテストに合格し、カリフォルニア州ダウニーにあるノース・アメリカン社の工場へ運ばれ、機械船の他の機器と合流した。一九六八年六月、ノース・アメリカン社は、アポロ一〇号機械船の一部となる「酸素棚」と称する一群の装置のなかに酸素タンク二個を組みこんだ。

そして、このことが最悪の事態にいたる出発点となるのだが、そのあとNASAは、酸素棚を取りはずして改良を施すことを求めてきた。改良した酸素棚は将来のミッションで搭載する、というのがNASAの考えだった。というのも、タンクについているポンプが、これまでのミッションにおいて電気的な干渉を引き起こしていたからである。一九六八年一〇月二一日、ノース・アメリカン社はこの酸素棚を機械船から取り出す準備を整えた。酸素棚には酸素タンク二個と、複雑な配線、配管がつまっていた。技術者たちはそのすべてを機械船から切り離した。同時にかれらは、この棚を機械船に固定している四本のボルトも取りはずすことになっていた。そうすれば、特殊なリフトアームを装備したクレーンで酸素棚を持ち上げ、ゆっくり慎重に外へ取り出すことができる。ところが、棚を固定していたボルトのうちの一本を取りはずすのをだれかが忘れてしまった。酸素棚は難なく持ちあがるはずだったのに、一方の隅を下にしてかたむき、リフトアームが折れるとまた元の位置にもどった。

みんなはびっくりしたが、それもいっときのことだった。ノース・アメリカン社の技術者たちは、この出来事を書類にメモすると、タンクを点検した。どこも悪いところはなかった。わずかに五センチメートル落下しただけだったのだ。本来ならかれらは装置を分解するべきだった。そうすればタンク内部の「注入管」がはずれているのがわかったはずだ。それが漏れの原因となって、アポロ一三号危機にいたる一連の出来事を引き起こすことになる。注入管がはずれた理由のひとつとしては、酸素棚がかたむいたとき、第二酸素タンクの最上部がその真上にある水素タンク棚の底にぶつかったため、その衝撃で注入管がはずれたことが考えられる。

すでに述べたように、機械船がケネディ宇宙センターに到着したとき、この酸素タンクはデタンキング操作を開始しても液体酸素を排出しなかった。そこで宇宙センターは、ヒーターを使用して液体酸素を気化させ、ガスにして排出した。しかも、一度ならず二度もその手を使った。もしなんらかの手段で内部を点検し、損傷を確認していれば、かれらはぞっとしたことだろう。

ある日の朝、自分が地下室へ行っているあいだにトースターの自動スイッチが引っかかってヒーターが切れなくなってしまった、と想定しよう。おそらく被害は、黒こげになったパンと、家じゅうに立ちこめた煙のにおいぐらいのことですむだろう。というのも、においがすればすぐ異常に気づくだろうから。だが、もしトースターが食器棚の奥に入っていて、知らぬまにスイッチが押されていたら、その熱で周囲がこげ、電気コードの絶縁被覆が焼けるという事故に巻きこまれるかもしれない。このたとえ話を、酸素タンク内のヒーターに起こったことの説明としてあてはめることができる。臨時の手段でデタンキング操作をおこなって間もなく、温度が二七度に達したとき、サーモスタットはヒーターを切ろうとしたのだが、うまくいかなかった。二八ボルト用スイッチは回路を切ろうとしたが、ケネディ宇宙センターから供給されている六五ボルトの電流がスイッチを溶かし、回路をつなげてしまった。電気はヒーターに流入しつづけた。

ヒーターは長時間にわたって全出力で加熱をつづけ、タンクの中央管のなかを走る銅線群を被覆するテフロン製絶縁体を侵攻した。ケネディ宇宙センターではひとりの技術者が、臨時の設定によるデタンキングをモニターしており、タンク内部の温度を示す計器もあった。だが、その温度計の目盛りは二七度までしかなかった。内部温度はそこまでしか上がらないはずだったからだ。

のちに同一条件のもとでおこなわれた実験の結果によれば、タンクの頂部近くの実際の温度は五三八度にも達していた。これは、のちにスリーマイルアイランドにおいて運転員たちを混乱させることになる問題のひとつを予兆するものである。スリーマイルアイランドでは、危機の最中、圧力逃し弁から出てくる水の温度が一四〇度以上になっても、コンピューターはそれ以上高い数値を表示しなかった。ここでもまた運転員たちはだまされ、表示されている温度が実際の温度だと考えるようになる。

さて、それから何日かして、マネージャーたちが最終的な飛行打ちあわせをおこなっているとき、第二酸素タンクの奇妙なふるまいが話題にのぼった。この点について検討したかれらは、デタンキングの問題が発生したのは最近になって手順を変更したせいだ、と決めつけた。かれらはノース・アメリカン社ダウニー工場においてタンクが受けた損傷については、なにも聞かされていなかったからである。注入管がゆるめばいかなる影響が出る可能性があるかについては話し合ったが、ヒーターとファンをそれほどまでに使用することの影響については、だれも懸念を示さなかった。タンクは十分良好な状態にある、とかれらは結論づけた。

アポロ一三号は一九七〇年四月一一日に打ち上げられた。ミッション開始から五六時間がたとうとしたとき、マスターアラームが鳴った。水素の圧力が低下したことを示していた。ヒューストンは酸素タンクを加熱、攪拌する許可をジャック・スワイガートに与えた。スワイガートは飛行中これまでに二回タンクの攪拌をおこなったが、ヒーターのスイッチを入れたことはなかった。スイッチが入ってタンク内に流れた電流はスパークを起こし、残存していたテフロン絶縁体に着火、濃厚な酸素のなかで燃えあがらせたらしい。こうして、アポロ一号から三年後に、またもや酸素中でプラスチック材が燃えるという事態が発生したのだった。

火は騒ぎを起こすこともなく一分間ほど燃えつづけて、圧力と温度を上昇させ、おそらくはタンク上部のアルミニウムにも着火した。そのあとタンク上部のネック部分が破損し、酸素が機械船の外側の装置室に流出した。その突然の圧力波、あるいは、もしかすると装置室での新たな突然の火炎が、装置室のカバーを吹き飛ばした。最初の爆発によって、二個のタンクが共用しているパイプが破れ、酸素ガスのすべてが宇宙空間に放出されてしまった。意図せずしてこれは、そもそも最初に問題を起こした「デタンキング」の手順と同じ経過をたどったことになる。燃料電池用の酸素を失ったことにより、宇宙船は電力源をも失った。唯一残ったのは、搭載している電池のなかの電気だけだった。

テレビの視聴者たちは、ミッション管制官とアポロ乗組員が電気系統やナビゲーション、ＬＥＭ（月着陸船）エンジン、空気清浄キャニスターをうまく利用して困難を克服し、司令船を地球へ帰還させるまでの段取りを見守りながらスリルをあじわったのだが、アポロ一三号のドラマは拍手喝采を送るようなものではない。十分に回避できたはずのこの災難は、その後、アポロ予算に反対して計画中止を求める政治家たちの主張を、いっそう後押しすることになった。それにまた、ほんの少し状況がちがったときに爆発が起こっていれば、アポロ一三号も、同様のサーモスタット問題をかかえていたそれ以前の宇宙船も、わけなく全面的惨事となったかもしれなかった。アポロが地上に持ち帰った教訓は、急に思いついた次善の策――今回についていえば、ヒーターを作動させることによって短時間で酸素タンクを空にできるので、打ち上げ期日に間に合うだろう、という「妙案」――がよいといえるのは、つぎの二つの場合だけだということだ。つまり、そのマシンでは、(1)故障が生じてもあまり問題ではない場合か、(2)その方策がマシンにもたらす影響を、まず先にだれかがすべて解明した場合である。

宇宙船についてのわれわれの経験はまだまだ不十分なので、優れた直感的洞察力が発達していないのかもしれない。認知心理学者ゲーリー・クラインによれば、たとえば消防士のように、ひとつの専門分野で長期間はたらくことができる人たちは、直感にきわめて近いものを発達させることができる。クラインはこの技量を「現場主義的意思決定」と名づけている。そうした人間は、非常事態が起こると、その場の事実を記憶のなかのモデルにあてはめることによって、まずまずの作戦をすばやく考えつくことができる。現状がモデルに完全にあてはまらない場合も、そうした人たちは、未経験の地に自分が立っていることを自覚しながら、本来のやり方とは別のところで当意即妙の案を見つけだす。いつものモデルとはどこか重要な点が合致しておらず、そのため常套手段をとるのは危険かもしれない、ということを示すかすかな徴候をとらえる方法をかれらは知っているのだ。

実地調査をおこなったとき、クラインはこんな話に出あった。ある消防隊の副隊長が、台所の火災を消すために隊員を率いて一軒の家へ突入した。居間からホースで放水しているとき、火災規模から判断してこれだけ散水すれば当然消えてよさそうだったのに、火の勢いはおとろえなかった。しかも、燃え上がる火炎の音が「うつろにこもって」聞こえた。不安を感じた副隊長は、部下に避難命令を出し、家は燃えるにまかせた。その一分後、居間の床が抜け、地下室を全焼させつつあった大きな火のなかへ崩れ落ちた。もしそのとき消防士たちが居間に立っていれば、全員死亡しただろう。のちに副隊長が語ったところによると、彼はその家に地下室があることさえ知らなかったし、床下が燃えていることも知らなかったという。彼はその場の事実を自分の経験と照らしあわせただけで、これはまずい、と思ったのだ。

徴候を敏感に感じとる能力を磨け

人は複雑で強力なマシンを監督しつづければ、これと同様の直感を発達させることができるだろうと、われわれは期待することができる。その証拠として、スリーマイルアイランド二号炉のブライアン・メーラーの例があげられる。管制室の騒音と混乱のなかに立った彼は、ぎりぎりのところで、圧力逃し弁が開きっぱなしになっている、と正しく推理したのだった。

直感がはたらいて被害の拡大を防いだもうひとつの期待できる例は、ボールドウィンヒルズ・ダム崩壊のときのものだ。用心深い二人の労働者が、何百人、ひょっとすると何千人という人びとの命を救ったのだ。ボールドウィンヒルズ・ダムは土とコンクリートでできた高さ四八メートルのダムで、一九四八年にロサンゼルスを見下ろす丘陵地に建設された。長さは一六五メートルで、貯水池の面積は七万七〇〇〇平方メートルあった。一九六三年一二月一四日の昼近く、リビア・ウェルズという名の管理人がダムの見回りをしていたとき、排水渠を勢いよく流れる水の音を耳にした。ウェルズは、土を盛り立てて堤とした大規模なダムでは小さな漏れが大事故の前兆となることを知っていたので、点検用トンネルに入って調査した。一一四万立方メートルの貯水池から水が漏れ出ていた。しかもひどい状態だった。後日の調査によれば、それは地盤沈下のせいだった。ウェルズはただちに引き返して、上司に連絡した。上司も自分の目で調べて問題を確認した。そこで、緊急対策がとられることになった。すなわち、下流地域を担当する警察に通報する、水門を開いて貯水池の水を放流する、漏水を止められるかどうか、少なくとも漏水の速度を遅らせて避難を助けることができるかどうか確認する、という措置である。

午後一時三五分、市の主任技術者が状況を視察し、下流の人びとが避難するために残された時間は二時間だ、という驚異的に正確な予測をくだした。二時間以上たつと穴が拡大してダムの大きな一画が弱体化し、あふれ出た水が巨大な滝となって流れ落ちるだろう。警察は人びとの避難を開始し、その間、ダム現場にいる人びとは、裂け目に土嚢を投げこむという勇敢な試みをつづけた。ダムの内壁の裂け目は、見た目にも明らかなほどになっていた。作業員たちはロープで降りて作業をおこなった。午後三時半近く、主任技術者は助手に向かって叫んだ。「全員撤退させろ——われわれの負けだ」。午後三時三八分、ダムは決壊した。

たしかにわれわれは、建設作業員、技術者、保守担当者といったおおぜいの人びとをもっと有効に活用すべきである。かれらは危険な欠陥が生じつつあることをだれよりも先に知る可能性が高く、この警戒能力をある種の訓練によって強化すれば、かれらはどの時点から不安を感じるべきか自覚できるようになる。そうした警戒態勢があれば、一九八〇年に一二三人の死者を出した北海油田ではたらく労働者の浮き宿舎「アレクサンダー・キーランド」の惨事は防げただろう。のちの調査によれば、最終的に嵐にあって倒壊することになる鋼鉄支柱には長い亀裂が入っていたが、造船所の塗装工はその亀裂を見ていたはずだということがわかった。なぜなら、支柱が折れはじめる部位にあった亀裂の内側にペンキがついていたからである。

非常事態の際に安全装置を切り離すなら、その人はシステム全体について熟知している必要がある。海軍ではこの捨て身の策を「バトルショート」と呼んでいる。スレッシャー号事故以後に潜水艦で採用されたバトルショートでは、乗組員の生存を確保するためにどうしても推進力が必要な場合には、人間の手によって原子炉の自動緊急停止装置の作動を止め、運転をつづけることができるようになっている。適切な状況下で適切な人びとによって使用されたときは、バトルショートはシステム崩壊の拡大を防止できる。とはいえ、便利なバトルショートにしばしば頼るようではいけない。

クラックストップ手段が現場の人びとにどうはたらきかけるのか見るために、セスナ社の例を考えてみよう。同社は、従業員が自主的に問題点を早期捕捉し、速やかに報告をするよう、促す方策をとっている。フレッド・アルビンがカンザス州インディペンデンスにあるセスナ社軽飛行機工場ではたらきはじめたとき、彼は四人乗りの172型スカイレーン機の組み立てチームに配属された。組み立てラインでの彼の仕事のひとつは、圧搾空気式リーマーを使ってエンジンカバーの開口部を整形する作業であった。セスナ社に入社してまもないある日、アルビンはリーマーで削りすぎて、燃料フィルターに傷をつけてしまった。ほんの一瞬のミスが三七五ドルする部品を台無しにした。

これがむかし風の工場なら、組み立て作業員はベテランだろうと初心者だろうと、こんな場合どうすればいいか知っていただろう。もしもだれも見ておらず、しかも損傷が隠しとおせるものなら、なにごともなかったかのようにつぎの作業に移ったはずだ。あとでなにかが起こっても、それは他人が始末する問題だ。アルビンはそうしなかった。セスナ社はちがった教育を彼に施していた。アルビンは部品デスクへ行き、みずからの失敗を申し出た。部品係は新しい燃料フィルターを渡した。アルビンは工場でわたしにこう語っている。「セスナ社では、問題を起こしたときは、すぐ申し出ることになっている。だからそんなに騒ぐほどのことじゃなかったんだ」。

セスナ社を見れば、クラックストップをめざす会社が、二つ以上の防御線を張る理由もわかる。過失を認めるようにすすめる会社の方針にしたがわず、作業時の残滓を翼や胴体のなかに置き去りにする労働者や、そもそも失敗に気づかない作業員もいるだろうが、そういう場合には、その結果が顧客におよんで被害が出るまえに、ほかのだれかが問題点に気づかなければならない。セスナ社の組み立てラインでは、最終段階に近づいた機体の検査をおこなう担当者がいる。「残滓の異物」、たとえば資材の屑、紛失した部品、置き忘れた工具などを探すのだ。かれらは小型懐中電灯と歯科用ミラーを使用して、尾部やフロアリングの下をのぞきこみ、厳密に捜査する。ゴム製の槌で翼をたたき、内部でぽこぽこ音がしないか聞き耳をたてる。内部に残されている残滓を除去するために翼を切開せよ、と命令する権限をかれらはもっている。固定されていない異物が胴体の底部や翼の内部に残っていると、いつかはそれがコントロールケーブルの滑車といったような、まずいところにひっかかることを、これまでの苦い経験から学んでいるのだ。

五時間ずれたら大惨事だった屋根の崩落

コネチカット州ハートフォードで起きたあわや大惨事という危険な事態は、あらかじめ作業者たちが感知していたが、この場合そうしたクラックストップ対策はあいにく採用されていなかった。一九七八年一月一八日の夕方、コネチカット大学対マサチューセッツ大学のバスケットボールの試合にファンが集まってくるころ、外ではにわか雪が舞っていた。場所はハートフォード市民センター競技場である。当日は定員の約半分にあたる五〇〇〇人の観客が集まった。スコアボード上方を見上げると「立体骨組」の天井構造が見えた。屋根はコンクリート製の太い柱四本で支えられ、高さは床から二五メートル、幅九〇メートル、長さ一二〇メートル。太い鋼管を三角の格子に組んだ大構造物だった。これは米国内で二番めに大きな立体骨組の屋根で、建築後五年がたっていた。

もしだれかが、とてつもない好奇心に駆られたかどうかして、じっさいにはしごにのぼり、この驚嘆すべき建設物を計測していれば、屋根の支点と支点のあいだにたわみがあることに気づいたであろう。その夜は湿った雪がだんだん強く降ってきたので、いつもより屋根は余計に下がっていた。観客が競技場を去ってから五時間後、一一五〇トンの屋根は、一〇センチメートル強の積雪とともに観客席の上へ落下した。

市のコンサルタントがのちに語ったところによれば、問題は、屋根の構造が複雑で設計が不適切だったため、強度不足で荷重に耐えられなかったことにあった。たとえ積雪がなかったとしても、耐候性の処理を施した屋根は、重量が計画時より七五〇トンも増加していたという。もっとも解せないのは、屋根のたわみが建築技師たちの予測より少なくとも五〇パーセント多かったことを作業員らが報告していたにもかかわらず、なんの手も打たれなかったことである。作業員たちはまた、いくつかの屋根のパネルが、本来なら外側の骨組にボルトで固定されるように設計されていたのに、穴の位置が合わないことも知っていた。そうしたパネルはタック溶接［間隔をおきながらの溶接］で固定された。

このハートフォードの間一髪の事態を念頭において、つぎの二つのケースを考えてみよう。第一は、さる市営スタジアムの二階席が完成して使用できるようになり、大試合を三日後にひかえて市としては新しい二階をどうしても使用しなければならない状況にあるとき、ある外部の人間が、建築工学的な計算値に重大な安全上の問題がひそんでいる、と指摘したケース。第二は、ある米国の企業が発展途上国に建設した新工場の屋根が、何百人という従業員の頭上に落下するかもしれないことを内々に知ったケースだ。どちらの場合も、問題が切迫している徴候はきわめてかすかにしか見えず、ハートフォードのときよりもわかりにくかった。

官僚機構や巨大な多国籍企業に身を置く従業員は正しいことをおこなわない、とわれわれは思っているか？　もちろん、そう思っている。かれらは不快な情報の痕跡を隠し、その日の仕事を楽に進めるためならどんなことでもするだろう、とわれわれは想像する。最後まで責任をとったらどうだ。ただし、例外もある。一件はいまから四〇年まえに短い新聞記事になった。もう一件は、大部分のニアミスの例にもれず、公表されることはなかった。

二階観客席崩落の危険に気づいた技師

一九六〇年一〇月二一日、「今週の全米大学体育協会フットボール試合」の中継を見ようとテレビをつけた視聴者は、異様な光景を目にした。この日は「熊さん」こと、ポール・ブライアント率いるクリムゾンタイド［アラバマ大＝タスカルーサ市にある］がライバルのテネシー大と第二ホームフィールド［アラバマ大バーミングハム校のホームフィールド］で開幕戦のビッグゲームを戦う日で、観客数は新記録だったにもかかわらず、スタジアムに新設された広大な二階席は、定員八六三二の客席のほとんどが空のままだったのだ。

キース・ジャクソンは当時まだＡＢＣテレビの駆け出しアナウンサーで、あの「ウォウ、ネリー！」という叫び声で全米で有名になるまえだったが、大きくりっぱな二階席にすわって下を見下ろしているわずか十数人の人間に注目するよう視聴者に呼びかけた。テレビカメラはバーミングハム市の主任建築調査官とともにすわっている数人の警察官をズームアップしたあと、地上の折りたたみ椅子にすわっている三〇〇人のファンをパンして映し出した。そこには、通路の半分を使ってフィールドぎりぎりまで並べられた板の上にすわっているファンの姿もあった。

テレビ画面に映った空の二階席は、古代ローマの皇帝がやりそうな気まぐれな愚行の産物のように見えた。これから大円形スタジアムにライオンを放つからと、客席の三分の一を空けさせたみたいだった。だが、実際は深刻な、れっきとした理由があった。

試合当日の土曜日に二階席にいた主任建築調査官、マイロン・サッサーは、二階は満員のファンを収容できるだけの強度があり安全性にも余裕がある、とその日まで信じていた。ところが、技術顧問たちは設計図面を見て、冷や汗をかいた。八六〇〇人の観客がのった巨大な鋼鉄製の二階観客席が、ほぼ同人数を収容したコンクリート造りの一階観客席の上に落下したところを想像してみるがいい。

それを知ったのは試合の約二週間まえのことで、ディック・アレクサンダーという若い技師がスタジアムを訪れたときである。コンクリート製の一階スタンドは一九二七年の建築当時のもので、馬蹄形にフィールドを囲み、北側のエンドゾーン部分が開いていた。いまやそのリージョンフィールドには、ゆるい円弧を描いた二階席が東側スタンドに新設されて、総収容人員は五万二〇〇〇となっていた。アレクサンダーはこの新二階席用の鉄骨を製造したオニール・スチール社から派遣され、スタジアムにやってきたのだ。

アレクサンダーは、この新しい構造物のウインドブレーシング（すじかい）を見て、いやな感じをもった。それは階下のコンクリート造りのスタンドと上部のスチール製客席とを連結して補強する金属製支柱で、ウインド（風圧）や観客の動きによって張り出し部分が揺れるのを防ぐ役割を受けもっていた。これらのすじかいはぴんと張っているのが本来の姿だった。ところが六本のすじかいはたわみ、微風を受けて振動していた。たわんでいるすじかいは、二階席の揺れを防止する効果があるかどうか疑わしいばかりでなく、より深刻ななにかが進行しつつあることのしるしではないか、とアレクサンダーは不安になった。彼はこの事実を上司に報告し、問題解決を社外に求める許可を得た。アレクサンダーは、建設会社ではたらいている兄に電話した。スタンドを検査して欲しいという非公式の依頼は、その会社の構造工学技師、ウォレス・マックロイのもとにとどけられた。

最初にマックロイは、二階席を設計した設計技師、カール・ウィルモアに敬意を表して電話をかけた。二人はともにバーミングハム市内の同じ教会の会員だった。ウィルモアは、マックロイが二階席の設計について再検討を加えることを了承し、大量の設計図を送ってくれた。マックロイは図面を一枚ずつ調べ、鉄骨の寸法をチェックし、計算尺を使って応力計算をやりなおしはじめた。

強い懸念をいだいたマックロイはふたたびウィルモアに電話した。たるんでいるウインドブレーシング自体はあまり重大ではなかったが、問題点が二つあることにマックロイは気づいた。ここでは専門的な詳細には立ち入らないが、問題の第一点は二階席の前方部分、つまり、支柱からせり出している片持ち梁の部分が、まるで民家の玄関の張り出し屋根が大雪で折れてしまうように、がくんとつんのめって崩壊する可能性があることだった。もうひとつの問題点は、規模の大きさからいうといっそう深刻だった。弧を描きながら二階席の端から端まで走っている主トラスが強度不足なのだ。

骨組に欠陥があると、二階席全体が、コンクリート造りの一階スタンドの上に落ちるかもしれない。つまり、マックロイが見つけた問題点は設計上の誤りであって、鉄骨の製造あるいは組み立てにおける誤りではなかったのである。

オープニングゲームまで一週間たらずの時点でマックロイがくだした結論によって、市の「公園レクリエーション委員会」は一気に忙しくなり、狂乱状態におちいった。ジェーリージョンフィールドはバーミングハム市が所有し、委員会が運営していた。ジェームズ・モーガン市長は、溶接工をかき集めて昼夜兼行の作業にとりかかり、トラスと梁に鋼板を溶接する工事をおこなった。試合日の前日の金曜深夜、あと何時間かで本番という時刻に工事が終わったとき、マックロイは市当局およびウィルモアの建設会社が招集する検討会に出席した。ウィルモアがマックロイに質問した。こんどは二階席の使用に賛成するか、と。「彼は即答をせまった」とマックロイは述懐する。気まずい沈黙を破ったのはウィルモアの共同経営者ジム・ハドソンだった。ハドソンは、補修工事のできばえをチェックする時間もないのに補修工事の完成を認めよというのはフェアではない、と発言した。

その結果、大試合のためになんとか二階席を使用できるようにしたいという猛烈な努力をはらってきたにもかかわらず、バーミングハム市公園レクリエーション委員会は、すべての計算値をべつの建設会社によって再チェックしてもらうまでは、二階席に観客を入れないことにした。何千脚もの折りたたみ椅子が公会堂からトラックで運びこまれた。当選が決まっていた次期市長もボランティアたちといっしょに夜を徹してはたらき、通路に臨時の観客席を設けるため一四〇〇枚の板を荷下ろししたり、のこぎりで切ったりした。あとになって、板を敷いたのは安全基準違反だったことが判明したが。

最終的には、当初の設計者だったウィルモア、ハドソン、ルークの三人がこの問題の「道義的、技術的、経済的責任のすべて」を負った。共同経営者のひとりが公園レクリエーション委員会に語ったところによると、計算上のミスによって主トラスが小さくなり、荷重に耐えられなかったのだという。

「現場には行くまでもなかった」。マックロイはこのスタジアムの危機について、いまこう語っている。「設計図を見ただけで明らかだった。あれは崩壊していただろう、とわたしは思う」。

懐疑的な人間は「人びとはより大きな善を目ざして進んで行動を起こす」という命題は、このアラバマの例で十分に証明されたとはいえないのではないか、と考えるかもしれない。けっきょくのところ、リージョンフィールドは、公園レクリエーション委員会の委員たちの家族や友人も利用している競技場だ。人びとは結果が自分と直接利害関係のある場合にしか、マシントラブルのかすかな徴候に注意をはらわず、惨事にいたるまえに問題を解決しようとしないのだろうか。

倒壊の危機にあった摩天楼

その答はノーだという証拠が存在する。自分の親戚には自分が利用するマシンや構造物の運用責任者がいない、という人にとっても幸いなことに。いくつかの間一髪の事件にそうした証拠を見ることができるのだ。いまやもっとも有名なのは、一九七八年にニューヨーク市で発生したシティコープセンター・ビルの危機である。このことは当初隠蔽されていたが、のちに《ニューヨーカー》誌の記事によって明らかになった。騒ぎはビルが完成して入居が終わってからのことで、工事の構造設計顧問、ウィリアム・ルメジャーが、工学部の一学生の質問に答えるために施工計画書を検討していたときに明らかになりはじめた。作業記録の見直しが進むにつれて、いくつかのことが判明し、ルメジャーを驚かせ、背筋を凍らせた。

シティコープセンター・ビルは鉄骨構造建築で、四辺の各中央に位置する高さ三四メートルの支柱の上に立っているように見える（図9参照）。ルメジャーは、まず第一に、構造鉄骨の接合方法が彼の会社の設計とは異なっていることに気づいた。鉄骨は溶接せず、ボルトで固定されていた。ボルトによる固定も容認できるのだが、溶接と同じような強度はない。ルメジャーは、構造計算をしなおし、再度の風洞試験を依頼した結果、この摩天楼の所期の強度許容量が、いくつかの予想外の要素が組みあわさったせいで著しく減少していることを知った。減少がもっともはなはだしいのは、三〇階の交差すじかい鋼材を結合しているボルト部分だった。

　問題は、斜めに吹きつける風——ガラス張りのビル側面にたいして斜めにあたる風——による応力にたいするボルト接合部の強度だった。ニューヨーク市の建築規則では、ビルに採用した建築構造の等級の計算根拠を示しさえすればそれでよく、ルメジャーが採用したような解析は要求していなかったが、彼の解析によって、思わぬ事実が明らかになった。もしマンハッタン島が、平均すると一六年に一度という規模のハリケーンにおそわれ、しかもそれが停電時で、ビルの頂部に設置されている揺れ防止装置が作動しなかった場合には、二七九メートル［五九階］あるタワービル全体が倒壊する可能性が五〇パーセントある、とルメジャーは判断した。この揺れ防止装置はチューンドマスダンパー［同調系質量制振装置］と呼ばれ、電気で作動する。

　ほんの一瞬だったがルメジャーは、自分のメモを破棄しようか、いっそ自殺しようかと思案した。こうした事態にいたった原因には、彼の会社が、ある種の条件下で風を受けた場合に構造体の接合部にかかる最大応力を計算していなかったことも含まれるからだ。けれども彼は、問題の全般に関して警鐘を鳴らした。シティコープ社は、秋のハリケーンシーズンが到来しないうちにビル構造を補強するため、制約なしの対

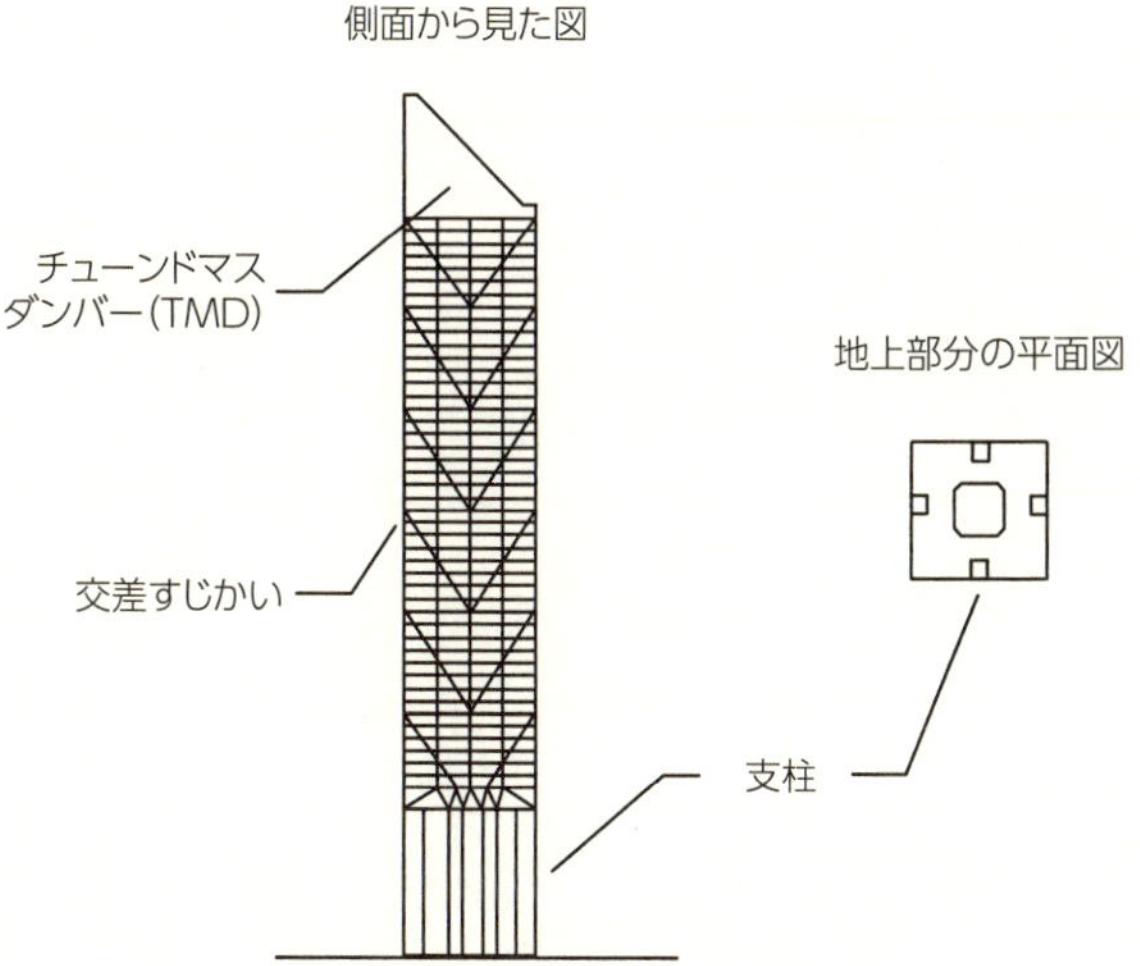

図9　シティコープセンター

推定される経過

1　建築工事終了後、設計顧問は、鉄骨の接合部分が溶接ではなくボルト留めになっていて、設計どおりの強度をもっていないことを知る。
2　さらに設計顧問は、斜めに吹きつける風が、接合部分に本来の許容範囲を超える応力をもたらすことを知る。
3　ビル所有者は、接合部分を強化するため、鋼板を溶接した。

策を認めるいっぽう、非常時に備える態勢をつくった。たとえば、いかなる条件下でも確実にチューンドマスダンパーが作動するようにしたり、あるいは、ビル倒壊が迫ったときにはマンハッタンの一〇ブロック四方の地域から人びとを避難させる手はずをととのえた。

作業は夜間と週末におこなわれ、大工がオフィスの壁をうがって鉄骨を露出させると、溶接工がその鉄骨の危険部位に鋼板を追加して強度を確保した。三〇階部分はとくに念入りに強化した。何週間にもわたって作業員が、大きな鋼板を台車に積んで大量に運びこみ、荷受け台におろしてから貨物用エレベーターで上階へ運搬したが、お上品なビルの入居者たちもひとりとして、表だってはとやかくいわなかった。

この修理工事で重要な役割をはたしたのは構造工学技師のレズリー・E・ロバートソンである。彼はおもにシティコープ側の専門家として行動し、ルメジャーの計算にもとづいて、変更すべき点を明確に示した。

ロバートソンは三四歳のとき、土日も休まずはたらいて、ニューヨークの世界貿易センター（ツインタワー）の構造設計を仕上げている。一九七九年にはすでに自分の会社をもち、世界貿易センター以外にもいくつかの世界的なビルで実績を残していた。「五九階建ての危機」と《ニューヨーカー》誌が呼んだこの顛末を、彼がなつかしそうに振り返ったりしないことをわたしは知っているが、この事例研究は、話が表沙汰になって以来、業界では有名なのだ。工学部の学生たちに職業倫理にもとづく行動とはなにかを教える教科の柱のひとつとなっている。

「わたしはいまでもシティコープセンターを避けて数ブロック遠回りして歩いています」とロバートソンはいう。補修計画についやさねばならなかった時間を、できることなら取り戻したいものだ、と。彼はこの一件でいちばん賞賛にあたいする登場人物は、シティコープそのものだと考えている。というのは、この銀行の取締役たちは、最終的に補修費用はだれが分担するのか気にしながらも、何百万ドルにも達する支出をまっさきに承認したからだ。

ロバートソンは、誤りを絶対に許容しない男だが、彼の設計したビルにやってくる一般市民のことを心から配慮する男でもある。一九九三年の、世界貿易センター爆破テロのときには建築構造上の被害を調査するよう依頼された。事件の捜査期間中は、彼はツインタワーの駐車場階に自由に出入りできる民間人のひとりでもあった。彼は点検作業をしているとき、駐車場にとまっている大破した車の持ち主は二度とその姿を見ることがないことに気づいた。そこで彼は、できるだけ多くの車の残骸を写真に撮り、自動車局で住所を調べてもらって持ち主がわかると、写真を郵送してあげた。ある一家には、車の残骸から取り出したたくさんの記念プレートを送ってあげた。ロバートソンはコネチカットの自宅の裏庭に、この調査のときの思い出の品を保管している。それは爆発でねじれた、長さ四メートル強の鋼製の梁である。

「屋根にできた水たまり」をどうするか

企業が立ち上がって正しいことをすることもある、という主張を裏づけるために、ロバートソンは彼がかかわったもうひとつの例を話してくれた。一九七一年のなかごろ、IBMの海外子会社のラテンアメリカ担当不動産管理部長をしているジョン・デービスは、定期巡回の一環として、ブラジル南部、サンパウロ近郊の小村、スマレにできた新工場に立ち寄った。IBMは、九平方キロメートルほどの面積をもつこの工場を、タイプライターとコンピューターの組み立てのために建設した。

ある日、デービスがスマレ工場の主力組み立て作業場に立ってふと上を見ると、屋根を支える格子状の鉄骨のわきを、巻き尺を手にした数人の男がはっていた。天井構造は立体骨組で、のちにハートフォード市民センター競技場でつくられたものと原理的には同じだったが、地上からの高さはハートフォードの場合ほどはなかった。作業員たちは天井にのぼって、できたての屋根の寸法を測っているのだ、とデービスは聞かされた。彼がさらに質問したところ、中央部付近の屋根の上に設置されている、暖房換気装置を収めた「塔屋機械室」の構造体がうまく機能していないという。塔屋から排出された水が屋根にそって排水管を流れ落ちるはずなのに、どこへも流れていかないのだ。作業員たちが計測したところでは、屋根が五センチメートルたわんでおり、その結果、排水管につけてあったわずかな勾配がなくなっていた。樋には水がたまり、おたまじゃくしが泳いでいる。

この種の問題は、ことにまだIBMがこの工場への入居作業を進めている最中だという点からいっても、ブラジルの建設請負業者が処理すべきものだとデービスは理解していたので、彼はニューヨークのIBM本社へ電話を入れた。相手は、海外子会社地域業務マネージャーのジョン・ノボメスキーである。

半時間ほど時間をさけばノボメスキーはブラジルの請負業者に手紙を書いて、塔屋の排水管を修理させることもできただろう。そうすれば二日後、あるいは二週間後になるかもしれないものの、道具箱を手にした便利屋がスマレ工場の屋根に上り、数本の排水管に支柱をかませて、もとどおり水が流れるようにしただろう。もし、それ以上に深刻な問題が進行していて屋根が落ちるようなことになっても、ノボメスキーのファイルには自分を擁護するのにきわめて有利な文書が残されていることだろう。そのメモでは、改善策を講じたことが最大限に強調されるはずだ。彼は事務職としてりっぱに仕事をこなしている、ということになったであろう。

けれども、ノボメスキーはそうした方法をとらなかった。おそらくその理由は、彼自身が技師であったことや、以前にイタリアのミラノの工場で屋根の問題を経験していたためだろう。人びとの頭上にぶら下がっている巨大な物体が設計どおりに作動しない場合は、よりアグレッシブに事態を追究したほうがいい、ということを学んでいたのだ。ノボメスキーは同僚に電話し、コンサルティング・エンジニアのレス・ロバートソンの名を教えてもらった。ロバートソンはノボメスキーの電話を受けたその日のうちに、ブラジル行きの飛行機に乗った。「まったく、どぎもをぬかれるほど早かった」と、ノボメスキーがいう。「これまでの経験のなかで、いちばんびっくりしたことのひとつだ」。

ロバートソンはリオデジャネイロで二日間すごし、この問題に関する情報をもっている人間を見つけようとした。彼のことばによれば、「設計した建築士には会えなかったし、リオデジャネイロのＩＢＭ事務所では、だれもわたしに話しかけようとはしなかった。かれらはスマレがどこにあるのかさえいえなかった」。だがロバートソンは、うんざりしてあきらめ、仕事が待っているニューヨークへ戻るようなことはせず、運転手つきのレンタカーを借りて、工場の方角へ向かって出発した。構内へ立ち入るための証明書をもたず、しかもポルトガル語の話せない彼は、なんとか相手をだまして工場に入り、玄関ホールを歩いていくと、米国人の声が聞こえた。ようやくそのときからロバートソンは、問題の回答を手にしはじめた。

ニューヨークにもどったロバートソンは二日間にわたってノボメスキーと会い、調査結果をまえにして話しあった。立体骨組の天井に関するいくつかの問題点、ことにボルトとワッシャーで固定されている接合部分がロバートソンには気がかりだった。特注品の鋼鉄製ボルトが、建設会社のいうとおりの「高強度」をもつ合金なら、おそらく屋根は安泰だろう。だが、もしボルトが標準鋼製だとしたら、IBM工場の建物は深刻な問題をかかえていることになる。

ボルトの鋼鉄の金属試験をするには何週間も必要だ、と建設会社の代理人は答えた。もし、それがノボメスキーに手を引かせるためのたくらみだったとしたら、それは成功しなかった。ノボメスキーは自社の財務担当副社長に電話をし、金属試験の結果を待つことなくただちにスマレ工場の全員を避難させたい、と申し出た。

「IBM社内で自分の意見に注目させようと思ったら、『工場を閉鎖したい』と言いさえすればいいことがわかった」。ノボメスキーは当時を回想してそう述べている。またたくまに彼は、自社の最高経営責任者、財務担当取締役、取締役会議長、主席法務顧問と話しあう羽目になった。彼は会議のあいだにむずかしい質問をいくつもさばいたが、修理のための損失、つまり現金支出額やむだになる製造時間についてはいちども話題にのぼらなかった、と回想している。いくつかの問題解決は未決にしたまま、ノボメスキーは工場から全員を退去させる許可を得て会議をあとにした。

工場閉鎖の決定後、建設会社はボルトの試験をすぐにおこなう方法を見つけた。そして、恐れていたとおり、ロバートソンはボルトが高強度鋼製ではないことを知ったのだった。ということは、スマレでの使用方法では、鋼鉄がすでに強度限界に近いことを意味した。これは重大な問題だった。なぜなら、立体骨組の一部が壊れれば、周囲の骨組が負荷を分担しなければならないからだ。すべての接合部分が同じように弱ければ、小さな問題も連鎖的に一気に発展し、屋根のかなりの部分を落下させる可能性がある。ロバートソンは、IBMと建設会社にたいして、屋根を取り代えずにすむ最良の方法は、立体骨組の接合部分、四万カ所をすべて溶接することだと告げた。

IBMは修理を最優先にし、作業中は何百人という労働者を避難させた。建設会社は屋根を補強し、半径六〇キロ以内にいる溶接工をかき集め、順次、工場の各セクションごとに接合部分の修理をおこなった。ロバートソンは工事完成までの三カ月間、ときには毎週のように定期的にブラジルへ飛び、修理の進行状況をチェックした、と語ってくれた。ノボメスキーのことばによれば、建築会社が修理費の請求書を送ってこなかったことを彼自身確認しており、大惨事寸前のニアミスの多くがそうであるように、事件全体がまったく世間の目にふれることのないままで終わったのだった。このほかにもマシンフロンティアのすべての方面で、有益な教訓にみちた間一髪の事例が幾万とあることはまちがいない。われわれがそうした例を耳にしないのは残念なことだ――そうした教訓のためにはいくら代価を支払っても安いというのに。プレミア・

マニュファクチャリング社といったようないくつかの企業では、具体的にニアミス報告の分析結果にもとづいて、安全プログラムを定めている。

ニアミス報告は、どういう異変であればもちこたえられ、どういう異変であればただちに手当てを必要とするかを見分けるときの役に立つ。ニアミスの事例と安全との関係は、情報提供者と警察の関係と同じといえるかもしれない。密告者がもたらす内部情報がなければ大半の犯罪は解決できないことをベテラン刑事が知っているのと同じように、ニアミス報告も、巨大システムのなかの失敗の経路を、われわれが事前に、手遅れにならないうちに知るいちばんの近道だ、ということがしばしばある。

もちろん、情報過多という事態、あまりにも多くの「未解決の問題」がいちどに処理されるという事態もある。そのなかに真に重要な問題があるとして、それはどれか。大事故が起きたあとの論評では、小さな障害が無数にある状況で真の問題を見ぬくむずかしさを取り上げるべきなのに、そうした記事にはめったにお目にかかれない。当事者である会社や関係官庁も、事故当時まだほかにいくつも安全問題があったなどと、宣伝しようとは決して思わない。マスコミは、同時に存在していた他のさまざまな問題について耳にしていたかもしれないが、そんな事実は記者にはじゃまなだけだ。記者は、明快で人びとをひきつけるテーマ、すなわち「取り返しのつかない問題につながる初期の徴候に気づきながら、経営者はなにも対策を講じなかった」というようなテーマを探しているのだ。

この章では、亀裂ストップにつとめている企業や役所が、どのように従業員に権限を与えて問題点を自発的に報告させているか、実態を見てきた。とはいえ、ニアミス分析の活用を含めた有意義な努力の多くは、一、二年しかつづかず、そのあとは下火になってやがて消滅する。クラックストップの姿勢を長期にわたって維持していくためにはどんな心構えが必要なのか、われわれはより深く探究してみなければならない。

第9章　危険にたいする健全な恐怖

爆発事故が起こることを前提に作られた工場

人間がひたすら本気になったとき、一五秒間でどれくらいの距離を走れるか？　二〇〇〇年五月二四日、ロン・ホーンベックは自己最高記録を達成するチャンスをつかんだ。その日、ホーンベックはミズーリ州カーシッジに近いダイノ・ノーベル社ダイナマイト工場の「バッチ式ニトロ化反応装置」棟で当番のオペレーターをつとめていた。

ホーンベックの任務は、ＭＴＮ（メトリオール・トリニトラート）と呼ばれる油状の爆発性液体を製造するための処理タンクと配管一式を監視することだった。彼のはたらいているニトロ化器棟は丘の中腹に建つ白い木造建築で、見かけはたいしたことはなかった。というのも、訪問客を案内して回るような場所ではなかったし、建物自体が消耗品だったからである。丘のすぐ上には土と材木でできた防御壁があった。爆発があったときにもうひとつのニトロ化器棟を遮断する目的で設置されたものだ。爆発防御壁は醜悪で、従業員たちの冗談のタネになっていた。

ニトロ化器棟の内部ではなにが起こるのか？「ニトロ化」は化学者の用語で、なにかの物質に硝酸を混ぜて反応させることをいう。MTNの場合についていえば、ホーンベックは、化学物質のトリメチルエチレンとジエチレングリコール、それと水との混合物をつくり、そのあとこれに硝酸と硫酸を加えて、慎重な管理のもとに攪拌していた。

硝酸は強力な物質で、木綿や紙といった通常は爆発性をもたないさまざまな物質に、酸素と窒素からなる「ニトロ基」を付加して爆発性を与える。ニトロ化は世界でもっとも危険な化学工程といわれてきた。だれでも「ニトログリセリン」ということばを聞けば、ほとんど本能的といえるような恐怖心をかき立てられる。MTNはニトログリセリンほど有名ではないものの、衝撃や熱を加えると、同じように爆発する性質をもつ。

ホーンベックはそのことはよく知っていたから、ニトロ化器内部の温度を注意深く監視していた。しかし、もっともトラブルを発生しやすいニトロ化の段階は順調に進んだ。彼はできたばかりのMTNを分離タンクへ注入した。反応後に残った酸は比較的重いので、分離タンクのなかで重力によって底に沈殿する。しばらくしてからホーンベックはタンクの栓をあけ、この廃酸の層を取りのぞいた。タンクには約三トンの

MTNが残り、次段階である徹底的な水洗処理を待つばかりになった。ところが、そのわずかな時間のあいだに、高性能爆薬に不可解な不具合が生じはじめた。タンクにあるときのこの油状液体の理想的な温度は摂氏八・三度だったが、いまや温度は上昇しつつあった。

ホーンベックは温度が一二・八度に上がるのを見ていた。警戒態勢に入った彼にはいくつかの選択肢があった。持ち場を捨てて外へ逃げ出すこともできたが、まだ制御できない状況ではなかった。装置の設定を変更して、MTNを「水浸しタンク」――爆薬を急速に冷却して反応の暴走を止めるために（必ずとはかぎらないが、通常は）使用される、水を張ったタンク――にあける方法があった。あるいは大きな排出口を開けて、液体を溝に流してしまう手もあった。おおいのない溝に流れ出せば十分に熱が放散されるし、なによりも重要なことに、この方法はてっとり早かった。というのも、装置の設定がそうなっていたからだ。こうした状況下では早さがものをいう。

タンクの温度が二一度に達し、さらに上昇をつづけている状況下で、ホーンベックが排出口を大きく開くと、油状のMTNが流れ出した。タンクの温度計を見ると、温度の上がるスピードが加速しつつあることが明らかになった。化学反応に暴走が起きたことを示すものだろう。熱が蓄積すると化学反応がいっそう進み、それがさらに温度を上げることになる。暴走した化学反応の場合、山の斜面を転がり落ちる石のように、すべてが加速していく。

温度が三八度を超えて赤茶色の濃い煙がたちこめてくると、ホーンベックもほかの方法を試すには遅すぎることをさとった。彼は戸口を駆けぬけ――ニトログリセリン工場では、ドアはすぐに開くようになっている――丘の上をめがけ全力で走った。爆発したときは丘の下方に向かって噴出するように建物は設計されていることを彼は知っていた。

どんなときはとどまり、どんなときに逃げるかという知恵は、つらい過去の経験から学ぶものだ。一八八四年三月、ラモー・デュポンはニュージャージー州ギブズタウンに近い会社のビルにいた。そのとき、処理する一回分のニトログリセリンが赤い煙を出しはじめた。デュポンは、繁盛していた家業の火薬製造にダイナマイトを追加し、みずから先頭に立っていたのだった。彼はニトログリセリンを水タンクへ移すことには成功した。だが、結局その液体は爆発し、本人と従業員五名が死亡した。

ホーンベックがバッチ式ニトロ化器から全力疾走で逃げているとき、建物から炎が噴き出した。まだ六〇メートルも離れないうちに建物が爆発し、彼はびっくりしたが、けがはなく無事だった。爆風によって瓦礫が吹き飛び、クリークを越えて対岸の牧草地に落ちた。近隣の建物の窓が割れ、羽目板がずたずたに裂けた。土と材木でできた防御壁は崩れ落ちながらも、もうひとつのニトロ化器を救ったし、爆発物でいっぱいの他の建物が連鎖反応で爆発するということもなかった。

ダイナマイト製造工場のどまんなかで三トンもの高性能爆薬が爆発したのに、連鎖反応による爆発を起こさず死者も出さなかったのは驚くべきことだといえるだろう。それは、ダイノ・ノーベル社のように長い経験をもつ爆薬製造業者たちが、恐怖心をいだきながら生き、工場にひそむ悪魔とまともに正面から取り組むことを学んできたからだ。

危険な事業をおこなう者は恐怖を直視する

この数十年のあいだ、製造業者たちは製造プラントの爆発原因を詳細に研究し、たがいに教訓を分かち合ってきた。かれらは主として、どうすれば工場爆発を防止できるか、どうすれば小規模爆発を大規模爆発に広げないようにできるかを学んだ。たしかにかれらは、可能なかぎりの場面で危険を断ち切る努力をしているが、同時に、安全を保証する唯一の方法は、全面的に作業をやめることだということも知っている。たじろぐことなく危険の本質を究極までつき詰めるそうした見方は、爆薬産業以外のある種の企業でも採り入れると有効な、すぐれた作業スタイルである。すでにそうしている企業もある。

たとえば、作業員がヘリコプターに乗ったまま高圧送電線をメンテナンスする企業がそうだ。その危険性は、よく知られた海軍の飛行士たちの着艦訓練にも匹敵する。かれらはゆれる航空母艦の甲板に、大きな航空機を着艦させるすべを会得している――いかなる気象条件のときも、しかも一分間隔で。あるいは、さらに時間をさかのぼれば、第二次世界大戦前に英国の飛行士たちがおこなった、ある種の防空技術に関するテストになぞらえることもできるだろう。そのテストでは、王立航空研究所の科学者とパイロットたちは、航空機に乗って、防空気球［敵機の進入をじゃまするようワイヤーで地上につないでおく気球］から垂れさがっているワイヤーロープに向かってまっしぐらにつっこむことを要求された。これは史上もっとも危険なテスト飛行にかぞえられている。

はじめて聞けばそうした仕事はとんでもなく危険に思えるが、そんな職務も、まったく死傷事故を起こすことなく何年にもわたって毎日繰り返すことができるものなのだ。防空気球を例にとると、王立航空研究所の人たちは心の底ではテストパイロットだったので、ゆっくりと課題に取り組むべきことを知っていた。かれらはまず、パラシュートから垂らした釣り糸をめがけて飛行し、そのあと少しずつ難度を高めて、やがて気球につなげたワイヤーに体当たりするまでになった。そしてついに、もつれあっているワイヤーで翼をもがれるまえに相手の障害物のほうを切り落としてしまえるような、爆薬をエネルギー源とするカッターが開発されたのだった。とはいえ障害物を切り落とすことが決して安全ではなかった証拠に、ときにはワイヤーがプロペラにからみついたこともあった。

強い恐怖心をもたずにそうした仕事に取り組めば惨事を招く。そうしたことからわれわれは、危険な仕事にはどういう人が適しているかについて、いくつかのことを学び取る。わたしが非公式におこなった聞き取り調査のときに聞いた話では、危険の大きい仕事において最優秀といえる従業員は、細心かつ大胆だという。かれらは身分の上下を超えてあらゆる人びととうまくつきあえる。人生を楽しみ、すぐれたユーモアの感覚を備えている。猪突猛進型の人や、称賛を受ける場に出たいと考えている人間は応募してくれなくていい。そういう人は結局はうまくいかない。

さて、硝酸アンモニウムは、重量が同じならニトログリセリンにくらべて爆発力が弱く、不注意に扱った場合でもはるかに安全である。にもかかわらず、硝酸アンモニウムによる災害がニトログリセリンの場合より多くの死者を出しているのは、長年にわたって硝酸アンモニウムをあつかう人びとがそれを恐れてこなかったせいだ、とわたしは思う。硝酸アンモニウムによる火災や爆発は以前から何度も起こっていたのだが、そのメーカーとユーザーは、何十年もまえにニトログリセリンのメーカーが直面しなければならなかったような暗黒面には直面せずにすんでいた。だが、「恐怖の年」となった一九四七年、様相は一変した。四隻の船に積んであった、世間ではありふれた肥料と思われていた物質が、三つの港湾都市で爆発したのである。

ニトログリセリンとのつきあいかた

ニトログリセリンが一種の「破壊の水」として評判を得るのに時間はかからなかった。イタリア人のアスカニオ・ソブレロは一八四七年、トリノ大学の化学教授時代にニトログリセリンを発見した。ソブレロはスキンローションとして使用するため、グリセリンを瓶に入れて研究室の手近なところに置いていたが、ある日、その少量を硫酸と硝酸の混合液のなかにたらしてみた。ニトロ化反応が起こって黄色っぽい液体が生じ、それを炎であぶると爆発することがたちまち判明した。ソブレロ教授はその液が生物に与える効果に興味をもった。犬は少量を投与しただけでひどく苦しんだ。犬が壁に頭を打ちつける様子から、ずきんずきんと割れるような頭痛を起こしていることも推定できた。ソブレロはニトログリセリンの一滴を自分の舌の上にたらしてみて、同じような不快感を経験した。彼は研究結果を学会に報告すると、それ以後、自分ではニトログリセリンの実験をつづけなかった。心臓疾患にもとづく胸痛の治療にニトログリセリンが有効なことを発見したのは、ある英国人医師である。

ほかの発明家たちはニトログリセリンが爆薬として大きな可能性をもつことに気づいたが、望んだときに爆発させることはできなかった。爆発するときもあったが、ただ燃え出すだけのときもあった。こうした発明家のひとりが、猫背で、生涯病気がちだった若いスウェーデン人だ。アルフレッド・ノーベルは一八三三年に生まれた。有能だったが変わり者の父、イマニュエルが破産した年だった。それは、浮き沈みの多いアルフレッドの少年時代の出発点にすぎなかった。

彼は爆薬とともに成長した。父の仕事である橋梁建設では、障害物を火薬で爆破する必要があり、それが結果的には艦船を攻撃する爆発物である水雷の発明、製造につながった。試作品の水雷が爆発してストックホルムの自宅が破壊されると、イマニュエルは家族をフィンランド、ついでロシアへ移住させ、ロシア皇帝配下の海軍高官からの要請で作業をつづけた。その成果は、クロンシュタット要塞を防衛するための一群の水雷となって実り、サンクトペテルブルクを敵艦の侵攻から防御することができた。ところが一八五六年にクリミア戦争が終結し、ロシアは水雷を必要としなくなった。六〇歳になったイマニュエルは、妻と下の二人の息子、アルフレッドとエミールをつれてスウェーデンへ帰った。かれらはストックホルム近郊のヘレーネボリに工場をつくって「ノーベルの爆発油」の製造と販売をはじめた。この会社はアルフレッド・ノーベルに経営者としての名声をもたらすと同時に、父との確執を生む原因にもなる。父のイマニュエルは、ニトログリセリンの確実な爆発方法に関するアイデアを息子が持ち逃げする、と考えたのだ。

ニトログリセリンをバッチ法で製造するのは比較的容易だったが、確実に爆発させる方法を見つけるのはきわめて困難だった。アルフレッドは、明らかに父親の発想の流れを受けついで、一八六四年、その方法を見つけた。ノーベルがはじめてつくった高性能の雷管は、もうひとつの有名な発明品であるダイナマイトと同じように、あとから考えればまったく自明の理といえるものだが、ノーベル一家をのぞけば、それまでだれも雷管のことを思いつかなかった。雷管は、基本的には大きな爆竹と同じで、火薬を詰めた容器であり、ニトログリセリン液の容器のなかに装塡され、導火線によって爆発を起こす。雷管の火薬の爆発によってニトログリセリン液が爆発する。その効果が立証されると、ノーベルは商業ベースに乗る雷管の開発に乗りだした。それは雷汞《らいこう》(雷酸水銀)を詰めた小さな銅管で、現在も小火器用の撃発雷管をつくるのに利用されている。

一八六四年一〇月、アルフレッド・ノーベルが雷管を実用化させてから数カ月後、一家の営んでいた小さなニトログリセリン工場が爆発した。事故で四人が死亡したが、そのなかには弟のエミールも含まれていた。アルフレッドも、有望な投資家と会談するために外出していなければ、事故に巻きこまれるところだった。ストックホルム市は市内でのニトログリセリンの取り扱いを禁止した。だが、アルフレッドにはもはや再考の余地はなかった。爆発から受けた精神的ショックで父は卒中にかかり、二度と回復することはなかったので、アルフレッドと兄のロベルトの二人で一家を支えなければならなかった。アルフレッドはメーラル湖に停泊している艀《はしけ》に事業所を移し、事業を再開した。雷管とニトログリセリンがスーツケースひとつ分できると、彼はそれを車に積んで売りに行った。

弟が死んで一年ほどのうちに、新事業はいわば、にわか景気にわいていた。「アルフレッド・ノーベル・アンド・カンパニー」の工場がスウェーデン、ドイツ、ノルウェーに設立された。「爆発油」はヨーロッパとアメリカの各地の鉱山とトンネルでその力量を示した。この液体はドリルであけた穴に使用するには理想的とはいえなかったが、岩盤作業をする坑夫たちは、岩を粉砕してしまう爆発油の効能を好んだ。火薬だと岩が割れるだけなので、割れた岩をそれぞれもう一度、火薬で爆破しなければならないからだ。

つぎの二年間に、貯蔵中のニトログリセリンによる爆発事故がたびたび起こって世間の怒りを買い、ノーベルはあわや事業閉鎖という事態に追いこまれた。はじめのころの爆発の一例では、ドイツ人のセールスマンが、缶に詰めたニトログリセリンの入った、表示のない木箱を、あとで取りにくるといってニューヨークのワイオミングホテルに置いていったのが原因だった。ホテルのボーイは靴磨きの仕事をするときに、その箱を足のせ台として利用した。三カ月後の一八六五年一一月、ホテルのバーで酒をのんでいた客たちは化学薬品の煙のにおいに気づいた。煙のもとは例の箱だとわかった。箱は納戸に入っていて、ピンク色の煙をあげていた。バーの客が箱を引きずりだし、道路に放置した。数秒後、箱は爆発し、道路に穴があき、一八人が負傷した。その翌年にも事故が続発した。貯蔵中のニトログリセリンを原因とする爆発がオーストラリアのシドニー、サンフランシスコのウェルズ・ファーゴ社の貨物あつかい所、パナマの港湾に停泊中の汽船、ベルギーのブリュッセル近郊などで起こった。

それまで人類は、こうした物質に出あったことはなかった。戸棚のなかに何カ月も置いておくことができるのに、ある日突然煙を出しはじめ、その一〇分後には家全体を焼き尽くすことのできる液体。その液体が入った容器はどれもみな時限爆弾で、読み取り不能な内蔵時計に反応する——こう推測するしかない。

アルフレッド・ノーベルと兄のロベルトはこの問題を克服しようと、それまで以上に熱心に実験室で研究をつづけた。かれらが発見した不安定性の主要因は、製造工程から生じてそのまま残留している酸だった。時間の経過とともに酸はニトログリセリンを劣化させ、不純物が蓄積するにしたがって暴走反応を起こしやすくする。もし、まったく酸を含まないニトログリセリンを冷涼で振動のない場所に貯蔵すれば、それ自体が爆発することはない。ソブレロの先駆的業績から七〇年後、化学者たちが偶然見つけたガラスびん入りのソブレロのオリジナル・サンプル数本が、まったく変質しておらず新品同然だったことからも、それは証明できる。そのサンプルはいまでも残っているかもしれない。

この発見によって貯蔵の安全性は増したが、輸送はいぜんとして問題だった。安全性を増すためにさまざまな物質をニトログリセリンに混ぜてみる人もいたが、いずれの実験も実を結ばなかった。ノーベルは以前おこなった研究で、ガラスびんを梱包するときの詰めものに使用した白っぽい粉末状の珪藻土《けいそうど》が、ニトログリセリンに浸すと重量で三倍に相当する量を吸着することを知っていた。またこの粉末が、ニトログリセリンの安全性をはるかに向上させることも発見した。彼が「ダイナマイト」と命名した、紙筒入りの吸着材とニトログリセリンとの混合物は、現在も使用されている。ただし、現在は吸着材に珪藻土は使用されていない。

ダイナマイトの使用と貯蔵における安全性の進歩によって、原理的な危険は減少し、製造装置の係員らを含む工場労働者たちもその恩恵を受けるようになった。あるアメリカの企業は、一九一五年から一九五五年のあいだに一六基のニトロ化器を爆発させ、犠牲者一六人を出した。しかし連続法ニトロ化反応というはるかに安全な方式が発明されると、その後の二〇年間に同社はわずか一基のニトロ化器を爆発させただけで、死者は出していない。

一九五九年には米国全土で三四のダイナマイト製造工場があった。現在もいくつかの企業がニトログリセリンを製造しているが、それはおもに医療用のものと、小火器用無煙火薬の主成分とするためのものである。だが、北米にも、いまなおダイナマイト用にニトログリセリンを製造している工場がひとつだけある。ミズーリ州カーシッジのダイノ・ノーベル社の施設である。

七月のある日、わたしはその工場で午後の半日をすごし、たんに「オイル」、あるいは「NG」（ニトロと呼ぶ人はいなかった）と従業員たちが呼ぶものを製造する現場を見学した。工場の存在を示すものは田舎道の小さな白い標識だけだったが、入口の掲示板には厳しい警告が並んでいた。禁煙、マッチ禁止、カメラ禁止、小火器禁止。見学ツアーを開始するにあたって安全主任のリック・フェザーズは、工場の地図をわたしに手渡した。工場は四つの避難区域に分かれていた。切迫した火災や爆発が発生すればきっとだれかの目にとまるから、その人が報知器を押せば、決まった回数のサイレンが鳴り、どの避難区域で事故が起きているかが従業員全員に知らされるという。そうすれば、みんなが、危険に近づくのではなく、危険から遠ざかる可能性が高くなる。フェザーズはわたしに、マッチやライターをもっていないかとたずねた。それらの品はむかしから爆薬産業ではよく知られた死と破壊の元凶だ。ラモー・デュポンは従業員が喫煙具をこっそり持ちこむのを禁止させることに熱心で、勤務の交代時間のたびにかれらの服を脱がせ、首までの深さの水のなかを歩かせてから、作業着を着用させていたくらいだ。

わたしはメモ帳とペン、さらにはポケットのなかのものをすべて預けて部屋を出た。つまり、コイン、鍵、財布、携帯電話、その他、床の上に落ちるかもしれないものはすべて。この産業が経験から学んで知ったことだが、コンクリートなどの固い表面にニトログリセリンの薄い膜が張っている場合、落下物にたいして極度に敏感に反応する。作業員たちがわざとニトログリセリンをこぼしてそこらへんに水たまりをつくっておく、というようなことはないだろうが、予期せぬことはいつでも待ち受けているものだ。

われわれはフェザーズのクリーム色をした一九七九年型メルセデスベンツで出かけた。彼は五平方キロメートルほどの構内の砂利道を自信たっぷりに運転した。カーシッジ工場は一日あたり二四トンのニトログリセリンをつくってブレンドし、さまざまな等級のダイナマイトに仕立て上げる。フェザーズが運転しながら説明してくれたところによると、カーシッジの混合作業棟と貯蔵庫は、爆風を他の建造物に向かわせないように、強い壁と弱い壁を使い分けて設計されている。貯蔵庫、混合作業棟、ニトロ化棟は、公式の「距離表」にしたがって、たがいの距離が決められている。距離表では、爆発が発生した場合、「ドナー（供与体）」建物から空中へ飛び出した重量物が「アクセプター（受容体）」建物に向かってどのあたりまで飛んでいくかが予測されている。

建物と建物の距離を離すことによって、金属片や火のついた破片が飛んできて新たな爆発を起こす可能性が減少する。安全基準では、周辺に機械類があると爆発の可能性が高くなるとの理由から、機械類を設置した建造物に貯蔵庫と同じ量の爆薬を保管することは禁止されている。

カーシッジ工場は、一九六六年に起こした最後の大爆発から多くのことを学んだ。当時の工場所有者は現在とはちがっていた。調査報告によれば、荷役台に駐車中のトレーラーのタイヤが、ブレーキ過熱のせいで燃えだしたのではないか、という。その熱が原因となって貯蔵庫が爆発し、工場の他の施設にたいしてもさらに多くの爆薬と火のついたかけらを浴びせかけることになった。連鎖反応が終わるころ、つまり翌日の早朝には、工場の建物の九〇パーセントが倒壊していた。こなごなになって地面にちらばった窓ガラスが太陽光を反射し、工場跡を飛行機から見ると、何千という小さな三角の水たまりのように見えた。

フェザーズは車を走らせて、ダイノ・ノーベル社がニトログリセリンを生産している一群の白い建物——その年、バッチ式ニトロ化器が爆発してできたクレーターの先の丘をのぼったあたり——にわたしを連れていった。屋根の上でまたたく赤い光は、ニトロ化工程が進行中だということを告げており、制御室の許可がないかぎり、だれも製造区域に入ることはできない。そのためフェザーズは、そこから先のわたしの案内をオペレーターのジェシー・ホワイトセルにゆだねた。長身で愛想がよく、ゆっくりとした思慮深い話しぶりのホワイトセルは、どの建物に入るときも事前に携帯無線で制御室と連絡をとり、つぎにわれわれが建物を出るときもふたたび連絡をとった。こうすることによってオペレーターたちは、われわれがなにをしているか、モニターテレビで確認できるわけだ。テレビカメラが設置されている最大の理由は、爆発後の分析を容易にするためである。

世界じゅうで爆薬が製造されるようになってからの何十年かのあいだには、原因のはっきりしない工場爆発もいくつか起きている。たとえば一九七一年にドイツのビュルゲンドルフで発生した爆発は、精力的な調査によってもなにも明らかにならなかった。それに、事故調査員たちは目撃者からの証言を得られるとはかぎらない。一九二八年に英国のグレートオークリーで起きた爆発事故のように、近所の人たちが跡形もなく消えてしまった例もある。これらの例はおそらく通常の暴走反応だったのだろうが、ニトログリセリンにたいして避けるべき最重点項目のリストに、私たちがすでに知っているもの——衝撃、熱、酸など——以外のなにかがある可能性はつねに存在している。

二〇〇〇年五月にバッチ式ニトロ化器が爆発したのち、カーシッジ工場に残ったのはニトロ化器が一基——より新式の連続法ニトロ化器——のみだったので、わたしたちはそれを見に行った。そこでは、ニトログリセリンは水に混ざって乳白色の小さな粒となってニトロ化器から出てくる。そして、おおいつきの樋を流れてつぎの建物に入ると、分離、洗浄の処理を受ける。建物のなかは乳製品工場のようだ——そこにあるのは、清潔なコンクリートの床、水しっくい塗りの壁、ステンレス製のパイプとタンクといった設備だ。

工程の最終ポイントで、できたばかりのニトログリセリンが満足そうにゴボゴボと音を立てながらL字管から流れ出て、五〜六センチメートルほどすきまが開いた排出管を進んでいく。ホワイトセルによれば、そのほうがニトログリセリンを管に閉じこめるよりも安全だという。だれかが急激にバルブを閉めたり開けたりしてニトログリセリンを不意に圧縮すると、爆発することがあるからだ。というのも、ニトログリセリンはどろどろした液体で、内部にかならず気泡を含んでいる。液体が急激に圧縮されると気泡のなかの空気が熱せられ、その熱が暴走反応を引き起こしかねない。断熱温度上昇と呼ばれるこの現象で、何年にもわたって調査員たちを悩ませてきた多数の奇妙な爆発を説明することができた。

ニトログリセリンは、ダイノ・ノーベル社のダイナマイト混合作業棟に達すると流動性を失う。作業棟は丘のふもとの傾斜地に建てられていて、工場中央からは十分安全な距離をへだてている。古い木造建築で、外観はコロラド・ゴールドラッシュ時代に鉱夫が選鉱作業をおこなった建物のように見える。だが、内部でおこなわれているのが鉱石の選鉱や破砕でないことは明らかだ。ダイナマイトの混合は極度にもの静かな作業である。パン屋が使うようなミキサーで、乾燥したおがくずなどの吸収材や補助薬とニトログリセリンを捏加《ねっか》する。

「においがわかりますか？」とフェザーズにたずねられた。ニトログリセリンのにおいは強くなく、不快でもなかったが、それまでにかいだことのあるどんなにおいとも似ていなかった。わたしにはそれは病院の消毒薬を思い出させ、プールの薬品のにおいもかすかにまじっていた。二分ほどすると、鈍い頭痛を感じはじめた。人体はニトログリセリンのガスを急速に吸収する。それは血管を拡張し、偏頭痛のような痛みを引き起こす。新入りの従業員は、最初はほんとうに悲惨な目にあいがちだが、やがて身体のほうが順応するようになる。毎日決まってニトログリセリンにさらされているかぎり、頭痛には見舞われない。

混合作業棟の従業員たちは昼休みに入っていて、すり減った木の階段の踏板にはかれらの白い木綿の手袋がきちんと並べられていた。ここには時間を超越した平穏さがあった。ラジオや冷水器といったような電気器具は安全基準によって禁止されているのだ。建物内部の釘の頭はすべておおわれていた。慎重に採用されたすべての予防策があいまって、まずは安全といえる操業を実現しているが、それはまた、そうした作業方法をこの先もずっと変えずにつづけなければならないことを意味している。ニトログリセリンはじつに無慈悲な女主人なので、ダイノ・ノーベル社はこの工場での製造工程をオートメーション化することができない。より感度の低い硝安爆薬（硝酸アンモニウム爆弾）ならそれは可能で、同じ工場敷地内のべつの場所ではその混合作業がおこなわれている。

第二次世界大戦がはじまるころにはすでに、爆薬産業にかかわる人びとはニトログリセリンとある種の和平をむすんでいた。工場爆発は今日でもたまに起こるが、人びとは距離をたもつことを知っているので、被害は限定されている。過失にたいする恐怖が、安全性の味方になったのだ。

ニトログリセリンがその安全性についてつねに恩恵を受けてきたのは、この物質は当初から危険だとわかっていたからだ。心臓病の治療などいくつかの効用も発見されたものの、ニトログリセリンはきわめて引火しやすい爆薬としての「想起率」を維持していた。

数百人もの死者を出した「肥料」の大爆発

硝安を取りあつかう人びとは、ずっと長いあいだ、そうした健全な恐怖をいだいたことがなかった。硝安はなかなか有用な肥料だが、べつの側面も備えている。硝安は大きなパワーをもち、爆発に関与した場合には何千トンというコンクリート基礎を根こそぎ破壊したり、鋼鉄の大きなかたまりを五キロメートル近くも吹き飛ばしたり、飛行機を墜落させたりしてきた。というのも、じつに長いあいだ人びとは硝安のことを袋詰めの肥料としか考えてこなかったからである――そうではないという証拠がだんだん増えつつあるにもかかわらず。

芝生の手入れをする人ならたぶん、しばしば硝安を取りあつかっているだろう。芝生用肥料の袋から出したばかりのときは、硝安は茶色の荒砂のように見える。水をよく吸収する。硝安は、化学上は硝酸アンモニウムといい、大きく分類すればふつうの食卓塩と同じ塩《えん》に属するが、食卓塩とはちがって分子中に酸素を含んでいる。天然ガスと大気中の窒素から安価に製造する方法がドイツで発明されて以来、硝安は二十世紀初頭の食糧難の世界にとって重要な肥料となった。硝安を土に加えると、すぐに吸収可能な窒素を作物に与えることができる。硝安を施さない場合、作物はゆっくりした自然作用を通じて窒素を取り込まなければならない。

米国は一九四五年後半、ヨーロッパの食料生産を増進させるための硝酸の製造と輸出を開始した。硝安は以前の弾薬工場でつくられた。そうした工場では、第二次大戦中、爆薬用に硝安を製造していた。硝酸を水酸化アンモニウムと混合すると水っぽい液体を生じる。これを加熱して蒸発させると、白い粒状の硝安が残る。その肥料の粒に撥水ワックスをコーティングし、四五キログラムずつ袋に詰める。

硝安を受け取る港のひとつが、テキサス州テキサスシティにあった。有蓋貨車が到着すると、荷役作業員が袋を降ろした。のちに作業員の数人が述べたように、貨車から出したときはまだあたたかい袋もあり、しかも黒く焦げていた。このことから、袋の中身がなにかに反応して発熱したのではないかと疑ってみることができたかもしれない。焦げたせいで袋が破れ、硝安が地面にこぼれやすくなった。まだ使用できる肥料を無駄にするよりはと、港湾労働者たちはこぼれた硝安をすくって、空袋に入れ、封をし、破れていない袋といっしょに船に積みこんだ。袋には、同じように地面に落ちていた穀類が混入した。こうした慣行は有益に思えたが、じつはそれは燃料――こぼれていた穀物――と硝安を混合することにほかならなかった。

テキサスシティの港湾には、貨物船が荷物を集荷するためのスリップ、いわば入り江が三つあった。各スリップは長さ三〇〇メートルで、両側の埠頭に係船できるだけの幅をもっていた。そのひとつの北スリップは、「O倉庫」という標示のある長い建物のわきに位置した。一九四七年四月一一日、この北スリップに、第二次大戦後に米国が放出したリバティ型輸送船で、フランス所有のグランカン号が停泊したとき、O倉庫には茶色の袋入りの肥料がうず高く積まれていて、倉庫の外にも野積みされていた。グランカン号は肥料二七〇〇トンを積みこむため入港したのだった。

この港の起源は、一八九〇年代、三人のミネソタ州住民がガルベストンの北に四〇平方キロメートルの土地を買ったときにさかのぼる。新しい地主たちはガルベストン湾に通じる船舶用水路を浚渫し、鉄道を敷いた。そのおかげでかれらは、数年後に東テキサスのスピンドルトップドームで油井が噴き出すと、有利な地位を占めることになった。テキサスシティは第二次大戦後の景気後退期に繁栄の場を開拓し、一九四七年にはすでに石油・石油化学製品を核とする町になっていた。O倉庫から一マイル以内には、石油製品の精製や保管をする処理工場が六つあり、住宅地は二四ブロックにおよんだ。O倉庫にいちばん近い工場はスチレンを製造するモンサントケミカル社で、スリップをはさんで向かい側に位置していた。

四月一五日の作業が終わったときには、沖仲仕たちがいつもの平凡な肥料だと思っていた品物、計二一〇〇トンがグランカン号の船倉内に運びこまれていた。そのほか同船には、すでにほかの港で集荷したピーナツ、葉タバコ、油田掘削装置、サイザル麻糸の巨大な玉、小火器用弾薬一六ケースなど一八〇トンが積載されていた。船の全長は一三三メートルだった。その翌朝、総トン数七一七六トンのグランカン号は、目をさますと同時に姿を消すことになる。大きな傷跡だけを埠頭に残して。

一五日の夕方、沖仲仕たちはハッチの蓋《ふた》を閉じてから帰路についた。翌朝、最後の五四〇トン分を積みこむため四番ハッチを開けたとき、船倉の底の肥料袋が濡れないように設置されている木製の台から小さな火が出ているのを沖仲仕のひとりが発見した。どのようにして出火にいたったかは知りようがなかった。積荷の自然発火かもしれない。だが、いちばんありそうなのは、沖仲仕がタバコの吸い殻を船倉に落としたことだろう。つい二日前にも、それが原因で火が出たことがあった。埠頭ではたらく沖仲仕たちは、喫煙禁止の標識を日ごろから無視していたからだ。

バケツ数杯の飲料水と小型消火器ひとつでは、青く燃え上がる短い炎を消しとめることはできなかった。沖仲仕たちは消火ホースを引き出そうとした。ところが、ある高級船員、おそらくは船長シャルル・ド・ギルボンが、水をかけると積荷が傷むからやめろ、といった。代わりにその高級船員は、機関室からパイプで蒸気を送れ、と命じた。そうすれば酸素を奪われた火は消えるだろう、と考えたのだ。

「船倉を蒸す」のは、異常事態が発生した場合に火を消すための伝統的手法だった。沖仲仕たちが蒸気を送りこめば、それは最悪の選択をしたことになる。それよりひどい手があるとすれば、火炎放射器を作動させて肥料袋の上に落とし、そのあとハッチに当て木をして密閉することぐらいだろう。ジョン・F・ケネディのことばが思い出される。キューバのミサイル危機のなかで起こったある偶発事件について、彼は述べた。「どんな場合にも、命令を聞かないやつがいるものだ」。

命令を出す立場にあったのは、硝安の製造を監督している陸軍兵站局の緊急輸出公社と、硝安は「危険物質」と文書で規定している米国沿岸警備隊だった。一九四七年にはすでに、沿岸警備隊はこうした船荷の到着と積みこみを取り締まる権限をもっていたが、予算が不足がちで、職務を十分に遂行できていなかった。いちばん近いガルベストン港に駐在する沿岸警備隊港湾局長がのちに述べたところによれば、テキサスシティが硝安の主要な通過点であることは知らなかったという。ひとたび大戦が終わって、硝安の積み出しの管理を陸軍がしなくなると、沿岸警備隊は沖仲仕と船長が硝安を他の積荷と同じようにあつかうことを容認した。港の安全維持に関しては荷主が自主的に管理するだろう、と沿岸警備隊は考えたのだ。この態度はおかしなものだった。沿岸警備隊は、一九一七年にカナダ南東部のハリファックス港に停泊中のフランス貨物船モンブラン号の船上で爆薬二万五〇〇〇トンが爆発したのと同じような港湾災害を、二度と起こさせないようにする責務を明確に負っているはずだったからだ。

硝安は性質においてはTNTとは似ていないが、起爆性を示す徴候は少なからずあった。ドイツのオッパウにあるバースフ（BASF）社工場で発生した奇妙な事件がある。この工場は肥料を製造しており、また世界ではじめて大気と天然ガスからアンモニアをつくり出した施設でもあった。オッパウの貯蔵場には、硝安と硫安を混合した硝硫安が大きな山にしていくつか積まれており、風雨にさらされるままになっていた。雨や雪のせいで山の表面に固い殻ができると、その山から原料を取り出さなければならない作業員たちは、少量の爆薬をつかってかたまりを崩し、自分たちの当番に必要なだけの量を確保した。すでに一万五〇〇〇回以上の爆破がおこなわれていたが、事故はなかった。ところが一九二一年九月二一日、同じ手法をとったところ、四五〇〇トンの肥料を積んだ山がたてつづけに二回爆発して工場を破壊し、直径一〇〇メートル以上の穴を地面にあけた。この爆発によって五六〇人が死亡した。

オッパウと同様のシナリオは一九四二年、ベルギーのテッセンデルローにある肥料工場で再現された。野積みされている塩化カリウムの山を、作業員が少量の爆薬を使用してくずそうとして、硝安一五〇トンの山を爆発させてしまった。この工場では塩化カリウムと硝安の両方の化学薬品を使用していたし、両者はきわめてよく似ていたため、作業員たちは硝安を置いてあった場所を見分けられなかったのだ。

テキサスシティの埠頭で作業をしていた人たちはこうした事故のことは知らなかったのだから、非難される筋合いではないだろう。単純に肥料と表記されていた袋のラベルは、硝安が酸化剤にもなるということ、つまり、硝安は一定の条件のもとで酸素を放出して危険物と化す可能性があることを、教えてはくれなかった。しかし陸軍と沿岸警備隊はともにこのことを知っていたのであり、もし沿岸警備隊が作業を監督していたら——そうした責務を船の建造者に任せるのではなく——惨事は起こらなかったはずである。

消火ホースから海水を強力に放出すれば、港を救うことはできただろう。ところが作業員たちはハッチのふたを閉め、換気口をとじ、蒸気を注ぎつづけた。第四船倉の温度が摂氏一七〇度に達したとき、積荷が溶けはじめた。複雑な化学反応が小規模に起こりつつあることを示していたのは、煙の色の変わりかただけだった。ハッチを閉じて数分後、まるでなにかが逃げだそうとするかのように、ハッチのふたがばたばたと上下にはねはじめた。温度が高くなってきた。午前八時三〇分、荷役会社は作業員たちを引き上げさせた。

熱が加わるとともに硝安は化学分解を起こし、いわば分岐点に近づいていた。ひとつの反応では、笑気ガスとも呼ばれる亜酸化窒素と水蒸気が発生する。このまったく笑えない反応は、さらに熱を放出するので、ひとたびこの反応がはじまるとたちまち事態の制御ができなくなる。

もうひとつ考えられる第二の化学反応は、より低温で起こるもので、硝酸とアンモニアを生じる。笑気ガスを発生するほうが、火炎をあげ、硝酸ガスや有毒なアンモニアガスを噴き出すよりもずっとましだと思えるかもしれないが、不思議なことに、第二の反応がつづいているあいだは、どちらかといえば安全だった。その反応は周囲から熱を奪うので、燃えている肥料袋と木材が残りの積荷を過熱させることはないからである。積荷から出るのがアンモニアガスと硝酸ガスだけだったとすれば、グランカン号は爆発を起こすことなく燃えつきていただろう。

閉じられていたハッチと、船倉に積まれていた意図せざる燃料が、硝酸アンモニウムを第一の反応に向かわせ、加速度的に熱を発生しつづけた。燃料となったのは、肥料の粒にコーティングされたワックス、アスファルト加工の紙袋、作業員たちが〇倉庫でせっせと詰めかえたり補修したりした袋に混入されてしまった家畜飼料用穀物だった。

深刻なトラブルを示す最初の徴候は、ハッチのふたが吹き飛んだあと、渦巻くように噴き出てきた白い亜酸化窒素だった。そのつぎは、「見た目には美しかった」と形容する目撃者もいたオレンジ色と赤茶色の煙だった。見慣れぬ光景は何百という見物人を埠頭とスリップの奥に寄せ集めた。煙は酸化窒素で、ニトログリセリンが煙をあげ爆発寸前になったときに出すものと同じだった。いまや硝酸アンモニウムは完全に暴走反応を起こしており、爆発の臨界温度、摂氏約一〇〇〇度に達するのを待つばかりだった。

テキサスシティ消防局から二七名の消防士が到着し、近隣の化学薬品工場からも消防隊がやってきた。サイレンの音を聞いてさらに多くの見物人が炎上中の船のそばに集まった。午前九時直前に撮影された最後の写真には、煙をあげているグランカン号の舷側にあたった水が、一瞬にして蒸気となるさまがとらえられている。

午前九時、開いているハッチから炎があがった。一二分後、沖仲仕が第四船倉の異常を最初に見つけてから一時間ちょっとが過ぎた時点で、グランカン号の積荷の硝安二一〇〇トンが爆発し、爆発音は二五〇キロメートル離れた場所でも聞こえた。積荷の油田掘削装置の一部は、四キロメートル離れた場所で、固い泥土に二メートル近くめりこんでいるのが見つかった。八〇〇メートル上空を通過中だった軽飛行機二機が、衝撃によって空中分解した。近くにいた消防士全員と、スリップの向かい側にあったモンサントケミカル社工場の従業員四五〇人のうち半数が死亡した。おどろいたことに、二〇〇メートルも離れていないところにいて助かった見物人も何人かいた。ただし、爆風で鼓膜が破れ、油と水が混じった茶色いどろどろの液体を全身にかぶったが。三〇メートルのところにいた男性は、一・五キロメートルほど離れた場所でわれに返った。どうやら小型の津波で運ばれたらしい。

悪いことはそれだけではすまず、爆風は南側のメインスリップに停泊していた貨物船ハイフライヤー号を巻きこんで係留索を引きちぎり、同船は、向かい側に停泊中のウィルソン・B・キーン号に横腹をぶつけた。鋼板がぐしゃぐしゃになって二つの船はからみあい、まるで高速走行中のトレーラー同士が正面衝突したかのように見えた。とはいえ、まだどちらの船も出火していなかった。ハイフライヤー号には八七〇トンの硝安のほか、九五〇トンの硫黄も積まれていた。

その夜、有志が乗った何隻かのタグボートがガルベストンから到着し、ハイフライヤー号を牽引するためのロープを張った。だが、爆発で破壊されたコンクリートなどの瓦礫のせいで作業をはばまれると、かれらは応援を求めた。そのころにはすでに船体と積荷は炎上中だった。トーチランプを手にした男たちは、硫黄と肥料が燃える悪臭のなかで作業をつづけ、真夜中前にハイフライヤー号を切り離した。だが、タグボートによる移動はできなかった。船尾の錨が落下して港の底にくいこんでいたのだ。真夜中をすぎてまもなく錨がはずれ、タグボートは牽引を開始した。ハイフライヤー号は数分後に爆発した。最終的にテキサスシティでは、少なくとも四六八人が死亡、行方不明者一〇〇人以上、負傷者二〇〇〇人を出した。

それから六週間して、フランスのブレスト港で、オーシャンリバティ号の積荷の硝安が燃えた。グランカン号の場合とまったく同じように乗組員はハッチを密閉し、船倉内を蒸気で満たして火を消そうとした。この爆発では二一人が死亡したが、その年、さらに第三の爆発が発生し、硝安を積んだ貨物船が黒海の港で出火した。ここにいたってようやく、硝安は燃料と混合されると爆発する性質のあることが化学産業界から注目されることになった。安全性の問題としてだけではなく、ダイナマイトより安く製造できる爆薬としても目をつけられたのである。

硝安油剤爆薬（ANFO＝アンフォ）を完成させるにあたって化学者たちは、純粋な硝安は、炭素系の燃料と混合して密閉空間で点火するか爆発させないかぎりは、比較的安全ですぐに爆発することはない、ということを知った。専門的にいうと、硝安自体は燃えないが、加熱すると分解し、分解によって生じた副産物が燃えるのだ。その反応はきわめて複雑なので、肥料で満杯の倉庫が火災を起こすとつぎはどんな事態になるのか、現代の消防士たちですら明確に知ることは不可能だ。だが、かれらも一九四七年の前例から、どういう事態が考えられるかは心にとめている。

硝安はごく一般的に使用される化学製品なので、取りあつかう人たちがそれにたいしていだいている恐怖と敬意がこの先もつづくように、とわれわれは願うばかりである。製品によっては、人びとが恐怖心を失ったために、その取りあつかいは次第に危険性を増しつつある。ガソリンはこのような変遷を経てきた――恐怖（内燃機関時代の草創期）から敬意へ、そして無頓着へ。一九九九年九月三〇日、こともあろうに日本で、ある工場が酸化ウランをあまりにもいいかげんにあつかって、処理工程の一部を省略したために思わぬ臨界事故を引き起こすことになったのも、無頓着のせいだといえるだろう。事故はJCO東海村事業所転換試験棟で発生した。そこでは、作業員たちはわずかな労力と時間を節約できるだろうと考えて、硝酸の入ったバケツでウラン酸化物を溶解し、そのまま沈殿槽まで運んで、溶液を槽内に注入していた。事故のあった日は、沈殿槽に投入した溶液が多すぎたため、ウランが大量に集まって粗悪な原子炉が一時的にできあがった。この核分裂連鎖反応は、一瞬のうちに作業員三人を高エネルギーの放射線で被曝させ、そのあと、低出力の臨界となって持続した。ガンマ線と中性子線を被曝した三人のうちひとりが死亡、二人が負傷した［約三カ月後に負傷者のうちのひとりも死亡］。

ヘリで高圧線のメンテナンスをする人びと

恐怖心が恩恵をもたらすことを知っている労働者として、電気が流れている高圧送電線のメンテナンスをするヘリコプター乗組員たちがあげられる。まかりまちがえば非常に危険な目にあう立場にあるとき、人間にはどんなことができるかを、見てみることにしよう。高圧線は、背の高い金属製の塔から吊りさげられ、樹木よりもずっと高い空中に張りわたされている電線で、二三万ボルト超の高圧電気を運ぶ。こうした送電線は、いずれ手入れが必要になる。メンテナンスとしては、送電線の途中にあるハードウェアの取り替え、新しいケーブルの架設、光ケーブルの追加などが含まれる。送電線架線工は、電気が通じたままの電線を相手に、こうした作業のすべてをヘリコプターからやってのける。米国ではごく少数の民間企業がこの種の仕事を請け負っている。それ以外の作業は電力会社が自前の人員と機材でこなす。

ジェット燃料を積載したタービンヘリコプターを、電気の流れている高圧電線から三〇センチメートルしか離れていない位置でホバリングさせ、ローターの回転半径は電線上にかかっているというような状態でいるのは、正気の沙汰ではない――ことに、あらゆる送電線は有害だと教えこまれているパイロットにとっては。ところが、適切な方法をとれば、通電中の電線での作業も、電柱の頂上まで作業員をもちあげるゴンドラ車から作業するのと同じくらい安全なのだ。フロリダ州フォートローダーデールのUSAエアモービル社によると、同社の作業班はすでに一万五〇〇〇時間以上の飛行時間を記録しており、送電線作業による死者は出していないという。

まず、一般的な事項について説明しておこう。大規模な送電線は通常、三本の電線が一セットで、三相三線といわれる。各線は数本の導体からできていて、導体と導体の間隔は三〇～四〇センチメートルほど［スペーサーによって間隔をたもつ］。三本の送電線は並行して走り、たがいの間隔は六メートルほどである。導体は直径が二・五～五センチメートルほどで、鉄の芯線をアルミニウム線でかこんである。

むかしは、送電線架線工が鉄塔をのぼり、電線まではっていったが、そのためには電力会社は事前に送電を止めておく必要があった。今日では、電力会社は日常のメンテナンスの際に送電を遮断することは好まない。たとえば、五〇万ボルトの送電線を停電にすると、一時間あたり五万ドル損失する。かりに送電遮断をしようと思っても、送電容量に余裕がない時期には、幹線を停電にするわけにいかない電力会社もあった。

その問題を解決するためにヘリコプターが登場し、高性能のハチドリのように送電塔から送電塔へと飛び回りはじめた。

典型的な作業としては、送電線に接続する機器の設置と取りはずし、送電線の劣化部分の取り替えなどがある。架線工はヘリコプターの着陸用スキッドに仮止めされたアルミ製の台に腰をかけて、作業の大半をこなす。この台は頑丈なアルミ板でできていて、大きさは長方形のテーブル天板ほどあり、ヘリコプターのスキッドのパイプに固定されているが、両端はパイプよりもはみ出ている。この台が送電線にひっかかるとパイロットは台を放棄しなければならないこともあるため、架線工は安全ハーネスを台ではなく機体のほうに固定する。べつの作業では、作業員はヘリコプターから一五メートル以上も下方で、「絶縁棒」の先につないだひもにぶらさがっていなければならないことがある。絶縁棒はグラスファイバーでできた固い棒で、電気を通さない。そのため、接近するとクラッシュする危険があるとパイロットが判断したときは、絶縁棒のひもを利用して架線工を吊りさげることができる。

エアモービル社は、もっぱら民間運航業者から借り上げたベル・ジェットレンジャーを利用している。ジェットレンジャーは単発タービンヘリコプターで、信頼性が高い。メインローターの二枚のブレードは頑丈につくられている。エアモービル社の社主、マイケル・カートギスによれば、彼が知っている三つの事例では、送電線とローターが接触しても電線のほうが切れて、ヘリコプターは無事に着陸できたという。内規では積載燃料を七六リットルに制限し、パイロットは残量が三八リットルになるまえに燃料補給しなくてはならないと定めているので、航続距離はあまり長くない。日ごろからエアモービル社のパイロットは、アリソン社製タービンエンジンを定格出力の一〇〇パーセントで作動させてホバリングし、機体の位置を変えるときはそのつどいくらか出力を下げている。

エアモービル社のチーフパイロットはダグ・レーンである。彼はベトナムで一年間、武装ヘリコプターのパイロットをつとめ、二回撃墜されたことがある。エアモービル社に入社する以前には、山頂への物資輸送、道路状況の報告、メキシコ湾の油田掘削プラットフォームへの労働者の輸送を職業として経験していた。レーンによれば、新入りパイロットは新たな飛行規則、電気、社内規則について学ぶほかに、いくつかの心理的バリアーを突破する必要がある。新人にとってもっとも困難なことのひとつは、ヘリコプターを十分に接近させるのに必要な度胸をもつことである。機体を遠くで停止させてしまうと、架線工は作業箇所に手がとどくように身を乗りださなければならない。作業には重い滑車とクランプを必要とすることを考えれば、そうした姿勢では体力を消耗するし、下手をすると作業もできなくなる。

エアモービル社はまた、パイロットたちにチームワークスキルの訓練を施している。

飛行の世界での長年の課題に対処するのはチームワークである。その課題は、パイロットが飛行時間を記録するのに使う公式ログブックの用語に反映されている。FAAパイロットログブックは、飛行士が「指揮コマンドをとるパイロット（ＰＩＣ）」として何時間飛んだかを証明するものだ。わたしもはじめて飛行したときは、そのことばの響きが好きだった。搭乗者全員——たとえ自分のほかには友人一人か二人しか乗っていないにしても——にたいする責任を負うのは自分だけだ、という自負。だが経験を重ねていくうちにわかったのは、「王様のつもりのパイロット」には、自分の周囲にいて緊急時には大いに助けてくれるはずの人間を無視し、さらには威嚇して黙らせてしまうことさえあるような人物があまりにも多い、ということだった。周囲にいる人間としては、副操縦士、航空機関士、航空交通管制官などがあげられるだろう。送電線工事の場合、助けとなるのはおそらく架線工である。架線工は送電線について熟知している電気技術者なのだから。

パイロット以外の人間にどんな協力ができるのか？　たとえばこんな事例がある。パイロットが送電線ぞいにゆっくりとヘリコプターを移動させ、架線工が双眼鏡かビデオカメラを使用して碍子《がいし》などの機材を点検する。この種の作業を終日つづけると、パイロットは一種の「高速道路催眠現象」におちいって、送電線だけを見つめるようになる場合がある。これはきわめて危険だ。自分がたどっている送電線と直交する送電線にヘリコプターが衝突する恐れがあるからだ。ここでは架線工の判断が重要になる。架線工にとっては送電網は電柱と鉄塔と電線の寄せ集めではなく、ひとつのシステムであり、その様相は送電線が変電所や交差地点に近づくにつれて変わっていく。架線工は、障害となる送電線が近づいてくるのを目で見ていなくても——送電線と同じ高さを飛んでいるヘリコプターには、そうした相手を見つけるのはきわめて困難だ——近づきつつある変化のわずかな前兆に、パイロットよりも先に気づく可能性が高いものだ。

作業班が地上で攻略計画を立てるときにもチームワークは重要である。エアモービル社の方針によって、パイロットおよび架線工は、作業手順がどちらかにとってあまりにも危険に思える場合、同等の権利で異議をとなえてよいことになっている。意見が対立するのは、たとえば、山の斜面に沿って張られている送電線に「ワイヤー・ストライク（電線直撃）」の危険を冒してまでヘリコプターを近づけていいかどうか、あるいは、嵐寸前のような風が吹いているときに危うい場所につっこんでいくかどうか、といった判断が必要なときである。腕のよいパイロットは、気流が安定しているときは秒速一三メートルぐらいの風なら対処できるが、乱気流だとそうはいかない。意見の相違が生じた場合、パイロットと架線工は上司に相談するか、より安全な方策を採用しなければならない。

パイロットと架線工が危険な目にあうもうひとつの例は、作業中に自分自身が送電線と接触、感電する場合だ。そのことについて知るため、わたしはハバフィールド社で働いている、ある作業班に会いにいった。かれらはペンシルベニア州のアパラチア山中にある牧草地を基地にして作業していた。パイロットのマーク・カンポロンと職長のケン・ブラックは、いつもと同じように一日の作業を安全対策のテールゲートミーティング［ワゴン車などのテールゲートの周囲で開く即席の会議］で開始した。そうしたテールゲートミーティングにはさまざまな呼び名があるが、いずれの場合も基本要素は変わらない。当直の開始にあたって内輪でおこなわれる一五分ほどの相談だ（事実、火星探査衛星が失敗したあとの調査委員会では、そうした毎日の打ちあわせ――委員会のことばでは「立ったままの、ごく短い打ちあわせ」――があれば探査衛星を失わずにすんだかもしれない、とされた）。わたしの同席したミーティングには、架線工のジェフ・ピゴット、データ係のクレーグ・マクリフ、送電線の所有者であるペンシルベニア電力電灯会社（ＰＰＬ）から派遣されている作業班長らが参加した。

ヘリによる架線作業の現場

作業班はその夏のあいだ、モントゥアー-コロンビアー-フラックビル間の五四キロメートルにおよぶ送電線の北端から南端にかけて、同一メンバーで作業をつづけ、二導体送電線に使用されている古い機材をはずして新機材を取り付けてきたし、そうした安全対策ミーティングも毎日おこなっていたが、ブラック職長はその日も任務の基本条項をもういちど復習した。彼は隅の折れた一枚のカードをポケットから取り出した。そこには、ヘリコプターが送電線と送電線のあいだ、あるいは送電線と樹木とのあいだで最小限確保しなければならない距離が記されていた。ヘリコプターを媒介としてショートが発生しないようにするためである。「この表の距離は、倍にして考えています」とカンポロンはいった。三線の送電線の間隔は、ヘリコプターが中央の電線ぞいにホバリングできるだけの余裕を見てある、ともいった。さらには、ハバフィールド社の要請によって、PPLは送電線を「手動再閉路」としている。もしだれかが感電死した場合、自動再閉路装置がはたらくと自動的に送電網に再連係しようとするので、つづけざまに事故が起こるが、手動なら一回ですむ。こうした手法が、送電線工事の先端技術なのだ。

カンポロンといっしょに行きたい、とわたしは願い出た。命知らずのようなひびきのある職業とは裏腹に、彼は日曜学校の先生のようにものしずかな男だった。わたしの借りた絶縁服と飛行用ヘルメットをみんなで点検して、出発準備は完了となった。ヒューズMD－500ヘリコプターは機敏に上昇すると方向を変え、南方八〇〇メートルにある送電線に向かった。カンポロンは熟練者らしい自信にみちた操作で、送電線に高度を合わせて接近し、ぴたりと六〇センチメートルの間隔をとってホバリングを開始した。ジェフ・ピゴットは機体から金属棒をいっぱいに伸ばすと、送電線とのあいだにおよそ三〇センチメートルにわたって放電の火花を飛ばし、そのあと、臨時ケーブルをつないで、ヘリコプターの機体と送電線との電気的に好ましい関係を維持した。この方法は、「ボンディングを施す」と呼ばれる。火花が飛んだ理由は、ヘリコプターのほうが送電線より静電電圧が低いので、両者の電位を等しくするために電気が空中を流れたからである。水が低いほうに流れて水位をならすようなものだ。

こうすることで、作業員たちは金属製の台に腰をおろしたり金属製ヘリコプターに乗っていられるのだ。このほんのわずかな作業時間のために、ヘリコプターのなかの全員は送電線の電圧と同じ電圧を帯びているのだが、これはなんらかの方法で自分たちを絶縁しようとするよりも安全なのだ。この位置から搭乗者が美しい木々をながめることはできる。だが、もし木の枝がうんと近くまでやってきて、手を伸ばしてその自然の一端に触れたら、そのとたん搭乗者全員は即死するだろう。送電線の全電流が近道を走り、ヘリコプターの機体を通りぬけて地面まで流れるからだ。「いまあなたの周りには二三万ボルトが流れています」とカンポロンはいった。

彼はヘリコプターの位置を調整し、電線がピゴットのひざの上方一〇センチメートル程度、つまり腹のあたりの高さで安定させた。視線をピゴットの方向にとどめながらも、ときどき計器パネルと空に目をやった。熟練した腕前のせいですべてはかんたんそうに見えたが、風が吹いているところで誤差わずか一〇センチメートル程度にヘリコプターを維持するには、極度の集中が必要だ。これは、空港にあるような「動く歩道」――しかもだれかがその速度を随時変化させている――の上を一輪車で走るようなものだ、といったパイロットもいた。そうした正確なホバリングは、たとえ数分間だとしても、はじめて試みるパイロットにとっては神経をすりへらす仕事だ。

それから六分ほどしてピゴットは、この区間で最後となるアームをボルトで固定し、カンポロンは機体をかたむけて旋回し、現場から離れた。「わけないことさ」。着陸地点に向かって飛びながら彼はいった。

読者は、カンポロンのような労働者たちが毎日どのような安全対策を厳守しているか知ったとしても、安全な仕事がほかにいくらでもあるのにかれらはなぜそうした危険を受け容れるのか、疑問に思うかもしれない。わたしの兄弟二人は強力な爆薬を使っての掘削作業をしているのだが、それを手伝ったときの経験からいうと、ひとつの答えは、そうして危険と向かいあうことで心が透明になるからだ。軽佻さのまったくないものごとと取り組むと心が洗われたような気になる、とわたしは知ったのだった。軽率なミスを正してくれる人は周囲にはひとりもいないし、やり直しはきかない。

わたしは、メキシコ湾で海底油田掘削船に同乗したときにも、そうした真剣そのものの姿勢に出あった。わたしの乗ったヘリコプターが掘削船に着船してまもなく、船医はわたしに結婚指輪をはずせと要求した。わたしは指輪をはずさなかった。結婚して以来一六年、一度たりともはずしたことはなかった。だが船医はどうしてもはずせと言い張った。装身具というものは結局は気持ちの問題にすぎない。動力工具が指輪にひっかかり、指の肉がえぐられて骨だけになった例や、指輪が電気機器とショートしてやけどをした例を、船医はあまりにも多く見ていた。彼は議論にとどめをさそうとしてわたしにいった。ここからいちばん近い病院でも数時間離れているし、船内の医療設備はかぎられているから指を救うことはできないだろう、と。わたしは指輪をはずした。

あえて危険を冒さざるをえない場合

テクノロジーにできることは、二つの選択肢のなかからより危険の少ないほうを選ぶことぐらいだという場合もある。一九一八年三月、ゆるやかな船団を組んで大西洋を横断しニューヨークへ向かいつつあった六三〇〇トンのイギリス船ペトロレーヌ号の乗組員たちは、まさにそうした状況に遭遇した。出航して一日たったとき、近くにドイツ潜水艦一隻が浮上し、甲板砲を発射しはじめた。

船長の許可のもと、機関長タウンズと助手三名はボイラーの蒸気安全弁を回して閉め、懸命に石炭を炉へ投入しはじめた。海軍用語でいえば、「ボイラーに無理強いさせたのだ。ドイツ艦の砲弾が船の周囲に落下し、そのうちのいくつかはすぐ近くに落ちたために、船尾の持ち場にいた砲手がしぶきを浴びてずぶぬれになるほどだった。いっぽう、安全限界に達した三段膨張蒸気エンジンは、新記録となる高速で船を走らせた。それは一〇年まえの洋上試運転のときよりも速かった。追跡は一時間つづいたが、ペトロレーヌ号はふりきって逃げた。

危険だったか？　もちろん。こういう方法で酷使された多くのボイラーは爆発を起こしているが、今回の場合、君子危うきに近寄って成功した。油送船ペトロレーヌ号は空荷でニューヨークへ行く途中だった。大きな隔室にはまだガソリン蒸気が残っており、砲弾が命中すれば爆発して船体はこなごなになって飛散しただろう。上級機関員たちは、ボイラー室で必死に戦った時間にたいして月給二カ月分の臨時手当を受け取った。

これまで見てきたように、危険な状況を相手にしているのだという自覚をもった人たちの長年にわたる過酷な経験から、しだいに予防安全策が講じられるようになった。たいていの職場環境では、それほど明白に危険がひそんでいるようには思えないが、途方もないミスがそれなりに起こるものなのだ。そこでつぎは、平凡なまちがいがとんでもない結果を招いた例をとりあげることにしよう。

第10章　あまりにも人間的な事故

「あっ、しまった！」の一言で失われるもの

その一二月の夜は悪夢へ転じようとしていた。警察のバンのどこかが壊れ、スロットルが開きっぱなしになったことはたしかだった。もしこのときトマス・ソーウィナ巡査が、ちからいっぱいブレーキを踏んでいたら、休日のパレードの沿道にいた人びとを傷つけることもなく、バンは停止していただろう。タイヤをきしませながらバンが疾走していくのを目撃した人たちによると、ソーウィナの表情は恐怖に引きつっていたという。両腕は硬直し、目は「皿のように大きく」見開き、身体はシートの背にはりついていて、まるでうしろからだれかにつかまれているかのようだった。

警察のバンが尻をふって縁石に乗りあげたりしながらオフィスビルに向かって速度をあげていくなか、人びとは悲鳴をあげて逃げまどった。ある男性は息子をつかむと、バンの走ってこない方へと押しやった。バンは、子どもたちを守ろうとした中年女性をとらえ、ひき倒した。子どもを乗せたベビーカー二台をはねあげ、よちよち歩きの

子どもを一人はね飛ばしてビルの窓にぶつけると、その子はガラスを破って奥まで吹っとんだ。そのすぐ北側で、妻と娘二人といっしょにいたスコット・ジャーリカーは、バンが加速してパトカーに衝突し、さらにノーザン・ステーツ・パワー（NSP）ビルに激突するのを目撃した。これで衝突は終わりだ、とジャーリカーは思ったのだが、そのあとバンはビルの壁ではね返り、スロットル全開のまま、ふたたび前進しはじめた。こんどは自分たちのほうに向かってくる。

いまではごくあたりまえのものと考えられがちなそうした威力が、ちょっとしたミスを、馬車時代には夢想だにしなかった破滅的結末に仕立てあげる。そうしたミスには、だれでもしばしば経験するようなものも含まれる。たとえば、思ったのとちがうボタンを押したとか、するつもりのことをしなかったとか、場当たり的に近道をえらんでしまったとか。しかも破滅的結末は、必ずしも自動車や原子炉、石油掘削装置爆発によるものとはかぎらない。アナリストたちによれば、アメリカ国内では医療現場での単純な人為的ミスによって年間一〇万人ほどの死者が出ているという。そうした場面では、それまで順調だった作業が一瞬のうちに無に帰すこともある。NASA下請業者の品質管理責任者がアポロ時代に作業員たちに言い聞かせていたように、それまで無事に完成させてきた無数の仕事が、「あっ、しまった！」のたった一言で消えてしまうのだ。

パレード見物客の列につっこんだ警察車両

毎年、一一月、一二月には、ミネアポリス中央商店会の主催するパレードがおこなわれ、電飾のついた山車《だし》が何台もくりだす。「ホリダズル・パレード」と呼ばれるこのパレードは、一一月末から年末までの毎晩、半時間にわたってくりひろげられる。パレードに誘われて、子どもたちを中心とするおおぜいの客がニコレットモールにあるさまざまな店にやってくる。

一九九八年一二月四日の午後のこと。三一歳の男性カイル・ロウブンは、親戚たちといっしょに夜のパレード見物に出かけるのは気がすすまないと感じていた。彼はミネアポリスのダウンタウンではたらいており、その地域のことはよく知っていた。その日は金曜日で、この時期としては暖かかったため、パレードの通り道はいつもより混雑しそうに思えたからだ。ミネアポリスの繁華街の夜は、子ども連れにとっては安全な場所ではない、と彼は考えていた。だが、警察官がおおぜい出て警備にあたってくれるだろうと考え直していくらか気が楽になった。

その晩、ロウブンと行動をともにしたのは、彼の妻と一歳になったばかりの娘、妻の母、若い姪ひとり、甥ひとり。ロウブンたちは、五番街の交差点そばの道路西側にあるブラウンストーン張りのオフィスビルのまえに、広くあいている場所を見つけた（図10参照）。ビルの一階部分は大きなガラス張りのショーウィンドウになっており、

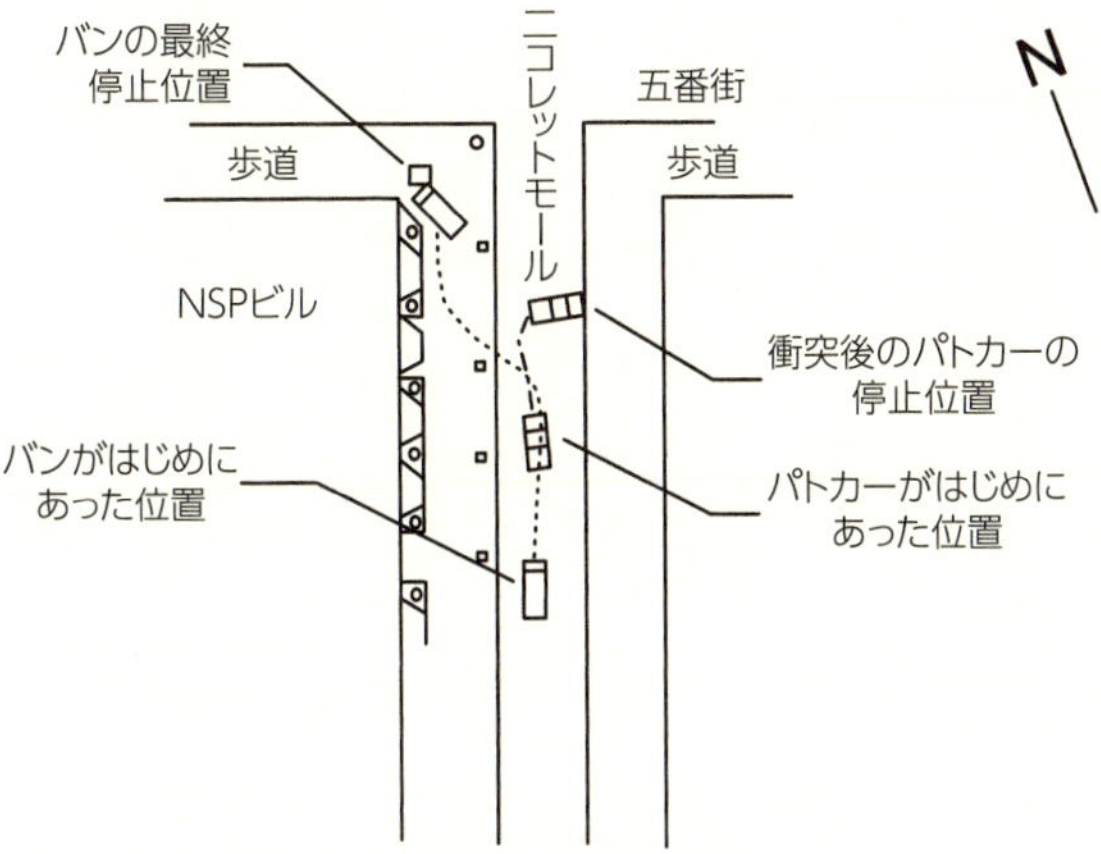

図10　ミネアポリス警察のバンの動き

推定される経過

1　警察官がバンを移動させようとするが、（連邦報告では）シフトレバーを「ドライブ」に入れる際、ブレーキのつもりでアクセルを踏む。
2　バンがスロットル全開でパトカーに衝突し、NSPビルにぶつかる。
3　バンがビルの壁面をこすりながら前進し、見物客２人が死亡する。
4　バンはビルの隅の柱にぶつかり、ようやく停止。

ノーザン・ステーツ・パワー社がガスと電気の宣伝用に使用していた。ビル正面には低い石造りの壁があって、その上に立ったり腰をおろしたりすることもできたし、カンバス製の日除けがあったので、こぬか雨が降り出したときは家族づれの絶好の雨宿り場所となっていた。

パレードがあと一五分ほどでやってくるというとき、南の方向に歩いている酔っぱらいの男性四人が、ニコレットモールにいた人びとにちょっとした不安をあたえた。四人はおおはしゃぎのあげく、よろよろと重なりあって倒れた。そのうちの二人は、歩道の上で大の字になったまま置き去りにされた。人びとは近くにいた警官を呼んだ。パトカーでかけつけたリック・トマス警部補は、NSPビルの向かい側に駐車してから、通信指令に無線連絡をいれ、「デトックス・ワン」と呼ばれる泥酔者収容用のバンでかれらをパレードのルートから連れ出してほしいと依頼した。

警察のマークのついたフォード製エコノライン・バンが、赤色警告灯を点滅させながらゆっくりと南から近づいてきた。デトックス・ワンの運転はパトリック・キーリー、記録係はトム・ソーウィナで、その日はともに非番だった。二人は一九九〇年以降、何度もペアを組んでおり、いつしか運転はキーリー、書類担当はソーウィナという分担も定着し、酔っぱらいを積んでは自宅へ、トラ箱へ、病院へと送りとどけていた。八年前、ソーウィナはデトックス・バン制度の創設を手伝った。この制度は連邦政府の資金によって運営され、街をクリーンにしてほしいという近隣住民の声と、泥酔者たちの必要にこたえようとするものだった。「少なくともしばらくのあいだは、ソーウィナがやつらの面倒を見ていたんだ」。ある警官がわたしにそう話してくれた。

ソーウィナは第七分署での通常の日勤に加えて、すでに今年の一一カ月間で一〇〇〇時間もデトックス業務に従事していた。週のうち三、四晩は街を巡回したし、デトックス・チームの当直表や、バンの配車表づくりも担当していた。トマス警部補がバンに停車の合図を送り、男たちを収容してほしいことを知らせたとき、ジャーリカー夫妻は、あの酔っぱらいたちもパレード見物にきたのだろうに、と冗談をかわした。夫妻はデトックス・ワンに乗っている二人の警官を知っていた。スコット・ジャーリカー自身も警部補で、かつて第七分署でトム・ソーウィナの上司だったこともある。妻のケアリは巡査部長で、捜査官としてはたらいている。ジャーリカー一家が立っているところからほんの一メートルほど離れたところでは、ロウブンたちの一行が、ビルの壁面についた段の上に立ったり、腰をおろしたりしていた。

キーリーはバンの運転席側から外に出ると、ひとりめの酔っぱらいの収容を手伝った。すでに八年の経験を積んでいるデトックス担当の警察官たちにとっては、手慣れたものだった。かれらはたいていの酔っぱらいの名前か顔を知っていた。この夜、広い歩道の上にのびて寝ている二人の男の片方は、ファーストネームがロレンスだということも。同じバンのパトロールチームが一〇月に二度、この男を泥酔のために連行している。かれらは男を仰向けにしてバンの床の上にのせた。ロレンスの相棒のほうは、道路の東側のパトカーの近くに横たわっていたので、警察はその男もバンに収容することになるだろう。

男のそばに立ったソーウィナは、こいつを収容するためには、濡れてつるつるすべる服をつかんで六メートル以上も引きずっていかなければならないな、と思った。トマス警部補のパトカーが道をふさいでいて、デトックス・ワンはそれ以上近くまでいくことができなかったからだ。ソーウィナはいろいろと考えたあげく、トマス警部補のパトカーのところまで歩いていき、運転席に乗りこむと一メートル半ほど前進させ、道をあけて通れるようにした。そのあと、バンにもどって運転席にすわり、デトックス・ワンが少しでも男に近づけるようにしようとした。

そこには、ちょっとした、しかし重大な意味をもつことが起こっていた。その結果、エラー発生の危険度が高まった。のちに現場検証をした連邦調査委員会によれば、ソーウィナの長年にわたるデトックス勤務のパターンがくずれてしまったのだ。デトックス勤務のとき、ソーウィナはもっぱら助手席にいてバンの運転はしないのが常だった。いま彼が走らせようとしているのは、ふだんあまり運転したことのないバンだった。ソーウィナの運転習慣は、いつも自分が乗っている車に慣らされており、このところ通常勤務で運転しているのは、さっき移動させたばかりの車と同じ車種、フォード製クラウン・ビクトリアだった。クラウン・ビクトリアのアクセルとブレーキの位置は、エコノライン・バンとくらべるとずっと右寄りだった。

あと何分かするとパレードがやってくる。警察は沿道を整理しておく必要があった。小雨のなか、ソーウィナの同僚たちがひとりの酔っぱらいを引きずって動かそうとしていた。どう見てもここは、すばやく行動すべきときだ——周囲におおぜいの見物人が立っているにしても。あまりにも急いで行動しようとしたため、ソーウィナの左足は（目撃者たちの証言によれば）まだドアからはみ出していたし、シートベルトもしめていなかった。彼は右足をブレーキペダルのほうにつきだし、シフトレバーをドライブに入れた。

トム・ソーウィナは、だれもが友人や隣人にしたいと思うような男だった。ベトナム戦争に参加したことがあり、この二三年間は警察ではたらいていた。一九八六年の勤務中、ここからちょうど一ブロック離れたところで銃撃を受けたが、防弾チョッキのおかげで命拾いをしたこともある。第七分署での日勤では自分がいちばんやりたい仕事をやっていた。それは、低所得層の住む地区とのつながりを深めながら毎日を送ることだった。定年が近かったが、彼は友人たちにこういっていた。まだまだはたらいて、家族にいい暮らしをつづけさせてやりたい、小さな子どもが二人いることだし、と。収入はなかなかのものだった。通常勤務とパート勤務をあわせると、彼の年俸は一〇万ドルに達していた。

勤務時間は長かったが、ソーウィナは当直前の時間をさいて身体づくりにはげんだ。サイクリングマシンをこぎ、バーベルをあげ、トレッドミルで走る。彼のことを相棒のキーリーは健康オタクだと考えていた。食事のときも脂肪分の多い料理に気をつかうあまり、チキンの皮はいつも食べ残した。四九歳になった彼は、これ以上老けないようにと、最近、髪の毛を増毛した。ソーウィナは快適な人生を送っていた――こぬか雨の降る寒い日の夕方、そろそろ六時二〇分になるというころ、デトックス・ワンのシフトレバーをドライブに入れるまでは。

エンジンが大きな音をたてたのにびっくりして、キーリーは視線をあげた。ミッションの入るガガッという音が聞こえた。エンジンはすぐにうなりをあげ、エアクリーナーが空気を吸いこんで、耳障りなくぐもった吸気音をたてた。タイヤがきしんで路面をつかむと、デトックス・ワンは後部ドアを開けたまま、スロットル全開で北へ走りだした。そしてトマス警部補のパトカーの後部右側に激突し、パトカーを四分の一回転させてNSPビルの向かい側の歩道まで横滑りさせた。衝突の反動で後部ドアが閉まったバンは、進路を北西に転じると、NSPビル前にいた家族連れの群れに向かって白い巨大な砲弾のように突進した。

子どもたちを守ろうとしたデニーズ・キーナンにぶつかって倒し、オールドネイビー製のジャケットを引き裂いた。バンの前部フェンダーがベビーカー二台をひっかけた。一台にはキーナンの兄弟の孫にあたるブレーク・マカーティ、もう一台の青い二人用ベビーカーにはキーナン自身の子ども二人が乗っていた。

バンはロウブン一行にぶつかりながら走りぬけた。カイル・ロウブンだけは無傷ですんだ。彼は数分前、妻に頼まれ、五番街の先にとめた車まで毛布を取りにいっていたからだ。デトックス・ワンはカイル・ロウブンの娘をビルのガラス窓の奥までつきとばして、内部損傷と両足骨折を負わせた。カイルの妻の母親は片足を骨折した。カイルの姪はのちに片腕を肘から切断することになる。カイルの妻も両脚に重傷を負い、骨盤と鎖骨を折った。

デトックス・ワンの後輪のタイヤが空転して煙をあげ、細い五条のゴムの跡を路面につけていった。車はブラウンストーン張りのNSPビル正面にそってよろよろと北へ走り、片方のヘッドライトとガラスの破片の山を落としていった。ブレーク・マカーティの乗ったベビーカーはぺちゃんこになったが、もう一台のほうは子ども二人を乗せたまま、ひっくり返らずにいた。キーナンの青いベビーカーがバンのフロントバンパーの直前で「ごつんごつんとぶつかっては跳びはね」、いまにも横転するかビルの壁面にぶつかってしまいそうな、はらはらさせる奇妙な光景にケアリ・ジャーリカーは目を奪われた。ベビーカーはバンパーにたいして横向きになっていて、小さなゴム製の後輪が歩道の濡れた縁石にそって横滑りしている。ケアリ・ジャーリカーは自分のことも家族のことも気になったが、ともかく手をのばしてベビーカーをつかんだ。バンは間近にせまっていたし、娘のハンナが彼女の脚にしっかりしがみついていた。ケアリの行為はただならぬ勇気にあふれたものであり、これにたいしてのちに市当局は名誉賞を贈ることになる。

ケアリ・ジャーリカーはベビーカーを引きもどすことはできなかったが、くるっとベビーカーの向きを変えてバンの進行方向と同じ方向に動くようにしたので、ひっくり返る危険性が減った。バンは障害物にぶつかってはねかえり、ケアリ・ジャーリカーを倒した。左前輪のタイヤが彼女の片脚から骨盤にかけて轢き、同時に、娘のハンナの両脚も踏みつけた。デトックス・ワンは前進をつづけ、ケアリが大声をあげてだれかその車をとめてほしいとさけび、スコット・ジャーリカーは自分のちからでその車を妻と娘の上から引き離そうとしているうちに、長い悪夢のような一連の出来事は終わりをむかえた。バンはNSPビルの角の出入口と柱のあいだにはさまって、ついに動けなくなったのだ。

目撃者のなかには、恐怖は一分以上つづいたという人もいたが、事件を検証した調査委員会によれば、全体で六秒ほどの出来事だった。極度の緊張下にある人たちのあいだでは時間がゆっくり進むような幻覚がよく見られる。一五歳のころわたしは、同乗させてもらっていた車が衝突事故を起こすという体験をしたが、そのときガラスの破片が空中をゆっくりとスローモーションのように飛んでいくのがはっきりと見えたことがある。

デトックス・ワンの破壊行為の足跡、つまり、最初のタイヤ跡から、デトックス・ワンのへこんだ灰色のフロントフェンダーまでの距離は二七・〇八メートルあった。フェンダーより前方には、ブレーク・マカーティが乗ったベビーカーと、デニーズ・キーナンの子ども二人の乗ったベビーカーがあった。マカーティのものはぺしゃんこになっていたが、二人乗りのほうはまったく無傷だった。カイル・ロウブンは全速力で道路をわたり、青い煙と混乱のなかで家族をさがした。歩道の上には、コートやスカーフ、それにハンバーガーやフライドポテトなどが散乱していた。ロウブンは倒れているデニーズ・キーナンのわきを通りぬけるとき、NSPのショーウィンドウのなかに妻と娘がいるのを見つけた。ディスプレーの背景は全面が一枚の写真で、南国の夕暮れの海辺でのんびりとハンモックにゆられる男のシルエットが写っている。この写真のあしもとで、カイルの妻ケルシー・ロウブンは赤いスノースーツ姿のまま仰向けになり、顔面をガラスの破片でおおわれて横たわっていた。ショーウィンドウはNSPの自動引き落とし制度を宣伝したもので、大きな白抜き文字で「安心です！ 支払いは自動で」と書かれていた。

ＮＳＰビルの角にある石柱は、ジャーリカー一家や、すぐ先の交差点にいた数多くの人びとの生命を救った。というのも、突然の加速による惨事は、なにか大きなものが道をふさがないかぎり、とめることが難しいからだ。

一九九二年四月、ニューヨーク市でのこと。駐車していた一台の乗用車が発進し、加速しながら交差点二カ所を通過するとワシントン広場公園に突入したが、そのときタイヤが縁石にぶつかってパンクした。車は宙を舞い、噴水を粉砕し、猛烈な勢いで歩道を蛇行し、人でいっぱいのベンチに何度もぶつかった。ようやく車がとまったとき、ボンネットの上に一人、車輪の下には数人の人間がいた。事故による死者は五人、負傷者は二六人となった。怒りにかられた連中が車の周囲を取り囲んだ。みんなは、運転席にいるのは酔っぱらいか気の狂った人間だろうと思っていた。ところが、そこにいたのはあたふたと度を失っている初老の女性だった。まちがいなくわたしは強くブレーキを踏みつづけていた、と彼女はいった。

バンはＮＳＰビルにはばまれて動けなくなっていたが、後輪はいまだに回転をつづけていた。まるでビル全体を倒壊させる方法をさぐっているかのように、バンは車体後部を右に左に振り動かしている。スコット・ジャーリカーが運転席を見ると、おびえきった表情のソーウィナがしぼんだエアバッグにかこまれてすわっていた。エアバッグのおかげで、彼は指を打撲し顔に擦り傷をつくっただけですんだ。ジャーリカーはエンジン音に負けないような大声で、イグニッションを切れ、とさけんだ。ソーウィナはいわれたとおりにした。ジャーリカーはみんなの手を借りて車体を妻と娘から引き離そうとした。妻は車の下から抜け出てきたが、全員でバンをうしろへ押したとき、娘のハンナが引きずられてしまった。溶けたゴムのせいでタイヤがねばついていたのだ。かれらはもういちど車体を持ち上げ、ハンナを引き出した。

スコット・ジャーリカーは妻の生命に別状はないだろうと判断したが、その妻にせかされて娘のハンナをだきあげながら、最悪の事態になりはしないかと恐れた。無意識のうちに彼は、自分の職場であるすぐ近くの第七分署に向かって走りだした。視線を上げると、これまた小さな子をかかえた人物が、同じ思いで現場から走ってくる姿が目にはいった。つぶれたベビーカーから救い出した息子のブレークをだいたケイティ・マカーティだった。赤ちゃんを助けて、とさけんでいる。ジャーリカーは分署の入口で立ちどまり、なかにいた警官を呼び、二人でハンナを車にのせ、サイレンを鳴らしながら郡立病院まで運んだ。病院へ最初に到着したジャーリカーは、まだまだ多くの負傷者が事故現場からやってくるはずだ、と係員に予告した。

それからまもなく警察の車がニコレットモールを巡回し、今晩のパレードは中止する、とスピーカーで告げた。捜査員たちが現場検証をしているあいだも、デトックス・

ワンの赤色警告灯が回転しながら点滅をつづけていた。バンの警察無線も鳴ったままで、事故の余波を伝えつづけている。けっきょく病院へ運びこまれたのは、パレード見物の負傷者九名だった。デニーズ・キーナンは即死していた。つぶされたベビーカーに乗っていたブレーク・マカーティは、その夜病院で死亡。最後にバンのバッテリーが切れ、赤色警告灯と無線は消えた。

ニュースの第一報では、酔っぱらいのひとりがデトックス・ワンを運転して、でたらめに走ったのではないかと報じられた。根拠のないこの噂は、警察署長ロバート・オルソンが見解を述べたことによって否定された。どこかに機械的な故障が発生し、スロットルが開いたままになった、というのだ。「それ以外に説明がつかない」と署長は報道陣に語った。

オートマチック車のペダル踏みまちがいを防ぐ装置

ボブ・ヤングは署長のことばを信じてはいなかった。ミネソタ州交通パトロール隊からの依頼を受けた全米道路交通安全委員会（ＮＨＴＳＡ）は、事件の調査をヤングに担当させたが、彼は今回のようなパターンをよく知っていた。最初は総合調整局、その後一九八七年からはＮＨＴＳＡの欠陥調査部に所属して、ヤングは一〇年以上にわたって「突然の加速」に起因する事件を調査してきたのだ。低速で走行中の、あるいは完全に停車中の車が、急にスロットル全開で走りだす事故は、早くも一九三〇年代に報告されているが、オートマチック・トランスミッションの採用とともに明らかに急増した。だが、一般の注目を集めるようになったのは、一九八六年二月、アウディ5000にたいする苦情が新聞で大きく取り上げられ、さらにニュースショーの「シックスティ・ミニッツ」で特集されてからのことである。

複数の運転者とその弁護士たちは、スロットルが自然に開いて車が暴走し、止めようとしてもブレーキが利かなかった、と強く主張したが、一九八九年のNHTSAの最終報告書、いわゆる「シルバーブック」によれば、ブレーキとスロットルが同時に故障し、あとでまたさっと正常な状態にもどって、しかもまったく証拠を残さないというようなことは、過去の機械的欠陥の事例からは説明がつかない、とされた。急加速のほぼすべての事例はひとえに人為的ミスによって引き起こされた、とNHTSAは結論をくだしている。運転者はブレーキのつもりでアクセルを踏んだにちがいない、というのだ。

《ロード&トラック》誌によれば、一九八四年以降に製造されたアウディ5000は、アイドリング時にちょっとした問題があり、エンジンの回転数が不意に上がる——それほど高出力になるわけではないが——ことがあった。複雑に入りくんだ人為ミスのパターンを研究している人たちによれば、急加速する事例がこの型式の車に多く見られるのは、エンジンの回転数が不意にあがるせいだという。回転数のあがったことに驚いた運転者が、ブレーキを踏もうとして踏みそこなうからだ、と。《ロード&トラック》誌では、有志を集め、コース上で車を運転してもらう実験をおこなった。助手席には、エンジンの回転数をこっそりあげる仕掛けを手にした実験者が乗っていた。実験の結果、不意にエンジン回転数があがると、びっくりしてペダルを踏みまちがえる運転者が何人かいることが判明した。脚と足は、腕と手にくらべれば力は強いのだが、足は手よりも運動能力が劣り、強い恐怖を感じるような状況ではことにその傾向が強い。

というようなわけで、ボブ・ヤングは、衝突現場の見取り図と州警察が集めた証言をもとにした事件の経過、それに一二月になってみずからミネアポリスを訪問したときの考察をふまえ、これはいわば「玄関先の操作」と名づけられるような、単純な事故だと判断した。玄関先の操作とは、ほんのちょっとの距離だけ車を移動させるときに多くの人間が犯しがちな、せっかちで不注意な行動のことである。

統計数字の上からいえば、一般の運転者が急加速を体験するためには、何百年ものあいだ路上を走りつづけなければならないはずだ。全米について見れば、急加速の事故はしばしば起こっているので、NHTSAは、ペダルの踏みまちがいにつながる可能性の高いリスク要因を、いくつかつきとめている。ミネアポリスにおける衝突事故の状況は、そのリスク要因のうちの三つがあてはまった。すなわち、オートマチック車であること、その車をいつも運転している運転者ではなかったこと、運転者がきちんと座席にすわっていなかったこと。しかし、今回の事故と相容れない事実がひとつだけあった。バンには安全装置がついていて、ブレーキを踏みながらでないとシフトレバーが「パーク（P）」から「ドライブ（D）」に入れられないようになっていたのだ。それなのに、なぜ事故は起こったのか。

その安全装置は「シフトロック」という。わたし自身、そうした仕掛けが存在することは、いまから四年前に義妹のバンがわが家の玄関先で動かなくなるまで知らなかった。エンジンは問題なくまわっていたが、シフトレバーはどんなに力を加えても動かなかった。レッカー車がきてバンを修理工場へ運んでいったあとで、義妹はシフトロックが不良でレバーが動かなくなっていたことに気づいた。シフトロックは、運転者がブレーキに足をのせてからでないと、オートマチック・トランスミッションのレバーをパーク位置から他のポジションに入れることができないようにする装置である。それは、アウディ５０００の事故がつづいているときにアウディ社によって開発された。その後、オートマチック車を製造するすべての自動車会社が同様の装置をつけるようになった。

義妹のバンのシフトロックはかんたんに直り、衝突事故の原因とはならなかった

――わずかな時間、わが家の玄関先の道をふさいでいただけだ。こうした仕組みはフェイルセーフモードと呼ばれる。装置が故障しても安全は確保されるようになっており、さらに、故障したことが操作者にもわかるようになっている。しかしあらゆる機械がすべて、そんなふうに心優しい故障のしかたをするものだろうか――シフトロックが、わが家の玄関先とはちがった条件のもとにあってもそうだろうか。このホリダズル・パレードの事故のような条件のもとでも。

ヤングは一二月になってミネソタへ飛び、ミネアポリスの北にあたるブルックリン・パーク市の警察の、暗いガレージの片隅で問題のデトックス・ワンを調べた。デトックス・ワンはレッカー車で運びこまれたままの状態で保存されていた。ヤングはメカニック担当者にたのんでバッテリーを充電してもらってから、エンジンをかけた。アイドリング中にバッテリーがあがることのないように、赤色警告灯のスイッチは切った。州警察パトロール隊と共同作業で、スロットル系およびペダルからライニング(摩擦材)にいたるブレーキ系を詳細に調査した。アイドリング時とスロットル全開時のエンジンについての検査もした。フル・スロットル状態の車を発進させないようにするには、どのくらいの力でブレーキを踏まなければならないか実験した。

一般の人はこういう芸当をやってみたことはないから、聞けばびっくりするだろうが、フォード製エコノライン・バンに搭載されているトライトン型V8エンジンがスロットル全開で回転しているとき、この車を動かさないようにするのに必要な「ブレーキペダル踏みこみ力」は、わずか二二・五キログラムである。フットボールの試合が終わって席を立つときのほうがもっと力をかけている。ヤングによれば、運転者の九九パーセントはフル・スロットル時でもブレーキを踏んで車を止めるだけの力はあるという。ときどき彼はドライバーを駐車場へつれていき、ブレーキの威力を実演してみせることがある。運転者は左足でブレーキを踏みこんだ状態で、右足でアクセルをいっぱいに踏む。はらはらするような体験だが、何回やってみてもブレーキの力によって車はとまったままでいる。

ヤングは、ソーウィナが普段運転しているすべての車種についてペダルのレイアウトを計測した。いずれのアクセルもエコノラインE－２５０にくらべてずっと右に寄っていた。ところがE－２５０のブレーキとアクセルの間隔は五センチメートルもなく、まちがいの起こる可能性があった。ヤングによれば、もしソーウィナがクラウン・ビクトリアのつもりで右足を出してブレーキペダルを踏もうとすれば、バンのブレーキペダルとアクセルペダルを同時に踏んだかもしれないし、すわった位置がもう少しずれていたら彼の足はアクセルペダルだけを踏んでいたかもしれなかった。

一九九九年一月一二日、ヤングの手になるNHTSAへの公式報告が発表された。それによれば、バンの機械系統をすべて調査した結果から見て、ソーウィナの右足がブレーキとアクセルを同時に踏んだにちがいないという。そうでなければ、シフトロックが作動するので、シフトレバーをドライブに入れることはできなかったはずだ。おそらく、そのあと足がブレーキペダルからすべって離れたのだろう。ヤングからすれば、シフトロックが本来の機能を発揮せずミネアポリスでの衝突事故を防止できなかった理由は、それ以外になかった。

警察車両は暴走事故を起こしやすい?

報告書提出の一カ月後、ヤングはふたたびミネソタ州を訪れ、ミネアポリスの北西郊外にあるホテルで講演した。捜査官のための衝突再現セミナーで彼がしゃべったのは急加速についてだった。三時間がすぎ、ヤングが話題をオートマチック・シフトロックとその仕組みに移したとき、州警察官のドン・マローズが手をあげた。彼の経験によれば、シフトロックがついていようがいまいが、ブレーキを踏まなくてもパトカーのギアをドライブに入れることができたという。そして、それは赤色警告灯が点灯していたときのことだった、とマローズはつけ加えた。そんなばかなことがあるか、とほかの警察官たちはヤジったが、すでに三週間も流感をわずらっていたヤングは、マローズの発言を聞いたとたん、気分が悪くなった。自分が担当した検証作業でやり残していたことに気づいたからだ。

ヤングはのちにこう語っている。「バンを検証したとき、赤色警告灯を点灯しなかった。衝突時には点灯していたことは知っていたのに。べつの職を探さなければ、と考えはじめたね」。彼はセミナーの参加者全員に、ここでひと区切りつけて、駐車場へ行ってみることを提案した。何台ものパトカーがとまっていた。チャック・ウォレリアス巡査部長が先陣を切り、自分のクラウン・ビクトリアのエンジンをかけて、警告灯のスイッチを入れた。ブレーキは踏まないまま、シフトレバーをドライブに入れようとすると、シフトロックがどこかへ消えてしまったかのようにギアはシフトし、アクセルを踏まなくても車は急発進した。一時間ほどのうちにヤングは、ホリダズルで非難をあびたデトックス・ワンも同じ問題をかかえていたことを立証した。ちょっとした異常が原因で、電気的に作動するシフトロックがはずれてしまったのだ。

ワシントンDCにもどったヤングは、メリーランド州モンゴメリー郡警察のガレージへ行き、警察車にどのような改造を施しているのか、整備士たちにたずねた。整備士のひとりが、ダッシュボードの下にある小さな黒い装置を見せてくれた。それはその日、取り付けたばかりのものだった。「ウィッグワグ」と呼ばれることもあるこの装置は、運転者がスイッチを入れて屋根の上の警告灯を点灯させると、自動的に車体後部のブレーキランプを左右交互に点滅させるためのものである。ブレーキランプが点滅していれば、後方から接近してくる車の運転者の注意を少しは余計に引くことができる、と警察は考えたのだ。メーカー数社がこの装置を販売していた。

ヤングはふたたびミネソタをおとずれたが、そのとき、ミネアポリス市公共事業部の整備士たちが自家製の、同様の装置をすでに何年もまえから装着していたことを知った。電子回路はプラスチック製のパイプに収められていた。この装置がフォードの配線図の「五一一番回路」を変えてしまった。ところが五一一番回路は、ブレーキランプに電気を送るだけでなく、電気式シフトロックの制御も受け持っていた。全米で総計すれば何万台という警察車両が、なんらかのかたちのウィッグワグを、まるで寄生虫のように五一一番回路につけたまま、公道をパトロールしているのだ。

この装置はフォード社の警告を無視して無数の車両に取り付けられてきた。同社の警察車両用マニュアルにはこう記されている。「車両の電気系統には、専用の後付け部品以外は接続しないでください。……たとえば、ブレーキランプ回路や、ＰＣＭ、アンチロックブレーキ・コンピューター、エアバッグシステムなどにつながっている回路に後付けの電気機器を接続すると、車両が正常に機能しなくなります」。

ＮＨＴＳＡの車両検査センターの実験の結果、例の自家製装置の継電器は、ブレーキランプを〇・三九〇秒点灯、〇・五一六秒消灯の周期で点滅させることがわかった。ブレーキランプが点灯するたびにシフトロックは解除される。ボブ・ヤングは前回の報告書を補足する緊急報告を作成した。その結論によれば、ソーウィナはブレーキとアクセルを同時に踏んではいない、とされた。アクセルペダルを踏んだことと、電気回路に接続されたウィッグワグがシフトロックを解除したことが重なって衝突が起こったのだ。

ソーウィナは現在も、自分はブレーキを踏んでいたと主張している。彼を擁護する専門家の証人によれば、つぎのようなシナリオが成り立つ。この型のバンは、エンジンの燃料系統にスロットルプレート用のヒーターがなく、キャブレーターが凍結することがあった。ホリダズルの夜は湿気が多くて寒かったため、キャブレーターに氷がつき、スロットルプレートにへばりつきはじめた。ソーウィナがそっとアクセルペダルを踏むと、スロットルプレートについていた氷ははずれたが、そのままはさまってしまった。ソーウィナはその氷片を押しのけようとしてフル・スロットルにしたが、氷片はまたはさまってしまった。彼はバンを停止させようとたてつづけに何回かブレーキを踏んだが、そうしているうちにブレーキ系のバキュームタンクの効力がなくなり、三度めにブレーキを踏んだときにはすでにバンをその場にとどめておくことはできなかったのだ、と。もしこの事件が裁判にかけられたときは、この専門家証人の理論は、タイヤの跡や、目撃者たちが聞いたというエンジンの音についても説明できなければいけないだろう。そうした一連の事実は、くりかえし何回かスロットルをあけたりブレーキを踏んだりしたのではなく、一気にスロットルを全開にしたことを示している。

ペダルを踏みまちがう確率は、運転者が高齢になるほど増加するし、また、縦列駐車の場合のように、運転者が身体をひねって後方を見ながらバックするときにも増加する。もし急加速が起こったら、いかなる場合にも運転者はギアをニュートラルに入れ、イグニッションキーを切るべきだ。ブレーキランプ回路についての広報活動のおかげで、多くの警察がウィッグワグを全面的に廃止するようになった。ひとつの改善策としては、ブレーキランプのレンズの内側に、通常の電球とともに、単独の回路につながるストロボライトを入れる方法もある。この解決策は費用がかかるが、ブレーキランプ回路との干渉を完全に回避できる。しかも、ウィッグワグよりもずっと注意を引く。

米国では毎年一〇万人が医療ミスで死ぬ

ＮＨＴＳＡ報告書によれば、ホリダズル・パレードでの事故はブレーキとまちがえてアクセルを踏んだことによって起こった。スイッチを取りちがえて操作したり、まちがったボタンを押してしまうことはコックピットや管制室の歴史ではよく見られるミスである。第二次大戦の初期、航空機が大量にしかも大急ぎで生産されていたころ、製造会社は、同じ型のスイッチをあまり間隔をあけずに並べれば、効率よく電気系統コントロールパネルをつくれることを知った。人間工学アナリストのアルフォンス・チャパニスは、こうした設計によってもたらされたミスは、順調に飛行を終えたあとの地上で発生した、と指摘している。B－17爆撃機が地上を走行しているとき、気絶した人が倒れるときのように、地面にへたりこむような事態がときどき起こった。着陸装置（脚）とフラップを操作するためのトグルスイッチが同じ型で、しかもコックピット内で隣りあわせに並べられていたのでパイロットが混同したことを、チャパニスは陸軍航空隊に納得させた。フラップをあげるつもりで誤って脚を収納してしまったのだ。チャパニスは、形状コードを採用して着陸装置には車輪型のノブを、フラップにはフラップ形のノブを使用するよう提案している。

重要な情報を耳で聞いて理解するチャンスが一回しかないようなとき、危険な状況のなかでは誤って伝わることがよくある。通常の言語表現には冗長な情報がたくさん含まれているが、それはくりかえしてしゃべることをわれわれが好むからではなく、口頭による伝達にはしばしば誤解が生じるからである。くりかえして話せば、騒音や注意力の散漫をくぐりぬけて情報が正しく伝わる。

ポール・フィッツとR・E・ジョーンズは、何百人もの飛行士を対象にして一九四七年に面接調査をおこない、コックピット内での一見したところつまらないミスが原因で多くの航空機が墜落炎上するのはどうしてかをたずねたが、そのときこんな話を耳にした。軍のパイロット・スクールで起こったことだという。訓練生二人がAT－6練習機に搭乗し、ひとりが安全監視の練習、もう一方が計器飛行技術の練習をおこなった。その後、二人は役割を交代した。どちらの席にも操縦装置が一式そろっていた。練習を終えた二人は、基地に戻ろうと訓練空域を出た。最初、前席のパイロットが操縦していたが、しばらくすると、操縦を交代してくれと後席の相棒にいった。その後、水平飛行を二、三分つづけたのち、機体は左に急降下をはじめ、らせん降下に入り、ついには垂直に落下しはじめた。樹木より低いところまで落ちたところで機首が戻ったが、あやうくトレーラー車にぶつかるところだった。車に乗っていた人たちは車をとめて、飛び降りた。練習機は高度六〇〇メートルまで上昇して失速し、ふたたび落下しはじめる。地面すれすれまで接近したとき、前席のパイロットが立腹して操縦桿を握り、基地へ帰還した。エンジンが停止するやいなや、前席のパイロットは、無謀なことはするな、と後席のパイロットに文句をいった。すると後席のパイロットがこういったのである。「えっ、きみが操縦していると思っていた」。後席のパイロットには、操縦を交代してくれという同僚の声が聞こえず、けっきょくだれも操縦していなかったのだ。

　メモを紙に記して渡しても混乱は起こる。その一例は、一九五〇年代にミリアム・サフレンとアルフォンス・チャパニスがシステムで起こる誤りについて研究したとき、ジョンズホプキンズ病院でも見られた。当時、その病院で処方箋を手書きしていた医師たちは、しばしばラテン語やその略語を使用していた。たとえば「毎晩一回」という意味のラテン語「quaque nocte」を処方箋には略語で「q.n.」と記入した。また、「一時間に一回」という意味の「quaque hora」は「q.h.」と略記した。おかげで何人かの患者は一日の必要量の二四倍もの薬を受け取ることになったが、もとはといえば薬剤師が手書き文字の「n」を「h」と読んでしまったせいだった。

処方箋の誤解はいまだにつづいている。一・〇という数字を一〇と読んだり、英語のOD（once daily＝一日一回）をラテン語「oculus dexter」（右目）の略語と勘違いしたりする。全米科学アカデミーの医学協会による一九九九年の報告によれば、病院側のミスによって毎年一〇万人の米国国民が死亡していると推測される。一九九五年、そうした医療過誤がフロリダ州スチュアート市の病院で発生した。七歳の男児が、よくある手術を受けに入院したが、無印のカップに入っていた二種類の薬剤が混同されたために死亡した。局所麻酔薬リドカインを入れるはずの注射器に強心剤エピネフリンが入っており、その結果、男の子は心臓発作を起こしたのだ。

生命と五体に危険がせまっている場合、重要なことを伝達するときは念には念をいれるべきだ。もし、それが軍隊のように厳格に命令を復唱することだとしても。相手が誤解するのではないかと決めてかかるのは失礼かもしれないが、マシンフロンティアにおいては、相手の気持ちをそこねやしないかと配慮するのは禁物だ。疑問があれば、チェックすべきである。なぜなら、こちらの想像もつかないような誤解が生じる可能性があるからだ。

ジェイコブ・フェルドとケン・カーパーは共著『建設の過失』のなかで、「失われた一インチ事件」とでも呼びたい事例について記している。一九五〇年、ニューヨーク州マンハセットのコンクリート製土留壁の設計図が建築業者に渡されたが、垂直の鉄筋の寸法を記入した部分に一本の線が上書きされていて、「1」という数字が見えなくなっていた。だれもその誤りに気づかず、土留壁は直径一・二五インチではなく〇・二五インチの鉄筋を使って施工された。土を埋めもどすと同時に土留壁は崩れ落ちた。

洋上石油掘削施設を爆発させた連絡ミス

最適の方法で的確に意思を伝えられなかったため、高い代償を払うことになった事件が一九八八年七月六日の夜に起こった。洋上石油掘削プラットフォーム「パイパーアルファ」号の爆発炎上によって乗組員の大半が犠牲となったのだ。北海の、水深が一四五メートルある場所に立っていた巨大な鋼鉄製プラットフォームは溶けて崩壊してしまったが、その日までは二つの任務をこなしていた。ひとつは、他の掘削装置と同じような役割で、一日あたり一四万バレルの原油を掘削していた。もうひとつは、近隣の複数のプラットフォームからパイプ輸送されてくる大量の天然ガスを精製する、ガス処理プラントとしての任務だった。精製されたガスはポンプで送り出され、パイプラインで陸上基地へ運ばれる。

七月六日の午後、日直の保守作業班が日常作業の一環として、天然ガスから液体部分を分離するポンプの安全弁を取りはずしたが、シフト交代時間までに作業を完了できなかった。のちにかれらがいうには、当面のあいだバックアップポンプは運転してはいけない、とシフト終了時に監督に伝えたという。ところが調査の結果によれば、この凝縮油システムの制御を担当した夜間シフトのオペレーターたちは、そうした警告を知らなかった。その夜、メインポンプがだめになり、あろうことか、夜間シフトの作業員たちはバックアップポンプを作動させようとしたのである。

修理途中のポンプの開口部からガスが流出し、やがて爆発して防火壁を破壊した。燃えあがる火の手は、その他の部分の石油・ガス処理施設にも広がっていった。それでも、他のプラットフォームからのガスを取り入れる、大きな垂直パイプの金属部分が熱で弱りさえしなければ、噴出する火炎は問題なく制圧できただろう。パイプは直径が木の幹ほどあり、一三六気圧あるガスを通していた。この「ライザー（垂直管）」が破断すると、火炎は数十メートルの高さまで上がり、プラットフォームの端にある居住区にいた人びとを足止めにした。ガスは「まるでバンシー（大声で泣く女の妖精）のように叫び声をあげ」て噴き出した、と生存者のひとりはのちに語っている。他のすべてのプラットフォームがパイパーアルファへのガス送出を停止するまでに、さらに一時間が経過した。三〇メートル下の海面への満足な避難通路もなく、その場にとどまって炎と煙で死んだ者もいれば、海へ飛びこんだ者もいた。「じっとすわって処刑を待って死ぬか、飛びこんでチャンスに賭けるかのどちらか」だったと生存者のひとりは新聞記者に語っている。

痛烈な批判にみちた調査報告のなかでカレン卿は、掘削業者である英国オキシデンタル石油の「うわっつらだけ」の安全対策をきびしく追及した。乗組員居住区を守るべき耐爆発構造の隔壁はなく、ろくな避難ルートもなかった。プラットフォームには強力な自動消火装置が備わっていたが、消火ポンプが作動したときにダイバーたちが取水口に吸いこまれることのないよう、手動に切り替えてあった。おまけに、オーナーは、一年前の安全検査のときに出された警告を無視したままだった。その警告では、垂直ガス管の危険性がはっきりと指摘され、火災の際にパイプが破断しないような対策を講じるよう勧告されていた。

現場でのオペレーターのミスも事故の一因となった。むかしからよくあるミスといえるもので、保守作業班は、作業のためにあけたガスポンプの開口部を、そのあと封鎖するのを忘れてしまったのだ。だが、ここで同じくらい重要な意味をもつのは、新種のミスである。それは作業員同士での明確な意思伝達を欠いていたことであり、ことに当直ひきつぎの際の伝達がうまくいかなかったことである。意思伝達は重要な技能なのだ。ところがそうした技能は、キーボードを懸命にたたくとか、電動工具を操作するとか、トラックを運転するといった、むかしながらの行動形態だけが勤勉だと考えている人びとからは、不当に低く評価されがちである。かつては「自分が当直のときにはそんなことは起こりそうもない」というのがあっぱれな態度だったが、いまでは――多数の任務が当直から当直へとひきつがれていく現在では――どう見てもそうした考え方は正しいものとはいえない。

パイパーアルファでは、作業員も管理者もあまり本気で「作業許可」制度にしたがっていなかった。その制度が目ざしたのは、修理中の機材が使用されることのないように規制することだった。作業員たちは、高いリスクのある作業を開始するまえに短時間でも設備管理者と建設的に話しあえばいいものを、いつのまにか作業許可書類のすべてを管理者のデスクの上にほうりなげておく習慣になっていた。大小あらゆる作業に関してとどく書類の山を相手に、かんじんの管理者はあまり重要性のない照合のチェックを記入するのに追われていたが、その間にも、巨大な危険が忍び寄りつつあった。

パイパーアルファ上でのごくありふれたミス——仕事を途中でやり残しておきながら、問題が未解決だということをしかるべき人間が知っているかどうか、しっかりと確認しておかなかったこと——は、二〇〇年前だったら、あまりたいしたことにはならなかっただろう。ところが今日の洋上石油掘削施設では、ミスのもたらした結果は桁はずれだった。一六七人が死亡、一一億ドルのプラットフォームは崩壊、北海の天然ガス生産量は一二パーセント減少した。

成功と失敗を確実に共有していくシステム

パイパーアルファにおいてできあがった危険な習慣を、第二次大戦中に爆発物処理班が友軍に危険を知らせた方法と比較してみよう。戦局が進むとともに処理班は、ますます残忍さの度合いを増した時限装置や仕掛け地雷に出くわすようになった。この専門家小集団を掃討しようと、敵軍がそうした仕掛けを弾頭に加えたからだ。爆発物処理班はゆっくりと作業し、しばしば点検をおこない、これから実行する処理工程を毎回大きな声でとなえ、安全地帯にいる助手たちに知らせることを忘れないようにした。もし作業を無事に終えることができた場合は、かれらは克明なフィールドノートを作成した。軍はそれを緊急通報書のかたちで刊行して他の部隊に提供した。すべての班員は、自分が作業を完了して生き残れるかどうかに関係なく、そうした情報が他人の役に立つことを知っていたのだ。

メリーランド州にある米陸軍アバディーン実験センターの図書館には、こうした緊急通報書のコレクションがある。その特徴をよく示している一例は、ドイツ軍の対戦車地雷「テラーミーネ（円盤形地雷）」にたいする警告だろう。その通報書では、長さ五〇メートルのロープを地雷につないで引きずり、移動させてから、爆薬で爆破処理するように忠告している。テラーミーネには、二、三センチ以上持ち上げると爆発する仕掛けを内蔵したものや、触発引き金がセットされたものもある。「引き金を取り外そうとしてはならない。起爆装置のシアピンが一部剪断されていて、きわめて危険な状態になっているかもしれないからだ」とその通報書は記している。

知恵を伝えていくこうした慣習と同じようなやりかたは、安全を心がける石油化学工場ではたらくオペレーターたちにも見られる。かれらは、トラブル処理の経過と未解決の問題点についての詳細な記録をつける。そのノートは「えんま帳」と呼ばれることもある。ボーイング社は、安全性と設計に関して得た過去数十年にわたる教訓を漏れなく保管し、それらを書籍にまとめて『設計目標と基準』と題して極秘に刊行している。新型航空機が企画にのぼると、その初期の段階でこの書物が参照される。そのとき設計者は、ボーイング社が航空機に関する何百もの問題点をこれまで何年もかけてどのように解決してきたかを知ることになるだろう。そうした問題点は現在も無関係ではないのだ。

こうした知識が蓄積されていくにつれ、みんなは思いがけない場所で起こったごくありふれたミスが招いた結果をいっそうよく記憶するようになる。われわれはそうしたミスを減らすことはできるが、根絶することはできない。DC－10の貨物室ドアの場合がよい例だが、現場で発生するさまざまなミスに対応できるように設計者が意図しなければ、その装置は役に立つものとはいえないのである。

いつでもどこでもミスは起こっている

通常、われわれは多くのミスをおかしても、代価を支払うことなく暮らしていける。旅客機乗務員を調査したところ、長距離フライトでは小さなミスを何回もくりかえしていることが明らかになった。管制官からの指示を聞きまちがえ、二度めの指示でやっと気づいたとか、最新式の電子装置で飛ぶ航空機の設定をまちがえたとか、手動操縦しているときに目的の高度を超えて上昇してしまったとか。かの奇跡の日にDC－10でオンタリオ州上空を飛んだブライス・マコーミック機長でさえ、ミスをおかしていた。尾翼の水平安定板が操作できなくなっている、と彼は決めつけてしまった。実際には作動していたのだが、緊急時操作にたいする反応が遅かったため、動いていないと思ったのだ。着陸後、空港消防署に向かって走る機体の進行方向を変えるには、逆推力装置のセッティングを変えればいい、と真っ先に気づいたのも、機長ではなく副操縦士のほうだった。

よくできたシステムと、「乗務員資質開発管理」術にすぐれたオペレーターがそろえば、ミスや故障もおどろくほどうまく乗り越えられる。幸運のせいだという人もいるが、ほんとうは弾力性と冗長性の問題である。

コックピットの記録を調べてみると、もしこの冗長性という要素が欠落している場合には、びっくりするほど小さな問題が取り返しのつかない混乱につながることがわかる。冗長性の重要さを示す古い例としては、一九七二年一二月二九日、イースタン航空四〇一便が飛行中に遭遇した事態があげられる。L－１０１１トライスター機はマイアミへ接近中で、夜間の天気もよく、すべて順調に思えたが、着陸装置をおろしてロックするコマンドを出しても、車輪の状態を示すパネルには緑色のライトが点灯しなかった。進入管制官は、高度六〇〇メートルを維持しながら自動操縦による飛行をつづけたいという四〇一便側の要請を承認した。その間に、機長、副操縦士、機関士が前脚のトラブルをチェックするというのだ。副操縦士は、緑色パイロットランプを点検し、切れていれば交換しようと、その電球が収まっている電子部品を取りはずした。

問題は電球が切れていたことにあったのだが、乗務員はだれもそのことを知らなかった。マイアミから西へ飛行中で、下は広大なエバーグレーズ湿原だったから飛行高度を確認する目印となるものはなかった。電球を点検しているときに乗務員のだれかが操縦桿にぶつかったため、自動操縦のスイッチが解除されてしまった。混乱はつづいた。緑色ランプの収まった部品をもとにもどそうとしたときどこかが壊れた、と副操縦士が白状した。新しいパイロットランプによる判断はできなかったので、機長は機関士をコックピット下のコンパートメントへ行かせ、前脚のメカニズムを目で点検させた。ところが、もどってきた機関士は、暗くてよく見えなかった、と報告した。ほかにもまた電子回路障害が発生した。機関士はふたたび前脚を点検しに下りていった。故障したランプ部分について機長と副操縦士が相談していた三分間に、警告チャイムの音が鳴りはじめた。それを聞けば、いまの飛行高度は指定高度より七五メートル以上も低いことがわかるはずだった。ところが、だれもその警報を耳にしなかったようだ。

なんらかの手を打つことができる最後のチャンスは、同機が指定高度の六〇〇メートルから逸脱していることに進入管制官が気づいたときだった。管制官が高度を指定したのにパイロットが承諾なしに逸脱していたのだから、管制官はその不一致を指摘すべき立場にあった。とはいえいっぽうでは、パイロットは乗務する航空機の飛行に関する全責任を負っている。板ばさみになった管制官は妥協の道をさぐり、「そちらの具合はどうなっているか？」と四〇一便に無線でたずねた。そうすれば乗務員は状況をチェックしてから返事をよこすだろう、と管制官は予想した。この時点で四〇一便のコックピット内には四人――三人の乗務員と、補助席にすわっているイースタン航空の整備士ひとり――がいたが、全員がランプ相手に悪戦苦闘中だった。

管制官の無線連絡にたいして、四〇一便からはマイアミへ引き返したいという反応があっただけだった。管制官が連絡してから三〇秒後、四〇一便は湿地に墜落した。その七秒前、副操縦士は高度が低すぎると口にしているが、なにか手を打つ時間はすでに残っていなかった。

状況判断の訓練を十分に積んでおけば、危機に直面すると注意力がせばまるというむかしからの非常時の習性を克服できる。その成果は多くの場面で見られるが、いずれの場合にも共通していえるのは、いま自分はどこにいて、なにをしたらよいのか、ということを思い起こすことだ。もっとも印象的な訓練の例は、航空管制官にたいするものである。かれらは自分が担当するすべての航空機の進路、高度を記入した一種の想像上の地図――「ピクチャー」と呼ぶ――を頭のなかに描く。かれらはこの課題をみごとにこなし、たとえレーダー画面が消えても管制業務をつづけることができる。

権威が正しい行為をさまたげるとき

わたしがコロラド州シャイアンマウンテン複合施設にある防空司令部ミサイル警戒センターを訪問したとき、当直将校は、三桁の数字がたくさん並んでいるディスプレーを指し示して、これは「現実世界の現状掲示板」だといった。彼の説明によれば、掲示板は、外界で起こる可能性がある事態でしかもこの複合施設の作業になんらかの関係がある事態を、何十と想定して、符号で表示することができるという。それぞれの事態には三桁の数字コードがついていて、百の位の数字が大分類をあらわし、十の位、一の位と下がるにつれて細分化されていく。図書の整理に用いる十進分類システムに近い。周回軌道に入るスペースシャトルにはひとつのコード番号がつき、帰還目前のシャトルはまたべつの番号、ロシアの衛星打ち上げにもまたべつの番号がつく。

とはいえ、もし部下がなにか重大なことに気づいても、その問題を責任者に知らせることをためらってしまえば、いくら事態を正しく把握していても十分とはいえない。その例が、イースタン航空四〇一便に無線連絡を入れ、どんな具合だとたずねた航空管制官だろう。管制官は、自分が心配していること、つまり四〇一便が許可なしに地上に向かって飛行していることを相手に伝えなかった。四〇一便は指定高度をはずれつつある、という単純なメッセージを折りよく管制官が伝えてさえいれば、すべてはちがっていたかもしれない。

元旅客機パイロットで航空交通協会の人間工学委員会委員長フランク・タロウは、墜落事故三七件を詳細に検討した結果、驚くべき共通パターンを発見した。つぎのような要因があまりにも多く見受けられたというのだ。墜落時には機長が操縦していたこと、その便は定刻よりも遅れていたこと、経験の浅い副操縦士が安全問題に関して強く主張できなかったこと。「乗組員のうちでもっとも安全に必要なのは、ずけずけとものがいえる腕ききの副操縦士だ」とタロウはいう。

われわれの多くは、子どものころからこんなふうにしつけられてきた。他人とはうまくやっていけ、権威にはしたがえ、波風立てずに仲良くせよ、適切なことばがいえないときはだまっていろ、と。そうした訓育の影響がまともに出たのが一九八九年のブリティッシュ・ミッドランド航空機事故である。乗客は左エンジンが火炎と煙を噴いているのを見たが、機長が機内放送を通じて、問題を起こしているのは右エンジンだと告げると、だれもなにもいえなくなってしまったのだ。

一歩下がってすべてをなりゆきに任せれば摩擦がいちばん少なくてすむようなときに、目のまえの問題に関しては権威者よりも自分のほうがよく知っていると主張するのは、よほど特別なタイプの人間だ。いくつかの調査研究によれば、オーストラリア人の副操縦士たちは、他の多くの国の人びとよりもはっきりとものをいうそうだが、それは生まれつきというわけではない。だとすれば、だれでも訓練によってはっきりと意見をいうようになれるはずである。学校教育やボーイスカウト・ガールスカウトのプログラムによって、虐待阻止を子どもたちに教えることができるのであれば、われわれは安全を念頭において堂々と意見をいう習慣を大人たちに身につけさせることもできるはずだ。

ただし、それはかんたんなことではないだろう。スタンリー・ミルグラムは、一九六一年にエール大学でおこなった単純かつ周到な心理学的調査によって、ほとんどすべての被験者は、強い電気ショックを何回も他人に与えつづけるよう権威者に命令されると、なんのためらいもためずにしたがうことを発見した。この実験の場合、権威者とは白衣を着た「科学者」で、彼は被験者たちにたいし、記憶と学習に関する実験の一部として電気ショックがどうしても必要だと説明していた。電気ショックは本物ではなかったし、「犠牲者」となった四七歳の男性はほんとうは事前の台本どおりに演じていただけなのだが、被験者たちの見たかぎりでは、そのショックで男性はだんだん意識不明におちいり、最後には死んでしまうかもしれないように思えた。電気ショックは合計三〇回で、一五ボルトから四五〇ボルトまで順次、電圧を上げていくことになっていたが、実験開始早々、ミルグラムは被験者たちがあまりにも気軽に先へ進みたがることに気づいたため、やりかたを変え、ショック度があがるにつれて「犠牲者」が叫び声をあげ、解放してくれとたのむような方式にしなければならなかった。

それでも、被験者によっては、「犠牲者」がまったく声を出さなくなり、意識を失ったか死亡したように見えてからもなおショックを与えつづけ、最後の段階までやりとおした。

被験者の多くは、自分たちのやっていることに苦悩と緊張を感じていた。そのため、なんども中断し、いらだち、質問したあと、またもや命令に負けて先をつづけるのだった。「科学者」からくりかえし要求されても、作業を中止し、それ以上つづけることを断固拒否した人は比較的少数だったが、そのなかのひとりはドイツ生まれの三一歳の女性で、彼女は青春時代の一時期をヒトラー政権のもとで送っていた。

すくっと立ち上がって出ていった人はいなかった。気分をまぎらわせるために、細部の技術で他人よりもまさることを目ざし、どのスイッチをどれぐらいの時間押せばいいかということだけを試していた人もいた。ミルグラムはこう記している。「おそらくわれわれの研究から学んだもっとも基本的なことは、……通常の人間が、ひたすら与えられた作業にはげみ、しかも格別な敵意をいだいていないような場合にも、恐ろしい破壊的行為の実行者となりうることだ。……比率からいってかなり多くの人間が、命令を受けると、それが正当な権威者からのものと認めるかぎり、行為の内容とは無関係に、しかも良心の呵責を感じることなく、いわれたとおりにする」。

われわれには、自分自身の生命と他人の生命とを守るために立ち上がる権利と義務がある。人びとの生命に責任を負っている人間ならなおさらだ。もしわれわれの社会にも「自由に発言することを御許可願います！」という海軍の習慣と同じようなものができれば、そうした行動もしやすくなるだろう。

判断を正しくおこなうための時間をつくれ

というわけで、われわれの乗った飛行機に、状況を判断する能力にたけ、相互の意思疎通がよく、自分の意見を堂々ということができるように訓練された乗組員がいたとして、まだほかにたりないものはあるだろうか？　行動するまえに考える時間があれば、しかもほんの数分さえあれば（一〇分あれば、もっといい！）、そうした人びとは複雑な緊急事態にも対応できる。

恐怖に直面したときにとる戦略のひとつは、いますぐすべきことはなにか、あとまわしにしてもいいことはなにか、何度考えてみても順序を変えられない行動はどれか、を知ることである。後者の例として記憶に残る事例は、一八七四年一月、ネバダ州バージニア・シティにあったオーファ鉱山の地下五〇〇メートルの立坑《たてこう》で起こった。立坑を掘り進むため、四人の鉱夫がドリルで穴をあけ、ダイナマイトを充填する作業をつづけていた。かれらはこの発破作業に緩燃型の導火線を使用した。四つの穴に爆薬を詰めて砂礫《されき》で蓋をし、導火線の先端だけが出ているようにする。かれらは導火線に点火した。安全圏まで逃げる時間は二分ほどあった。ひとりがロープをぐいっと引っぱる。その合図を受けた地上のオペレーターが蒸気エンジンを作動させ、作業員を安全圏まで引き上げるための「マン・ケージ」を地底へ下ろすことになっていた。

ところが、何回はげしくロープを引っぱってみても、なにも起こらない。上部のどこかでロープが坑木に引っかかっていたのだ。鉱夫たちはたがいの顔と導火線を交互に見つめた。三人はからだをこわばらせて立っていたが、あとの一人は導火線を掘りだそうと、泥をかきわけはじめた。なんとか二本の導火線を引き出したが、残り二本の火はすでに穴の奥に消え、爆薬に向かって燃えつづけていた。男は大声をあげて仲間三人に指示し、大急ぎで上へのぼれとさけんだ。三人は軽傷を負っただけで逃げおおせた。同僚を救った男は頭骨に石がつきささったが一命をとりとめた。

ブライス・マコーミック機長がとった行動を思い出してみよう。急激な減圧、エンジンの火災発生を知らせる警報、きりもみ状態で急降下する機体、動かなくなった方向舵、アイドリング状態まで出力の落ちたエンジン、自分の手で折ってしまった水平安定板のハンドル、といった最悪の状況のなかでのことだ。マコーミックは機体を水平にすると、いったん操作の手を休め、副操縦士と機関士とともに事態を検討した。かれらはあらゆる条件を考慮にいれて態勢を立てなおし、そのあとふたたび行動を開始している。

アメリカのミサイル攻撃対策は、この「考える時間がほしい」方式を前提にしてできている。ICBM（大陸間弾道ミサイル）による攻撃を受けた場合、いきなり反撃に出るまえに、緊急行動統制官、作戦室司令官、さらには最終的には大統領本人が、ほんとうに脅威がせまっていることを確認するのに必要な時間——四分から六分ぐらい——をひねり出せるはずだ、と国防省では考えている。

おそらくそうできるだろう……少なくとも、他の諸国が極超音速ミサイルを開発するまでは。しかし、時間による重圧が強いのは気がかりだ。というのも、人間は悩みや不安があると記憶だけに頼るようになり、しかもその記憶も緊張時にはあてにならないからだ。電話をダイヤルするとき一時的に番号を記憶するような、いわゆる短期記憶では、たがいに無関係なものは一〇項目もおぼえていられない。短期記憶として入手した情報を長期記憶としてたくわえるには、さらなる大脳の活動が必要となる。人間の長期記憶はきわめて大きな容量をもつが、その信頼性には深刻な問題がある。記憶というものは薄れていくし、いっそう悪いことに、まちがった記憶とごちゃ混ぜになってしまい、自分では確実に知っていると思っていることも、じつは微妙にちがっていて、危険をはらむようなことになりかねないのだ。

身体でおぼえると、生涯忘れないものもある。筋肉と脳が学習することで自転車に乗っても倒れなくなるのがその一例だ。だが、巨大なマシンを運転し、故障点検をしていくために必要となる高度な思考能力は、あらたに学んだ教訓を取りこんで更新しながら、ひんぱんに充電していかなければならない。米海軍では、潜水艦乗組員を対象にして、なにもしないと「減退してしまう」ような能力を鋭利にたもつための訓練を、コネチカット州グロトンにある潜水艦基地の学校でおこなっている。

記憶の欠陥については古くから知られているので、複雑なシステムを運転する人びとは、装置の起動時や停止時、あるいはなんらかの重要な変移の最中には、詳細なチェックリストにしたがって作業することになっている。さまざまな工業技術上の災害から学んだわれわれは、きわめて広い意味での変移のとき——航空機の着陸から、工場の作業員交代まで——が、もっとも大きな危険をはらむと知っている。だが、いくら緻密なチェックリストを使用していても、運転要員がステップを抜かしたり、気が散ってリストの順序を見まちがえたりすれば、ミスの起こる可能性はある。

ほとんどの人間の注意力は長くはつづかないとすれば、日常的な機械操作でもミスが起こる機会はいくらでもある。一日じゅうすわったままマシンを見つめ、正常な範囲内で作動していることを確認するのは容易なことではない。なんとか意識を集中できるのも三〇分かそこらで、それ以上になると、より興味をひかれることのほうに心が向いていってしまう。そのあと危機がおとずれたら、オペレーターは、故障発生時にマシンがどんな状態で動いていたかを類推するため、貴重な数分をついやさねばならない。それが不可能なこともある。どこかがおかしいと人間が気づいたときには、もう一分も猶予がなくなっているからだ。

さまざまな長所をもつにもかかわらず、自動操縦システムはそうした事故を起こしてきた。一九八七年一〇月にアエロスパシアルATR－42型ターボプロップ旅客機がイタリア・アルプス上空を飛行中に急降下、墜落したが、国家輸送安全委員会（NTSB）の元航空安全局長のC・O・ミラーによると、その原因は、氷が補助翼に付着し、だんだん厚みを増していたにもかかわらず、自動操縦システムが操縦系統をコントロールして飛行をつづけようとしたためだったという。パイロットたちは、自動操縦の制御能力が限界を超え機体の水平がたもてなくなるまで、問題が発生していることを察知できなかった。

機体が横にかたむきはじめ、その結果として自動操縦装置は停止した。この時点でパイロットが事態を改善するすべは残っておらず、同機は墜落した。だが、氷が厚みを増しつつあるなかで、自動操縦装置ではなく人間が操縦系統を制御していれば、機体を操作する「感じ」がだんだん悪くなっていくことを実感できるので、危機が迫りつつあることに――最悪の事態を迎えるずっと以前に――気づいただろう。

最近では、マシンが狂ったように思える状況を生じさせる原因として、コンピューター作動によるシステムが、オペレーターの考えていたのとはちがう「モード」になっていた場合があげられる。イースタン航空401便もフロリダ州エバーグレーズに墜落するまえにこうした事態におちいっていた。パイロットたちは自動操縦装置によって高度がたもたれていると思っていたが、だれかが不注意で操縦桿をちょこっと突いたため、自動操縦装置は高度制御の権限をパイロットに譲っていたのだった。エアバスA320の墜落事故のいくつかの例では、パイロットは自動操縦装置を相手に格闘している。マシンのほうは機体を上昇させ、空港から遠ざけようとしているのに、人間のほうは機体を着陸させようとしていたのだ。

だが、旅客機はそう頻繁に墜落するわけではないのも真実である。それはコックピット内の人たちが、みずからの立場の危うさをよく知っているせいだろう。かつて化学工場ではたらく人びとは、単純な人為ミスがもたらした結果について、かんたんに忘れてしまいがちだった。石油化学工場でのミスや災害について研究していたトレバー・クレッツは、面接調査をした管理職にたいし、トラブルが報告されたのちに最初にかれらがとった行動が作業員たちにとってはきわめて大きな意味をもつことを指摘した。その管理職の行動が企業にとっての「慣習法」となり、安全マニュアルや社是よりも説得力をもつようになる。火災や爆発が起こったあと、その企業のトップはどんな反応を示すだろうか、とクレッツは質問する。あらゆる非難を全面的に否定して、生産続行を命令するだろうか、それとも、操業再開に先だってすべての問題を解決するため、十分な予算措置を講じるのだろうか？　ボストンのダナ-ファーバー癌研究所では、ミスを報告するよう真剣に取り組んでおり、自主的に申し出た所員にたいして上司は感謝状を贈っているほどだ。

退屈しのぎに危険を求める作業員

報奨制度と安全志向の職場文化があったとしても、まだ安全性に懐疑的な人もいる。管理職がその組織に「波長を合わせて」も、全員が要求された反応を示すわけではないからだ。その理由のひとつを、最後にとりあげよう。それは、テンプル大学の心理学者フランク・ファリーがいうところの性格「タイプT」だ。タイプTとは、スリル（Thrill）を求める性格で、予測不能な状態なしには生きていられない人間のことである。ここで、ビリー・ハミルトンの仕事ぶりについて考えてみよう。本人はこの世を去って久しいが、彼のスタイルは現在も生きつづけている。

一八五五年、ハミルトンは新造のミシシッピ川蒸気船ファニー・ハリス号に機関助手として乗船する。機関長と交代でエンジン監視の任務につき、二人のうちどちらかがつねに在室することにした。ハミルトンは、蒸気機関の運用に熟達していたし、相手をいらいらさせるようないたずらもするし、一等航海士が、酔ったり反抗的になった甲板員となぐりあいをすれば積極的に加担したので、たちまち評判になった。彼は小さな大砲を持ちこんでいて、休日や、ときには面白半分で真夜中に、大砲を発射した。そうした刺激に加えて、ミシシッピ川の蒸気船は、川を上ったり下ったりしながら、しばしばおたがいに競走した。競走の大半は即興的なもので、ミシシッピ川のある地点で、たまたま同じ時刻に同じ方向に航行する船が二隻並んだ場合、スピード競走がはじまるのだった。

ビリー・ハミルトンは負けずぎらいで、ぐずぐずするのは性にあわない男だ。船長の目が届かないときにハミルトンは工作をつづけ、ボイラーの下に薪焚きの熱風炉をつくって空気を送り込んだので、火がついたままの石炭粒が、二本の煙突から飛んだ。しかしそれだけでは蒸気圧を高めるのに十分ではなかった。彼は、圧力安全弁の制御に使用されている五〇ポンドのアンビルの作動圧力を、滑車を利用してすばやく変更する仕掛けをつくった。これは蒸気船に関する連邦法に違反していた。

船長は、ハミルトンの仕事ぶりを知ると、彼が当番のときを見計らってときどき給仕を機関室へ行かせ、圧力計を読みとらせた。これにたいしてハミルトンは、圧力計に鉛板をかぶせた。その結果、針のごく一部は見えたが、文字盤の数字は隠れてしまった。こうして、ハミルトンにはボイラーの圧力がわかるが、船長にはわからないようにした。当然のことながら、給仕が鉛板のカバーをはずしてメーターを見ようとしているところをハミルトンが目撃する日がきた。ハミルトンは手近にあった重さ一キログラムほどの板金ハンマーを給仕の頭めがけて投げつけ、気絶させてしまった。給仕は意識を取りもどし、船長はあきらめ、鉛板カバーははずされた。ボイラーが爆発したらいちばん先に吹き飛ぶのは自分だと知っていながら、ハミルトンはそうしたのだった。

危険を冒す人びとのことは実物以上の大きさで語りつたえられるので、それほど多くの人間が犠牲になって死んでさえいなければ、われわれはかれらのことを好意的に受けとめがちである。たとえば、イリノイ・セントラル鉄道の機関士ジョン・ルーサー・ジョーンズのことを考えてみよう。

彼はケンタッキー州ケイス出身だったので「ケーシー・ジョーンズ」のニックネームで知られている。一九〇〇年四月三〇日の早朝、ジョーンズは蒸気機関車六三八号と客車六両を最高時速一六〇キロメートルで走らせていた。メンフィスの発車時間が遅れたのを取り戻そうとしたのだ。ミシシッピ州ボーン付近にさしかかったころ、彼は警笛を耳にした。前方の待避線から列車の最後部車両がとびだしていた。機関助手は飛び降りたが、ジョーンズはそのままとどまり、ブレーキをかけた。列車は減速したが、十分ではなかった。機関車は前方の車両につっこみ、ジョーンズは命を落とした。

ジョーンズはいまでも「ケーシー・ジョーンズのバラード」のなかで生きつづけて

いる。このフォークソングは、運転台にとどまる決断をしたジョーンズをたたえたものので、その朝の無謀な速度についてはひとことも触れていない。また、鉄道会社の上層部は時刻表を重視しようとするあまり、どんな手を使っても定刻運行を守ろうとする人間を優遇していたのだが、そのことについても触れていない。このような運行上の決断――つまりは会社の不文律――は、おおむね安全といえるシステムを、ある日、ある瞬間に、危険きわまりないものに変えることがある。

第11章　少しずつ安全マージンを削る人たち

インドの殺虫剤工場が起こした悲惨な事故

一九八四年一二月三日の夜が明けるころ、インドの工業都市ボパールの北域を低空で飛ぶ飛行機に乗っていた人は、恐怖のウイルスをテーマにしたマイケル・クライトンの新作映画を撮影中だな、と思ったかもしれない。何千という人間が、道路に、歩道に、交通ターミナルに横たわっていた。犠牲者のひとりにボパール駅の駅長がいた。その数時間前、駅長は駅舎にとどまって、近づきつつある各列車に無線連絡し、市内に入らないよう警告しつづけた。その努力のおかげで、何千という乗客は、史上最悪となった化学災害の現場から安全距離をたもつことができた。事故を起こしたのは、世間にはあまり知られていない、赤字つづきの殺虫剤製造工場だった。

致死性のイソシアン酸メチルの煙が発生している地点はただちに特定できたが、ボパール災害の原因はそう簡単に特定できなかった。化学物質漏出の引き金となったのはなにかについては、少なくとも三つの説がある。インド政府の公式見解と、それ以外の二つの説である。

あるときわたしは、ペンシルベニア州アッシュランドで史跡として観光客用に保存されている地下炭鉱「パイオニア・トンネル」を見学していたが、そのとき、ボパールの事故原因の想定図が頭に浮かんだ。見学ツアーの途上、ガイドはむかしの採鉱技法である「柱を掠め取る《ロッビング・ザ・ピラー》」手法について話してくれた。石炭が水平に層をなしているところでは、ダイナマイトを仕掛けて採炭する。あとに空間ができるが、その天井を支えるために、坑夫は一定距離ごとに掘り残して、太い石炭の柱をつくっておく。その空間の石炭があらかた運び出されたころ、数名の坑夫がもどってきて、石炭の柱を削り取れるだけ削り、できるかぎり多くの石炭を採取する。生きてもどるためには、坑夫はその空間で作業中の仲間たちとの連絡を密にして、同じ瞬間に相手がどの程度、柱の強度を弱めつつあるかをたがいに知る必要があった。めいめい自分勝手に作業すれば、けっきょくはみんなで天井の落盤を招くことになるからだ。

高出力工業技術の安全性もまた柱列によって支えられており、システムの一生のあいだ——設計段階から建設完成まで、あるいは日常の稼働状態から廃棄の日まで——には、その柱がいつなんどき弱められるかわからない。この章ではメンテナンスの面を見ることにしよう。それは人間が工具を使用して修理点検する作業であり、他の仕事のような手法でコンピューター化することはできない。メンテナンスはシステムにおけるもっとも脆弱な部分であり、災害を招く入口である。

成り行きまかせは人間の本性だ。メンテナンスが遅れても、それはわれわれの試行錯誤、引き延ばしの習癖の一部なのである。この章ではまた、安全装置を停止したり、壊れるままにまかせて交換しなかったりして、安全マージンを削り取ってしまった例を検証する。多くの事例では、各人は、安全問題の発生を回避できるゆとりが十分に残っているものと決めつけていた。その結果、みんなで「いっしょに力をあわせて」システム崩壊を招いてしまうのだ。

有毒ガスはなぜまき散らされたか

インド政府の見解によれば、史上最悪の「柱掠《かす》め取り」を犯した個人的責任者のひとりは、ウォレン・M・アンダーソンである。インドはいまなお彼を過失殺人罪で手配中であり、国際刑事警察機構（インターポール）に逃亡犯として通報ずみである。それは、一九八四年一二月、アンダーソンはユニオンカーバイド社の会長だった。同社の子会社が所有する工場でガス漏れが発生し、ボパールの住民約七〇〇〇人を死に追いやった月だった。死亡者の数に関しては、この災害のすべてに関してと同様、異論もある。だが、イソシアン酸メチルなどの有毒ガスによる負傷者は、おそらく二〇万人を超えたということは断言できる。正確な犠牲者数がどうであれ、この災害は同業各社にとっては悪夢だった。毒のある物質が工場の塀を越えて近隣住民をおそったのだ。

アンダーソンは、インドへ行くなという顧問や弁護士たちのたび重なる警告を無視して、事故の三日後、ボパール空港に降り立った。だが彼が示した悲嘆の情や陳謝の気持ちは、人びとの怒りをしずめることはできなかった。インド当局は彼を空港から追い立てると、ただちに軟禁してしまったのだ。六時間後、インドの子会社が保釈金を支払って彼は出国した。のちにインド政府は民事訴訟を起こしたので、ユニオンカーバイド社も示談金、四億七〇〇〇万ドルを支払うことになった。示談解決の一条項として、ユニオンカーバイド社は、インドの子会社を売却した。

最新の情報では、アンダーソンは健康をそこねているものの、拘束されることもなくフロリダ州ベロビーチで隠遁生活を送っているという。インドでの裁判への出廷はこばんでいる。ボパール地方裁判所はアンダーソンを欠席裁判にかけたいのだが、欠席裁判で有罪にしたとしても、本人を拉致してインドまで連れてこなければ、彼を処罰することもできない。現地ボパールでは、塀に書かれた落書きや、いまなおつづく民衆デモの演説のなかで、アンダーソンの処刑が求められている。

アンダーソン以外のユニオンカーバイド社の重役たちにとっては、彼にたいするインド側のしつこい責任追及は、たんなる政治的ポーズのいやがらせにすぎなかった。

重役たちのいうところによれば、四億七〇〇〇万ドルの解決金を含む和解条件の一項として、インドの裁判所側は刑事罰を科さない約束をしていた。ユニオンカーバイド社はこの解決金を和解同意後一〇日以内に支払ったが、裁判所側はふたたび刑事訴追を受け入れた。いずれにしても、ユニオンカーバイド側によれば事故は自分たちの過失によるものではなかった——従業員の破壊活動がこの暴走反応事故の原因だというのだ。

一九八四年一二月、大災害発生のころにはすでに、親会社は多業種多国籍企業となっていた。ユニオンカーバイド社の消費者部門は、グラッド・ゴミ袋、プレストーン不凍液、エバレディ乾電池を販売していた。化学薬品部門は、工業用化学製品では世界第七位の供給元になっていた。化学薬品部門は四〇カ国において操業し、同社の総売上の三分の一近くを占めていた。

インド・ユニオンカーバイド社（ＵＣＩＬ）は、数ある子会社の一社で、一九八四年は創業五〇周年にあたっていた。ユニオンカーバイド社は、香港にある東部国際事業部を通じてＵＣＩＬを管理し、株式の半数強を保有していた。残りの株式は何千口かのインドの株主の手にあったが、大半を保有していたのは政府運営の複数の保険会社だった。インド国内一三カ所に工場を擁するＵＣＩＬは、主として乾電池を製造するほか、殺虫剤、電極、プラスチック、化学原料も生産していた。

工場のひとつは、中部森林地帯のマディアプラデーシュ州ボパールにあった。それは一九六九年、中央駅から三キロメートルほどの地点に、殺虫剤の混合・包装のための工場として開設された。看板製品はセビンとテミクという殺虫剤で、環境にとっては、野生生物を殺傷するＤＤＴにくらべてはるかに安全だ、と農業専門家たちは考えていた。この二種類の殺虫剤は、農薬とハイブリッド種植物との二本柱で世界の飢餓を解消しようという「緑の革命」の一翼をになった。一九七八年までは、ＵＣＩＬはセビンの原料を輸入していた。成分のひとつはイソシアン酸メチル（ＭＩＣ＝ミック）と呼ばれる毒液だった。これはウェストバージニア州インスティテュートにあるユニオンカーバイドの工場からステンレス製ドラム缶に入れて運ばれてきた。ＭＩＣは殺虫剤の有効成分であるカルバリルという化学薬品の一成分となる。

競争の激しい殺虫剤市場を相手にして経費節減が必要だったことから、一九七九年、ＵＣＩＬはボパールに化学工場を建設、ＭＩＣをはじめとする主要原料を現地生産することにした。この施設は一九八〇年に生産を開始した。工場では、大型タンク二基に液体のままのＭＩＣを貯蔵し、タンク上部には加圧した窒素を封入した。第三のタンクには、規格に達しないため再加工が必要なＭＩＣを貯蔵した。

ＵＣＩＬは、一九八〇年から一九八四年にかけて、製造人員の半数を削減した。どうやらこれは高くつくことになった。一九八二年五月の社内安全調査によって、ボパールでは労働者が作業を中断したままで放置するといったようないいかげんなメンテナンスが日常化している、と指摘されたのだ。UCILはのちにコネチカット州ダンベリーの本社にたいし、安全報告書で指摘された諸問題のほぼすべてを解決した、と報告した。

ボパール市当局は、同工場でのMIC生産については、住民を新たな危険にさらすことになるとして賛成しなかったが、州政府と中央政府は新しい生産方式を承認した。そうこうするうち、ボパールの貧民たちが建てた何千という掘立小屋の地域が広がり、UCIL工場の南側を走る道路まで押しよせてきた。

ボパールの例は、猛毒の化学物質を製造する工場のすぐ隣に、密集した住宅が立ち並ぶのはたやすいことをよく示している。ある企業が、ほぼ無害といっていい製品をつくるために工場を開設したとする。ところがしばらくたつと、事業主は有害な化学物質の製造をふくむ生産拡大の必要性に迫られる。そうした製品の生産を安全におこなうには、有毒物質の放出または爆発が発生するという事態に備えて、工場の周囲にかなりの幅の無人地帯が存在することが求められる。だが、いまや工場をとりかこむように人びとが居住しており、かれらは出ていく気はないし、地域経済はあまりにも工場を頼りにしているので、「もし事故が起こったら」などという議論のせいで事業を中止するわけにいかなくなっている。発展途上国のスラム街では、じっさいにそうした災害を数多く経験している。ボパール事故と同じ年にも、ブラジルとメキシコで大きな災害が発生した。ともに石油ならびに液化石油ガスによる火災で、あわせて一〇〇〇人の死者を出した。

ボパールでは、すべてが順調なら、蒸留器でつくられたＭＩＣはステンレスパイプを通って貯蔵タンクに流れていく。三基の貯蔵タンクには泥とコンクリートでできた蓋がかぶせられており、残量、温度、圧力などの情報がセンサーによって集められた。工場でＭＩＣが必要になると、加圧された窒素ガスによってＭＩＣ液が押し出され、パイプを通って反応装置へ送られる。品質検査で不純物が発見されたＭＩＣは第三の貯蔵タンクへ送られるが、作業員の操作によって「排出ガス洗浄塔」へ直接送ることもできた。

一九八〇年に操業開始したとき、排出ガス洗浄塔は、ＭＩＣの漏出にある程度まで対処できる四つの安全装置のひとつだった。直径約一・八メートル、高さ一八メートルの円筒型の洗浄塔は、その頂部から水と苛性ソーダ（水酸化ナトリウム）を滝のように降らす。この液体が、底部からのぼってくるＭＩＣガスをおそい、無害な物質にするはずだった。

タンクにはＭＩＣを低温にたもつための冷却装置もついていた。温度と圧力が一定限度を超えると暴走反応が起こって、大量の毒物が安全弁から噴出するが、そうした事態を招かないように温度を下げるのだ。ボパールのMICユニットでは、漏出したMIC蒸気を燃焼させるために、大きな火炎を燃やしていた。四つめの安全装置は散水機で、主として消火用だったが、MICが漏出したときにも有効だと考えられていた（なぜなら、MIC蒸気が漏出した場合、ある程度は水によって中和されるからである）。

一九八四年六月、こうした安全装置によって構成される安全バリアーが崩壊しはじめた。最初にだめになったのはタンク冷却装置だった。というのも、工場内のべつの場所で利用するために冷却剤を抜き取ってしまったからだ。惨事を招いた他の要因ほど有名にはなっていないが、一連の連鎖のなかでの最大の誤りは冷却機の運転停止だった、という説をとなえるアナリストもいる。なぜなら、冷却していないMICは、摂氏零度近くで保存されたものにくらべて、より反応しやすいからである。もしMICが低温保存されていたら、複雑な配管のどこかから汚染水が漏出してタンクに流れこんでいっても、暴走反応を引き起こす可能性はずっと小さかっただろう。

ボパールの生産反応炉は、一九八四年一〇月に最後のMICを生産し、E610タンクには四二トン、E611タンクには二〇トンの残量があった。この時点で、作業員はもうひとつの災害防御策である洗浄塔のスイッチを切った。その後さらに、配管の腐食部分を交換するため、火炎も止めてしまった。配管用の部品が米国から到着するのを待たなければならなかった。

危険が発生するのはＭＩＣを生産中のときだけで、最終製品が貯蔵タンクでおとなしくしているときは問題ない、とだれかが考えたとすれば、安全装置を切ってしまったのも理にかなっている。安全装置を停止すれば企業にとっては多少でも経費節約になるし、稼働率わずか四〇パーセントの大赤字の工場にしてみれば、それは小さな問題ではないからである（だが、周知のように、それは長期的には高くついてしまった）。

一一月に入っても機械の悩みはつづいた。ＭＩＣ貯蔵タンクが二基とも故障して窒素ガス圧を維持できなくなっていた。窒素はＭＩＣをタンクから押し出すのに必要であるばかりでなく、ＭＩＣ液を化学汚染から守る不活性ガスの役割も負っていた。そうした汚染物質は、窒素ガスによって阻止されなかったら、配管の内部に浸入しはじめたことだろう。汚染物質のひとつは洗浄塔から漏出するアルカリ性の水で、微量の金属を含んでいる。この水が配管を伝って少しずつ浸入し、ＭＩＣの蒸気と反応してぬるぬるした粘土のようになり、パイプの内側にくっつく。

一一月の末ごろ、作業員は、貯蔵タンク二基のうちのＥ６１１だけ、窒素供給装置を修理することに決めた。当面必要とされる量のＭＩＣが入っていたからである。Ｅ６１０のほうは後日修理するつもりだったのだが、のちに見るように、惨事を大きくした元凶はＥ６１０タンクのほうだった。

インド政府によれば、一九八四年一二月二日の午後遅くに起こった事態はつぎのとおりである（ユニオンカーバイド社側は、破壊活動に起因するストーリーをまとめているが、その話はあとで聞くことにしよう）。

当日の夜、製造作業員たちに課せられた仕事は、タンクに近い部分のパイプに付着しつつある、ねばねばした「三量体」を除去することだった。この作業では、MIC貯蔵タンクに水が入らないようにすることが重要なのだが、バルブから水が漏れたり、バルブの閉めかたをまちがえることもあるので、教科書どおりの手順としては、タンクに漏水が入りこむのを防ぐためにパイプに金属製の遮蔽体（「ブラインド」と呼ぶ）を挿入する。そのあと、作業員はパイプに水を通し、三量体を洗い流す。ところがそのときのちょっとした混乱と保守責任者が空席になる体制がかさなったせいで、だれもブラインドを取り付けなかった。ブラインドが挿入してあれば、洗浄水が配管から漏出してE610タンクに入る心配はまったくなかったのだが。

パイプ掃除は午後九時三〇分に開始されたが、パイプの水を排出する排水管がひどく詰まっていたので、おりを吐きだすどころか、パイプ中の水位が高くなってしまった。作業員のひとりは、パイプ掃除をすれば洗浄水が出てくるはずなのにそれが出てこない、と指摘した。ところが、UCILの電池工場から異動してきた管理責任者は、作業を続行せよと彼に命じた。水位があがり、地上六メートルにある圧力逃し弁に通じるパイプの高さにまで達した。その先、出口を求める水はE610タンク近くで下降し、もうひとつの弁のところまで到達した。閉まっているはずの弁は開いていた。なぜ開いていたのかわからないが、そのタンクの窒素漏れを修理しようとしてだれかが弁を開け、そのまま忘れてしまったのかもしれない。化学工業では、弁の漏れと弁操作の人為的ミスはよく見られる。だからこそ、金属製遮蔽体を挿入することになっているのだ。

こうしたトラブルがかさなって、午後一〇時以降の時点で四〇〇リットルほどの洗浄水がE610タンクに流れこんだ、とインド側調査団は結論づけている。そのころ、タンク内部で水とMICが化学反応を起こして熱を放出しはじめた。

午後一〇時四五分にシフトが交代したのち、夜勤の制御室オペレーター、スマン・デイはE610タンクの圧力を見ている。ほぼ〇・六八気圧。これは正常値の範囲内だった。真夜中近く、工場にいた作業員たちはどこかでMICが漏れていることを知った。MICには催涙ガスのような効果があるのだが、かれらはそれを感じていたのだ。配管の一本から水とMICが漏れだしているのが見えた、とひとりの男が報告した。いつもの休憩時間ののち、デイはタンクの圧力計が振り切れているのに気づいた。彼は制御室を出ると、様子を見にいった。近くまで接近し、タンクがぶくぶくいう音や、ガスと液体が弁から出ていく音を聞いた。デイは制御室にもどると漏出ガス洗浄塔のスイッチを切り、待機状態にしようとしたが、計器を見たところではなんの反応もなかった。

ＭＩＣの蒸気を燃焼処理できたはずの火炎は使用中止になっていたし、冷却剤は抜いてあったのでタンクの冷却もできなかった。唯一残された手段は散水だった。工場の消防隊員は、効果を発揮する高さまで放水できないことに気づいた。というのも、ガスは地上三〇メートルの煙突の先端から出ており、消防の水はその高さまでとどかなかったからだ。

ＭＩＣは二時間にわたって噴き出し、地面の上を流れて、駅のある南の方角へ向かって拡散していった。ＭＩＣは呼吸器系の粘膜を襲撃し、ドイツ軍が一九一五年四月にはじめてアルジェリア隊に使用した塩素ガスと同じような作用をもたらした。工場の外部の人びとは、もちろんだれもガスマスクなど所有していなかったが、もし事前にＭＩＣに関する注意を聞いていれば、濡らしたタオルや布を顔にあて、あたりでいちばん低い場所をさがしてそこに身をふせることを知っていたかもしれない。こうしたかんたんな方法でも多くの生命が救えたことだろう。なぜなら、ＭＩＣが粘膜に達するまえに、その効力の大半は水によって中和されただろうからである。

ところが、有毒ガスから避難せよ、と命じる警察の拡声器におびえた二〇万の住民は、丘に向かって走ったり、走ろうとした。多くの人間が自宅で、あるいは逃げる途上で、いのちを落とした。暴走反応で流れ出たＭＩＣをはじめとする有毒ガスを吸いこみ、窒息したのだ。

企業側が主張する「破壊活動説」

ユニオンカーバイド社とそのコンサルタントのアーサー・D・リトル社は、何トンものMICが漏出して死傷者が出たという事実以外のほぼすべての点に関して反論している。ユニオンカーバイド社のスポークスマン、トマス・スプリックによれば、「設計上の欠陥、人手不足、工場管理の怠慢が悲劇を招いたといろいろ取り沙汰されているが、それは真実ではない」。会社側の言い分では、MIC処理班にいた見習工が、降格されたことに腹をたて、わざとタンクE610に注水したため、発熱化学反応が起こってタンク内の圧力を過度に上げ、貯蔵中の化学物質を大量に通気管へ送りだした。ユニオンカーバイド社とコンサルタント会社は、インド政府が仮説として主張しているパイプと弁の組みあわせでは、洗浄水をタンクに注入することはできないし、のちの検査時に見た配管の状況からもその説は根拠にとぼしい、という。故意におこなった行為のみがこの大惨事を起こすことができたのだと。

ユニオンカーバイド社の言い分も純粋に技術面から見れば一理あるが、われわれは人間的側面のほうに想像力を刺激される。しかも、会社側が犯人の名を明かしていない――その男を特定していると首脳陣は発言したが――ので、このギャップを埋めることができるのは想像力だけなのだ。「ユニオンカーバイドにしてみれば、いまになってその従業員の名を明かしたところでなんの役にも立たないだろうな」とスプリックはわたしに語っている。その男は一回の生産分のＭＩＣを駄目にすることによって会社に金銭的損害を与えようとしたのだろうか。それなら、より簡便でより安全な手段で、もっと大きな金銭的損害を与えることもできたはずだ。それとも、男は何千何万という人間を殺傷する気だったのだろうか。だとすれば彼は、会社側がこの工場で六カ月まえに着手したＭＩＣ関連のさまざまな安全装置の停止と、血迷った自分の計画とをうまく連携させるべきだった。

第三の可能性を指摘するポール・シュリバスタバのような研究者もいる。このほうが事件の謎によくあてはまる——Ｅ６１０タンクは、夜勤当番の開始時にはすでに問題をかかえていた。つまり問題は洗浄作業にはいるまえに発生していたのだ。発端は、汚染水がゆっくりとタンクへ流れこんだことであり、おそらく窒素ガスのシステムの問題が事態をいっそう悪化させた。その夜、タンクは暴走反応に向かって進んでいた。最初の徴候は、タンクがごろごろいう音とガスの漏出だった。これに気づいたひとりの作業員がパニックにおちいり、タンクに注水しようとしてホースを接続した。内容物を「冷却する」つもりで、とんでもない見当ちがいをしてしまった、という説である。

大災害が起これば、なにがその引き金になったかという議論はいくらでもつづけることができるが、保守整備が手ぬるく安全対策が形骸化していた、という証拠から逃れつづけることはきわめてむずかしい。ボパールでは、破滅を防ぐか少なくとも軽減できたはずの安全装置四つのうちの三つを、オペレーターが作動停止させてしまっていた。現時点でのユニオンカーバイド社の公式見解では、ボパールでの保守基準は大惨事とは無関係だというのだが、インド子会社のとった行動を本社とは区別しようとした当事者もいた。ユニオンカーバイド社の副社長ジャクソン・B・ブラウニングがのちに《アトランティックマンスリー》誌の記者に語ったように、「米国内の工場なら許されないような保守整備上の問題が存在していた」。

北軍将兵二〇〇〇人を乗せて沈んだ蒸気船

圧力を抑制しようとするのは、マシンフロンティアと同じくらい長い歴史のある関心事である。かつて蒸気の時代、機関士たちは、ちょっとした不注意をひとつでもおかせばボイラーを爆発させることがあるのを知っていた。水位を下げすぎるのは、圧力を高くしすぎるのと同じくらい危険だった。なぜなら、入ってくる熱（入熱）を吸収するのに必要なだけの水がボイラーに入っていないと、炉の火で金属がやわらかくなり、弱くなったボイラー壁は圧力によって破裂してしまうからだ。ボイラー壁の修理が不完全で、補修で張りつけた板が機関士が想定していたよりも弱かった場合には、蒸気船そのものを破壊してしまうことも起こりうる。ボイラー内部に泥や湯あかが溜まるままにしておくのもよくない。金属製の釜から水へと熱がすんなり伝導することをさまたげるからだ。冷たい水を一気にボイラー内部へ送るのも危ない。金属にひびが入り、爆発の引き金になりかねない。

蒸気船サルタナを爆破したのもそうした不注意な行動だった。同船は捕虜の身から解放された北軍兵士で超満員だった。ジェリー・ポッター著『サルタナ号の悲劇』に記録されているように、それは当時のタイタニックの悲劇どころではなかった。もっとひどかった。おそらく一八〇〇人を大きく上回る人命が奪われた。

ミシシッピ川の蒸気船の平均耐用年数は五年で、消耗品に近かった。蒸気機関のほうは、廃船から取り出して修理し、二番めの船、ことによると三番めの船まで使いまわされることもあった。船の名称もリサイクルされ、たとえばサルタナの名をもつ蒸気船が代々つづいた。サルタナということばは「サルタンの妃」、あるいは「サルタンの姉妹または母親」という意味だ。初代のサルタナ以降、後続の同名船を見ても、平均的な川船は過酷で短い一生を送っている。第二代サルタナは、一八四六年一一月に蒸気船マリーと衝突。第三代サルタナは、一八五一年六月、セントルイスの埠頭で全焼。第四代は一八五七年三月に焼失している。

いまわれわれが興味をいだいている相手は、オハイオ州シンシナティのリザベリー造船所で進水した第五代サルタナである。この船は全長七九メートルあり、サルタナとしてはもっとも大型だった。船幅は一三メートル弱と異様に狭かった。当時の人びとは幅の狭い船のほうが燃料の節約になり、速度もあがると考えた。積荷が一〇〇〇トンあっても喫水は〇・九メートルにも達しなかった。この規模をもとに連邦法によって、定員は乗客三七六人と乗組員をあわせて約四六〇人とされた。

連邦法は、一八五二年の制定以前に建造された船よりも安全性を高めることをねらって、サルタナの高圧蒸気発生装置の最大圧力を設定した。この連邦法は合衆国蒸気船条例と呼ばれ、業界からの強い反対があったにもかかわらず一八五二年に議会を通過した。というのも、危険にたいしてはきわめて寛容だった当時の米国国民も、最悪の惨事が頻発したため、関心をつのらせていたからだ。一八一六年から一八四八年にかけて、米国国内で蒸気船爆発事故が二三三件発生し、合計二〇〇〇人以上が死亡した。フィリップ・ホーンが述べたように、どうやら蒸気はころあいよくあらわれて戦争にとって代わったようだ。

リベット接合のボイラー四基がサルタナのエンジンに蒸気を供給する。蒸気船条例では、蒸気圧は金属の材質と厚みをもとに一四五psi（九・八気圧）以下と定められていた。直径六〇センチメートルある大きな二つのピストンがボイラーの高圧蒸気を受け取る。ピストンはゆっくりと往復運動し、左右の外輪を一分あたり約二〇回転させる。

ボイラーは舷側と平行に四基並んで設置されていた。それぞれ長さ五・五メートル、直径約一・二メートルあった。安全弁がついており、二重安全装置さえ備えていた。安全ゲージにつながるパイプの一部分が開口部になっていて、蒸気圧が一〇気圧に達すると口を開き、蒸気を放出しはじめることになっていた。この船のボイラーは「煙管ボイラー」と呼ばれるもので、ボイラー内を走る多数のパイプが火室からの燃焼ガスの通路となって伝熱効率をよくしている。燃焼ガスは前部の火室を出ると、パイプを通ってボイラーの後部まで流れ、そこで折り返して前部にもどる。煙管ボイラーでは、火室の火がボイラーを内外から加熱するわけだ。そのあと燃焼ガスは煙突をとおって出ていく。

四基のボイラーはパイプでつながっていた。舷側と平行に設置されていたが、たがいの間隔がきわめてせまかったため、片方のボイラーで発生した問題が他のボイラーに影響を与えるのはやむをえなかった。煙管ボイラーの表面積は旧式のものよりも大きかったので、蒸気船業界の人びとは、爆発の可能性がより高いことを知っていた。安全確保のため機関士はよく注意して水位を監視する必要があったし、厳格なスケジュールにしたがって罐内の水あかや堆積物を除去する必要があった。けれどもサルタナに積んでいるような型式のボイラーでは煙管がジグザグになっていたので、内部の掃除は容易ではなかった。

一八六三年五月九日、サルタナはテネシー州メンフィスからイリノイ州カイロまで他の二隻の蒸気船と競走する。このときはベル・メンフィスという船が他の二隻を引き離して楽勝した。ベル・メンフィスの船長J・キャス・メイソンは、かつて蒸気船ロウィーナの船長だったとき、キニーネと南軍の軍服のズボン三〇〇〇着を積んでいることをパトロール中の砲艦の乗組員に見破られ、連邦政府当局と悶着を起こしている。その罰として、北軍は戦争遂行に必要な期間、ロウィーナを徴用することになった。

一八六四年三月、メイソンと共同経営者は、サルタナを買い取り、船長を雇って運航したが、しばらくすると、おそらくは経費節減のため、メイソン自身が船長の役を引きうけた。メイソンの財務問題は悪化していった。当初、彼はサルタナの所有権の大半をもっていたが、そのほとんどを売り渡し、一八六五年春にはわずか一六分の一の権利しか残っていなかった。

メイソンはサルタナを元手に他の蒸気船所有者たちと共同企業体を結成し、北軍兵士をひとりあたり五ドルで運ぶという変更可能契約をむすんだ。将校なら運賃は二倍もらえた。一八六五年四月一二日、サルタナは契約どおり北軍将兵を輸送するため、セントルイスからニューオリンズへ向かう準備を終えていた。ほかにも、メイソンが集めた貨物や乗客が乗っていた。だが、メイソンは、連邦政府の蒸気船検査官による検査が終了するまで、もう一日待たなければならなかった。検査官二人はボイラーの圧力を一四・三気圧まで上げて試験したり、その他の基本的機能も検査してから、安全証明書にサインした。四月一三日、サルタナはニューオリンズに向けて出航する。南下の途中、同船はビクスバーグに寄航した。メイソン船長は、二週間後の帰途にここで北行きの荷物にありつけるか、確認しておきたいと思ったのだ。

船長のあたまにあった積荷は、ビクスバーグから六キロメートルほど離れた収容所、キャンプ・フィスクで船を待ちわびていた。そこには、ジョージア州アンダーソンビル近くのキャンプ・サムターとミシシッピ州カホーバのキャッスル・モーガンという、この世の地獄を生き延びて助かった、数千人の北軍兵士が収容されていた。キャンプ・サムターは一八六四年二月二四日に開設された。ピーク時には定員の三倍の三万三〇〇〇人がとらわれていた。捕虜のジョゼフ・スティーブンズは、連日、一五〇人もの仲間が死んでいくのを数えていた。死体を運びだした荷馬車がこんどは食料を積んでもどってくる。それも大半は、腐った豚肉や砕いたトウモロコシ、あるいはトウモロコシの穂軸だった。「墓地と海から死者がもどされてきたんじゃないか、と思えるほどだった」。これは一八六五年三月、キャンプ・サムターのゲートから、ぼろをまとい、骨と皮ばかりにやせ細った五五〇〇人もの男たちが出てきたときの情景を記した一捕虜のことばだ。北軍の将兵たちがキャンプ・フィスクに到着したときにはまだ、全面的に解放されていたわけではなく、南部連合軍と連邦軍とのあいだで交わした捕虜釈放協定による正式の承認を必要としており、それがすんでようやく北部各地に向かって出発できることになっていた。

ビクスバーグ停泊中に、メイソン船長は北軍の有力な士官二人を訪問した。ひとりはモーガン・スミスといい、むかしは川船の船長だった。いまは准将となってビクスバーグ駐屯地の司令官をつとめているスミスは、サルタナの帰りの便を満杯にするだけの捕虜を残しておく、と約束してくれた。もうひとりの相手はルーベン・ハッチといった。彼はかつてミシシッピ管区の補給係将校補佐の立場にあったとき収賄容疑で告発されたが、自分の兄がエイブラハム・リンカンと政治的つながりをもっていることを利用して軍法会議をまぬがれたことがあった。軍の委員会はのちに、ハッチの技量や知識が任務にふさわしいかテストした結果、就任以来四年になるその役職には「まるでふさわしくない」という報告書を提出した。とはいえメイソンと面会した当時のハッチは、ミシシッピ管区の「主席」補給係将校であり、彼もまた、大量の捕虜を用意しておこう、とメイソン船長に約束した。

サルタナは南下をつづけてニューオリンズに到着し、二日間停泊したのち、四月二一日、乗客と貨物を乗せて帰途についた。ビクスバーグまであと一日たらずというところで、中央左側のボイラーに小さな亀裂ができて高圧蒸気が噴き出した。おまけに、そのあたりの鉄板がふくれあがっていた。サルタナは、過去にも二回の航行においてボイラーの蒸気漏れを起こしていたが、今回の事態はまえより悪いものだった。機関士のネイサン・ウィントリンガーは速力を落とし、つぎの停泊時に完全な修理をしようと思いながら、ビクスバーグ埠頭まで航行をつづけた。

サルタナが到着してみると、すでに捕虜二〇〇〇人は他の二隻の川船に乗ってビクスバーグを離れたあとだった。メイソンは激怒した。その捕虜はサルタナが輸送することになっていたからだ。メイソンは即座に満杯の捕虜を乗船させるよう要求したが、正式な乗船名簿を作成するには何日もかかるといわれた。彼は、ビクスバーグの町をとびまわる途中、かつて機関士がボイラーの亀裂を修理させたことのあるボイラー製作者のところに寄って、状況を説明した。

ボイラー製作者の名はR・G・テイラーといった。二八年の経験をもつ彼の考えでは、亀裂の入ったボイラーについては少なくとも鉄板二枚を取りはずす必要があるが、それはおおがかりな作業になるので日数もかかるという。どのボイラーも鉄板製で、二枚の鉄板が重なった接合部分をリベットでとめてある。そのリベットをたがねでたたきつぶして抜き、新しい鉄板を寸法に合わせて切断し、湾曲させせ、もとの位置にはめてからリベットを打つ必要がある。それよりかんたんな方法ではだめだ、とテイラーはいった。それどころか、のちに彼はこうつけ加えた。サルタナのボイラーは四基ともオーバーヒートによる損傷を見せている、と。ボイラーをあまり掃除しなかったせいかもしれないし、水の補給を怠って水位が下がりすぎたせいかもしれない、というのがテイラーの見方だった。

メイソンはテイラーを説得して、鉄板の取り替えをやめさせた。テイラーは、のちにセントルイスで修理に出すとメイソンが約束するなら、今回はふくらんで亀裂の入っている部分に鉄板のパッチをあてることで合意した。テイラーがそのとき使用したパッチの板厚は、サルタナのボイラー壁の鉄板よりも三ミリメートルほど薄かった。作業を完成するのにほぼ一日かかった。あわただしさのなかで、ひとつのことが忘れられてしまった。パッチのあたっている部分のボイラー壁は、ほかより薄くて弱いため、安全弁の圧力をリセット（通常の九・八気圧から六・八気圧に）して補正しなければならないのに、だれもそれをしなかったのだ。『ミシシッピ川での災害』の著者、ジーン・E・サレッカーによれば、この手落ちがのちに重大な結果を招くことになった。

サルタナの北遡行をまえに、状況は一気に進展しはじめた。フレデリック・スピード陸軍大尉は、キャンプ・フィスクに残されていた捕虜全員をメイソンの船に割り当てることに同意した。その数は、ビクスバーグ駐屯地の推測によれば一四〇〇人だった。北軍の士官たちも、公式の乗船名簿ができるまで船の出発を待たせるようなことはしないだろう。その気さえあれば、航行中に警備班がそうした名簿をまとめることだってできるのだから。

そうこうしているうちに、また二隻の蒸気船が到着したが、そのうちの一隻はサルタナよりも大型だったし、どちらの船も何百人という捕虜を乗せることができた。そこでウィリアム・カーンズ大尉は、捕虜全員をサルタナに乗せることに強硬に反対した。カーンズはハッチとスミスのもとにも出向いて、乗船者をほかの船にも分乗させるよう頼んだ。だがハッチとスミスは、「全員、サルタナに乗船させる」計画に固執した。その結果、他の二隻は捕虜を乗せずに出航した。

これでサルタナは大量の乗船者を獲得した。まず、病院から何百人かの捕虜、つぎにキャンプ・フィスクから三列車分の捕虜を集めた。最初の予測では捕虜一四〇〇人——定員のほぼ四倍——だったが、それはとんでもない過小見積もりだった。少なくとも、元捕虜二一〇〇人、おそらくは二二〇〇人以上がサルタナに詰めこまれた。もし北軍のある医師が介入しなかったら、乗船者はさらに増えていたことだろう。その医師は、病院にいた捕虜のうち二七八人をよそへ送り、サルタナのベッドにいた二四人も出航前に下船させていた。

乗船者数が二〇〇〇人に達したところで、さすがのメイソン船長も安全限度を超えてしまったと考えたが、すでに定員を超えて乗船させはじめた以上、途中でやめるわけにいかなかった。軍はずっとむかしから、船長の反対を無視して定員以上の数の将兵を蒸気船に詰めこんでいた。サルタナには、将兵のほか、シカゴ・オペラ座の団員を含む一般乗客と乗員が乗っており、総勢約二三〇〇人、『サルタナ号の悲劇』の著者、ポッターの推計ではおそらく二五〇〇人に達していた。多くの人が上甲板に立つか座るかしていたため、船は上部が重くなり不安定になっていたようだ。乗組員たちは、床がぬけないように補強のすじかいを入れ、メイソン船長は乗客にたいして、船の片側に殺到しないでほしい、と警告した。

サルタナは四月二四日午後九時、ビクスバーグを出航し、上流へと向かった。ある乗客に事務長はこう話している。もしこの船が旅程をまっとうできれば「いまだかつてない、西部水域で最大の旅になるだろう。なぜなら、これまでミシシッピ川を航行したどの船よりも多くの人間を乗せているからだ」と。サルタナには、乗客のほかにも、何頭もの馬、ラバ、豚、それに砂糖とワインが積まれていた。階段下の木箱には体長二メートルを超えるミシシッピワニ――マスコット役をつとめていた――が乗っていた。

その後の二日間、機関士たちは中央左のボイラーのパッチを気にして、ひんぱんにチェックした。シカゴ・オペラ座団員はメンフィスで下船し、サルタナは一路イリノイ州カイロにむけて航行をつづける。機関は快調だ、と主任機関士ウィントリンガーは夜勤の機関助手に伝え、夜中の一二時ごろに機関室を出た。蒸気圧は九・一八気圧だったとされている。四月二七日午前二時、メンフィスの上流一一キロメートルにある四〇番島に近づいたところで、ビクスバーグでパッチをあてた一基を含むサルタナのボイラー三基が爆発した。

噴出する蒸気と鉄板の破片で機関室後部の船室に穴があき、甲板が陥没、生存者が閉じこめられた。軽い木材でできた構造物はたちまち出火し、二〇分ほどのうちにサルタナは火につつまれた。直立していた二本の煙突はやがて左右に倒れ、煙突の片方が操舵室の残存部分を押しつぶした。正確な数字をあげることは不可能だが、民間人と兵士をあわせて少なくとも一五〇〇人が爆発によって死亡するか溺死している。おそらく総計は一八〇〇人以上に達したであろう。船のペットのワニも死んだ。木箱をいかだに使おうとした兵士が刺し殺したのだ。軍の調査によると、爆発の原因はボイラーの水量不足だった。おまけに、上部が重くなっていた船を方向転換させるたびに船体が大きくかたむき、事態をいっそう悪化させた可能性もある。高い位置になった側のボイラーの水が流れ出てしまうからだ。爆発時に勤務していた機関士は爆死をまぬがれたが、自分は水位の確認をしたし、そのときは適正水位だった、と主張した。

連邦蒸気船検査局長は、事故の原因はパッチにあるとした。パッチの板厚はボイラー壁よりも薄かったため、その差を補正するために、安全弁は通常よりも三気圧低い圧力で開くよう設定すべきだった、と指摘している。

産業災害の世界では「わが過失による」と明言する事例は多くはない。役所や裁判所がどんな判断を示しても、そうした苦境におちいった会社は、自分たちの見解はちがうと主張するだろう。ユニオンカーバイド社が、ボパール事故が発生したのは不満をいだいた従業員のせいだと非難したのと同じように、サルタナの共同船主のひとりは、同船の破局を南軍の破壊工作員たちのせいにした。

組織がつねに健全に機能していくためには、経営陣からの不断の支持が必要だ、と産業保険会社ハートフォード・スチーム・ボイラー社の副社長リチャード・ジョーンズはいう。「そうした姿勢が下部からしかあがってこなければ、それはひねりつぶされてしまうだろう」。

第12章　最悪の事故を食い止める人間

危険な荷積みを強要された船長の一計

一八八六年、不定期貨物船トロージャンは、貨物を積むため英国リバプール北方の小さな港に到着した。船長のジョナサン・バーバーは休暇でコーンウォールの自宅にもどっており、一等航海士プライス・ミッチェルが船長代行をつとめていた。港の周辺一帯は製鉄業の地域で、トロージャンの積み荷もアラバマ州モービル向けの何百トンにもおよぶ大量の鋼材だった。業界用語でブルームと呼ばれる鋼材は、長さ二・四メートル、幅三〇センチメートル、厚さ一五センチメートルで、ブルーム一本を圧延すれば鉄道レール一本になる。トロージャンのような小型船にブルームを積載するには、危険で、熟練を要する方法が一般的に採用されていた。何本かのブルームを立ててケースに収め、それをたばね、三段積みにして各船倉に詰めこむ。すると高さ七・五メートルのすきまのない角形鋼材となって船倉のハッチまでとどき、各ハッチは四角い穴に四角い釘が詰まったみたいになる。

つぎに、鋼材が洋上でばらばらにならないよう、木材の支柱をあてて釘でとめたり、くさびを打ちこんだりして、しっかりと固定する。積荷を確実に保持することは、海運業の仕事のなかでは目立たない部分だが、もっとも重要なもののひとつである。輸送中の荷くずれによって沈没した船はこれまでにも多数あり、トロージャンの乗組員たちも積みかたの悪い鋼材は危険だと思っていたし、じっさい、きわめて危険な状態になっていた。トロージャンが波に翻弄されて前後左右にゆれれば、ブルームはばらばらになって、そこいらじゅうにぶつかりながら動きまわるという大混乱をまきおこし、数分のうちに船は沈没するだろう。かつての軍艦時代には、台車つきの大砲が輪止めやロープからはずれると、ただちに取り押さえないかぎり甲板から落下して舷側に穴をあけたものだが、今回はそれよりも始末が悪かった。

一等航海士ミッチェルは、堅固な木材が大量にほしい、と会社の海事監督者のトランターという男にたいして要求した。トランターは、すでに十分な量を用意している、と返答した。だが、埠頭に到着した木材を見てミッチェルはぞっとした。甲板を張りかえた船から出た古材が山のように積まれていたのだ。ミッチェルは、こんなところで出費を節約しようとするトランターにくってかかったが、気をもんでいた多くの部下とともに耳にしたのはつぎのような答えだった。「もしこの案が気にいらないのなら、きみはつぎの仕事を探したほうがいい」。当時、仕事にあぶれた人はおおぜいいた。

どうやら進退きわまったようだ。ミッチェルは一家の生計を背負っていたから、退職するわけにいかない。とはいえ、こんな板では積み荷の鋼材を押さえきれないということもわかっていたし、かといって、十分な量の木材を、自腹を切って購入することもできなかった。

ミッチェルはバーバー船長に手紙を書いた。船長からは、自分がもどるまでトランターとけんか別れはするな、という返事がきた。バーバー船長は船にもどった夜、厚板でつくった支柱を点検し、このままでは一度強風に吹かれただけで鋼材がばらばらになって船が沈没する、というミッチェルの意見に同意した。トロージャン号は翌朝の潮に乗って出港する予定だったため、船長は甲板長をそばに呼び、できるだけ早く港湾当局者を見つけて船の検査を依頼せよ、と命じた。ただし、この要請が船長や航海士によるものだということは隠しておけ、と釘をさした。翌朝、乗組員たちが出港の準備にあたっているあいだに、甲板長は助けを求めに出かけた。トランター海事監督が埠頭に立ち、手をふって別れを告げていたが、港湾当局者の姿はまだ見えなかったので、ミッチェルは機関士にこう命じた。いろいろなトラブルを見つけだして、出航を三〇分遅らせるようにしてくれ、と。やがて港湾当局者たちが到着し、ちゃちな支柱をはがして丈夫な木材と交換するよう指示を出した。トロージャンは途中、何度も嵐に見舞われながらも無事、アラバマ州モービルに到着した。嵐は苛烈をきわめた。

その前後一〇日間のあいだに、同じように鋼材を積んで同じ港から五隻が出港したが、そのうち目的地モービルまで航海できたのは二隻だけだった。他の三隻は、途中で沈没してしまった。

注意をうながすメモがいくつも送られてきても、けっきょくはそれを無視し、大惨事を発生させる例があとを絶たないことから見ると、欠陥をかかえた危険度の高いマシンの稼働を中止させるには、場合によってはトロージャンの事例のようなゲリラ的方法しかないようにも思える。欠陥マシンを使わなければならない場面に直面し困惑したら、われわれは自問すべきである。もしまずいことが起きたら、だれの生命が危険にさらされるのか、と。

マシンが反乱を起こす条件とはなにか

大西洋の嵐が多くの鋼材運搬船にもたらしたものには、もうひとつの教訓がこめられていた。本書のプロジェクトを開始したとき、わたしは何人かの友人からこうたずねられた。これまでに見てきたようなきわめて多様な技術的災害のなかから世人が抽出できるものはなにか、と。わたしにはわからなかった。その後、作業を進めるうちに、トロージャンの物語がきっかけとなって、わたしはひとつのことに気づいた。この部門での最悪の事故のなかには、欠陥のある技術が、予想もつかないほど大きな自然の力に出会った事例が見られるということだ。

そうした最悪の事態を招く四つの要因をあげてみよう。第一に、きわめて多くの人がマシンのいうなりになり、そのマシンが正常に作動するという前提でのみ生命が保証されるような状況に立っていること。第二に、こうした技術のかかえる問題はきわめて深刻で、良好な条件下でさえしだいに表面にあらわれはじめること。第三に、現場担当者から提出された問題報告書にたいして管理責任者が適切な処理をしていないこと。第四に、地震や嵐といった自然の力が到来して、見せかけの安全性をぶちこわしてしまうこと。

オーシャンレンジャーの沈没事故にもほぼ同様のことがいえる。一九七五年八月、台風によって中国の淮河《わいが》が氾濫し、板橋《バンキャオ》と石漫灘《シマンタン》の二つの巨大ダムを崩壊させ、一夜にして推定二万六〇〇〇もの人命をうばった災害についてもいえる。あるいは、テイ川にかかるテイ橋の崩壊や、ハートフォード市民センター競技場の屋根が積雪によって崩壊した事例についても同じことがいえる。

ニアミスの数に比して考えると、われわれのマシンはほとんどの時間は順調に動いている。ずっと先の世になって、進化論者たちはわれわれの時代をふり返り、人類が「ホモサピエンス」（知恵のある人）から「ホモマキナ」（機械人間）へと、つまり、われわれよりもずっと大きな能力をそなえた世界のなかで、複雑かつ強力なシステムを構築して運用するためにはなにが必要かを理解できる人種へと、進化しはじめた時代だった、というだろう。

もしそうなら、進化論者たちは、新人類の初期の一例として、海軍将官ハイマン・G・リコーバーにたどりつくことになるかもしれない。《ロサンゼルス・タイムズ》紙の政治記者ロン・ブラウンスタインによると、米国人は、人びとを高みへと駆り立てることのできる、優秀で型破りなリーダーにまつわる話を好むが、現実の社会はそううまくはいかないのだという。彼が言及しているのは、ときたま話題になる、落ち目の学校を前例のないほど短期間のうちに優良校に変えた校長や教師のことだが、ブラウンスタインのことばは技術習得についてもあてはまる。リコーバーは、めったにあらわれない型破りな天才で、これまた異例の六三年間にわたって現役をつづけたが、そんな彼にも引退と死は避けられなかった。

リーダーが自分の決定に責任をもつ方法

われわれがほんとうに必要としているのは、リコーバーのような天才ではなく、よい結果をもたらすことに個人的責任を感じている、さまざまな分野の労働者であり管理者である。一九六八年はじめ、宇宙飛行士ウォリー・シラーは自分が搭乗することになっている宇宙船アポロ七号の司令船の仕上げ作業のようすが知りたくて、現場をおとずれた。司令船の内部にあるものにぶつかったり踏んづけたりしないよう、細心の注意をはらいながら行動していたにもかかわらず、彼はワイヤーの束を膝で押してしまった。そのとき、宇宙船内で作業をしていた女性がやってきて、きびしく彼を叱責した。「ワイヤーにさわらないで！　三人死んだことを知らないのですか」。その女性は、自分がどなりつけた相手が宇宙飛行士だったと知って、まことに申し訳ないとわびた。シラーはこう返事をした。「そんなに恐縮しないでほしい。あなたのような人がこの宇宙船で作業してくれるのがわたしの本望だ」。

こうした心がまえをつくりあげていくことの上手な人がいる。トムソン卿は勇猛果敢で他人を鼓舞するリーダーだったが、その行動のもとになる資質――ゆるぎない自信と、人びとにやる気を起こさせて、だまっていれば試してみもしなかった仕事を完遂させるようしむける能力――が、ある場合にはトラブルをまねくことになった。彼は飛行船R101の就航を急がせるためにその能力を発揮して、開発計画の中心にいた人びとの強力な反対も押し切ってしまったのだった。

IBMブラジル工場の責任者だったジョン・ノボメスキーは、自分は陸軍士官学校時代にマネージメントの大切さを学んだので、レス・ロバートソンを何度もブラジルに派遣して修理作業をチェックしてもらったのだ、と語っている。「どこに決定的な分岐点があるか、知っておかねばならない。まさに、そこにリーダーが必要とされるのだ」とノボメスキーはいう。

技術の習得についても戦闘の遂行についても同じことがいえる。一九三九年、沈没した米海軍の潜水艦スクエイラスから三三名の乗組員を救出した英雄のひとりに、バージニア州ポーツマス海軍工廠の司令官である海軍少将サイプラス・コールがいた。その日、彼は、スクエイラスが試験潜航から帰港したら、見学者たちを案内して同艦を見せてやろうと計画していた。スクエイラスの緊急事態の知らせを聞いたコールが、ただちに埠頭へかけつけたところ、潜水艦スカルピンがいた。コールは同艦の副長に直接指示をだし、スクエイラスの所在の最終確認地点に向かわせた。またコールは、「スウェーデン人」という愛称をもつチャールズ・モムセン指揮下の救援班を招集した。スカルピンが遭難信号をとらえて報告してきたので、コールはタグボートに乗り、みずから現場の指揮をとるために沖へ向かった。

一九〇七年八月、カナダのケベック市で、ケベック橋の片持ち梁の南アームが崩壊して死者を出すという事故が発生したが、その経緯と、コールのとった行動を比較してみよう。橋梁建設の技術コンサルタントはシオドア・クーパーだった。若き日の彼はかずかずの偉業をなしとげていた。最初は検査官として、ついで一八七〇年代の画期的な橋となるセントルイスのイーズ橋の現場監督として活躍していたころ、クーパーは重大な問題点を何回も事前に察知し、みずからの職業を誇り高いものにした。作業が正しくおこなわれるのを確認するために、三日近く徹夜をつづけたこともあった。だがケベック橋の仕事を引き受けたころには、彼の全盛期はすぎていた。

クーパーは事前に三度、ケベック橋の予定地に足をはこんでいるが、一九〇四年、セントローレンス川の上に長大な鉄骨橋梁の建設が開始されたときには、すでに年老いていて、長旅は望まなかった。その後彼は現場をおとずれることもなく、手紙と電報のやりとりだけで、自分が設計した橋の進捗状況をつかんでいた。設計も、ケベックブリッジ社の財政難から、限度ぎりぎりまで安全性を切り詰めたものになっていた。問題の存在を示す徴候――橋の重量が計算値よりも大きくて、横梁がきれいに並ばない――があらわれはじめたとき、イーズ橋のときとはちがってクーパーは現場におらず、直接それを見ることはなかった。鋼材がゆがみはじめ、横梁の配列の問題が日に日に悪化していくころになって、クーパーも異変のことを聞かされたが、事態を憂慮しているという電報を打つことしかできなかった。最後の電報では、調査がすむまではこれ以上の重量を橋梁に加えてはならない、と命じようとしたが、彼はその電報を鋼材加工工場経由で送ったため、現場には間にあわなかった。クーパーが電報を打った五時間後の一九〇七年八月二九日午後、一万九〇〇〇トン分の鋼材が崩れ落ち、作業員七五人が死亡した。

ときにはわれわれは、指導者が重大な局面においてその本来の役割をはたすようにしむけるために、説得しなければならないこともある。航空機による郵便輸送がおこなわれるようになった初期のころ、パイロットたちは、自分たちがいつも危険に直面していることはわかっているが、それにしても郵便飛行機の墜落事故の比率が高すぎる、と考えはじめた。やがて、あるパイロットのグループが米国航空郵便省に申し入れて、空港にいる航空便監理者が悪天候や視界不良を無視して飛行命令を出している現状を認識させた。その解決策はどうなったか？　米国航空郵便省は、安全な天候と危険な天候を規定した新法規を制定するのではなく、単純明快な命令をだしただけだった——それは、パイロットからの要求があれば、業務飛行に出発するまえに航空便監理者がコックピットに同乗して、空港上空を旋回しなければならない、というものだ。これで監理者が悪天候下の飛行を容認する度合いがいっきに下がった。

リコーバーは、すべての原子力潜水艦の初回試験航行に自分自身あるいは最上位の補佐官が同乗することを原則にしていた。その場にいるみんなと同じだけの危険に自分の身をさらすことになるからだ。このことが注意力を高め、全員を機敏な状態にたもってくれる。

事故の原因は企画・設計の段階で生じる

われわれは、過去に起こったあわや危機一髪という事例を見てきた。そうした事件では、ほんの数分あるいは数秒という時間のなかで、惨事の連鎖を断ち切ろうとみんなが行動したのだった。文筆家は、ぎりぎりのところで難を逃れた話を好むが、他人のミスが原因で起こった災難でどうにか命びろいするには、オペレーターや操縦士の能力に頼るしかないというのは、とんでもない見当ちがいだろう。故障が最悪の事態に達すると、混乱をきわめ、なにがなんだかわからなくなり、わずか数分のうちに状況を見きわめることは不可能となるし、まして制御することなどできなくなる。沈没までに残された不幸な数時間、潜水艦セティスの機関員たちはろくな道具もないまま、一時しのぎの配管やポンプを使って艦体を軽くし、艦尾を海面に浮上させようと果敢にがんばったが、けっきょくはかれらの努力はむくわれず、ひとりも助からなかった。

もっとも重要な時期は、火災や爆発のずっと以前の、企画、設計の段階である。ブーツ&クーツ社など「地獄の火消し」と称される会社が、油井の火災や爆発の消火活動から、そもそもこうした災害を起こさないための専門知識を石油会社に売りこむ事業に焦点を切りかえたのは、このためである。

化学工場の建設や改修を計画しているなら、安全コンサルタント、トレバー・クレッツのいう「本質的に安全な設計」が重要なことを知るべきだ。ボパールでも、より安全な設計がされていれば、イソシアン酸メチル（ＭＩＣ）貯蔵タンクの問題は起きなかっただろう。そもそも工場の敷地内にそうした貯蔵タンクを設置しなかったはずだからだ。ひとつの対処法としては、MICを中間生成物として貯蔵したあと使用する方法をやめ、直接流し込む工程を採用することが考えられる。あるいは、もっと安全意識の高い設計者であれば、MICを必要としない製法を採用しただろう。

設備を標準化するかどうかという、事前の意思決定についても考えてみよう。一定した型に固執するのは狭量な人のしるしだ、という人もいるが、高度なテクノロジーにおいては、それは大きな力となる。同じ装置を現場で多数使用すれば、それだけわれわれの経験も深まる。しかも、制御法や機器を標準化することによって、オペレーターたちが仕事場を替えることも容易になるし、パイロットがべつの機種に乗り替えても安全に飛ぶことができる。テキサス州ダラスのサウスウエスト航空が輝かしい安全記録（時刻厳守の短距離運航において三〇年間、墜落事故による死者なし）を達成した理由のひとつは、ボーイング737型機のすべてを標準化したことだった。標準化された機種に乗っているパイロットは、ちょっとした異状にもすぐ気がつくようになるし、コックピット内で「コントロール混乱」によるミスをおかす可能性も少なくなる。整備士たちにとっても、誤った部品や用具を使用する頻度が減る。

コックピットに起因する危機を回避するためのそうした事前計画が、今後はいっそう重要になるだろう。なぜなら、ますます複雑化が進むからだ。そうなると、現場にいる人間がわずか数分のうちに修理するのはいっそう困難になる。システムはその持ち主にとっての効率を上げるためぎりぎりのところで運用されているのに、そうした数分間の時間的余裕がもてるものだろうか。どんなに抜け目のない用心深い人でも判断力をはたらかせるには時間が必要だ、ということをわれわれは知っている。そうした人も、全体と調和しない情報をさがしだすには時間を必要とするし、深い洞察力のありそうな人びとに意見を聞いてみる必要もある。理想的なことをいえば、システムというものは、非常事態が発生しても少なくとも五～一〇分間はもちこたえて、現場の人びとが冷静な判断をくだす時間をもてるようにすべきだろう。その結果導きだされた勇気ある結論として、自分たちが手をひき、あとはコンピューターに任せよう、と判断することもときにはあるだろう。

つねにもう一つの案を用意しておく

カーリーン・ロバーツとカール・ワイクは、きわめて信頼性が高い組織のもつ体質を調査した結果、優秀なオペレーターは脱出口を計画に加えている、と結論づけた。たとえば、海軍のパイロットが航空母艦の甲板にタッチダウンする直前、パワーレバーを前方いっぱいまで押すのがその一例である。もし機体尾部の着艦フックがどのアレスティングワイヤー（制動ワイヤー）にもひっかからなかったとき、もう一度甲板から飛び立てるだけの推力を維持するためだ。

ネバダ州ブラックロック砂漠を舞台に活躍する経験豊かなアウトドアのベテランの男から、かつて聞いた話だが、彼はできるだけ四輪駆動にせずに走ることにしているという。常時四輪駆動にしていると、いつか流砂にはまりこんだとき、脱出できなくなる。というのも、そのときにはすでに安全マージンを使いはたしてしまっているからだ。「四駆はトラブルから脱出するのに使う。トラブルにはまりこむために使いはしない」と彼はいう。

危険な作業についている人びとが何度も語ってくれたのは、事前に脱出法を考えておかないかぎり、予測のつかない状況には足を踏みいれない、ということだった。たとえば消防士は、空気呼吸器を用意していないときは、さらには、なにかあったときに救出してくれる仲間がいっしょでなければ、密室での救助活動は開始しない。

わたしが訪問した練習船には、あちこちに避難ハッチがあって、すべて赤く塗ってあった。一定の広さ以上の部屋には二カ所の出入口の設置が義務づけられていた。これはかつて、航空管制官のトニー・ブレッシアが語ってくれた任務の原則と同じだ。「いつも代案を考えておく。フットボールの優秀なランニングバックと同じように、こっちにすきまがなかったら、べつのすきまをさがすのだ」。避難ルートというのは、最悪の事態に備えるためのささやかな安全マージンなのだ。

高い信頼性をもつ組織が到達したのは、こうした事前計画の実践だろうか。あるいはまた、こうした対策は、チャールズ・ペローの憂慮する、複雑にからみあったシステムにも変化をもたらすことができるだろうか。わたし自身の立場をいえば、なにかを完璧に安全なものにできるかどうか議論するつもりはないし、「十分に安全」とはどういう意味なのかもわからない。米国国民は、ひとたび国家的非常事態に見舞われると、通常ならがまんしないような危険もすすんで耐えしのぶ。くりかえしトラブルを起こすシステムでもわれわれは受け入れるべきだ、と考える人間にわたしはくみする。もしシステムがすぐれた回復力をもっていて、しかも現場の労働者がトップから支援を受けているような場合には、トラブルは大惨事を招くずっと以前に消滅するものだ——ほとんどのケースでは。ところが、たとえば偶発的な核戦争といったような取り返しのつかない結果が待っているような事例では、われわれが集団として一触即発の引き金に指をかけたまま、いちどもその指を動かさずにじっとしていられるなどとは、スコット・セーガンと同じくわたしにも、とうてい信じられない。

きわめてうまく運用されているシステムでさえ、どこかが停止していたり、許容範囲を超えたために動かなくなったりするのはよくあることだ。たとえば、高圧配管、電気配線、ケーブルトレーの交錯する現場はその最たるものだろう。地球上のいかなる力をもってしても、あらゆるものをつねにバランスよくたもっておくことはできない。完璧を主張するということは、すべてのものを止めてしまうことにほかならない。

どっちみち、そのシステムを運用している人びとは、完璧などということはいちいち気にしてなどいないだろう。船乗りたちがいうように、そうした要請は、よくある「陸」からの命令のように思えるにちがいない。つまり、活動の現場でマシンがいかに作動しているかも知らず、そのマシンをマスターする意志も勇気ももたない人間からの命令だ。

原潜の父リコーバーの七つのルール

リコーバーは、スリーマイルアイランドの原子炉溶融事故から学ぶべき組織運営上の教訓について証言するよう招請されたとき、原子炉の安全運用に関する七つの原則について説明した。

第一に、時間が経過するにつれ品質管理基準をあげていき、許認可を受けるために必要な水準よりもずっと高くもっていく。第二に、システムを運用する人びとは、さまざまな状況のもとでその機材を運用した経験者による訓練を受けて、きわめて高い能力を身につけていなければならない。第三に、現場にいる監督者は、悪い知らせがとどいたときも真正面からそれを受けとめるべきであり、問題を上層部にあげて、必要な尽力と能力を十分につぎこんでもらえるようでなければならない。第四に、この作業に従事する人びとは、放射能の危険を重く受けとめる必要がある。第五に、きびしい訓練を定期的におこなうべきである。第六に、修理、品質管理、安全対策、技術支援といった職能のすべてがひとつにまとまっていかなければならない。その手だてのひとつは、幹部職員が現場に足をはこぶことだ。ことに夜間当直の時間帯や、保守点検のためにシステムが休止しているとき、あるいは現場が模様替えしているときに。第七に、こうした組織は、過去の過ちから学ぼうとする意志と能力をもっていなければならない。

こうした原則によらずに運用されている高出力システムの経営者や管理者たちは、前途に待ち受けているトラブルを警戒する必要がある。惨事が発生すれば、かなめとなる従業員を失い、業務はストップし、評判が落ちるだろうし、事故のさなかに管理者たちが一時しのぎの便法を指示したとすれば、いずれその処置は悪く解釈されることになり、ひょっとすると刑事訴訟をまねくことにもなりかねない。

最悪の一日の代償がとてつもなく大きくなることもある。テキサス州パサデナにあるフィリップス石油のポリエチレン工場で、一九八九年一〇月二三日、気化爆発事故が発生し、作業員二三人が死亡した。同社は、工場被害や業務中断による損失、政府へ支払う罰金などの総計が一四億ドルにのぼる痛手をこうむった。事故の原因は、プラスチック製造用圧力容器の下で保守作業中だった下請け作業員たちが、誤ってホースをバルブ制御用高圧空気システムに接続したことだった。そのためボール弁が開い

第12章　最悪の事故を食い止める人間

て、可燃性の炭化水素蒸気が何トンも空中に放出された。その気体が引火し、TNT火薬二トンに相当する爆発が起こった。

企業は、自分たちがマシンフロンティアにいることを、他の人びとから贈与された特権だと考えるべきだ、とわたしは思う。マシンフロンティアを開拓すれば、利潤と成長を得る機会は旧来のテクノロジー分野よりも多いわけだから、それは価値ある領域なのだ。いまの時代、大きな可能性を秘めていそうなフロンティアとして、遺伝子工学、人工知能、石油・天然ガスの深海採掘があげられる。とはいえ、マシンフロンティアで活動することは、憲法で保障された権利というわけではない。もし実験室から有害物質を世間に漏らしたり、経費削減の決定のせいで貴重な生物生育環境を破壊したりすると、そうした特権を失うことにもなりかねない。災害を一回起こしただけで世間の支持を失うことはないかもしれないが、二回かさなると取り返しがつかなくなる。

数カ月もすれば世間は惨事のことなど忘れるさ、などと企業が考えているとしたら、それは無邪気すぎる。記憶は薄れていくが、同時に、無謀さに耐えようとする世間の気持ちも薄れていく。最近では、慎重さを増した地域住民たちが、潜在的に危険をともなう工場の新設、あるいは既存工場の拡張認可に先行して、法的拘束力のある「よき隣人協定」を結ぶ例も見られる。

たとえばカリフォルニア州ロデオにあるユノカル社の石油精製工場を相手とした協定書などでは、会社側にたいし、化学物質の安全性確認のための外部専門家による工場検査、第三者による健康リスクアセスメント、危険化学物質が放出された場合の負傷者を搬送するバンの購入といった予防対策に、予算を計上するよう求めている。協定を書面にしておかないと、アラスカ州プリンスウィリアム湾でのエクソン・バルデス号原油流出事故のように、会社側は約束を守らないことに市民は気づいたのだ。

長時間のうちには確率の低い事故も起こる

大惨事を起こして世間の怒りを買うと、何年にもわたって計画を中断したり、ことによると永久に放棄しなければならないといった事態にもなりかねない。一九三〇年に飛行船R101が墜落すると、英国は飛行船開発計画を完全に廃棄してしまった。一九六九年、カリフォルニア州サンタバーバラ沖で海底油田掘削井が爆発し、二〇〇〇平方キロメートルにわたって油膜が海面をおおったことがあるが、これを理由としてカリフォルニアは一九九〇年、掘削権の新規リース禁止を継続することを決定した。また、一九六六年一〇月五日に起きた高速増殖炉フェルミ一号炉での大惨事寸前の事故を理由に、やがて米国全土における商用増殖炉の建設計画は幕を閉じることになった。

かりに完全無欠を実現できるとしても、そのことはそれほど長期的な意味をもたないだろう。すべての複合システムはテクノロジーとビジネスからの重圧を受けて突然変異を起こすものなのだ。だから、先週は調子よかったのに今週はちがうというようなことが起こる。スペースシャトルの打ち上げは、毎回、少しずつ前回とは様子が異なる。この事業には何百という部品製造業者が関係していて、かれらは時折、素材や技術を変更しなければならないからだ。いずれにせよ、人間は完璧になれるなどと考えないほうがいいだろう。そうしたうぬぼれは、失敗することなどありえないという考えにつながるからだ。

たしかに、数学的な確率からいえば、複数の障害が偶然、連鎖的に同時発生するというのはほとんどありえないことのように見えるだろうが、じっさいには起こることなのだ。べつの観点からすれば、そうした障害の連鎖は、そもそもその発生自体がなんらかの物理法則を無視したものだという意味において、起こりえるものなのである。そのためには、たしかに、さまざまな偶然が連鎖となって、同時的に発生する必要がある。となると、統計的には確率の低いそうした現象がなぜ起こるのだろうか。

チャールズ・ペローの定義によれば、ますますシステムが複雑化し、密接に相関するようになると、事故につながるような組みあわせがますます増えていく。これはパワーボール宝くじ［白ボール五個と赤ボール一個の数字を投票］のはずれくじのことを考えてみればわかる。多数の州で販売されるこの宝くじでは、当籤する確率はきわめて低いが、いつかはだれかが当籤するという可能性は、確実に存在する。起こるはずがないと思いたい災難の多くは、起こりえないのではなく、起こるまでに時間がかかるだけのことである。

上司に警告メモを渡すだけでは不十分

マシンフロンティアで生き残るには、極度の明快さで書いたり話したりしなければならない――そのために、相手に復唱を求めたり、やや高圧的になる必要があったとしても。ところが、たいていの人は、破局が近づいていると知っていても、トラブル、ことに他人の目につくようなトラブルは、起こさないほうがいいと考えてしまうものだ。現場の労働者たちが現場主任にたいして多少の意見を述べることはあるかもしれないが、そのうち話題にしなくなる。部下は上司あてに強い調子の連絡メモを提出する。だが、個人として行動を起こす責任を感じて組織の外部に救援を求めようとする人間はめったにいない。

深い憂慮をいだいた労働者も、いったん懸念を表明してしまうとまた平常の作業をつづけるようになるが、その理由はいくつかあるだろう。自分の考えのほうがまちがっていて、マシンはやはり順調に作動しつづけるかもしれない。反抗的だというので、くびになるおそれもある。そうした心配はないとしても、一般的な従業員は、自分を雇ってくれた人や職場の仲間に迷惑をかけるのではないか、と考えなおしがちだ。というわけで、きついことばを使った連絡メモを書くのが、どうやら当人にとっては気分のすっきりする解決法となるようだ。そうすれば、その労働者はスタンレー・ミルグラムの実験が明らかにしたような権威と服従という構造に敵対することもなく、よき人間として記録されるわけだ。

多数の大惨事の事例から見て、内部からの警告メモは効果を発揮しないことがわかっている。たとえば、飛行船R101、チャレンジャー、スリーマイルアイランド、ボパール、DC－10と貨物室ドア、アポロ一号の事故などがそうだった。警告メモを書いた人間がおかすあやまちは、メモがそれ自体で通用していくと考えたことであり、ゆるぎない真実がたちまち反対意見を打ち負かしてくれるだろう――「オズの魔法使い」のなかでドロシーがひっかけたバケツの水が、一瞬のうちに「悪い魔女」を溶かしたのと同じように――と考えたことである。ところが、警告メモは、誤った行為や怠慢を正すというよりは上司を困らせる効果をもつことのほうが多い。メモ作戦にたいして反対勢力が結集するだろうし、そういう連中の並々ならぬ主張に紙切れ一枚で応戦することは困難だろう。

中間管理職たちにとっては、そうしたメモはあちら立てればこちら立たずのもとになる。メモのいうとおりだと認めれば、「上階」でごたごたを起こすことになるし、内容は疑問に思うと公表すれば、ほんとうに事故が起きた場合、わが身に大きな面倒がふりかかってくる。お役所的解決法は、警告メモを「未処理箱」に入れたまましばらく放置してから、本人に送り返してさらなる説明を求めることなのだ。

職を失いかねないような窮地に立とうとする従業員が周囲の冷淡さを回避する方法は、いくつかある。そうした行動は恐怖をともなうが、そうした危険をおかしてこそ意見の信頼性も生まれるのだ。内部告発者保護法［日本では公益通報者保護法］が適用されるかどうかはべつにして、人望のあるベテラン従業員が、もしなにも対策がとられないのならいつでも会社を辞める、と覚悟を決めたうえで送りつけた明白な警告にたいしては、管理職も深刻に受けとめるだろう。もちろん、従業員自身が自分で入念な調査をして、たんなるメモ以上のものを書きあげたと想定しての話だが。つまり、障害がもたらす結果について当人が明確に説明でき、同程度の経験を積んだ意欲満々の仇敵たちからの挑戦にすべて反論できるということであり、同じ意見をもつ味方をあらかじめ手回しよく結集して、重要な決定をくだす地位にある管理職たちと直接面談したいと申し出てある、ということだ。

自動車事故にあったことのある人は、おそらく何週間後、何カ月後になってもその衝突のことを思いだして、ああすれば事故は避けられたのに、とさまざまなことを考えるにちがいない。わたし自身についていえば、こうした妄念が数週間もつづいて、嘆きのたねとなった。システム障害の責任の一端をになう人も、これに似ている。ただし、その記憶はいつになっても薄れることはない。他の方法を採用する機会はいくらでもあったし、あまりにも多くの警鐘を無視してしまったのだ。

いちかばちか自分の生活をかけてやってみるのが、われわれのできる最良の賭けだと思い知ることもあるだろう。不従順を理由に解雇されると恐れたのはおおげさだった、とさえ思い知ることもあるだろう。ウィリアム・ルメジャーは、補修工事が確実におこなわれるよう内部告発した。その結果、ルメジャーはいっそうの人望をあつめることになった。一九五〇年代、テストパイロットのボブ・フーバーは、ノース・アメリカン社の経営者側から超音速戦闘機F－100のテスト飛行を続行するよう命令されたが、高速で不安定になる尾翼を改修しないかぎり搭乗する気はない、といって拒否した。最終的には、ノース・アメリカン社と空軍はF－100の全機をフーバーの要求どおり改修し、彼もそれまでどおりの仕事をつづけた。

あるひとりの人間が事態を変えることもできる——その人の署名がないと正式な手続きが先に進まない場合、あるいはその人が、必要書類への署名をこばんで解雇処分になることもいとわない場合には。あるいはまた、まことに忍びないことだが、友人と呼んでいる人たちにたいして、あるいは友人であり雇い主である人にたいして迷惑がかかるのも覚悟の上での場合には。自分はそうするだけの根性をもっているかどうか、そのときになってみるまで、だれも確実なことはいえないものだ。

考えてみてほしい。何かまずいことが起こったとき自分が指揮系統の一員だったとして、いずれは自分の部署でもそうした破綻の一部が起きそうだとしたら。アポロ一号の火災事故後、やり手のジョゼフ・シェイがアポロ計画からはずされたことを思い出して欲しい。一八七九年のテイ橋落下事故にたいする公式査問会議は、罪の大半を設計・施工業者のサー・トマス・バウチに帰した。おかげで彼はまもなく他界してしまったし、英国では彼の名は「だいなしにする」ことと同義語となった。

巨大プロジェクトを中止しようとすれば大きなストレスを受けるし、もちろん責任を転嫁したくもなるが、そうした苦渋の決断を強いられるときが、われわれのこれから先の人生で何回もおとずれることを知っておこう。好むと好まざるとにかかわらず、トラブルシューティングと判断力行使という能力は、限界ぎりぎりのところで動いている高度なテクノロジーのなかで人間だけが発揮できる、数少ない技能なのだ。

コンピューターを使えば状況把握は完全か

一九五〇年代後半、ローレンス・リバモア国立研究所の研究者ジョン・フォスターは、現在が平時なのか戦時なのかを確実に区別してくれる装置をつくろうと考えた。

この「天国の鍵」を核弾頭に搭載すれば、不注意による核兵器の暴発が防げるだろう。だがフォスターは、プロトタイプより先の段階まで開発を進めることはなかった。その装置が誤作動を起こすことを軍部が恐れたためであり、そういう事態が発生すると、自国保有の武器弾薬を統御している軍部の権限とぶつかることになるからだ。

現在進行中のものごとについて、ストレスや注意力散漫の影響も受けずに的確に判断できる装置というのは、いままさに魅力的に思える。現在、空軍と海軍はコンピューター化された「パイロットの同僚」を開発中だ。それは単座戦闘機に乗っているパイロットのために、コックピット情報のなかから必要な情報だけを取り出して伝える装置で、いわばコンピューター援用状況認識ツールといえる。そうした装置は、航空機に搭載されるだろうし、交通管制などの複雑なシステムにとっては便利なものになると思われるが、目下構築中の新システムの場合、はたしてコンピューターは、全体像、統一性といったものを見きわめて、不足部分や不適切な部分を発見する能力をもっているだろうか。

おそらく無理だ。かといって、それをひとりの人間でこなせた時代も、遠いむかしのことになってしまった。そういうことができるのは、意思疎通の良好な複数の人間からなる集団だけである。マイケル・コリンズによれば、宇宙船アポロ一号を危機におとしいれたのは、変更にたいする訓練が不十分だったことだった。配線のシステムが、記録も残されないまま何度も変更され拡張されたために、火災が発生したときには、すべての変更を把握している人はだれもいなかったのだ。

コネチカット州グロトンの潜水艦隊博物館の外にあるドックが原子力潜水艦第一号「ノーチラス」の安息の場となっている。博物館の見学を終わって出口に向かうとき、見学者たちは下士官食堂を通る。ある食卓の脚に、小さいが興味ぶかい貼り紙がしてあった。「ダメージコントロール十戒」と称し、有益な忠告が記されている。いわく、「艦の水密をたもて」「この艦は重度の損傷にも耐える性能をもつことを信じよ」「自分でも応急対策を予行演習せよ」。第九の戒律は、「一縷《いちる》の望みがあるかぎり艦を守るためにあらゆる手段をつくせ」。第十の戒律は、「冷静であれ。艦を放棄するなかれ!」と乗組員たちに説いている。

最後の最後まであきらめないことが大切

これまで説明してきたような手法は、いずれも生存可能性の範囲を拡大するためのものである。場合によっては、より安全なハードウェアの問題というより、こちらの姿勢や条件づけが問題になることもある。セティス号に乗っていた人びとは、潜水艦内に閉じこめられていたばかりでなく、水深四九メートルのところから呼吸装置もなしに浮上できるはずがない、そんなことをすれば潜水病で死んでしまう、という思いのとりこにもなっていた。ところが、いまのわれわれの知識からいえば、鼻腔のとおりをよくし、激痛があっても動転しないように気合いをいれて、避難ハッチからつぎつぎに脱出し、肺の中の空気を少しずつ吐きだしながら海面まで浮上すればよかったのだ。

惨事から何年もたってから英海軍は、オシリス号を使用していくつかの驚異的実験をおこない、水深一八〇メートルにある潜水艦用脱出カプセルから海中に出た実験協力者たちが、加圧式呼吸装置をつけないままで海面まで浮上できることを知った。海面に浮上するまでに必要な空気は、上半身をおおう「脱出用フード」にたくわえておくだけで十分だった。傷害を受ける危険性もあるが――鼓膜が破れる場合が多いだろう――生存できる可能性は高く、水深がそれほどなければ生存の可能性はもっと高くなる。現在は米海軍でも潜水艦乗組員にたいし、必要なときは「フリーアセント（無呼吸浮上）」技術を使って脱出できるよう訓練している。

わたしがいいたいのは、マシンのせいでわれわれが立ち往生させられ、破滅寸前に追いこまれたときには、痛みには目をつぶって捨て身の手法を試みるべきだ、ということである。数多くの生存実話から、スタミナと生きることへの執着心が大きく作用するということがわかる。凍結寸前の水につかっていると数分間で死がおとずれると思うかもしれないが、あきらめないぞと心に決めている人は、そうかんたんには死なないようだ。タイタニック号の料理人のひとりは、凍てつく海で二時間ただよったあげく、救助された。一九九九年、スペリオル湖上で貨物船から転落した二八歳の船員は、二メートル半の波が立つ摂氏八度の湖を六時間泳ぎつづけて岸に到着した。その男、スコット・リチャーズの生還の秘密は、休むことなく泳ぎつづけたことだった。それがエネルギー代謝を維持した。

統計数値は入手できないが、新聞記事を調べてみると、有効なパラシュートなしに高度六〇メートル以上の上空から落下して助かった人は何十人もいる。一九七二年、チェコスロバキア上空一万メートルでDC－9が爆発し、墜落したが、乗務員の女性一名は生き残った。一九九一年五月一九日、スカイダイバーのジル・シールズはパラシュートが二本とも開かず、沼地に落ちたが、骨盤と脊椎三つの挫傷ですんだ。たしかに生存確率は低いものの、両手をワシの羽のように広げた姿勢をとって、速度と方向を制御しながら落下地点を選んで、草地や耕作地などの柔らかい地面に水平に着地する方法を知っていれば、いのちびろいするチャンスはあるのだ。どういう姿勢をとるかによってもちがいはある。時速一六〇キロメートルで落下して水平に着地すれば、生命がたすかる可能性も生まれるし、時速五〇〇キロメートルで落下して頭からつっこめば、まちがいなく死をむかえることになる。ノーチラス号で見た十戒の第十の戒律がいうように、命あるかぎり決してあきらめてはいけないのだ。

情報を封印するなかれ

残念なことだが、多くの企業や軍隊の組織、政府機関は、ダメージコントロール十戒に、十一番めの戒律を加えることに同意するのではないか。すなわち、組織にとってトラブルのもとになりそうな問題点はすべて隠蔽せよ、である。言い訳はかんたんだ。あれは珍しい出来事だったが、われわれは自分たちですべての問題を解決したし、今後ああした事故は自分たちのところでもよそでも起こらないだろうから、他人は口出ししないでくれ、というわけだ。カンザスシティ電力会社のホーソン発電所が起こした被害総額五億ドルにのぼるガス爆発事故について調査をおこなったミズーリ公益事業委員会は、二年間かかって事故報告書をまとめたが、会社側が関連情報のすべてを秘密あつかいにするよう求めたので、報告書のなかには第三者への教訓となるような安全についての考察はまったく記されていなかった。スリーマイルアイランドの溶融事故から四半世紀以上たった現在も、だれに責任があるのかをめぐって弁護士たちが争っているため、なぜ圧力逃し弁がうまく作動しなかったのかについても明確な説明はない。

ジョン・ハンコック生命保険は多大な努力をはらった結果、一九八一年の裁判所による和解の条件として、ボストンにある同社の高層ビルの記録の封印、および、調査を依頼した社外の専門家たちがビルの問題について検討することの禁止を勝ち取った。

そのビルはしょっちゅう窓ガラスがはずれ落ちるので、一九七〇年代にはマスコミの話題となっていた。記録が封印されたのは残念なことだ。というのも、ボストンのハンコックビルは、窓ガラスがはずれることよりもっと重大な問題をかかえており、そうした構造上の問題点と解決法について自由な討論がおこなわれれば、世界じゅうの技術者にとって役立ったはずだからである。

ある種の話題は、おそらく建設業界を超えて広く議論されるべきものなのに、現状ではそうなってはいない。そのひとつは駐車場ビルに見られるコンクリートの塩分腐食である。腐食が起こってひとつの階が崩壊すると、それより下にあるすべての階も崩れ落ちてしまう。さらに恐ろしいのは、構造技術者たちが「P－デルタ・モーメント」と呼んでいるものだ。それは、一定条件の風のもとで超高層ビルの倒壊の危険性を増大させる要因となる。すべての高層ビルは風が吹くとゆれるが、なかには異常に「しなやか」でよくゆれるものがあり、その結果、建物の重心がずれる。理論上は、P－デルタ効果（シティコープセンターの恐怖とはまったく関係ない）は、不幸にも風向と風速が特定の組みあわせになった場合、ビルを倒壊させることもできる。ある匿名の技術者が語ったところによると、一九八三年のハリケーン・アリシアはP－デルタ効果を招き、ヒューストンの超高層ビル一棟を「不安定」寸前の状態にさせたという。そのビルがたわみやすいことを知った所有者は、かなりの費用をかけて補強工事をした。

やっかいなニュースを隠そうとする習慣は、極端に走ることもある。戦艦アイオワで一六インチ砲の旋回砲塔が爆発し、四七名の兵士が死亡した事故のあと、海軍調査委員会は当初、一乗組員の妨害活動のせいだとした。だが、サンディア国立研究所が、発射火薬と不適切な砲弾装塡手順に問題があったために起こったと思われる、と発表すると、海軍は妨害説を撤回せざるをえなかった。《ロサンゼルス・タイムズ》紙によると、裁判所が記録を封印していたせいで、フォード・エクスプローラーのファイアストン・タイヤがパンクした事故で死亡者が出ている事実は、一般大衆には八年間も知らされなかった。もしある種の化学工場を海のまんなかの台船の上で操業できるとすれば、みんなの目から逃れたいというだけの理由でそうする企業が出てくるだろう、とわたしは確信する。

もしわれわれ全員が敵の領土内で活動するスパイだったとしたら、重要情報を守るために自分自身を「細胞」に封じこめるよう気をくばるだろう。スパイ細胞を組織するときは、幹部以外のメンバーはあまり多くを知らないものだ。極端な場合は、各細胞には一人しか所属しておらず、同じ組織内であってもたがいの本名を知ることはない。細胞という組織は、捕虜になって尋問された場合に備えたものだ。というのは、腕利きのプロによる尋問に長時間耐えきれる人間はいないにせよ、知らないことは白状できないからだ。だが、マシンフロンティアにおいては、重要な情報を封印することは悪習である。われわれは最初の第一歩として、かろうじて大惨事になることをまぬがれた何百という事例に学ぶところからはじめるべきだろう。

マシンとの共生

ニアミスは真実を語る効力をもっている、ということに気づいた組織もある。米国の航空安全報告制度は単純でしかも効果的だ。安全の支障となるような出来事を知ったとき、航空業界の従業員たちはその大小に関係なく自発的に報告をする、という制度である。対象となる出来事には、操縦士や管制官のミス、機械類の不調、計器表示の異常などもあるだろう。業界ではたらく人びとが進んで報告する気になるようにするため、連邦航空局は入手した情報を利用しての取り締まりはおこなえないことになっている。NASAも一九七六年以来、報告制度を実施している。通常の年で年間三万五〇〇〇件の匿名報告を受け、元操縦士や元管制官たちがそれを検討して、全体的傾向を見つけだす。情報は毎月刊行される『コールバック』［インターネットでも公開］などで発表される。退役軍人管理局は管下の病院での医療事故を発見するため、NASAに依頼して同様のシステムの導入をはかっている。

こうして、やっと手に入れた直接情報を公開することは、いわば禅の悟りに近い、なにものにもとらわれない心とでも呼べるような境地に達するための、長い道のりであった。真理を悟った人間は、道理にもとづいた手厳しい質問を投げかける傾向が強いが、それこそがすべての優良組織が必要とし、歓迎すべき種類の質問なのだ。

そうした情報とわずかばかりの健全な恐怖心とで武装したオペレーターやパイロット、技術者、管理者であれば、マシンのふるまいについて学習することができる。安全性を備えた工場の建設方法を知っているのはかれらであり、そしてまた、ものごとが不調になりかけたときに、広大なシステムのかなたで起きつつある衝撃波を感じとれるのもかれらである。そうした人びとは、トラブル発生の前兆でさえ、難儀とは考えず、いく条かの光――マシンの深奥の最暗部に到達し、やがてはその秘密を明らかにしてくれる光――とみなすだろう。そしてなによりも重要なことは、かれらは、いつもどおりの一日が大惨事にいたるまえに、行動を起こすだろうということである。

訳者あとがき

ちょっとしたまちがいが大きな事故を生む。これは程度の差こそあれ、だれしも経験していることで、どんなに注意をはらっても、あるいはどんなに機器や設備が進歩しても、避けられないことのようだ。

本書では、こうした現象を科学技術と人間とのかかわりとしてとらえながら、この一五〇年間ほどのあいだに起こった事故のなかから六〇件ほどを実例に、「ちょっとしたこと」がどのように増幅拡大されていって、どんなに悲惨な結果につながったかをあきらかにする。チェルノブイリ原子力発電所事故もコンコルド墜落事故もあつかわれるが、テキサス州の小学校の爆発事故といったような、あまり知られていない惨事もでてくる。そうしたストーリーを読み進むうちに、どの事件の場合にも、どこかで自分にも思いあたる場面があらわれることにびっくりするだろう。

最近はリスクマネージメントとか失敗学というかたちでの研究がすすめられてきており、事故の因子そのものは少しずつつぶされているはずだが、科学技術の進化は速く、複雑化しているので、完璧な対策というものは存在しないのかもしれない。

ともかく、事故をゼロにすることは無理だとしても、災害を最小限にとどめる努力は必要だ。事故を未然に防いだ例はふだんあまり大きく取り上げられないが、本書で紹介されているブラジルのＩＢＭスマレ工場の例や、ニューヨークのシティコープセンター・ビル改修工事などは、読者にとっては救いとなるはなしで、興味ぶかい。また、著者の豊富な知見から語られる挿話もおもしろい。タイタニックの船体の鉄板をつなぐのにつかわれたリベットが本来の強度をもっていれば、沈没事故は発生しなかっただろう、とか、飛行機に乗ったときは、いちばん近い非常ドアまでの椅子の背もたれの数を数えておけ、とか。

本書を読むうえで参考になりそうなサイトを紹介しておこう。失敗学については、科学技術振興機構が運営する「失敗知識データベース」をのぞいてみるとよい。収録されている事故のなかには本書であつかわれているものもある。

http://sozogaku.com/fkd/index.html

いちどクリックしてみる価値はあるのが米国の航空安全報告制度のサイトだ（本書五〇八ページ参照）。事故防止に成果をあげており、だれでも検索できるオープンさにおどろく。

http://asrs.arc.nasa.gov/

著者のジェームズ・R・チャイルズは、一九五五年、ミズーリ州スプリングフィールド市生まれで、ハーバード大学卒業、テキサス大学ロースクール修了。現在はミネソタ州で州政府関係のしごとに従事するかたわら、科学技術と人間とのかかわりについて精力的に発言している。本書は米国で二〇〇一年に刊行されて話題をよび、「ヒストリー・チャンネル」でテレビシリーズ化され、さらにＤＶＤとしても発売されてきた。

翻訳にあたっては、おおくのかたがたのご協力を得ました。感謝いたします。なかでも、ハッブル宇宙望遠鏡については野本陽代氏から貴重なご教示をいただくことができました。あつく御礼申し上げます。

二〇〇六年九月二一日

訳　者

文庫版のための訳者あとがき

本書の原書が発刊されて以降も、多くの事故が起こっている。東日本大震災とその津波がもたらした福島第一原子力発電所事故や、ハイジャックされた旅客機がニューヨーク市の世界貿易センター二棟に激突し墜落、一〇九階建てビルがともに倒壊するという同時多発テロなどの惨事が記憶に残る。犠牲者の数から見れば、ハイチの地震、スマトラの地震も、ここに加えねばならない。

そうした事故や事件は、避けることができなかったのか。

本書で描かれた事例は二〇〇〇年までのものであるが、いずれも、ちょっとした不注意でだれにでも起こる、いつでも起こりうるものだというわけで、読み進めるほどにハラハラ、ドキドキさせられる。とりわけ工場や船舶、交通機関などの現場ではたらく人たちにとっては、他人事とは思えないのではないか。それどころか、時代が進むにつれて、システムは進化し、巨大化してきたので、ひとたびミスを犯せばその影響は計り知れないほど大きくなることだろう。

そこで、事前に、マシンの欠陥を見抜くこと、マシンの言いなりにならないこと、つねに第二の方策を考えておくことが、たいせつだと著者はいう。不都合がおこっても対処のしかたを判断できる時間の余裕を見ておけ、とも。危機に直面するとわれわれの判断力はにぶるものなのだ。小さなミスなら吸収してくれる弾力性と冗長性が必要とされる。

いまの社会においても日々さまざまな事故や事件が発生している。とりわけ日本では、地震関連の事故に苦しめられることが多いが、われわれは本書に記された過去の事例を真剣に考察し、そのいずれもがいつの日か我が身にふりかかる事態だとして捉えて、しっかりとした対策を立て、注意を怠らないことが肝要であろう。

二〇一七年六月

訳　者

※本書は、二〇〇六年に当社より刊行した著作を文庫化したものです。

草思社文庫

最悪の事故が起こるまで人は何をしていたのか

2017年 8 月 8 日　第 1 刷発行
2024年 5 月28日　第 8 刷発行

著　者　ジェームズ・R・チャイルズ
訳　者　高橋健次
発行者　碇　高明
発行所　株式会社 草思社
〒160-0022　東京都新宿区新宿1-10-1
電話　03(4580)7680(編集)
　　　03(4580)7676(営業)
　　　https://www.soshisha.com/

本文組版　有限会社 一企画
本文印刷　三報社印刷 株式会社
付物印刷　中央精版印刷 株式会社
製本所　加藤製本 株式会社
本体表紙デザイン　間村俊一

ISBN978-4-7942-2293-0　Printed in Japan

この方法で生きのびろ！

ジョシュア・ペイビン、デビッド・ボーゲニクト
倉骨　彰＝訳

車ごと水中に落ちたら？　人食いザメが襲ってきたら？「もうダメだ！」という絶体絶命のピンチを切り抜ける方法を各界のエキスパートが伝授。全米でミリオンセラーを記録したサバイバルブック。

この方法で生きのびろ！
旅先サバイバル篇

ジョシュア・ペイビン、デビッド・ボーゲニクト
倉骨　彰＝訳

飛行機の不時着からＵＦＯとの遭遇まで！　旅先で出くわす「まさか！」の最悪な事態での対処法を専門家のアドバイスをもとに図解入りで詳しく解説。あの大人気サバイバルブックの第二弾！

ファミリー（上・下）
シャロン・テート殺人事件

エド・サンダース　小鷹信光＝訳

1960年代アメリカに現れたカルト指導者チャールズ・マンソンは10代の少年少女を集めて「ファミリー」を形成し、いつしか悪魔崇拝に取り憑かれていく。連続猟奇殺人事件に至る過程を克明にたどる！

草思社文庫既刊

タイムマシンのつくりかた

ポール・デイヴィス　林 一＝訳

時間とは？「いま」とは何か？ 理論物理学者がアインシュタインからホーキングまでの物理学理論を駆使して、「もっとも現実的なタイムマシンのつくりかた」を紹介。現代物理学の最先端がわかる一冊。

ブラックホールを見つけた男(上・下)

アーサー・I・ミラー　阪本芳久＝訳

ブラックホールを初めて理論的に説いたのはインド人天才青年だった。だが、根拠なく否定され、その約40年後、水爆の開発競争でふたたび注目を集めることになる。科学発展の裏に隠された科学者のドラマ。

機械より人間らしくなれるか？

ブライアン・クリスチャン　吉田晋治＝訳

AI(人工知能)が進化するにつれ、「人間にしかできないこと」が減っていく。AIは人間を超えるか？ チューリングテスト大会に人間代表として参加した著者が、AI時代の「人間らしさ」の意味を問う。

草思社文庫既刊

前間孝則
悲劇の発動機「誉」

日本が太平洋戦争中に創り出した世界最高峰のエンジン「誉」は、多くのトラブルに見舞われ、その真価を発揮することなく敗戦を迎えた。誉の悲劇を克明に追い、日本の大型技術開発の問題点を浮き彫りにする。

前間孝則
技術者たちの敗戦

戦時中の技術開発を担っていた若き技術者たちは、敗戦から立ち上がり、日本を技術大国へと導いた。零戦設計の堀越二郎、新幹線の島秀雄など昭和を代表する技術者6人の不屈の物語を描く。

前間孝則
戦艦大和誕生（上・下）

世界最大の戦艦大和の建造に至るまでの全容を建造責任者であった造船技術士官の膨大な未公開手記から呼び起こす。終戦前に悲劇の最期を遂げた大和、しかし、その技術は戦後日本に継承され、開花する——。